Aldo Cazzullo

Possa il mio sangue servire

Uomini e donne della Resistenza

Rizzoli

Published by arrangement with Marco Vigevani & Associati Agenzia Letteraria

ISBN 978-88-17-08232-7

Prima edizione: aprile 2015

Realizzazione editoriale: studio pym / Milano

Possa il mio sangue servire

A Francesco
e ai ragazzi della sua generazione
perché sappiano quanto sangue è costata
la loro libertà

AVVERTENZA

Le lettere a conclusione di ogni capitolo (riportate nella grafia originale) sono tratte, dove non diversamente specificato, dalle *Lettere di condannati a morte della Resistenza italiana* (Einaudi) e da *Generazione ribelle*, a cura di Mario Avagliano (Einaudi).

I

Il testamento del capitano Balbis

La Resistenza nella sacrestia del Duomo

«Babbo adorato,

il tuo unico figlio si allontana da te.

Non perderti d'animo e accetta quest'ultimo volere di Dio. Ti raccomando la mamma: anche per lei devi essere forte. Muoio con la grazia di Dio e con tutti i conforti della nostra religione. Nel momento supremo Tu sarai nel mio cuore e sul mio labbro. Arrivederci, Babbo, ti stringo a me nel virile abbraccio degli uomini forti e chiedo la tua benedizione.

Babbo adorato, se la mia vita fu serena e facile io lo devo a Te, che mi hai guidato col tuo amore, col tuo lavoro, col tuo esempio.

Possa il mio sangue servire per ricostruire l'unità italiana e per riportare la nostra terra a essere onorata e stimata nel mondo intero.

Prego i miei di non voler portare il lutto per la mia morte; quando si è dato un figlio alla Patria, comunque esso venga offerto, non lo si deve ricordare col segno della sventura.

Con la coscienza sicura d'aver sempre voluto servire il mio Paese con lealtà e con onore, mi presento davanti al plotone d'esecuzione col cuore assolutamente tranquillo e a testa alta.

Possa il mio grido di "Viva l'Italia libera" sovrastare e smorzare il crepitio dei moschetti che mi daranno la morte; per il bene e per l'avvenire della nostra Patria e della nostra Bandiera, per le quali muoio felice.

Franco Balbis

Torino, 5 aprile 1944.»

A rileggere, nell'Italia di oggi, alcuni passi delle ultime lettere di Franco Balbis, c'è da sentirsi un verme. C'è da vergognarsi al pensiero di come abbiamo ridotto la terra che quest'uomo, oggi del tutto dimenticato, voleva «riportare a essere onorata e stimata nel mondo intero»: una frase che dovrebbe essere letta a voce alta dai candidati a una carica pubblica, dagli eletti in Parlamento, dai condannati per corruzione.

Anche allora, nella primavera 1944, c'era una vergogna da riscattare. L'Italia in cui Franco Balbis moriva era il Paese che aveva inventato ed esportato nel mondo il fascismo, chiuso nei campi di concentramento i libici, gasato gli abissini, cacciato dalle scuole e dal lavoro i compatrioti di religione ebraica, stretto un patto con Hitler. In quegli stessi giorni, i fascisti di Salò consegnavano alle SS gli ebrei da avviare ai campi di sterminio, e torturavano, impiccavano, fucilavano chi si opponeva.

Franco Balbis era uno di loro. Non era un comunista. Non faceva politica. Era un ufficiale di carriera dell'esercito, un capitano d'artiglieria. Aveva combattuto con coraggio in Africa e in Croazia, era stato decorato con una medaglia d'argento, una medaglia di bronzo e la croce di guerra di prima classe. In un altro passo delle sue ultime lettere, chiede che vengano celebrate ogni anno due messe, «una il 4 dicembre anniversario della battaglia di Ain el Gazala, l'altra il 9 novembre anniversario della battaglia di El Alamein», «per tutti i miei compagni d'armi che in terra d'Africa hanno dato la vita per la nostra indimenticabile Italia». Dopo l'armistizio dell'8 settembre 1943, non aveva esitato a restare fedele al giuramento fatto al re. E se Vittorio Emanuele III era fuggito a Pescara, Franco Balbis e gli uomini come lui erano rimasti al loro posto, non si erano arresi ai tedeschi, erano entrati in clandestinità per combattere l'invasore ed entrare in contatto con gli Alleati che stavano risalendo la penisola.

I fascisti lo presero il 31 marzo 1944, mentre partecipava a una riunione del Cmrp, il Comitato militare regionale piemontese. I capi non si ritrovavano nella sede clandestina di un partito, o in una fabbrica occupata. L'appuntamento era nella sacrestia del Duomo di Torino, con il consenso dell'arcivescovo. Qualcuno, arrestato e torturato, parlò.

Con Balbis sono catturati altri otto resistenti. Tra loro c'è un solo comunista, un operaio, amico di Gramsci, fuggito in Francia nel 1923 per evitare l'arresto: Eusebio Giambone. In esilio gli è morto un figlio di 11 anni, Régis-Vital, di meningite. Suo fratello Vitale è caduto in Spagna, combattendo contro Franco. È Giambone il primo a prevedere come andrà a finire: «Si va tutti al muro» dice agli altri.

Gli altri sono avvocati, come Cornelio Brosio, liberale, e Valdo Fusi, cattolico. Professori universitari, come Paolo Braccini, veterinario, comandante delle brigate Giustizia e Libertà; il suo posto sarà preso da un avvocato di Cuneo, Duccio Galimberti. E sono militari: il sottotenente Errico Giachino, il tenente Silvio Geuna, il capitano Giulio Biglieri, il generale Giuseppe Perotti. La sera stessa il prefetto di Torino Zerbino telefona a Mussolini: «Duce, abbiamo preso Perotti e i suoi, questa notte li faccio fucilare». Mussolini approva, a una condizione: «Va bene, ma prima convocate il tribunale».

In tribunale i capi del comitato trovano altri imputati: il socialista Quinto Bevilacqua, operaio mosaicista, figlio di braccianti; l'alpino Massimo Montano, che ha combattuto in Francia e in Albania e dopo l'8 settembre ha scelto la Resistenza. Il processo è una farsa, il clima è di terrore: i militi della Muti sono seduti a cavalcioni sui davanzali, in prima fila gli squadristi armati. Eppure avvocati, giudici, cancellieri, uscieri vanno a salutare gli imputati, stringono loro la mano, li abbracciano sotto gli occhi del prefetto, del federale Solaro, del ministro degli Interni Buffarini Guidi, che si è portato a Torino per punire di persona i ribelli.

L'accusa chiede la fucilazione per tutti i militari tranne il tenente Geuna, per cui chiede l'ergastolo. Geuna, che non ha famiglia, si alza a offrire la sua vita in cambio di quella del capo, il generale Perotti, che è padre di tre figli. Il generale tronca la discussione invitando tutti ad alzarsi in piedi. Anche il comunista Giambone si leva a gridare «Viva l'Italia!». Poi chiede di poter scrivere alla moglie, Luisetta, e alla figlia, Gisella, che non ha ancora compiuto tredici anni: «Cara Gisella, quando leggerai queste righe il tuo papà non sarà più. Il tuo papà che ti ha tanto amata malgrado i suoi bruschi modi e la sua grossa voce, che in verità non ti ha mai spaventata. Il tuo papà è stato condannato a morte per le sue idee di Giustizia e di Eguaglianza. Oggi sei troppo piccola per comprendere perfettamente queste cose, ma quando sarai più grande sarai orgogliosa di tuo padre e lo amerai ancora di più, se lo puoi, perché so già che lo ami molto.

Non piangere, cara Gisellina, asciuga i tuoi occhi, tesoro mio, consola tua mamma da vera donnina che sei.

Per me la vita è finita, per te incomincia, la vita vale di esser vissuta quando si ha un ideale, quando si vive onestamente, quando si ha l'ambizione di essere non solo utili a se stessi ma a tutta l'Umanità.

Studia di buona lena come hai fatto finora per crearti un avvenire.

Un giorno sarai sposa e mamma, allora ricordati delle raccomandazioni di tuo papà e soprattutto dell'esempio di tua mamma. Studia non solo per il tuo avvenire ma per essere anche più utile nella società; se un giorno i mezzi non permetteranno di continuare gli studi e dovrai cercarti un lavoro, ricordati che si può studiare ancora e arrivare ai sommi gradi della cultura pur lavorando.

Mentre ti scrivo ti vedo solo nell'aspetto migliore, non vedo i tuoi difetti ma solo le tue qualità perché ti amo tanto: ma non ingannarti perché anche tu hai i tuoi difetti come tutte le bambine (e anche i grandi), ma saprai fare in modo di divenire sempre migliore, ed è questo il modo migliore di onorare la memoria del tuo papà.

Tu sei giovane, devi vivere e crescere e se è bene che pensi sovente al tuo papà, devi pensarci senza lasciarti sopraffare dal dolore, sei piccola, devi svagarti e divertirti come lo vuole la tua età e non solo piangere.

Devi far coraggio alla mamma, curarla e scuoterla se è demoralizzata. Sii brava, sempre, ama sempre la mamma che lo merita tanto.

Il tuo papà che ti ha amata immensamente ti abbraccia e il suo pensiero sarà fino alla fine per te e mamma.

Il tuo papà».

Anche Paolo Braccini, nome di battaglia «Verdi», scrive prima alla figlia, Gianna, poi alla moglie, e quasi se ne scusa: «Cocca mia cara, moglie mia bella, musino d'oro. Ho finito ora di scrivere alla Gianna ed eccomi a te. Ma non ho scritto prima a lei e poi a te: materialmente, con la penna sì ma col cuore, col pensiero, con l'animo no, perché ora più che sempre non mi è possibile vedere lei senza vedere te e viceversa: per me siete sempre state un tutto unico inscindibile, come quando te la tenevi dentro. Ricordi?

Non ti dirò gran cose; non occorre; fra poco sarò tutto dentro il tuo animo e parlerò al tuo cuore ancor più profondamente, totalmente.

Tu sai perché io muoio. Tienilo sempre presente e fallo sempre presente a tutti, specialmente alla nostra bambina, il nostro sangue, la nostra vita. Non devi piangere per la mia fine: io non ho avuto un attimo di rammarico: vanne a fronte alta.

Non ho perso la vita inconsciamente: ho cercato di salvarmela per te, per la mia bambina, per la mia fede. Per quest'ultima occorreva la mia vita. L'ho data con gioia. Te e la bambina mi perdonerete. Beneditemi sempre e vogliatemi sempre bene: ne ho tanto bisogno. Educa la bambina come lo puoi soltanto tu: avrai in lei anche tutto l'appoggio morale e spirituale che non avrai più in me».

Il giorno dopo, Paolo Braccini scrive un'ultima lettera, indirizzata a entrambe: «Angeli miei, ci hanno allungato la vita di 24 ore per sottoporci a un interrogatorio.

È stata una giornata densa di pensieri. Tutta la vita mi è passata innanzi, ma più di tutto, sopra tutto, tu moglie mia, tu figlia mia.

Il cappellano che ci assiste, e col quale ho avuto anche un cordiale colloquio, mi ha detto che svolgendo certe pratiche è possibile riavere il cadavere. Fatelo, a me non importa nulla, ma so che per voi può e potrà essere un conforto; se, poi, tu facessi la tomba in un posto ove un giorno (molto lontano) ti potessi riavere vicino a nanna con me, allora ne sarei contento. Attenderò quel giorno con tutta la passione mia, ma che venga lontano, in modo che tu possa vedere i figli di nostra figlia più grandi di quel che ho visto io mia figlia.

Il mondo migliorerà, siatene certe: e se per questo è stata necessaria la mia vita, sarete benedette.

Io vi benedico per il grande conforto, per il grande sostegno che la certezza di essere da voi due ricordato e amato mi dà e che mi fa andare sereno davanti al plotone d'esecuzione. La mia fede mi ci fa andare sorridendo.

Tenetemi nel vostro cuore per tutta la vita, come io per tutta l'eternità.

Tuo marito, tuo babbo».

Il capitano Biglieri prima della guerra faceva il bibliotecario, a Novara. Non ha figli a cui scrivere. Si rivolge ai fratelli: «A voi giunga il mio tenero affetto. Voi pensate diversamente da me in certe cose, ma al di sopra di ciò, ci unisce il grande amore della Patria, che per vie diverse noi volemmo servire». È molto affezionato a un nipote, e alla vigilia della fucilazione gli scrive per affidargli i suoi libri: «Caro Albertino, per te così giovane e sensibile sarà grave cosa ciò che avverrà domattina.

In te io ho sempre riposto l'affetto più pieno di speranze, ho visto in te un po' me stesso migliorato dai tempi e dall'ambiente.

Procura di continuare come per l'addietro, studiando forse un po' di più: ma sempre con lo spirito aperto alla vita, alle belle speranze dell'avvenire: un giorno esse fioriranno e ti daranno grandi gioie.

Estendi le tue cognizioni anche fuori della scuola, perfezionandoti sulla via che sceglierai. I miei libri sono tutti tuoi: abbine cura e sappi trarre da loro conforto allo spirito e luce all'intelletto.

Sii buono con i nonni, il papà, le zie e i cuginetti, ai quali parlerai un giorno di me.

Addio, Albertino. Ricordami.

Tuo Zio Giulio».

Errico Giachino, nome di battaglia «Erich», ha 28 anni, non ha fatto in tempo a sposare la sua fidanzata Teresa e neppure a presentarla ai genitori. Scrive di lei al padre e alla madre: «Vogliatele bene come a una figlia, spero che lei capisca e vi porti un pochino di quell'affetto che ebbi io. Vi ricordo e vi penso sempre, il mio ultimo pensiero sarà per voi che ho amato tanto anche se non l'ho sempre dato a vedere. Mi dispiace di non aver potuto coronare il mio sogno, una vita dolce con voi, con lei, con qualche figlio che avrebbe allietato la vostra vita ma purtroppo non è stato così. Ho ancora un desiderio da esprimere: rimetti il mio pianoforte in camera mia e sopra mettici sempre il mio ritratto e un fascio di rose».

Poi Giachino si rivolge alla fidanzata: «Cara Teresa, mi devi scusare se non ho potuto dedicare a te negli ultimi tempi tutto il tempo che avrei voluto, ma tu sai il compito al quale mi ero dedicato per un fine superiore e per il bene della nostra Patria, fine di cui non mi pento anche se in questi giorni e in questo periodo sono condannato a morte.

Ho sempre pensato a te, tanto, sei stata l'unica donna nella quale ho creduto, con la quale ho sognato una dolce vita, che avrei desiderato di poter realizzare, ma il caso e il Signore han deciso altrimenti.

Vorrei solo tu credessi, e ora devi credere, che ti ho amata immensamente, come l'unica persona, con i miei, alla quale fermamente credevo. Vorrei che tu credessi che sempre, anche nei momenti più angosciosi, ti ho pensato, e il mio affetto non è mai venuto meno.

Ricordami, Tesi, ricordami sempre, è questo il mio ultimo desiderio, non ti posso né ti voglio chiedere di più: bramerei che ti recassi dalla mia mamma per consolarla e conoscerla. Ti prego anche di questo: fallo per l'amore che hai portato per me; rammenta con lei i dolci momenti vissuti insieme, sii per lei un pochino la figlia. Ancora tanti baci, non ho più la fermezza di continuare. Addio, Tesi, mia fino alla morte. Erich».

Il tenente degli alpini Massimo Montano, che in famiglia chiamano Nino, ha solo 24 anni ma è già sposato. La moglie aspetta un bambino, insieme hanno deciso il nome: Massimiliano. Nino le scrive alle 8 di sera del 4 aprile 1944, cercando di immaginare il volto del figlio che non vedrà: «Adorata Mene, moglie carissima, ho pregato molto la Madonna della Consolata, don Bosco e il Sacro Cuore di Nostro Signore Gesù Cristo... Mi preparo a morire cristianamente nella santità del Signore. Perdonami ancora Mene adoratissima e io di lassù veglierò su di Te, sul nostro tanto caro Massimiliano affinché nulla abbia a mancarvi, all'infuori purtroppo di me.

Chiedo a Dio che voglia far sopportare a Te, alla Mamma e al Papà il dolore della mia perdita. Massimiliano deve nascere, sì tesoro mio caro ora ci deve essere prima lui di me.

Dal cielo cercherò di fare il possibile affinché egli ti sia sempre affezionato e che ogni azione la faccia per il tuo bene e per la tua consolazione.

Ricordagli di me, il mio amore e le mie premure, i progetti che già avevo fatto per la sua adolescenza; per i suoi studi, per la sua vita intera.

In questo ultimo giorno di vita me lo sono immaginato nascere e crescere roseo e paffutello proprio come tu e il suo papà lo hanno desiderato. Sì, dovrà essere tanto buono e tanto caro e con Te e con i nonni non potrà che certamente vivere nella completa serenità, in un immenso amore e continuare con te l'indissolubile binomio Nino-Mene.

Alleva Massimiliano nell'amore di Dio e della sua mamma, di suo Padre e dei suoi nonni tutti, fa sì che egli possa esserti caro e possa colmare effettivamente il vuoto che lascio nella nostra casa, e che ami la Patria come il Padre suo.

Dagli ogni sera e ogni mattina quei due baci che riposi sulle tue bianche guance il giorno 3 aprile alle 17,30 circa.

Porterò con me nella tomba la tua fotografia, quella presa in treno da Susa che sempre portai con me.

Addio Mene cara su questa terra e ARRIVEDERCI fra tanti anni in Paradiso dove da domani Ti attenderò.

Darò al cappellano tanti baci da portarti quando io sarò lassù nel Cielo del Regno di Dio e sarò presente quando il sacerdote te li porterà.

Dammi ancora una volta il tuo perdono. Chiudo gli occhi e sento il tuo amore e i tuoi baci.

Per sempre tuo

Nino».

Quinto Bevilacqua scrive ai genitori per chiarire che «vostro figlio è innocente dell'accusa che gli hanno fatto, perché accusato di terrorismo, di sabotatore, e invece non era che un semplice socialista che ha dato la sua vita per la causa degli operai tutti», e per chiedere loro di aiutare la moglie, Marcella: «Io la conosco molto bene e so che è una moglie di poche pretese, e se un giorno vorrete unirvi a lei sarà il più bel dono che potrete farmi, perché sono convinto che lei accetterà volentieri. Le avevo promesso che avrei messo, non appena si fosse trovato la stoffa, una tenda pesante alla porta della cameretta e un copridivano della stessa stoffa – rossa – se venisse esaudito questo mio pensiero sarei molto contento: tener sempre la mia casetta in ordine come se dovessi tornare da un momento all'altro.

Cari genitori, vi saluto caramente, ricordatevi che vostro figlio vi ha sempre voluto bene e se dall'al di là è possibile venirvi a trovare non mancherò.

Siate forti e non piangetemi.

Saluti cari e affettuosi, ricevete un forte abbraccio,

Vostro figlio

Quinto».

Il giorno dopo, 5 aprile 1944, i condannati saranno fucilati alla schiena nel poligono di tiro del Martinetto, a Torino. In nessuna delle loro lettere c'è un'espressione di odio o anche solo di rancore verso i carnefici che hanno spento anzitempo le vite di quel pugno di uomini valorosi.

Gli uomini e le donne della Resistenza avevano ragione. Fecero la scelta giusta, schierandosi contro l'invasore nazista e i suoi collaboratori. Combatterono la buona battaglia.

Eppure questa ovvietà, mai messa in discussione in nessuno dei Paesi occupati da Hitler durante la Seconda guerra mondiale, in Italia non viene accettata.

La Resistenza a lungo è stata considerata, con qualche eccezione, come una «cosa di sinistra», una «roba da comunisti»: fazzoletto rosso e *Bella Ciao*. Poi, negli ultimi dieci anni, i partigiani sono stati presentati come carnefici sanguinari, che si accanirono su vittime innocenti, i «ragazzi di Salò».

Entrambe queste versioni sono parziali e false. La Resistenza non è il patrimonio di una fazione; è un patrimonio della nazione. Fu fatta certo dai partigiani comunisti, ma anche da quelli cattolici, socialisti, giellisti, liberali, monarchici, apolitici. E fu fatta dalle donne, dai militari, dagli ebrei, dai civili. Ci furono bande composte da carabinieri, altre da alpini. I primi a resistere furono i soldati che presidiavano l'isola greca di Cefalonia, fucilati per essersi opposti ai tedeschi. Resistettero i 600 mila fanti internati in Germania, che preferirono restare nei lager a patire la fame e le botte piuttosto che andare a Salò a uccidere altri italiani. Resistettero le migliaia di soldati che si batterono e morirono al fianco degli Alleati per liberare la patria dai nazisti. Resistettero le suore e i sacerdoti che protessero e nascosero i patrioti e gli ebrei. Resistettero pure i contadini che non amavano i partigiani, che avrebbero preferito restare tranquilli per i fatti loro, ma messi di fronte a una scelta fecero quella più rischiosa, e aiutarono quei ragazzi che avrebbero potuto essere loro figli, a volte a prezzo della vita.

Certo, la Resistenza ha avuto pagine nere. E vanno raccontate anche quelle. I nostri giovani devono sapere che a Porzûs, in Friuli, partigiani comunisti assassinarono partigiani cattolici come Guido Pasolini, fratello di Pier Paolo, lo scrittore, e Francesco De Gregori, zio del cantautore che ne porta il nome. Devono sapere che vent'anni di dittatura e venti mesi di spietata guerra civile lasciarono uno strascico di esecuzioni e anche di vendette. Talora furono regolati conti privati, frutto di torti subiti, di antiche rivalità, di odio sociale, di volontà d'arricchimento. In alcune zone, come il triangolo della morte emiliano, gruppi di comunisti che volevano la rivoluzione cominciarono a eliminare i «nemici di classe»: agrari, benestanti, sacerdoti. Altre esecuzioni, che oggi sembrano esecrabili, all'epoca apparvero inevitabili, forse persino giuste, prima che l'amnistia Togliatti cancellasse le responsabilità financo delle torture, purché non «efferate e continuate»; e ci furono tribunali che mandarono assolti uomini che avevano evirato altri uomini, con il pretesto che non di «tortura continuata» si trattò.

Ma i nostri giovani devono sapere anche quel che era accaduto prima. Quando i «vinti» del 25 aprile, schierati con le SS e con la formidabile macchina da guerra tedesca, avevano il coltello dalla parte del manico, e lo usavano; mentre i «vincitori» venivano braccati, torturati, appesi. Devono sapere quel che è accaduto a Boves, a Meina, ad Acerra, a Bellona, a Gubbio, a Civitella Val di Chiana, a Sant'Anna di Stazzema, a Marzabotto, alla Benedicta; poiché essi oggi sono puri nomi, che non si studiano a scuola, che non si ascoltano in tv.

Spesso si fa notare che i nazisti non sono stati sconfitti dai partigiani ma dagli Alleati, e «questa ovvietà viene presentata come frutto della coraggiosa demolizione di un mito», ha scritto Claudio Pavone in un libro non indulgente fin dal titolo, *Una guerra civile*; in questo modo «non ci si cura di prendere in esame le fonti tedesche», che «documentano quanto i partigiani italiani abbiano costituito per i Comandi tedeschi, soprattutto in certe fasi, anche un problema militare». L'Italia fu liberata dagli angloamericani; ma la Resistenza rese insicure le retrovie per gli occupanti. Soprattutto, contribuì a salvare la dignità di un Paese che aveva scelto il campo di Hitler, aggredito la Francia e la Grecia, partecipato alla persecuzione degli ebrei. E mise le basi per la nascita della Repubblica, della Costituzione, della democrazia. Se poi negli anni successivi i politici hanno tradito quegli ideali e quei valori, sostituendoli con i privilegi e la corruzione, i resistenti sono stati i primi a essere traditi.

Si obietta che i partigiani comunisti non volevano la democrazia, ma la rivoluzione. Un argomento perfetto per la polemica di oggi; privo di senso quando c'era da decidere da quale parte stare, con l'invasore o contro. Le motivazioni dei resistenti furono molte e diverse. Alcuni scelsero fin dall'8 settembre di non arrendersi e combattere i nazisti. Altri entrarono in clandestinità per non rispondere al bando di Salò, che pretendeva di arruolare a forza un'intera generazione. Anche il semplice «no» dei renitenti alla leva rappresentò una forma di Resistenza, che spesso li condusse alla morte: come i fucilati fiorentini al Campo di Marte, come gli adolescenti impiccati sul viale di Bassano del Grappa.

Solo una parte dei partigiani e una piccola parte dei resistenti fecero una scelta politica. Nelle brigate Garibaldi combatterono molti che non erano comunisti o che avevano del comunismo un'idea vaga. In alcune regioni, come sulla frontiera orientale percorsa dai titini, la questione ideologica causò soprusi, sofferenze e morte ai partigiani non comunisti e alla popolazione civile. Altrove, come in Piemonte, fu contenuta in rivalità superate dai fatti, dai rastrellamenti, dall'esigenza di sopravvivere, di aiutarsi, di combattere il nemico comune.

Giudicare in blocco i «ragazzi di Salò», come vengono definiti con un'espressione bonaria, quasi simpatetica, è impossibile e fuorviante. Un unico verdetto valido per tutti sarebbe come una decimazione della Grande Guerra, quando si estraevano a sorte i nomi dei soldati da fucilare, senza considerarne le responsabilità. Con il Duce si schierarono criminali, sadici, razzisti, antisemiti; e diciottenni cresciuti con il fascismo, convinti che il fascismo fosse l'Italia. A volte il caso prevalse sulle coscienze: in una valle comandavano i partigiani e si saliva in montagna, la valle accanto era presidiata dai tedeschi e si obbediva a loro; in un paese erano passate prima le bande, nell'altro le Brigate nere. Alcuni cominciarono la guerra da una parte e passarono dall'altra. Alcuni paracadutisti della Nembo prima seguono un capitano che si unisce ai tedeschi, poi tornano al loro reggimento che attende gli Alleati. Altri paracadutisti del battaglione Ciclone combattono contro i nazisti al passo della Futa, ma il loro comandante, il maggiore Blotto, passerà a Salò. Come dice un personaggio di Italo Calvino, il partigiano Kim: «Basta un nulla, un passo falso, un impennamento dell'anima, e ci si trova dall'altra parte». Alla fine, molti pagarono con la vita i propri crimini, altri semplicemente la propria scelta.

Il capitano Franco Balbis lo presagiva. Per questo si augurava che il suo sangue potesse «servire per ricostruire l'unità italiana». A settant'anni di distanza, è tempo che la pietà umana – dovuta a tutti i caduti – e lo spirito di riconciliazione nazionale esaudiscano il suo ultimo desiderio. Nulla e nessuno potrà cancellare un fatto: gli uomini e le donne della Resistenza hanno ragione; i loro avversari ebbero torto.

Il generale Perotti, il capo dei fucilati di Torino, aveva tre figli. Preoccupato per Renza, la moglie, le scrive una lettera in cui esprime il più profondo segno d'amore: la esorta a risposarsi, per far fronte alla «vita dura» che la attende. Ecco le ultime parole del generale: «Renza mia adorata, a differenza della grande maggioranza di noi mortali mi è dato sapere che fra poche ore morirò. Ti posso assicurare che ciò non mi spaventa. Non credevo così facile adattarsi all'idea del trapasso. Ma se penso non a me che me ne vado ma a voi che restate, allora un supremo sconforto mi assale, e un dolore immenso per il male che vi faccio. Non io sono la vittima ma voi che restate, voi che dovete sopportare il tremendo retaggio di una vita da affrontare senza il piccolo aiuto che ho cercato di darvi.

Io muoio tranquillo. Ho coscienza di aver voluto a te, alle mie creature belle tutto il bene che il mio cuore era capace di dare e voi mi avete dato tante gioie e un immenso desiderio sempre di avervi vicini, di godervi, di sentirvi. Gli anni che hai passato con me sono stati per te di sacrificio, ma non era in me l'intenzione che fossero tali. Il destino ha voluto così e il destino è imperscrutabile. Bisogna accettarlo.

Io mi considero morto in guerra, perché guerra è stata la nostra. E in guerra la morte è un rischio comune. Non discuto se chi me la darà ha colpito giusto o meno; si muore in tanti ogni giorno e i più innocentemente; io almeno ho combattuto. Prima di lasciarti devo ripeterti che sei stata per me la compagna più dolce, affettuosa, buona, intelligente che io avessi potuto sognare: mi illudo di aver sempre cercato di ricambiarti i sentimenti che suscitavi in me.

La vita per te sarà dura: se le vicende vorranno che tu possa trovare un altro aiuto, accettalo per te e per i nostri figli. Marisa è stata la mia tenerissima affettuosa figliola: troppo poco l'ho guidata, ma non l'ho fatto per trascuratezza. Era nel mio cuore sempre e in ogni momento col suo sorriso buono, col suo aspetto gentile. Graziella è la mia creatura di sogno: il più puro e incantevole fiore che abbia visto e Nanni è il meraviglioso vigneto che sboccerà rigoglioso. Iddio mi ha voluto concedere di rivederli ieri sera: mi ero illuso in quel momento che non sarebbe stata l'ultima e anche quella fu una delle tante illusioni svanite della mia vita. Anche ieri sera, come sempre, non ho saputo tenermeli vicini, non ho saputo godermeli, e ho poi pianto disperatamente sul mio errore.

Prendo congedo da voi, come spero comprenderete attraverso le mie pagine mal scritte, anche perché la luce è molto scarsa, con serena tranquillità. Non ho l'impressione di andarmene per sempre, ma di allontanarmi come ho sempre fatto, di sognare in viaggio voi e la mia casa e di pensare al mio ritorno in famiglia. Sono certo che questo senso di serena fiducia mi accompagnerà fino all'ultimo momento.

Abbraccio e bacio teneramente come ho sempre fatto te, moglie mia adorata, la mia Marisa buona, la mia Graziella tanto cara, il mio Nanni graziosino e mi congedo da voi certo di rivedervi e riabbracciarvi. Di nuovo, creature mie, tanti baci e tutti gli auguri che un cuore di padre affettuoso e amante può formare per immaginarvi felici e contenti.

E io sono certo che vivrete felici e contenti e continuerete sempre a ricordarvi del vostro

Papà».

Quanto al capitano Balbis, dopo aver scritto al padre prende congedo dalla madre con queste parole: «Mamma adorata, è il tuo Franco che torna a Te nel momento supremo per porgerti il suo bacio e per vivere sempre in ispirito nel tuo abbraccio.

È questo il tuo Cumillo a cui hai dato con la vita il tuo sangue, il tuo cuore, la tua anima. Mi hai allevato nella fede, nell'amore, nella rettitudine e nell'onestà. Ho imparato dal tuo esempio a essere un uomo. Ti ringrazio, Mammina cara, per tutto quello che hai fatto per me e ti chiedo oggi perdono per quanto ti ho fatto di male, per i dolori e le ansie che ti ho procurato.

Mamma, colla tua forza d'animo, vincendo momenti difficili della vita, mi fosti sempre di esempio e di guida; ti chiedo lo sforzo supremo oggi di fare altrettanto: non disperarti completamente e rimani serena: Iddio terrà conto del tuo sacrificio.

Il più grande tormento della mia nuova vita sarebbe quello di sapere che, per causa mia, tu non potessi aver pace. Nel momento supremo il tuo nome sarà nel mio cuore e sul mio labbro: per la mia pace donami, o mamma, la tua benedizione. Ti abbraccio e ti stringo a me per sempre, nella vita e per la morte, e mi è bello pensare che arriverò a Dio col tuo perdono e il tuo bacio.

Tuo

Franco».

II

«Non mi avrete mai»
Le donne della Resistenza

«Il comandante ha obbligato per prima cosa i militi, tutti giovani dai sedici ai venti anni, a sputare in faccia e a prendere a pedate la prigioniera, Maria Zinibaldi. Quasi tutti acconsentirono. Ore 13 di sabato, interrogatorio. Fu obbligata a denudarsi sotto la minaccia di essere bruciata viva con lo spirito da ardere; venne pure derisa dalla moglie del comandante presente all'interrogatorio. La Zinibaldi ebbe quindici frustate, sempre per ordine del capitano. Fu poi condotta in una camera e obbligata a passare in mezzo ai militi e a percorrere tutti i locali perché tutti la potessero vedere e schernire con i più volgari aggettivi. Nelle notti del sabato e della domenica venne portata in una lurida cantina dove quaranta militi per ordine del capitano si sono alternati abusando della donna. Lunedì notte poté riposare ed essere rispettata perché la moglie di un brigadiere la nascose e la chiuse nella cantina.»

La relazione del 27 settembre 1944, custodita nella cartella Controspionaggio dell'Istituto Parri di Milano, è solo una fra le tante testimonianze del martirio delle donne italiane che dissero no ai nazifascisti. Ci furono combattenti con le armi in pugno. Ci furono staffette che portarono ordini e documenti. Ci furono soprattutto ragazze e madri, spesso rimaste anonime, che fecero la loro parte avvertendo dell'arrivo del nemico, nascondendo un ricercato, fornendo documenti falsi a famiglie ebraiche, sfamando giovani braccati. Alcune erano comuniste. Altre avevano semplicemente maturato una scelta antifascista. La grande maggioranza erano persone senza una fede politica, ma capaci di restare salde nella bufera. Molte pagarono con la vita. Altre si salvarono. Altre ancora sopravvissero, ma non furono più le stesse.

Noris Guizzo, nome di battaglia «Carmen», è una ragazza esile, minuta. Nata nel 1918 a Selva del Montello, un paese sul fronte della Grande Guerra, a vent'anni è andata a lavorare a Torino. I testimoni la raccontano intelligente, autonoma, socievole, senza la timidezza delle ragazze di paese. Subito dopo l'8 settembre, Noris entra in contatto con le prime formazioni partigiane torinesi per poi unirsi alle brigate socialiste dedicate alla memoria di Giacomo Matteotti. Si ammala di polmonite, rientra al suo paese, dove si prende cura del fratello, ferito durante il rastrellamento sul Cansiglio. Tramite lui entra nella resistenza locale, diventando staffetta della brigata Mazzini.

Carmen tiene i contatti tra il Comitato di liberazione nazionale di Treviso e le bande della Pedemontana, partecipa ad azioni di sabotaggio con il gruppo guidato da Francesco Sabatucci, «Cirillo», cui è molto vicina. C'è anche lei con i partigiani travestiti da tedeschi che liberano 70 prigionieri dalle carceri di Belluno senza sparare un colpo. Il 16 agosto 1944 è ferita a Solighetto in uno scontro, ma riesce a fuggire.

Il 19 novembre cade in trappola. È in missione a Treviso quando viene avvicinata da Firmino Morello, «Tarzan», partigiano della brigata di Cirillo, che per sfuggire alla fucilazione è passato con le Brigate nere. Interrogata all'ufficio politico investigativo, viene torturata con la «corona di spine», una catena di ferro stretta attorno alla testa; perde sangue, sente le ossa scricchiolare, ma non parla. La affidano alla banda Carità, a Padova. La sottopongono ad altre sevizie. «La cosa terribile» racconterà a un amico «è che mi hanno messo un ferro rovente nell'utero: mi hanno bruciato tutto. Mi hanno bruciato il clitoride, anche le ovaie. Ora sono come una pianta secca.» Le dicono che Cirillo è stato catturato e ucciso; lei non ci crede; le tirano addosso il documento del suo comandante.

I fascisti sono convinti di averla domata e la rimandano a Treviso, come donna di servizio a casa di un capitano delle Brigate nere. Lei ascolta e ricorda tutto. Il 19 aprile riesce a fuggire e a unirsi alla divisione partigiana che ha preso il nome di Francesco Sabatucci, Cirillo. Dopo la liberazione si presenta davanti alla Corte di Assise straordinaria di Treviso, e con la sua testimonianza inchioda squadristi responsabili di violenze e omicidi. Ma quando vede che molti sono subito liberati, sceglie di lasciare l'Italia e partire per l'Argentina, con il fratello e il fidanzato, che sposa a Buenos Aires. Non potranno avere figli, e finiranno per separarsi.

Lei torna al paese per rivedere i vecchi compagni, ma non ritrova lo spirito del tempo della Resistenza. Al rientro in Argentina, decide di suicidarsi. Si spara, ma sopravvive.

Noris Guizzo è morta a Buenos Aires nel 1967. Forse d'infarto, forse per l'abuso di farmaci.

A volte è l'amore a muovere le donne. Come Iris Versari, figlia di contadini, che nella loro casa di Tredozio, in provincia di Forlì, ospitano i partigiani guidati da Silvio Corbari. Iris, che non ha ancora ventidue anni, se ne innamora.

Il 27 gennaio 1944 la casa viene incendiata e i genitori di Iris sono deportati nei lager: la madre farà ritorno, il padre no. Iris prende le armi per seguire il suo uomo. Occupano il borgo di Modigliana, rapinano la banca, fuggono, fanno sapere che torneranno per eliminare i fascisti. Quando Corbari torna davvero, i militi sono scappati tutti: lui ordina una bibita al bar, beve con la cannuccia, gli abitanti sorridono per la guasconata, senza però presagire nulla di buono. La banda Corbari prepara un altro colpo: finge di arrendersi al console della milizia Marabini; poi tira fuori le armi, apre il fuoco, lo uccide.

Ora Silvio, Iris e gli altri sono braccati. Lei si ferisce al ginocchio con un colpo partito per errore dal suo Sten, Corbari le è al fianco; con altri due compagni, Adriano Casadei e Tonino Spazzoli, si rifugiano in casa di un contadino. I fascisti arrivano alle 4 di mattina. Iris uccide il primo che le si para di fronte; da fuori sparano con i mortai, da dentro rispondono con le bombe a mano. Corbari vorrebbe trascinare via la sua donna, lei non può correre e gli urla di mettersi in salvo, lui esita; per risolvere la questione Iris Versari punta l'arma contro se stessa e si uccide.

Il sacrificio non servirà. Corbari scappa ma cade in un dirupo e si spezza un ginocchio, i fascisti gli sono addosso. Lo portano a Forlì e lo impiccano in piazza. Al suo fianco appendono il corpo della sua donna, già morta. Oggi una lapide, ignorata dai più, indica il lampione da cui penzolarono i corpi di Iris Versari e di Silvio Corbari.

Gabriella Degli Esposti invece aveva un marito, Bruno Reverberi. Lei era socialista, lui comunista. Lei una contadina, lui un mastro casaro, un artigiano del formaggio, di quelli che sanno riconoscere al tatto il momento giusto di tagliare la cagliata, non quando è ancora liquida, non quando è già solida. Hanno due figlie piccole e aspettano un terzo figlio. Ma nell'ora più nera Gabriella non si tira indietro: nell'Emilia occupata fonda i Gruppi di difesa della donna, porta centinaia di contadine come lei per le vie di Castelfranco, prima il 13 e poi il 29 luglio 1944, a protestare contro la penuria di cibo e per la fine della guerra. Il podestà la avverte: «Te la faremo pagare cara».

Il 13 dicembre le SS del tenente Karl Johannes Schiffmann entrano in casa e le chiedono dov'è il marito. Lei dice di essere una sfollata passata di lì per caso, e che il signor Reverberi abita in un altro paese, a Riolo. Appena la camionetta riparte, Gabriella affida la cassa del Comitato di liberazione a un vicino, e lo incarica di avvertire i partigiani che i tedeschi sono sulle loro tracce. Lascia a una donna la figlia più piccola, Lalla, tre anni. Poi attende il ritorno dei nazisti, infuriati per la beffa. La minacciano di morte, la picchiano con il calcio del fucile davanti alla primogenita, Savina, dodici anni, ma lei non rivela dov'è nascosto il marito. Poi la portano via. Su indicazione dei loro informatori italiani, i tedeschi arrestano altre settanta persone e le chiudono nel magazzino dell'Ammasso canapa. Per tre giorni e tre notti si sentono le urla dei torturati, tra le quali spiccano le grida di una donna.

Gabriella Degli Esposti viene fucilata il 17 dicembre 1944, sul greto del Panaro, a San Cesario. Ha 32 anni. Con lei muoiono cinque contadini – Sigialfredo Baraldi, Gaetano Grandi, Dino Rosa, Lucio Pietro Tosi, Ezio Zagni –, un impiegato, Roberto Pedretti, un meccanico di 24 anni, Ettore Magni, un carabiniere di 22, Annibale Marinelli, e un ragazzo di 16, Livio Orlandi. Ai familiari viene detto che i prigionieri sono stati portati in un campo di lavoro.

Un mese dopo, il 20 gennaio, il parroco di San Cesario apprende in confessionale che in riva al fiume, sotto la neve e uno strato di terriccio smosso, ci sono nove cadaveri. Tra loro sarà ritrovato il corpo di una donna senza occhi, con i capelli strappati, il ventre squarciato, i seni tagliati. La riconoscono dai vestiti. Dal suo sangue nascerà il distaccamento femminile Gabriella Degli Esposti, l'unica formazione partigiana composta interamente da donne. Oggi in riva al Panaro un monumento, eretto dai ragazzi dell'Istituto Pacinotti di San Cesario, ricorda il suo sacrificio. L'Ammasso canapa è diventato un centro commerciale.

Cecilia Deganutti era una maestra di Udine. Quando scoppia la guerra ha 25 anni. È infermiera volontaria. Nei campi di prigionia tedeschi si occupa degli internati italiani. Vede come i nazisti trattano i suoi compatrioti. Decide di tornare in Italia, nel suo Friuli, per combattere gli occupanti. Entra nelle brigate Osoppo, cattoliche, nome di battaglia «Rita». Collabora con don Giorgio Vale, cappellano al tempio Ossario, uno dei centri di sostegno alla Resistenza. Rita organizza piccoli ospedali da campo a Budoia e Attimis, e tiene i contatti con la missione del Regno del Sud, che opera nella Bassa Friulana.

Il 23 dicembre 1944 il marconista della missione è catturato dai tedeschi. Dopo quattordici giorni è libero: in realtà, ha accettato di collaborare. Rita è in un bar di Udine con un altro soldato, «Fabio», il tenente triestino Vinicio Lago, quando si accorge che qualcuno li sta seguendo. Salva Fabio portandolo in un appartamento da cui si può fuggire attraverso un lucernaio; poi torna a casa, nel timore che la scelta della clandestinità possa mettere in pericolo la sua famiglia.

La sera stessa viene arrestata, portata nel carcere di Trieste, torturata. La sorella Lorenzina riesce a parlarle attraverso la grata della cella; lei chiede solo se a casa hanno avuto problemi a causa della sua scelta; ha un moto di sollievo quando Lorenzina la tranquillizza. Il 4 aprile viene portata nel lager della Risiera di San Sabba, alla periferia della città, accanto allo stadio, dove c'è l'unico forno crematorio in territorio italiano. Rita rincuora i compagni di prigionia, dice che la liberazione è vicina. È così, ma lei non la vedrà: viene uccisa e bruciata. Oggi l'istituto che comprende le scuole elementari e medie di Latisana è intitolato a Cecilia Deganutti.

Irma Bandiera è una ragazza di buona famiglia. Abita a Bologna in un bel palazzo al Meloncello, subito fuori le mura, dove i portici cominciano a salire verso la Madonna di San Luca. In casa la chiamano Mimma. E lei sceglie Mimma come nome di battaglia, quando a 28 anni decide di collaborare con i Gap, Gruppi di azione patriottica. Le fotografie restituiscono una donna bella, alta, sofisticata, dai capelli lunghi ondulati, truccata con un rossetto scuro. Non passa inosservata; ma appare insospettabile. Così porta armi e ordini tra i vari nuclei della settima squadra Gap, che ha due basi in città, nei sotterranei dell'ospedale Maggiore distrutto dai bombardamenti alleati e in una vecchia fabbrica vicina a Porta Lame: entrambe le basi saranno attaccate dai fascisti e dai tedeschi, a Porta Lame nel novembre 1944 cadranno almeno dieci uomini da entrambe le parti, i partigiani riusciranno a fuggire.

Mimma non vedrà la battaglia. Il 7 agosto 1944, di ritorno da una missione a Castelmaggiore, è fermata su segnalazione di una spia e arrestata a Funo d'Argelato. La portano a Bologna e la torturano per sette giorni per farle rivelare le basi e i nomi dei compagni. I gappisti si sono dati regole terribili: altre formazioni hanno l'ordine di resistere almeno un giorno, altri possono ricorrere a espedienti come incolpare i morti o raccontare fatti già noti; per i Gap l'ordine è invece di tacere, a oltranza. E lei tace. La portano sotto casa sua, le dicono: «In quella casa ci sono i tuoi figli. Se non parli, non li vedrai più». Lei non parla; i fascisti le cavano gli occhi. Poi le scaricano addosso i mitra.

È il 14 agosto 1944. Il suo corpo viene lasciato esposto allo sguardo dei passanti per tutto il giorno, dove oggi c'è una lapide che la ricorda. Le Squadre di azione patriottica di Bologna prendono il suo nome. Dopo la guerra avrà la medaglia d'oro al valor militare alla memoria. A Irma Bandiera e alle altre 127 partigiane martiri della provincia di Bologna è dedicato il monumento ideato dagli urbanisti del gruppo «Città Nuova», inaugurato nel 1975 nel parco di Villa Spada. È un monumento speciale, fatto in parte con materiali deperibili, che deve essere rinnovato ogni giorno, ha bisogno del contributo di tutti, non può essere dimenticato; altrimenti muore.

* * *

Irma Marchiani, «Anty», nata a Firenze, combattente sull'Appennino modenese, arrestata mentre fa ricoverare in ospedale un partigiano ferito, seviziata, condannata a morte, fuggita, ripresa, ha lasciato due lettere: la prima al fratello Piero, datata 10 agosto 1944, in cui spiega le ragioni della sua scelta; la seconda alla sorella, «Pally», datata 26 novembre 1944, poche ore prima di essere fucilata, a 33 anni.

«Carissimo Piero, mio adorato fratello,

la decisione che oggi prendo, ma da tempo cullata, mi detta che io debba scriverti queste righe. Sono certa mi comprenderai perché tu sai benissimo di che volontà io sono... Seguo il mio pensiero, l'ideale che pur un giorno nostro nonno ha sentito. Faccio già parte di una Formazione, e ti dirò che il mio comandante ha molta stima e fiducia in me. Spero di essere utile, spero di non deludere i miei superiori. Non ti meraviglia questa mia decisione, vero?

Sono certa sarebbe pure la tua, se troppe cose non ti assillassero. Bene, basta uno della famiglia, e questa sono io.

Tua sorella
Paggetto.»

«Prigione di Pavullo, 26.11.1944

Mia adorata Pally,

sono gli ultimi istanti della mia vita. Pally adorata ti dico a te saluta e bacia tutti quelli che mi ricorderanno. Credimi non ho fatto mai nessuna cosa che potesse offendere il nostro nome. Ho sentito il richiamo della Patria per la quale ho combattuto, ora sono qui… fra poco non sarò più, muoio sicura di aver fatto quanto mi era possibile affinché la libertà trionfasse.

Baci e baci dal tuo e vostro

Paggetto

Vorrei essere seppellita a Sestola.»

III

8 settembre: la vergogna e il riscatto

I primi partigiani, le prime stragi

L'8 settembre non muore la patria; crolla lo Stato. Intere divisioni si arrendono a una camionetta di tedeschi. Un professore di filosofia del liceo di Alba, Pietro Chiodi, annota nel suo diario: «Mi si spezza il cuore vedendo gruppi di soldati sospinti come animali dalle SS»; la loro destinazione è la Germania. Una donna, Marina Azzoli Soldati, racconterà di aver visto una lunga fila di militari che, con un solo tedesco davanti e uno dietro, escono da una caserma «a testa bassa come ladri» per consegnare il loro fucile.

Sono proprio le donne le prime a reagire. Alla caserma Valdocco di Torino, al campo di Vipiteno, all'accademia di Modena incitano i soldati a scappare, si offrono di scortarli al sicuro attraverso le fognature, fanno sparire le divise, procurano abiti civili. Le infermiere del Policlinico di Milano ricoverano di nascosto i fanti che premono ai cancelli. Ad Acqui Terme i militari chiusi nella caserma sono liberati da un assalto di popolo. Ma le scene prevalenti un po' ovunque sono la resa, la rassegnazione, talora il saccheggio. Sul confine orientale si arrendono centomila uomini rimasti senza comandanti, il vescovo di Trieste Antonio Santin annota: «Passano per le lunghe vie, stanchi e umiliati, i nostri soldati abbandonati da coloro che avrebbero dovuto guidarli e precederli nel sacrificio». Eppure il giovane Giaime Pintor intravede in quei fanti «affamati e seminudi», che desiderano solo tornare a casa, la possibilità di uno slancio, di un riscatto: «Erano un popolo vinto; ma portavano dentro di sé il germe di un'oscura ripresa: il senso delle offese inflitte e subite, il disgusto per l'ingiustizia in cui erano vissuti».

Gli antifascisti cercano il rapporto con l'esercito. Già il 26 luglio l'azionista Duccio Galimberti ha incitato la folla di Cuneo – e il 27 quella di Torino – a combattere i tedeschi, che stanno prendendo il controllo della penisola. Il 30 agosto il comunista Luigi Longo ha scritto a Badoglio, capo del governo, per chiedergli di stabilire in ogni città un contatto tra i comandanti militari e i rappresentanti del Fronte nazionale, l'embrione del Comitato di liberazione. Sarà tutto inutile.

All'annuncio dell'armistizio, Longo va con il socialista Sandro Pertini e l'azionista Riccardo Bauer dal generale Giacomo Carboni, cui è affidata la difesa di Roma, a chiedergli invano di armare una Guardia nazionale. Lo stesso fanno a Torino il liberale Franco Antonicelli e il monarchico Filippo Burzio; il generale Enrico Adami Rossi rifiuta di vederli. Il giorno dopo li riceve in piedi, sfoggiando una decorazione nazista; poi va a dare il benvenuto ai tedeschi. Gli operai chiedono armi per resistere; l'esercito li disperde con le bombe a mano.

Nella capitale l'incaricato di Carboni firma la resa alle 16 del 10 settembre, mentre il re è già sulla rotta di Brindisi e ancora si spara a Porta San Paolo, dove un gruppo di militari e di civili salva la dignità. Sono granatieri di Sardegna, carabinieri della legione di Roma, lancieri di Montebello, il primo squadrone del Genova Cavalleria, reparti della divisione Sassari, paracadutisti del 10° reggimento arditi. Pertini invita i romani a unirsi alla lotta, mancano armi, si disselciano i sampietrini del piazzale, si alzano barricate con i tram rovesciati. A terra restano 241 caduti. Muore un diciottenne del Testaccio, Maurizio Cecati: è il primo civile caduto nella guerra di liberazione. E muore l'azionista Raffaele Persichetti, 28 anni, insegnante, ufficiale degli artiglieri: la strada che costeggia le mura oggi porta il suo nome.

In una casa di via Adda si è riunito per la prima volta il Comitato di liberazione nazionale: ci sono Pietro Nenni per i socialisti, Ugo La Malfa per il Partito d'azione, Mauro Scoccimarro per i comunisti, Alessandro Casati per i liberali. C'è il penultimo presidente del Consiglio dell'Italia prefascista, Ivanoe Bonomi. E c'è un cattolico trentino già deputato al Parlamento di Vienna: Alcide De Gasperi.

La resistenza in campo aperto non ha alcuna possibilità di successo. Nelle città italiane si evita un bagno di sangue. Ma, come scrive Giorgio Bocca nella sua *Storia dell'Italia partigiana*, «il no dell'esercito è politico prima che militare»: il popolo in armi appare un fatto inammissibile alla gerarchia. A Genova i civili disarmano i tedeschi; il generale Emilio Bancale li fa liberare, mentre dimentica i prigionieri angloamericani. A Venezia centinaia di persone si riuniscono di fronte al comando di piazza, ma il responsabile, il duca di Genova, è già fuggito. A Cuneo un ufficiale di complemento degli alpini, Nardo Dunchi, che nella vita fa lo scultore, propone di eliminare i comandanti ostili alla Resistenza: nessuno gli dà retta, lui parte da solo per la val Josina, con una carretta di esplosivo; le reclute fuggono, la caserma degli alpini è vuota, gli uomini di Galimberti vanno nottetempo a prendere le armi prima che arrivino i tedeschi. A Trieste il generale Alberto Ferrero spiega agli antifascisti che i fucili sono chiusi in un magazzino di cui ha perso la chiave.

I primi a salire in montagna sono gli alpini che formano la banda della val Grana, sopra Cuneo, guidati dagli ufficiali di complemento. Altri alpini vanno in val Pesio, agli ordini di un ufficiale cattolico, il capitano Cosa. Il colonnello Cecchi guida i monarchici della val Casotto, il colonnello Ardù comanda a Garessio, assistito dall'industriale del paese, Roberto Lepetit. A Lecco il primo comandante dei ribelli è il colonnello Morandi, in val Brembana guida una brigata il sottotenente di fanteria Gianfranco Maris: catturato dai nazisti il 26 gennaio 1944, mandato a Mauthausen, sopravviverà al lavoro nella cava di pietra; al ritorno aprirà uno studio legale, molti anni dopo sarà l'avvocato della famiglia del commissario Luigi Calabresi nei processi Sofri e il presidente dell'Aned, l'associazione degli ex deportati.

I primi partigiani non sono «sovversivi»; sono militari che non intendono arrendersi. Nel Varesotto il maggiore Giacinto Lazzarini comanda trenta avieri: hanno una radio con cui si mettono in contatto con il comando di Brindisi, dove attorno al re e al governo Badoglio si tenta di riorganizzare l'esercito italiano in modo da schierarlo con gli Alleati. Sul monte San Martino, sopra Luino, un colonnello dei bersaglieri, Carlo Croce, chiama il suo gruppo Cinque Giornate, per legare la lotta di liberazione che sta per cominciare a quella del Risorgimento.

Un gruppo di allievi dell'accademia di Modena sale sulle colline sopra Sassuolo. In Liguria si forma una banda di prigionieri russi: li comanda un tenente degli alpini, Giuseppe Merlo. E i «politici» riconoscono, almeno formalmente, il comando dei militari: a Madonna del Colletto gli azionisti Galimberti e Dante Livio Bianco si affidano a un sergente; a Barge i comunisti che hanno nelle loro file Giancarlo Pajetta, Ludovico Geymonat, Antonio Giolitti, il nipote dell'ex presidente del Consiglio, attribuiscono il comando ai giovani ufficiali di cavalleria legati a un tenente siciliano: Pompeo Colajanni, che si fa chiamare Barbato, come Nicola Barbato, il protagonista dei Fasci Siciliani, il movimento dei braccianti e dei minatori di fine Ottocento. Altri soldati siciliani salgono sull'Appennino ligure agli ordini di un veterano di Caporetto, ex ufficiale dei bersaglieri, Giovan Battista Canepa. In Umbria, sopra Norcia, comanda il capitano Ernesto Melis, figlio del direttore del carcere, che ha liberato i prigionieri antifascisti.

Sulle colline che sovrastano Diano Castello, in provincia di Imperia, il capobanda è un medico che scrive poesie, Felice Cascione. I suoi uomini lo chiamano in dialetto ligure «U Megu». Non ha mai conosciuto il padre, caduto sul Piave. È lui a comporre il testo di *Fischia il vento*, sulla musica di una canzone popolare russa. Al primo scontro i partigiani fanno prigionieri un tenente e un militare della Guardia nazionale repubblicana, Michele Dogliotti, detto Miro. Si decide di fucilarli, ma il Megu si oppone: «Ho studiato vent'anni per salvare la vita di un uomo, e ora voi volete che io permetta di uccidere? Teniamoli con noi e cerchiamo di fargli capire». Ma il milite riesce a scappare e conduce i camerati sulle sue tracce.

Ferito a una gamba, il Megu si ferma a coprire la ritirata degli altri. Due suoi uomini tornano indietro per aiutarlo, ma vengono sopraffatti e torturati perché indichino il capo. Cascione esce allo scoperto e urla: «Il capo sono io!». Lo crivellano di colpi. È il 27 gennaio 1944. Nella divisione Garibaldi che gli viene intitolata entra un ventenne di Sanremo, che sceglie di chiamarsi come la città cubana in cui è nato, Santiago: è Italo Calvino. Scriverà: «Non fu vano il tuo sangue, Cascione, primo, più generoso e più valoroso di tutti i partigiani. Il tuo nome è ora leggendario, molti furono quelli che infiammati dal tuo esempio s'arruolarono sotto la tua bandiera». Tra loro c'è anche il fratello di Italo, Floriano Calvino, che ha solo 17 anni.

La Resistenza del settembre 1943 è solo un'avanguardia sparuta di quel movimento di popolo che nell'estate '44 occuperà le valli alpine, si batterà sulle cime dell'Appennino, fonderà quindici repubbliche fragili ma significative da Domodossola ad Alba. Ma è un'avanguardia che rappresenta una preziosa testimonianza di coraggio.

In val Pellice ci sono i partigiani valdesi, che accolgono gli intellettuali del Partito d'azione, i magistrati, gli ebrei saliti da Torino: Franco Venturi, Giorgio Agosti, Emanuele Artom. Nel Biellese, zona operaia, prevalgono gli operai comunisti; ma in Valsesia c'è una banda guidata da un giovane scultore, Andrea Cascella, che accanto al fratello Pietro passerà alle cronache come l'autore del mausoleo di Berlusconi. Salgono in montagna gli aristocratici piemontesi, gli Incisa e i Fracassi di Cherasco, i Blanchi di Roascio e i Travaglini di Dronero.

I punti di riferimento della Resistenza in Valle d'Aosta sono un filosofo, Alessandro Passerin d'Entrèves, uno storico, Federico Chabod, e un notaio, Emile Chanoux: cattolico, organizzatore delle prime bande, sostenitore di un'Europa federale; arrestato dai fascisti, seviziato dalle SS, morto in carcere sotto le torture il 18 maggio 1944. Oggi la piazza principale di Aosta si chiama piazza Chanoux.

In Val d'Ossola c'è un grafico, Albe Steiner, nipote di Matteotti, che dopo la guerra disegnerà «Il Politecnico», la rivista di Vittorini. Sul lago d'Orta comanda un architetto, Filippo Beltrami. In Veneto le prime bande nascono attorno a colonnelli dell'esercito: si chiamano Arcangelo Bortolotto, Armando Pizzinato, Vittorio Premuda, Angelo Zancanaro; con loro si schierano il maggiore Edoardo Pierotti e il maggiore Berto Rizzo.

Sul confine orientale l'egemonia è delle formazioni slave, che impongono il terrore e fanno fucilare i partigiani sgraditi, come Darko Pezza. Ma in Friuli le prime formazioni sono organizzate dai parroci: di fronte, oltre ai tedeschi, hanno austriaci, georgiani, ustascia croati, cosacchi; vengono devastati Attimis, Faedis, Nimis, paesi che hanno conosciuto l'occupazione germanica meno di trent'anni prima, dopo Caporetto. I sacerdoti animano le prime formazioni pure in Emilia: a Toano, nel Modenese, una squadra guidata da don Nino Monari libera con le bombe a mano un gruppo di giovani rastrellati dai fascisti. Anche a Brescia prevalgono i cattolici delle Fiamme verdi, organizzate dall'arciprete di Cividate don Carlo Comensoli e dal capitano degli alpini Romolo Ragnoli; entrano nelle Fiamme verdi anche il gruppo Barnaba, di Pian d'Artogne, e quello dei fratelli Gerola, in Val Trompia. I sacerdoti raccomandano, se possibile, di non perdere la messa della domenica.

In Piemonte molti tra gli alpini che scelgono di resistere sono superstiti della Russia. Hanno visto i tedeschi respingere a colpi di baionetta i loro compagni stremati che tentavano di aggrapparsi alle slitte, rifiutare di prendere i feriti italiani a bordo dei treni e dei camion, abbandonarli nelle mani dei russi, a volte feroci, a volte più pietosi dei «fratelli d'armi». Alcuni, come Nuto Revelli, hanno tenuto da parte il loro parabellum, nella certezza che presto sarebbe servito a combattere i nazisti.

Gli occupanti fanno subito capire che sarà guerra totale. Le SS del maggiore Peiper sono arrivate a Cuneo l'11 settembre: 500 uomini con carri armati e autoblindo. Sanno che in zona ci sono reparti che non si sono arresi. Li comanda un tenente della guardia di frontiera, un cattolico iscritto alla Fuci, la Federazione degli universitari: Ignazio Vian, veneziano, 26 anni. Con lui ci sono militari e valligiani: 150 uomini in armi, forse anche meno. Ai tedeschi possono contrapporre un solo cannone, che ha in dotazione un solo colpo.

Il 18 settembre Peiper manda un reparto a Boves, che prima tira sulle frazioni, poi riunisce la gente in piazza e minaccia di fucilare i civili se i ribelli non si consegnano. Il 19 i tedeschi tornano, ma sono soltanto in due: il motore della loro auto si guasta, non riescono a ripartire, gli uomini di Vian li fanno prigionieri. Peiper stavolta arriva di persona. Si fanno avanti l'industriale del paese, Antonio Vassallo, e il parroco, don Giuseppe Bernardi. Il maggiore promette di risparmiare Boves se i suoi uomini vengono liberati.

Un'ora dopo Vassallo e don Giuseppe tornano con i due tedeschi. Ma Peiper non mantiene la parola: ordina di bruciare il paese e di sparare sugli abitanti. Comincia il massacro casa per casa. Il parroco e l'imprenditore vengono portati in giro su una camionetta, perché assistano allo scempio. Poi sono cosparsi di benzina e bruciati vivi. Boves è distrutta, i morti sono 23.

Una colonna di SS sale a snidare Vian. Il cannone tira il suo unico colpo e centra il blindato di testa. I tedeschi sparano con i carri armati, cade il primo partigiano: è un marinaio. Vian grida ordini a reparti inesistenti e guida un contrattacco con le bombe a mano, le SS si ritirano; la banda si mette in salvo in val Vermenagna, lungo la via che sale al colle di Tenda.

Il messaggio dei tedeschi non potrebbe essere più chiaro: comincia una guerra contro i civili, un conflitto spietato in cui non si fanno prigionieri, in cui tutti gli italiani che non collaborano con l'invasore possono essere malmenati, torturati, uccisi, anche se sono donne, bambini, sacerdoti.

Gli uomini di Vian si uniscono agli alpini e agli altri partigiani autonomi di Enrico Martini, «Mauri», comandante monarchico, che impone ai suoi il giuramento di fedeltà al re. La formazione viene distrutta nell'attacco tedesco del 13 marzo 1944: 50 caduti, 160 prigionieri, quasi tutti fucilati. Vian si salva ancora e viene mandato a Torino, a prendere contatti con il Comitato di liberazione.

Catturato il 19 aprile 1944, è rinchiuso nel carcere delle Nuove, nella cella numero 17. Torturato ogni giorno, non riescono a strappargli nomi e nascondigli dei compagni. Tenta di tagliarsi le vene con un coccio, ma lo tengono in vita. Non ha tempo per scrivere la sua ultima lettera, lascia due messaggi. Uno scritto con il sangue sul muro della cella: «Meglio morire che tradire». Un altro inciso su una pagnotta, ancora conservata dai familiari: «Coraggio mamma».

Ignazio Vian viene impiccato il 22 luglio 1944 a un albero di corso Vinzaglio, in pieno centro, con altri tre partigiani: un ragazzo di 17 anni, Felice Briccarello, un gappista, Francesco Valentino, e un contadino, Battista Bena; i loro corpi insepolti penzoleranno a lungo, per terrorizzare la popolazione civile. Quel giorno altri due partigiani, Giuseppe Bravin e Giovanni

Costanzo, sono impiccati a un viadotto all'inizio dell'autostrada Torino-Milano. Dopo il 25 aprile allo stesso albero di Vian sarà appeso il capo del fascismo torinese, il federale Solaro.

Il 13 novembre 1943 i tedeschi si muovono per liquidare il gruppo Cinque Giornate del colonnello Croce, nome di battaglia «Giustizia», motto: «Non si è posto fango sul nostro volto». Sono 150 uomini, tra cui il capitano di artiglieria Enrico Campodonico e don Mario Limonta, che fa da cappellano. Con il maggiore Lazzarini, che si è attestato sul monte Sette Termini, si riconoscono scambiandosi immagini sacre. Gli uomini di Croce si sono asserragliati nelle vecchie fortificazioni costruite sul San Martino, sopra Varese, negli anni della Grande Guerra, quando si temeva un attacco austriaco attraverso la Svizzera. Ma non è così che possono combattere gli uomini della Resistenza. I tedeschi muovono l'aviazione, i partigiani tentano una sortita, don Mario impartisce a tutti l'assoluzione. Alla testa dei superstiti, nella notte Croce riesce a passare tra le file degli assedianti e a riparare in Svizzera. Sul terreno restano decine di morti, tra cui 30 tedeschi. Il colonnello rientra in Italia per continuare a combattere, viene ferito e preso vicino a Sondrio: gli amputano un braccio, lo torturano; muore il 24 luglio 1944.

Accanto alla caccia al ribelle parte fin da subito la caccia all'ebreo. A Meina, sul lago Maggiore, hanno trovato rifugio famiglie rimpatriate da Salonicco caduta in mano ai nazisti. Abitano in albergo, si chiamano Fernandez Diaz, Modiano, Mosseri, Torres; da Milano li hanno raggiunti i Pombas. Il 15 settembre sul lago arrivano le SS della divisione Adolf Hitler, reduci dalla guerra di sterminio condotta in Russia. Qualcuno, forse per denaro, parla.

Diciassette ebrei sono catturati e rinchiusi al terzo piano

dell'hotel. Il tenente Kruger li avvisa che saranno portati in un campo di lavoro, tranne il più anziano, nonno Fernandez, con tre nipotini. Ma appena fuori dal paese, in riva al lago, i nazisti fanno scendere i prigionieri, li uccidono con un colpo alla nuca, li gettano in acqua con una pietra al collo. Il giorno dopo i cadaveri riaffiorano, un pescatore riporta a riva il corpo di una donna, viene riconosciuta: è Maria Mosseri. Nella notte successiva sono uccisi il nonno con i suoi nipotini; gli abitanti di Meina sentono le grida, i pianti, gli spari. Il lago restituisce altri corpi, le SS li sventrano con le baionette perché tornino a fondo, altri sono trascinati a riva e bruciati con il lanciafiamme.

La caccia prosegue negli altri paesi. A Baveno quattordici ebrei sono catturati, uccisi, gettati nel lago o sepolti nei boschi. Ad Arona nove arrestati spariscono nel nulla. A Mergozzo gli scomparsi sono tre. A Orta vengono presi Mario e Roberto Levi, zio e cugino di un partigiano torinese che sarà catturato in Valle d'Aosta il 13 dicembre 1943 e mandato ad Auschwitz: Primo Levi. I suoi parenti non torneranno. Altri quattro ebrei sono assassinati a Stresa, due scompaiono da Pian Nava, sui monti sopra Verbania. A Novara sono catturati Giacomo Diena e suo zio Amadio Jona. Viene presa anche la famiglia del banchiere Ettore Ovazza, decorato della Grande Guerra e fascista convinto. Si consuma così la tragedia di un uomo che aveva tentato di conciliare l'ebraismo con il regime, scrivendo a Mussolini per chiedergli che agli ebrei venisse lasciata la loro «fiera e integra italianità».

All'inizio dell'ottobre 1943, Ettore Ovazza si trova con la moglie Nella e i figli Riccardo ed Elena nell'hotel Lyskamm di Gressoney St. Jean, in Valle d'Aosta. Ha liquidato i suoi beni, spera di passare in Svizzera. Riccardo Ovazza tenta di espatriare con un gruppo di profughi croati: viene arrestato in Val d'Ossola, forse respinto dalle autorità elvetiche, forse in seguito a una soffiata di Rudy Lercoz, una spia chiamata dai tedeschi «Die Lerche», l'Allodola, fucilato dopo la guerra dai partigiani valdostani. Da Domodossola, Riccardo viene portato nella scuola elementare di Intra, sede di un battaglione delle SS comandato dall'Obersturmführer Gottfried Meir. Torturato, costretto a rivelare il nascondiglio della famiglia, Riccardo Ovazza viene ucciso, il suo corpo bruciato nella caldaia della scuola. Le SS partono subito per Gressoney, catturano i familiari e li portano a Intra: anche i loro corpi saranno bruciati nella caldaia; prima i tedeschi li hanno depredati del denaro per l'espatrio.

Qualcuno racconta che alla fine della guerra soldati ebrei dell'ottava armata britannica siano arrivati sul lago Maggiore e abbiano fatto giustizia; ma non ci sono prove al riguardo. Di sicuro, processato a Klagenfurt nel 1954, Meir sarà assolto; verranno condannati soltanto due suoi sottoposti, nel frattempo morti. Il 2 luglio 1955 il tribunale militare di Torino lo condannerà in contumacia all'ergastolo, ma l'Austria non concederà mai l'estradizione in Italia. Fino alla morte, nel 1970, Meir vivrà indisturbato in Carinzia: come direttore di una scuola.

Tra il settembre e l'ottobre 1943 sono almeno 56 gli ebrei eliminati dai nazisti sul lago Maggiore. È l'inizio di una lunga strage di cui talora sono purtroppo complici anche i fascisti italiani. Benedetto Croce scrive che il tedesco non è più «l'umano avversario / nelle umane guerre / ma l'atroce presente nemico / dell'umanità».

* * *

Tra i primi ufficiali dell'esercito a combattere i tedeschi c'è Mario Batà, 26 anni, romano, studente di ingegneria, tenente del Genio militare. L'8 settembre è a Macerata. Abbandona il reparto e forma una banda di resistenti. Catturato nel novembre 1943 dai fascisti, fucilato dai tedeschi il 20 dicembre. Questo è il suo ultimo messaggio.

«Cari genitori,

il vostro Mario, quando riceverete questa lettera, non sarà più nel mondo dei vivi.

Non piangete, non disperatevi, io sarò sempre vicino a voi e vi verrò spesso a trovare.

Pensate che non sono morto, ma sono vivo, vivo nel mondo della verità.

Mamma, papà, Maria, non addio, arrivederci.

La mia anima sta per iniziare una nuova vita nella nuova era. Desidero che la mia stanza rimanga com'è... io verrò spesso.

Perdonatemi se ho preposto la Patria a voi.

Arrivederci

Vostro

Mario.»

IV

Cefalonia: la prima Resistenza

Il referendum del generale Gandin

Prima ancora che sulle nostre montagne, la Resistenza comincia nelle isole dello Jonio. Sono le terre più letterarie del Mediterraneo: la Zacinto di Foscolo; Leucade, l'isola dove morì Saffo, forse gettandosi in mare da una rupe per un amore non corrisposto; la Itaca di Ulisse; e poi Corfù, Paxos, Cefalonia. Sono state veneziane per sei secoli: il Duce sognava che tornassero italiane. La divisione Acqui vi è sbarcata il 29 aprile 1941.

L'isola più importante è Corfù, ma il grosso della divisione – 11.700 uomini comprese le compagnie di carabinieri e finanzieri – è a Cefalonia, per controllare il golfo di Patrasso e l'istmo di Corinto, la porta della Grecia. È un'occupazione tranquilla: in ventinove mesi un solo attacco inglese, al porto di Argostoli, la capitale. I militari italiani hanno vissuto al riparo dalla tragedia che imperversa nel resto del mondo. Partigiani greci non se ne sono visti: anche perché uomini sull'isola non ce ne sono, o sono morti in guerra o combattono con le bande in terraferma. Con le donne si sono creati rapporti di diverso tipo: sentimentale, sessuale, d'interesse, d'opportunismo; il clima comunque è di cordialità più che di sopraffazione. Diversi matrimoni sono stati programmati – o promessi – per la fine della guerra, appena sarà possibile riattivare collegamenti sicuri con l'Italia. La notizia dell'armistizio, captata per caso dal notiziario di Radio Londra, è apparsa quasi a tutti il passo decisivo verso la pace. Cefalleni – si chiamano così – e italiani hanno festeggiato insieme: i primi per il sollievo di liberarsi dell'ingombrante presenza militare, i secondi per la gioia di tornare a casa; molti mancano dal gennaio '42. Pochissimi hanno percepito che è, invece, l'inizio della tragedia.

Il primo sospetto arriva dal radiotelegrafista in collegamento con il comando della marina a Patrasso: «Aiuto, siamo sopraffatti dai tedeschi...». Poi il silenzio, il ronzare dell'apparecchio. Invano si cerca un contatto con le radio dell' undicesima armata in Grecia, finché lo stesso comandante, il generale Carlo Vecchiarelli, non provvede a diffondere un fonogramma che ribadisce quel che ha già annunciato Badoglio: non attaccare i tedeschi; rispondere soltanto se attaccati.

A Cefalonia i tedeschi sono accampati da tre mesi a Lixuri: 1800 soldati con nove semoventi d'assalto sotto la guida del tenente colonnello Hans Barge. Nella notte Barge riceve il via libera al piano «Asse»: il disarmo dei nostri militari, in corso da diverse ore in Italia, in Francia, in Jugoslavia, in Albania, in Grecia. Già il 9 settembre sull'isola cominciano gli scontri tra ex alleati. I più determinati si rivelano gli ufficiali di complemento: uomini oggi del tutto sconosciuti sono i primi italiani a combattere i nazisti. I loro nomi: capitano Renzo Apollonio, capitano Amos Pampaloni, capitano Guglielmo Pantano, capitano Angelo Longoni, tenente Abele Ambrosini. Più prudente il comandante, un abruzzese di Avezzano di 52 anni, il generale Antonio Gandin.

Pluridecorato, colto, poliglotta, Gandin ha fatto una carriera veloce per i criteri gerontocratici dell'esercito. È stato direttore dell'Accademia di Modena, ha avuto tra gli allievi il principe ereditario Umberto; ha lavorato a stretto contatto con Badoglio quand'era il capo dello stato maggiore; nella campagna di Russia ha guidato l'Ufficio operazioni congiunto; il Führer in persona gli ha appuntato la croce di ferro di prima classe. La conoscenza di Keitel, di Jodl, degli altri generali di Hitler e i due mesi trascorsi in Germania a studiare l'addestramento della Wehrmacht gli hanno fruttato la fama di filotedesco. Il comando della Acqui e l'estromissione dallo stato maggiore hanno significato, nel giudizio dei colleghi, la fine della veloce ascesa. Mandarlo in un presidio sperduto nel Mediterraneo è parsa una precauzione in vista del rovesciamento di alleanze: non si voleva tra i piedi un brillante generale collegato a Berlino. In poche settimane Gandin ha conquistato l'apprezzamento dei sottoposti, ma all'annuncio dell'armistizio proprio la sua conoscenza dell'ex alleato l'ha sprofondato nel pessimismo.

Il generale Vecchiarelli si porta avanti: per salvare la pelle, il comandante dell'undicesima armata accetta la resa e consegna mitragliatrici e cannoni. La notizia arriva a Cefalonia il 9 sera e complica la situazione di Gandin, che tenta di trattare con i tedeschi, ma deve fronteggiare la fermezza dei giovani ufficiali della Acqui, convinti di potersi liberare facilmente dell'esiguo raggruppamento nemico. Pampaloni, Apollonio e Ambrosini, comandanti di batteria nel 33° reggimento, hanno parlato con due ufficiali greci arruolati con i britannici: sbarcati sull'isola per preparare una rivolta, assicurano che la Royal Air Force, l'aviazione britannica, interverrà.

Gandin non si fida. Prevede che nessuno giungerà in soccorso della Acqui: gli unici che verranno saranno i nazisti, per catturare i suoi 11 mila uomini o ucciderli. Però non cede alle lusinghe del Duce, che liberato dalla prigionia sul Gran Sasso gli offre il comando delle armate di Salò. I tedeschi alternano promesse di trasportare tutti in Italia e minacciosi ultimatum, mentre i suoi capitani gli comunicano che non cederanno mai i pezzi al nemico. Scrive Alfio Caruso, l'autore di *Italiani dovete morire*, che Gandin «ha confidato fino all'ultimo di poter salvare gli uomini e la carriera. Come poteva capire che la Storia l'aveva ficcato in un profondissimo buco nero, nel quale una soluzione escludeva categoricamente l'altra?». Non resta che una via d'uscita: lasciare che siano i soldati a decidere del loro destino. Affidarsi alla responsabilità individuale. Fare il contrario di quel che le gerarchie fasciste hanno insegnato. Tentare un primo esperimento di democrazia.

Il 13 settembre il dado è tratto: al mattino i cannoni di Apollonio, di Pampaloni, di Ambrosini sparano contro due motozattere germaniche facendo morti e feriti; la sera si svolge il rivoluzionario referendum richiesto da Gandin ai propri uomini, dopo che dal comando di Brindisi sono giunti due messaggi: se i tedeschi vi attaccano rispondete con le armi. Così, dopo vent'anni di dittatura, di desuetudine a scegliere con la propria testa, ai ragazzi della Acqui, età media 24 anni, è richiesto se intendono consegnare o meno le armi al tedesco. La vera domanda è: volete vivere o andare allo sbaraglio?

Il novanta per cento della divisione vota no alla resa. Antepone alla propria sopravvivenza l'onore, la dignità, l'idea embrionale di un'Italia da rimettere in piedi. Anche se forse nessuno di loro immagina quanto sarà selvaggia la rappresaglia che li attende.

Alle 2 del pomeriggio del 15 settembre, settantadue Stuka attaccano Argostoli. Gli italiani rispondono con la conquista di cima Telegrafo. Al grido risorgimentale di «Avanti Savoia» vanno all'assalto i monarchici, le ex camicie nere che hanno preferito restare con la divisione anziché rientrare a casa, i comunisti rimasti finora in incognito. Comincia la Resistenza ai tedeschi nel nome di un'Italia che non è più fascista ma non ancora antifascista, che dubita del re però non pensa a una repubblica. I protagonisti sono uomini in divisa, di ogni ordine e grado, che nei venti mesi a venire di guerra al nazifascismo conteranno 86 mila vittime.

La vittoria del 15 sera consegna Cefalonia alla Acqui, ma Gandin non sa sfruttarla: anziché infliggere il colpo di grazia ai disorientati reparti di Barge, tiene le compagnie nei presìdi, senza raggrupparle tra le difese naturali delle montagne al centro dell'isola. Nessuno ostacola lo sbarco dei tre battaglioni della Wehrmacht nelle baie settentrionali: soldati austriaci, in gran parte provenienti dal Sud Tirolo, guidati da ufficiali germanici. Li comanda un tenente colonnello prussiano, Harald von Hirschfeld, ottimo conoscitore della nostra lingua e della nostra arte ma convinto assertore della superiorità ariana: sarà il conquistatore di Cefalonia, l'angelo sterminatore della Acqui.

Gli italiani sono più numerosi. Ma i tedeschi controllano i cieli. Sotto i bombardamenti e i mitragliamenti della Luftwaffe falliscono le puntate contro lo strategico bivio di Kardakata, sconsideratamente ceduto da Gandin per mostrare la propria disponibilità durante l'inutile trattativa. L'unica speranza sono le torpediniere *Sirio* e *Clio*, cariche di armi, granate e medicinali, che hanno preso il mare verso Cefalonia per iniziativa del contrammiraglio Giovanni Galati, toccato dai disperati appelli rivolti da Gandin attraverso la radio. Anche questa è Resistenza: Galati ha avuto il via libera dal governo italiano, senza avvertire gli angloamericani. Ma l'ammiraglio inglese Peters non si fida, ci tratta da vinti non da alleati, ordina che le navi tornino a Brindisi, minacciando di far processare Galati per alto tradimento: un gesto miope, che condanna la Acqui a morte.

Tra il 19 e il 22 settembre le postazioni italiane sono travolte: coloro che si sono arresi con il fucile in mano vengono subito passati per le armi, come ha ordinato Hitler. Il tenente colonnello Barge testimonierà che pure Mussolini preme affinché i «traditori» siano giustiziati. Prima i tedeschi li hanno depredati di catenine, orologi, penne stilografiche, talora anche delle canottiere e dei pantaloncini: molti cadaveri saranno ritrovati nudi. Nel vallone di Santa Barbara, una stretta gola a metà strada fra Argostoli e Prokopata, trecento prigionieri sono massacrati mentre si dissetano. A pochi chilometri, vicino al comando tattico di Gandin a Prokopata, un centinaio di soldati sono spogliati della divisa e messi in fila: non vedono le due mitragliatrici piazzate dietro l'ulivo sulla sinistra.

Nel cortile della scuola elementare di Troianata, sui fianchi del monte Falari, vengono raccolti oltre seicento fanti e artiglieri stanchi e affamati. All'alba del 22 li conducono in un campo, poi all'improvviso le mitragliatrici aprono il fuoco: in cinque minuti si è creata una catasta di corpi. Un tedesco grida in italiano ai sopravvissuti che se usciranno subito fuori saranno risparmiati. Obbediscono in quindici. Vengono finiti con un'ultima raffica. Ha raccontato un testimone greco, Stavros Niforatos, allora professore di inglese: «Fu orrendo. Pezzi di corpi volavano in aria, zolle di terra, brandelli di stoffa, carne, materia cerebrale. Non durò a lungo, tre o quattro minuti. I corpi giacevano in un mucchio, alto quanto il muro di cinta della scuola». Poi i tedeschi razziano gli zaini dei caduti. Un austriaco non regge e scoppia in lacrime. Un prigioniero ucraino si congratula con i rari sopravvissuti per il loro coraggio.

Il generale Gandin si arrende alle 11 del mattino del 22 settembre 1943. Ma i tedeschi non rispettano la bandiera bianca: contro ogni legge di guerra, continuano la mattanza dei prigionieri; non risparmiano neppure i feriti negli ospedali, ad alcuni viene tagliata la gola. Si accaniscono in particolare sugli artiglieri, che hanno combattuto fino all'ultimo, e sugli ufficiali, ritenuti i responsabili della resistenza. I 170 ancora nelle loro mani sono condotti il 24 nella villetta del medico dell'isola, la «casetta rossa». Li ammassano tra il cancello e l'edificio, li chiamano fuori quattro per volta e li portano verso un ulivo. Li attendono tre plotoni di esecuzione composti da otto granatieri. Per evitare qualsiasi concessione di grazia, von Hirschfeld non ha designato ufficiali, ma soltanto graduati privi di alcun potere. Il primo a esser fucilato è Gandin, da solo, all'alba. Lo seguono altri 129, i corpi ammassati nella buca accanto all'ulivo, in seguito bruciati o gettati in mare per cancellare le tracce della strage. I roghi resteranno visibili per due notti alle navi di passaggio. Altri corpi insepolti sono lasciati in pasto agli animali.

Cefalonia costa all'Italia oltre 1300 caduti in battaglia, molte centinaia di trucidati dopo la resa (il numero preciso non si saprà mai), altri 1350 annegati per l'affondamento delle navi che da prigionieri li trasportano verso la terraferma. Gli italiani hanno resistito anche a Corfù, ma solo gli ufficiali sono considerati responsabili e assassinati. I 1805 ebrei di Rodi e di Kos, quasi tutti italiani, vengono mandati ad Auschwitz, in mille sono sterminati già il primo giorno. Ma la storia non è ancora finita.

L'8 settembre '44, un anno dopo l'inizio della tragedia, a Cefalonia è il giorno della piccola rivincita. Dodici sopravvissuti della Acqui con un'irruzione cacciano i genieri tedeschi che stanno minando il porto di Argostoli. Le armate del Terzo Reich abbandonano la Grecia e anche la guarnigione di Cefalonia se ne va. L'ultimo vandalismo, distruggere il molo e gli attracchi, è impedito dall'intervento del raggruppamento banditi Acqui, la formazione di patrioti riunita dal capitano Apollonio negli ultimi mesi del '43 tra i prigionieri italiani rimasti a lavorare da schiavi sull'isola. Per mesi hanno compiuto sabotaggi, dato informazioni agli agenti inglesi, salvato un distaccamento di partigiani greci intrappolato sui monti. L'operazione al porto è l'ultima. Alle 21 in piazza Valianos, il centro di Argostoli, accanto alla bandiera greca è issato il tricolore italiano. «Il capitano Apollonio» ha scritto il suo biografo Paolo Paoletti «fu l'unico ufficiale italiano in tutto il Mediterraneo a tornare in patria con le proprie armi e con il riconoscimento degli Alleati.»

Il massacro di Cefalonia resterà a lungo rimosso. Forse perché non serviva a nessuno. Ai fascisti ricordava la ferocia tedesca. Ai comunisti non interessava celebrare il coraggio dei militari. I democristiani non volevano aprire un contenzioso con la Germania. Le carte di Cefalonia finiscono, insieme con altre prove delle atrocità naziste in Italia, nell'«armadio della vergogna», con le ante appoggiate contro il muro perché resti ben chiuso, nascosto nell'archivio del tribunale di Roma, che verrà aperto solo nel giugno 1995. Sarà il presidente Carlo Azeglio Ciampi a battersi perché Cefalonia torni a far parte della memoria nazionale. Il successore, Giorgio Napolitano, nel 2007 celebrerà a Cefalonia il suo primo 25 aprile da capo dello Stato.

Nel 2001 Otto Markmeier, pseudonimo di un testimone rimasto anonimo, confesserà alla giornalista Christiane Kohl della «Süeddeutsche Zeitung» di aver comandato il plotone d'esecuzione presso l'ulivo: «Vidi gli ufficiali italiani crollare in silenzio sotto i nostri colpi, e ancora oggi ricordo quell'ultimo grido del generale Antonio Gandin, prima di cadere ucciso: "Viva il re, viva la patria"».

* * *

Ultima lettera alla moglie da Corfù di Bruno Zanoni, tenente del Genio, scaraventato in mare da una rupe insieme con altri quindici ufficiali, per non aver ceduto ai tedeschi. Per gentile concessione del nipote, Massimo Dierico, figlio di Ivana, la bambina citata nella lettera.

«Mia cara Rita,

siamo giunti a un'altra domenica, una delle tante trascorse lontano da chi più si ama al mondo. Domenica di guerra, della più dura guerra.

Andiamo incontro a giorni sempre più neri per la nostra Patria, tuttavia non bisogna disperare, ma affrontare il destino che ci venne assegnato. Non è più il caso di pensare a questo o a quest'altro, tutti siamo ormai nelle spire di questa tragica vicenda, ognuno dobbiamo vedere di compiere il nostro dovere.

Io compirò il mio servizio, tu dovrai difendere da ogni disgrazia le nostre bambine, la nostra casa, la nostra mobilia, che con sacrifici e risparmi eravamo riusciti a comperarci. Nella casa ove ti trovi io credo che sia il posto indicato, fuori di città, è una casa abbandonata nei campi. Ricordo ora perché fra l'altro è una giornataccia, piove tremendamente, lampi e tuoni, ricordo le poche giornate che ho potuto trascorrere con te, giornate di felicità, della nostra bella felicità. Ritorneranno questi giorni felici, e Iddio ci farà dimenticare queste triste giornate.

Fra non molto, in una nuova vita, riprenderemo il cammino e questa volta uniti, stretti, stretti, uno all'altro per paura che ci portino via.

Non saranno le difficoltà quelle che ci spaventeranno, non ci mancherà la voglia di lavorare, quando saremo vicini, quando giornalmente, ora per ora, vivremo nella nostra casetta con le nostre bambine.

Anche oggi l'aereo è giunto ma non ha portato alcuna lettera, potrei inviarti un telegramma per poterti assicurare della mia buona salute, ma ho sempre paura che tu lo interpreti male e che dopo come al fronte alpino occidentale ti vada via il latte. Mandami tante notizie tue e delle bambine, Annalisa continuerà certamente a fare progressi, ti raccomando la pulizia giornaliera, il bagno cioè, ti raccomando pure di pulire i dentini di Ivana ogni giorno anzi a quest'ora dovrebbe essere capace da sola. Termino inviandoti tanti, tanti baci.

Tuo per sempre

Bruno

Baci alle piccole.»

V

«Viva la libertà per tutti»
Storia di Cleonice Tomassetti

La fotografia del corteo la ritrae in prima fila. Sono 42 uomini e una donna che vanno a morire. I nazifascisti li fanno sfilare sul lungolago di Intra. Davanti hanno messo i due prigionieri più alti, che reggono un cartello: «Sono questi i liberatori d'Italia oppure sono i banditi?». Lei è in mezzo, sotto la scritta. È vestita con cura, quasi con eleganza: scarpe nere con il tacco, maglia chiara, gonna scura, una borsa stretta al grembo, in testa un foulard bianco, forse un cappello. Ma non sono i suoi vestiti. Fino a poche ore prima indossava stracci coperti di sangue. Le mogli di altri prigionieri le hanno portato qualcosa da mettersi, per andare incontro alla fine con dignità. E lei cammina per prima, con lo stesso orgoglio con cui ha confortato i compagni.

Fuori dal paese li fanno salire su un camion per il trasporto del bestiame. Ma li costringono a scendere al paese successivo, Pallanza, per mostrarli agli abitanti. Poi di nuovo un tratto in camion, e un'altra sfilata, a Suna. Infine l'ultima tappa, Fondotoce, dove vengono fucilati al crocevia all'uscita del paese. Ma chi è quella donna? Nel loro libro di memorie, *Il Monte Rosa è sceso a Milano*, Pietro Secchia e Cino Moscatelli la chiamano Cleonice *Tommasetti* e scrivono che è una maestra di scuola, staffetta partigiana, incinta di quattro mesi del marito, anche lui salito in montagna. È la versione che si ritrova in tutte le opere in cui la donna di Fondotoce viene citata. Fino a quando nel 1981 un altro partigiano, Nino Chiovini, pubblica una sua inchiesta, che restituisce alla vittima la sua storia e la sua identità, a cominciare dal nome: Cleonice Tomassetti.

Penultima di sei fratelli, Cleonice nasce il 4 novembre 1911 a Petrella Salto, nella frazione di Capradosso. Porta un nome greco che significa «gloriosa nella vittoria». Petrella è un villaggio sulle montagne tra il Lazio e l'Abruzzo, passato alla storia perché nell'età barocca lassù visse segregata Beatrice Cenci, la ragazza che con i fratelli uccise il padre che la violentava e fu per questo decapitata a Castel Sant'Angelo, davanti a una folla in tumulto. Anche Cleonice ha un padre che la tormenta. Famiglia contadina, un piccolo podere, più pietra che terra. La madre muore, il fratello Aldovino e la sorella Pierina vanno a Roma a cercare lavoro. Lei è una ragazza molto intelligente, ma deve abbandonare la scuola per lavorare a casa e nei campi. A 16 anni resta incinta. Il bambino nasce morto. Cleonice fugge dalla violenza paterna e si rifugia a Roma dalla sorella. Trova lavoro come cameriera, ma deve ancora lottare per difendersi da uomini violenti, che non hanno rispetto per una ragazza sola.

A 22 anni scappa anche da Roma e arriva a Milano, dove lavora come commessa e cameriera. Conosce un assicuratore, Mario Nobili, che ha lasciato la moglie dopo aver scoperto che lei lo tradiva con un sacerdote. Nobili è antifascista. Si incontra con un gruppo di amici che condividono le sue idee: si vedono a Milano in Galleria. Ci sono Melina Mistretta, proprietaria di una pensione in via Santa Radegonda, dove Cleonice è stata a lavorare, Piero Paci, violinista, e un sarto, Eugenio Dalle Crode. La sua testimonianza è importante, perché è nella sua bottega che matura il destino di Cleonice Tomassetti, che a Milano chiamano la Nice.

«Sono nato a Susegana, in provincia di Treviso» ha raccontato Eugenio Dalle Crode. «Nell'autunno del 1917 abitavo a Nervesa, sulla riva destra del Piave. Gli austriaci avevano sfondato a Caporetto e si avvicinavano al fiume. La gente fuggiva; un giorno partì anche la mia famiglia; tutto il paese, anzi. Eravamo sulla strada per Montebelluna; nel cielo passò un aereo, che si abbassò e sganciò alcune bombe su di noi: una scheggia mi colpì alla gamba destra, che mi dovettero amputare sopra il ginocchio. Avevo soltanto otto anni. Quando fui in età di lavoro imparai il mestiere del sarto: è un lavoro che si può fare anche con una gamba sola.» Eugenio detesta i fascisti e nel '24 brucia in pubblico una copia del loro giornale, «L'eco del Piave»; le camicie nere lo costringono a marciare per il paese, saltellando sulla sua unica gamba, con il gagliardetto nero in mano. Lui se ne va a cercare lavoro: «Se non lo trovo mi getto sotto un treno» scrive alla madre. Arriva a Milano, dove diventa amico di Mario Nobili e poi della sua nuova compagna: Cleonice Tomassetti.

«La ragazza si chiamava Nice, era carina, di statura media e aveva un carattere fiero e vivace. Non aveva istruzione, ma si capiva che era intelligente. Confidò a mia moglie che a Roma faceva la donna di servizio, ma dovette andarsene da più di una famiglia; quando gli uomini di casa scoprivano che aveva avuto un bambino, pretendevano la loro parte, perché una ragazza che aveva avuto un bambino era una puttana per loro. Nice ricordava raramente il tempo passato a Roma e solo per dire che in quell'occasione aveva imparato a conoscere i ricchi, a odiarli e a disprezzarli. Al suo paese, da quando si era stabilita a Milano, andò una sola volta, ma ne tornò disgustata dal padre, che oltre tutto le chiedeva di continuo denaro. Decise che non sarebbe più tornata.

Ai primi del '44 il mio amico Mario Nobili fu ricoverato all'ospedale con la meningite: dopo pochi giorni morì. Aveva 36 anni. Dopo la morte di Mario, Nice veniva quasi tutti i giorni nella mia sartoria a lavorare qualche ora. Un giorno del mese di giugno del '44 passò da me a provare un vestito

Sergio Ciribi, il figlio maggiore di una famiglia di miei vecchi clienti. Era presente la Nice. A un certo punto Sergio mi disse: "Sa, signor Eugenio, che hanno chiamato la mia classe, il primo semestre del '26? È sul giornale di oggi. Ma io non mi presento" continuò, conoscendo le mie idee antifasciste, "vado in montagna con i partigiani". Sergio non aveva ancora finito di parlare, che la Nice disse: "Allora ci vengo anch'io". Lei, le decisioni le prendeva così, all'improvviso. Sergio in principio disse che non era possibile, che dove sarebbe andato non era posto per donne, ma lei insistette e disse che tra i partigiani c'era bisogno anche di donne, che potevano essere impiegate in compiti in cui gli uomini erano meno adatti. Alla fine Sergio, che aveva conosciuto la Nice in quell'occasione, accettò di portarla con sé. Partirono qualche giorno più tardi.»

È una spedizione improvvisata, quella che ai primi di giugno del 1944 parte in treno da Milano verso il lago Maggiore. Sergio Ciribi è con un amico, Giorgio Guerreschi. A febbraio i due sono già stati con i partigiani in Val Grande, sopra il lago. I carabinieri li hanno fermati su un furgone «requisito», ma li hanno denunciati solo per espatrio clandestino, salvando loro la vita: dopo qualche settimana di carcere, prima a Como poi a Milano, sono stati liberati. Ma quando vengono chiamati alla leva di Salò, Sergio Ciribi e Giorgio Guerreschi decidono di tornare in montagna, per unirsi alla formazione Valdossola. Con loro c'è Cleonice Tomassetti. E c'è Edvige Ciribi, la madre di Sergio, che non vuole lasciarlo viaggiare da solo e ha portato anche l'altro figlio quindicenne, Giancarlo.

Il rischio è pazzesco. Perché anche i tedeschi stanno andando a cercare i partigiani. L'11 giugno è cominciato un grande rastrellamento; ma la Nice e gli altri non lo sanno. Arrivano in treno a Laveno, prendono il battello per Intra, poi si incamminano a piedi. Sergio e Giorgio credono di riconoscere il sentiero che sale in Val Grande, Nice li segue, la madre di Sergio torna indietro. Non lo rivedrà più. «Non seppi nulla fino alla fine della guerra» ha raccontato Edvige Ciribi. «Si fece vivo il Giorgio Guerreschi, che disse di essere tornato dalla Germania. Spiegò che erano stati fatti tutti e tre prigionieri, il giorno dopo; raccontò che i fascisti avevano finto di fucilarli, e che la signorina Nice si era inginocchiata davanti all'ufficiale che li comandava e si era addossata tutta la colpa di quella situazione, dicendo che era stata lei a convincerli a venire in montagna. Poi Guerreschi raccontò che lo avevano portato a Intra e lo avevano diviso da Sergio e dalla signorina, così che non li aveva più visti.

Ero in contatto con il Cln di Milano. Quando c'era un'esumazione venivo avvertita; fui presente al disseppellimento dei fucilati di Baveno, poi in un altro luogo. Quando esumarono quelli di Fondotoce, ero là: riconobbi subito mio figlio dai capelli cortissimi, perché in prigione a Como era stato rasato a zero. Aveva la fronte squarciata. Conservo ancora alcuni ritagli dei vestiti che indossava. Avevo saputo che tra i fucilati c'era una donna. Quando vidi il cadavere, non feci fatica a riconoscerlo per quello della signorina Nice. Decidemmo di portare a Milano la salma di nostro figlio e quella della signorina. Erano morti nello stesso luogo; che riposassero insieme. Furono sepolti nel cimitero di Greco, poi furono trasferiti al cimitero Monumentale, nel campo della gloria.»

Sergio, Giorgio e Nice risalgono la valle a piedi. Camminano per tutto il giorno, fino a quando non arrivano in una baita isolata, dove accendono il fuoco e passano la notte, mentre fuori infuria un temporale. Al mattino Nice si accorge di avere una zecca conficcata in una gamba, i ragazzi gliela tolgono. Appoggiato a una parete c'è un fucile, collegato con un filo a una bomba, che per un soffio non esplode. Si sente sparare in lontananza, poi si vedono i primi tedeschi: è il rastrellamento che avanza.

I tre fanno appena in tempo a nascondere il fucile e a concordare una versione comune: scartata l'idea di inventare storie improbabili, decidono di confessare; sono in montagna a cercare i partigiani per unirsi a loro, ma non li hanno ancora trovati. I tedeschi e le SS italiane li prendono subito a calci e pugni; poi cominciano gli interrogatori. Ha raccontato Giorgio Guerreschi: «Noi dicemmo, come d'accordo, la verità, ma capimmo subito che non eravamo creduti. Allora la donna, che ci vedeva come ragazzini, disse che noi non avevamo colpa, che era stata lei a convincerci a salire in montagna. "Sono ancora ragazzi, la colpa è soltanto mia" aggiunse. Non è vero che si inginocchiò davanti all'ufficiale; anzi, a un certo punto cominciò a inveire in romanesco contro di lui, mandandolo a quel paese. Era una donna decisa. Ci misero tutti e tre contro un muro della baita e piazzarono un mitragliatore che lasciò partire una lunga raffica sopra le nostre teste; era chiaro che volevano terrorizzarci con una finta fucilazione».

Si scende a piedi verso il lago, poi la notte ci si stende per terra su teli mimetici. Prosegue la testimonianza di Guerreschi: «La Nice fu assegnata a un giaciglio, con un ufficiale. Durante la notte, da quella parte, vennero rumori come di colluttazione; immaginai che qualcuno stava tentando di farle violenza. Sia per la distanza dal punto in cui si trovava, sia per il mio stato di prostrazione, non posso affermare niente di preciso, ma quell'impressione mi è rimasta in mente. Il mattino successivo intercettai alcune occhiate allusive tra i soldati».

Lungo la strada il reparto incontra un partigiano ferito, con un proiettile nella coscia: lo finiscono con una raffica di mitra. I prigionieri subiscono altre torture: le SS vogliono sapere dove sono i compagni. Assicurano una corda a un albero, la avvolgono attorno al collo di Nice, che viene sollevata da terra, più volte; quando sta per svenire, le gettano addosso un secchio d'acqua; poi ricominciano. Ma lei non può raccontare cose che non sa. Allora la colpiscono sulla schiena con un bastone. Alla fine Cleonice Tomassetti e Sergio Ciribi vengono chiusi nelle cantine di Villa Caramora, una casa ottocentesca sul lungolago di Intra, insieme con decine di partigiani e di sospetti catturati nel rastrellamento. Tra loro c'è un medico antifascista. Il suo nome è Emilio Liguori.

Dopo un mese di carcere a Torino, il dottor Liguori sarà liberato e scriverà di getto un memoriale, *Quando la morte non ti vuole*, che è anche l'unica testimonianza della breve e dolorosa prigionia di Cleonice.

«La scena che si presentò al mio sguardo, dopo l'ingresso in cantina di tanti disgraziati, fu delle più penose alle quali io abbia mai assistito.

Penso che un branco di lupi famelici, quando capita in mezzo a un gregge di pecore, usi verso le proprie vittime una ferocia meno accesa, meno sadica di quella dei soldati tedeschi verso i poveri partigiani rastrellati in Val Grande. I pugni, le pedate, i colpi di calcio di moschetto, le nerbate non si contavano più. Era una vera gragnuola che si abbatteva inesorabile su dei miseri corpi già grondanti sangue, su dei visi già tumefatti. Gli aguzzini sembravano presi nel turbine di un sadico furore. Ogni nerbata, ogni colpo era per giunta accompagnato da un grugnito che stava a indicare la compiacenza dei carnefici.

Una scena orribile con la quale contrastava la nobile serenità dei torturati. Non un grido, non un lamento. Una fierezza diffusa sui volti di tutti. Dal mio posto di osservazione ogni tanto ero costretto a chiudere gli occhi per non vedere. Temevo di impazzire per lo sdegno. Il vertice della furibonda esplosione d'odio contro quei poveri partigiani venne raggiunto quando, ordinato loro di stendersi bocconi per terra, i teutonici si misero a pestarli camminandoci sopra con gli scarponi chiodati, grugnendo animalescamente.

Notai che tra i partigiani vi era una donna, di statura media, di colorito bruno, sui venticinque anni. Anche a costei non furono risparmiati i maltrattamenti, anzi, starei per dire che la dose delle angherie sia stata nei suoi confronti maggiore. Mi parve che, quando arrivava il suo turno, il nerbo si abbassasse sulle sue spalle con maggior furore e più violenti fossero i calci che la raggiungevano da ogni parte. Eppure la coraggiosa donna non solo incassò ogni colpo senza emettere un grido ma, calma e serena, faceva coraggio agli altri giovani, malconci da quella furia bestiale».

Verso le 5 del pomeriggio si sentono arrivare soldati e automezzi. I guardiani si preparano. Alcuni si sistemano la divisa, altri si tolgono la mimetica e restano in camicia e pantaloncini marroni. Qualcuno verifica il funzionamento dell'arma. Tutti si pettinano, poi controllano nello specchietto che hanno con sé che la riga dei capelli sia in ordine: saranno scattate delle fotografie. Annota il medico prigioniero: «Mi pareva di essere stato portato nei camerini degli artisti, prima che essi diano inizio alla rappresentazione».

«Lo spettacolo fu subito intuito dalla donna. Costei si levò in piedi e con fare spontaneo, senza forzare il tono della voce, direi quasi con amorevolezza, rivolta ai compagni di sciagura pronunciò queste testuali parole: "Su, coraggio, ragazzi, è giunto il plotone d'esecuzione. Niente paura. Ricordatevi che è meglio morire da italiani che vivere da spie, da servitori dei tedeschi". Aveva appena finito di parlare che, infuriato, le fu addosso un soldato germanico, che doveva capire un poco di italiano e che del senso delle parole pronunciate era stato messo al corrente da un militare italiano. Quale schifo il contegno servile verso i padroni tedeschi dei nostri militi! Non di tutti per fortuna, perché ne vidi più d'uno fremere di rabbia, osservando ciò che di orribile si compieva intorno a lui.

La donna fu colpita atrocemente da più di uno schiaffo e da uno sputo sul viso. Non si scompose; incassò impassibile, e poi fiera, con aria ispirata, quasi trasumanata, disse parole che per mio conto la rendono degna di essere paragonata a una donna spartana, o meglio ancora a un'eroina del nostro Risorgimento: "Se percuotendomi volete mortificare il mio corpo, è superfluo il farlo; esso è già annientato. Se invece volete uccidere il mio spirito, vi dico che la vostra è opera vana; quello non lo domerete mai". Poi, rivolta ai compagni: "Ragazzi, viva l'Italia, viva la libertà per tutti!" gridò con voce squillante.

Anima grande! So (per avermelo confidato un poliziotto, un bolzanese che accompagnò il triste corteo fino al luogo dove avvenne l'esecuzione e vi assistette) che, durante tutto il tragitto di circa cinque chilometri da Intra a Fondotoce, essa continuò a conservare una calma e una serenità incredibile in una donna: e tale calma e tale serenità seppe, per virtù dell'esempio, comunicare agli altri suoi compagni di sventura. Avanzò per prima verso i carnefici, guardandoli fieramente negli occhi. Le sue ultime parole furono: "Viva l'Italia!".

Come lei morirono coraggiosamente sotto le raffiche delle mitragliatrici i suoi quarantadue compagni. Ignoro il nome di questa donna, ma farò di tutto, quando tempi migliori e maggior libertà me lo consentiranno, per conoscerlo e additarlo alla pubblica ammirazione.»

Il racconto del dottor Liguori è un documento eccezionale, ma contiene due errori. Non ci si deve stupire che sia stata una donna a trasmettere calma e serenità a 42 uomini destinati alla morte; e non tutti i compagni di Cleonice Tomassetti spirarono sotto i colpi del plotone d'esecuzione. Uno di loro, Carlo Suzzi, ferito, sopravvisse per miracolo, tornò a unirsi ai partigiani della divisione Valdossola, scelse il nome di battaglia «Quarantatré»; e poté testimoniare che la Nice si comportò con dignità e orgoglio sino all'ultimo.

Prima i tedeschi mettono i condannati in fila con la faccia verso il lago, armeggiano alle loro spalle, sparano in aria per simulare l'esecuzione. Poi li caricano sui camion, ma a ogni raggruppamento di case li fanno sfilare col cartello. Si arriva così a Fondotoce. Neppure il prete può avvicinarsi. Tutti devono sdraiarsi per terra, e tre alla volta passano sotto le raffiche del plotone. Nice è la prima a morire. Ha raccontato il superstite: «Bisognava vedere il coraggio di questa ragazza, che durante il percorso ripeteva a tutti: "Mostriamo a questi signori come noi sappiamo morire". E lei per prima è caduta da eroe».

Cleonice Tomassetti non era una maestra di scuola, non era una staffetta, non aveva un marito tra i partigiani. Non fece neppure in tempo a combattere la guerra di liberazione. Era una donna che aveva molto sofferto, e aveva fatto la propria scelta spontaneamente, andando incontro a una morte orribile con dignità. Non amo la parola «martire», ma se c'è una martire – cioè una testimone – della Resistenza italiana, è Cleonice Tomassetti.

* * *

Maria Luisa Alessi era coetanea di Cleonice. Staffetta partigiana in Val Varaita, catturata a Cuneo, fucilata il 26 novembre 1944, a 33 anni, con quattro compagni. Ecco l'ultima lettera alla sua famiglia.

«Come già sarete a conoscenza, sono stata prelevata dalla Brigata Nera: mi trovo a Cuneo nelle scuole, sto bene e sono tranquilla.

Prego solo non fare tante chiacchiere sul mio conto, e di allontanare da voi certe donne alle quali io debbo la carcerazione.

Solo questa sicurezza mi può far contenta, e sopra tutto rassegnata alla mia sorte. Anche voi non preoccupatevi, io so essere forte.

Vi penso sempre e vi sono vicino.

Tante affettuosità

Maria Luisa.»

VI

La Resistenza del Sud

La banda Ammazzalorso e l'insurrezione di Napoli

Non è vero che la Resistenza riguarda solo il Nord. La banda più numerosa che si forma nel settembre 1943 è in Abruzzo: 300 partigiani comandati da un militante antifascista che viene da una famiglia di cacciatori, come si deduce dal suo cognome: Armando Ammazzalorso. Con lui ci sono il capitano Rainaldi e il capitano Lorenzini, che ha portato nel Bosco Martese la sua batteria di artiglieria alpina. Un altro gruppo è quello di Felice Rodomonte. Altre bande, come quella di Roccaspinalveti, sono fondate da pastori che si armano per difendere le greggi dai tedeschi. In tutto sono mille uomini, guidati da un carabiniere, il capitano Ettore Bianco. Tra loro ci sono studenti di 14 anni. Il capitano Bianco li rimanda a casa: sa quel che è successo all'Aquila, dove sono stati fucilati nove ragazzi. Ma alcuni tornano al Bosco Martese a piedi.

I tedeschi arrivano il 25 settembre, e subito tentano una puntata: il capitano Lorenzini fa fuoco con i suoi cannoni, un maggiore è preso prigioniero, i suoi uomini si ritirano. Per rappresaglia fanno fucilare sette ostaggi. I partigiani giustiziano il maggiore. Consiglio di guerra nella notte: Ammazzalorso propone di difendersi a oltranza; ma gli altri sanno di non poter resistere, alla fine ogni capo porta via i suoi uomini.

Poco più a nord i ribelli salgono al colle San Marco, sopra Ascoli Piceno, nelle Marche. Li comanda un ufficiale degli alpini, Spartaco Perini. L'ordine è di far saltare la strada tra

Ascoli e Valle Castellana, ma una spia segnala ai tedeschi il sabotatore, che viene catturato; Perini prende ostaggi tra i fascisti. I nazisti attaccano il 3 ottobre, in uno scenario da incubo: bombe, mitraglie, e pure una scossa di terremoto. I partigiani devono indietreggiare, almeno 15 vengono uccisi tra cui Serafino Cellini: ferito, getta la sua ultima bomba a mano contro i nemici che salgono a finirlo. Altri 15 sono fucilati. L'alpino Perini riesce a fuggire e a imbarcarsi per il Sud, dove si mette agli ordini del re per continuare a combattere i tedeschi.

Per chi è rimasto nascosto sui monti dell'Abruzzo comincia un inverno durissimo. Una notte le bande Ammazzalorso e Rodomonte si incrociano nei boschi, non si riconoscono, si sparano addosso, i due capi sono feriti, ma sopravvivono. Un'altra banda, i Patrioti della Maiella, comandata da Ettore Troilo, passa le linee il 5 dicembre 1943 per battersi a fianco degli Alleati. All'inizio Troilo è accolto con freddezza, poi conquista la fiducia di un ufficiale che ha simpatia per gli italiani, il maggiore Lionel Wigram, che procura armi e divise. I Patrioti tornano in Abruzzo come avanguardia dell'ottava armata inglese, tendono un'imboscata ai tedeschi, conquistano colle Sant'Eugenio, assediano Pizzoferrato. Il maggiore Wigram cade combattendo accanto ai partigiani italiani.

È una rivolta di ragazzini anche quella di Lanciano, in Abruzzo. Il 5 ottobre si spara contro le camionette degli invasori, che fanno prigioniero un giovane ribelle, Trentino La Barba. Lo legano a un albero a testa in giù, gli passano la baionetta dinanzi agli occhi, chiedono nomi e indirizzi dei compagni. Lui tace. I tedeschi gli cavano gli occhi e lo uccidono.

Viene attaccata un'altra camionetta, muore un ragazzo di quindici anni, Nicolino Trozzi. Altri nove cadono in combattimento, il più anziano ha 31 anni. Dodici civili sono fucilati per rappresaglia, tra loro due donne, Maria Auricchio e Dora Manzitti. Gli angloamericani arriveranno solo il 2 dicembre, i tedeschi hanno ordinato di sgomberare la città ma la gente di

Lanciano non se n'è andata, si è nascosta nelle cantine, nelle fognature, non si è piegata al nemico.

Gli Alleati sbarcano a Salerno il 9 settembre. Un reparto della Wehrmacht chiede a un gruppo di contadini di Caiazzo dove si trova il nemico. D'istinto i contadini non pensano agli americani, indicano la via verso cui si è avviato un altro reparto tedesco. Indispettito, un ufficiale prussiano li fa fucilare.

La prima città a insorgere è Matera. Da giorni i nazisti saccheggiano la zona: hanno anche preso dodici ostaggi, li hanno chiusi nella caserma della milizia fascista, poi l'hanno minata. Ma gli Alleati si stanno avvicinando e la popolazione è sul punto di ribellarsi. I militari italiani, guidati dal sottotenente Francesco Paolo Nitti, sono decisi a combattere e hanno distribuito le armi anche ai civili.

Il 21 settembre, alle 5 del pomeriggio, i tedeschi rapinano la gioielleria Caione, si fanno consegnare anelli e orologi. Due italiani che assistono alla scena reagiscono e sparano. Si tenta di nascondere i corpi, ma i camerati accorrono. Si combatte, un padre di famiglia di 44 anni, Emanuele Manicone, si improvvisa capopopolo, accoltella un maresciallo austriaco che ignaro è andato dal barbiere, chiama le guardie di finanza alla lotta, muore colpito da una raffica. Cadono anche il finanziere Vincenzo Rutigliano e Raffaele Beneventi, farmacista. Nicola Di Cuia sale su un campanile e spara sul nemico.

I tedeschi fanno saltare le mine: solo un ostaggio sopravvive, muore anche Vincenzo Luisi, che ha solo sedici anni. L'invasore fugge all'alba, arriva l'avanguardia alleata, un soldato canadese viene tolto di peso dalla sua moto e portato in trionfo.

Si fa strage anche a Rionero in Vulture: c'è una sparatoria in una cascina, il contadino, Pasquale Sibilia, spaventato dalle grida della figlia bambina fa fuoco contro un tedesco e un paracadutista della Nembo che rispondono, il contadino è ferito. Lo fucilano per rappresaglia insieme con 17 ostaggi, poi li portano al cimitero con il carro della spazzatura.

Le Quattro Giornate di Napoli sono state prima enfatizzate, poi sminuite. Si è passati dal mito della capitale del Sud che si liberò da sola alla leggenda nichilista secondo cui non accadde nulla. In realtà Napoli si ribella all'occupazione nazista, alla fame, all'umiliazione, al pericolo della deportazione in Germania. La vittoria ovviamente è resa possibile dall'arrivo degli Alleati. Ma è una città in piedi, per quanto ferita dai bombardamenti e dalla miseria, quella che trovano. E il sangue versato conferma il coraggio e la dignità di migliaia di napoletani.

In città dopo l'8 settembre ha preso il comando il colonnello Schöll, che lo esercita fucilando resistenti. Seimila napoletani sono ammassati sul «Rettifilo» che dal municipio porta alla stazione e costretti ad assistere all'esecuzione di un marinaio. Poi in 500 devono marciare sulla strada per Aversa e fare da spettatori all'assassinio di quattordici carabinieri che si sono battuti contro i tedeschi.

Gli uomini tra i 18 e i 33 anni sono chiamati a lavorare per l'occupante: la grande maggioranza non si presenta. In 8 mila sono arrestati, l'ordine è di fucilarli; non verrà mai eseguito, ma tra i napoletani si diffonde l'impressione di essere nelle mani di un pazzo. Impressione confermata quando Schöll ordina di sgomberare tutte le case in una fascia di 300 metri dal mare: 240 mila persone si ritrovano senza tetto. Per fortuna si avvicinano le avanguardie alleate. I popolani vanno alla ricerca delle armi che i militari ostili ai tedeschi hanno nascosto.

Il 27 settembre si sparge la voce che i nazisti si ritirano, e in effetti i carri armati stanno lasciando la città. La ribellione scoppia improvvisa, senza organizzazione ma anche senza paura: gli impiegati della Rinascente cacciano due tedeschi a rivoltellate; al Vomero i ribelli fermano l'auto di un maresciallo e lo uccidono; la sera si impadroniscono degli arsenali di Castel Sant'Elmo, che domina la città, e della caserma di San Giovanni a Carbonara, dietro la chiesa dove sono sepolti i guerrieri medievali con la statua del loro cavallo scalpitante sulla tomba.

Il 28 settembre si spara in tutta Napoli. Piazza Vanvitelli è conquistata, persa, ripresa. Schöll ha lasciato in città mille soldati decisi a fare terra bruciata. Fondamentale è il ruolo delle donne, che trasmettono messaggi, riforniscono di cibo i renitenti alla leva nascosti nel sottosuolo, curano i primi feriti. Alla Sanità un gruppo di insorti impedisce ai guastatori di minare il ponte che sovrasta il quartiere e porta a Capodimonte. Li guidano il tenente Dino Del Prete, l'ufficiale dei vigili del fuoco Vinicio Giacomelli, e Carlo Cerasuolo. Dei rifornimenti di viveri e munizioni si occupa sua figlia, un'operaia di 23 anni. I tedeschi la conoscono, l'hanno vista andare in avanscoperta nel quartiere Materdei per parlamentare, e poi combattere con le armi in pugno: è Maddalena Cerasuolo, detta Lenuccia, medaglia di bronzo al valor militare. Oggi il ponte della Sanità porta il suo nome.

Si spara attorno al Maschio Angioino. A Porta Capuana i ribelli hanno montato le mitragliatrici: uccidono sei tedeschi, altri quattro sono prigionieri. Schöll risponde facendo ostaggi, in 43 sono rinchiusi negli spogliatoi del campo sportivo del Vomero. Cadono ragazzi di 17 anni: Mario Menechini, Pasquale Formisano, Filippo Illuminato. A capo della ribellione ci sono gli ufficiali dell'esercito: il tenente colonnello Ermete Bonomi a Materdei, il capitano Mario Orbitello a Montecalvario e a Chiaia due capitani medici, Francesco Cibarelli al Duomo e Stefano Fadda; con loro combattono mille popolani armati di fucili da caccia, pugnali, coltelli, sassi, bottiglie di benzina. Vicino alla scuola intitolata a Vincenzo Cuoco i tedeschi attaccano con i carri armati Tiger: 12 morti, 15 feriti. Il quartiere di Ponticelli è cannoneggiato, poi le pattuglie sparano sui passanti.

Il 29 muore Gennaro Capuozzo, apprendista commesso di

12 anni, mentre lancia bombe a mano sui blindati tedeschi dal terrazzino dell'istituto delle Maestre Pie Filippini, in via Santa Teresa degli Scalzi. Il film di Nanni Loy *Le quattro giornate di Napoli* è dedicato a lui.

I tedeschi ora trattano. Gli ostaggi del Vomero sono liberati, in cambio i carcerieri hanno il permesso di andarsene indisturbati. Il 30 settembre Napoli è libera, ma Schöll fa tirare sulla città da Capodimonte, fino a quando il primo ottobre non arrivano gli inglesi. Viene incendiato per rappresaglia l'archivio storico della città, le retroguardie fuggono sparando sulla folla. Alla fine si contano 168 caduti, tra cui undici donne. Il segno che Napoli si è battuta.

Il 2 ottobre 1943 ad Acerra i tedeschi uccidono per sfregio: a decine sono abbattuti con un colpo in bocca. Si scatena la furia degli sconfitti: un vecchio viene amputato con bombe a mano e bruciato; un contadino è assassinato insieme con i due figli che tenta di proteggere col suo corpo; un bambino è colpito con la baionetta tra le braccia della madre. In una masseria i tedeschi uccidono il padrone di casa, violentano la moglie, tagliano la mano a un ragazzo, ne evirano un altro.

I morti sono 87, di cui 75 acerrani: 15 donne, sette bambini, diciotto ragazzi. Gli Alleati arrivano il 3 ottobre; il sacrestano va a suonare le campane a festa; muore sotto le macerie del campanile minato dall'invasore in fuga. A Nola i capi della rivolta sono un carabiniere, il sottotenente Giuseppe Pecorari, che porta le armi, e un sacerdote, don Angelo D'Alessio, che porta gli studenti. Già il 10 settembre la città ha tentato di resistere: i tedeschi hanno fucilato undici ufficiali del 48° artiglieria contro il muro della caserma, i loro uomini umiliati hanno dovuto assistere in ginocchio. Si chiamavano Consolato Benedetto, Roberto Berninzoni, Odoardo Carelli, Enrico Forzati, Mario De Manuele, Michele De Pasqua, Gino Iacovoni, Pietro Nizzi, Alberto Pesce, Amedeo Ruberto, Luigi Sidoli. Il tenente Pesce è in attesa di un figlio: alla notizia della fucilazione la moglie Marianna crolla, il figlio nasce, lei muore un mese dopo; il bambino si chiama Alberto come il padre, prenderà il cognome della famiglia adottiva, Liguoro, e si batterà per far riscoprire quella strage dimenticata. Viene ucciso anche un contadino, Giuseppe Napoletano: il suo corpo è esposto per tre giorni.

All'alba del 26 settembre un gruppo di ragazzi si avvicina alla stazione, dov'è il comando tedesco, e taglia i fili del telefono. È uno dei primi sabotaggi condotto da civili della Resistenza: lo si deve ad Antonio Mercogliano, 28 anni, a Costanzo Santaniello, 21, e a suo fratello Raffaele, che ha appena 14 anni. I nazisti sparano: Antonio e Costanzo muoiono; Raffaele riesce a fuggire.

Gli Alleati sono vicini, e nella notte tra il primo e il 2 ottobre il carabiniere e il sacerdote preparano l'insurrezione. Con loro combattono 71 volontari. Il sottotenente Pecorari fa quello che aveva fatto Carlo Cattaneo dopo le Cinque Giornate di Milano, tenta di ricostruire il mestiere e l'estrazione sociale degli insorti: la maggioranza sono operai – 24 – e studenti – 20 –, ma ci sono anche contadini, impiegati comunali, professionisti e carabinieri fedeli al loro comandante. I tedeschi sparano con i carri armati, poi si ritirano; i volontari di Nola si offrono all'avanguardia angloamericana come guide, avranno otto feriti.

In altre città del Sud i civili si uniscono a quel che resta dell'esercito. A Barletta i militari perdono 34 uomini prima di arrendersi: i nazisti fucilano due spazzini e undici vigili urbani; uno di loro, Francesco Paolo Falconetti, è colpito ma sopravvive. A Santa Maria Capua Vetere un ragazzo che ha appena compiuto sedici anni, Carlo Santagata, tira qualche sasso contro un convoglio di tedeschi: si fermano e lo impiccano al primo albero. A Bellona, in provincia di Caserta, un soldato tenta di violentare una donna, il fratello lo uccide. Per rappresaglia i tedeschi catturano 54 civili, tra cui sei sacerdoti; li portano in una cava di tufo e li falciano con le mitragliatrici.

La cronaca dell'insurrezione di Napoli, trasmessa da Radio Londra, è stata seguita con commozione nel Nord occupato. I tedeschi hanno dimostrato di essere pronti a tutto, ma hanno anche capito che non possono contare sulla maggioranza degli italiani, anzi devono guardarsi le spalle. La Repubblica sociale risponde dando ordine ai giornali di inventarsi un fantomatico capobanda, lo Scugnizzo, che combatte gli invasori americani e «il miscuglio di razze bastarde e mercenarie» che li affiancano. Il 15 gennaio 1944 «La Stampa» scrive: «Chi è lo Scugnizzo? Si sa soltanto che è sottotenente, che è poco più che ventenne, che i suoi occhi son neri e lucenti, la voce dolce e affettuosa quando parla con i vecchi pastori, forte e sonante quando dà il segnale della lotta. La mano leggera quando accarezza un bimbo, ferma e artigliosa quando punta la rivoltella o dirige il fuoco della mitraglia». Sì, ma chi è allora questo Scugnizzo? È «il giovanissimo ufficiale italiano che semina lo sgomento e il terrore nelle retrovie dell'invasore. Questo nostro soldato, la cui figura è un simbolo, non dà tregua al nemico. Nei boschi, nelle montagne dell'Italia occupata le pattuglie della fede agli ordini dello Scugnizzo scrivono le più vivide pagine dell'eroismo italiano». E quando si comincia a sospettare che lo Scugnizzo sia una penosa invenzione della propaganda, si dà la notizia che il Duce per amor di patria gli ha ordinato di non sparare più.

La Resistenza non ha quotidiani, cinegiornali, radio. Si affida alla stampa clandestina, ai volantini, alle voci, che nel Sud ancora preindustriale corrono veloci. Si diffonde in tutto l'Abruzzo il racconto di quel che è accaduto a Pietransieri: i tedeschi ordinano di sgomberare il villaggio; è inverno, i contadini non sanno dove andare, si nascondono in un bosco vicino; in 122 sono presi e stretti in una radura con al centro un ceppo di quercia, dov'è stata nascosta una mina anticarro. Chi sopravvive all'esplosione è finito dalle mitragliatrici. L'unica superstite è una bambina di sette anni, Virginia Macerelli: i pastori l'hanno estratta dalla catasta dei cadaveri e l'hanno salvata.

L'Abruzzo si libera da sé. A Sulmona arriva per prima la banda che porta il nome della città. Armando Ammazzalorso entra a Teramo il 18 giugno 1944, vestito come un condottiero ottocentesco, con i capelli raccolti nelle trecce, in groppa a un cavallo bianco. Uno dei suoi porta un ritratto di Garibaldi. Lui arringa la folla dal balcone della prefettura, ringrazia per il sostegno ricevuto nei nove mesi di guerriglia, e conclude: «Una preghiera vorrei rivolgervi: siate generosi, perdonate i fascisti».

* * *

Molti militari di origine meridionale furono sorpresi dall'8 settembre nel Centro-Nord. Avrebbero potuto tornare alle loro case, nel Sud già liberato, ma scelsero di battersi nella Resistenza al fianco dei commilitoni. Antonio Brancati, 23 anni, studente, siciliano di Ispica (Ragusa), era uno di loro. Membro del comitato militare di Grosseto, viene catturato in un rastrellamento in montagna e fucilato con altri dieci compagni il 22 marzo 1944.

«Carissimi genitori,

non so se mi sarà possibile potervi rivedere, per la qual cosa vi scrivo questa lettera. Sono stato condannato a morte per non essermi associato a coloro che vogliono distruggere completamente l'Italia.

Vi giuro di non aver commessa nessuna colpa se non quella di aver voluto più bene di costoro all'Italia, nostra amabile e martoriata Patria.

Voi potete dire questo sempre a voce alta dinanzi a tutti.

Se muoio, muoio innocente.

Vi prego di perdonarmi se qualche volta vi ho fatto arrabbiare, vi ho disobbedito, ero allora un ragazzo.

Solo pregate per me il buon Dio. Non prendetevi parecchi pensieri. Fate del bene ai poveri per la salvezza della mia povera anima. Vi ringrazio per quanto avete fatto per me e per la mia educazione. Speriamo che Iddio vi dia giusta ricompensa.

Baciate per me tutti i fratelli: Felice, Costantino, Luigi, Vincenzo e Alberto e la mia cara fidanzata.

Dispiacente tanto se non ci rivedremo su questa terra; ma ci rivedremo lassù, in un luogo più bello, più giusto e più santo.

Ricordatevi sempre di me.

Un forte bacione

Antonio

Sappiate che il vostro Antonio penserà sempre a voi anche dopo morto e che vi guarderà dal cielo.»

VII

«Arrestate quelle suore»

Suor Enrichetta e suor Giovanna dalla parte dei resistenti

«Per tanta marea di ingiustizie, di oppressioni e di dolori, Signore, abbi pietà del povero mondo e di questa nostra carissima, distrutta Patria, e fa che dalle sue macerie intrise di lacrime e di sangue purificata risorga presto più bella, più laboriosa e forte...»

A scrivere queste parole è una suora, incarcerata dai tedeschi per aver solidarizzato con i resistenti in carcere, averli messi in contatto con i compagni e i familiari in libertà, forse aver favorito qualche fuga. Si chiamava Maria Angela Alfieri, divenuta suor Enrichetta: beata per la Chiesa, medaglia d'argento per la Repubblica italiana.

La sua è una vita romanzesca. Nata nel 1891 a Borgo Vercelli, prima di quattro figli, già a 17 anni manifesta la vocazione religiosa. I genitori le chiedono di aspettare. Lei insiste, prende i voti, lavora come maestra d'asilo. Ma nel 1917 si ammala di una rara forma di tubercolosi che la porta alla paralisi. Il pellegrinaggio a Lourdes ne rafforza il morale ma non il fisico. Il 2 febbraio 1925 riceve l'estrema unzione. Nella notte del 25 febbraio, mentre sembra sul punto di spirare, le fanno bere un sorso d'acqua di Lourdes: il mattino dopo suor Enrichetta si riprende e guarisce, senza che i medici riescano a trovare una spiegazione scientifica.

Le voci sul «miracolo» infastidiscono la gerarchia, che la manda come assistente a San Vittore. Nel 1939 la Alfieri diventa la superiora della piccola comunità delle suore del carcere di Milano, che dopo l'8 settembre '43 si riempie di ebrei, di partigiani, di antifascisti. I tedeschi lo gestiscono come un lager: si interroga, si tortura, si deporta, si fucila. Suor Enrichetta e le sette suore che lavorano con lei non hanno esitazioni su quale parte sostenere: assistono i prigionieri, fanno entrare viveri e soccorsi, fanno uscire notizie e messaggi per le persone in pericolo, perché fuggano, distruggano prove, evitino le spie e gli informatori dei nazifascisti. Molti devono la vita alle sorelle di San Vittore.

Un giorno suor Enrichetta nota in un gruppo di ebrei in partenza per i campi di sterminio una donna incinta, con un bambino per mano. Non resiste e affronta il vicecomandante del carcere, che tutti chiamano caporale Franz e temono per la sua crudeltà: «Se ha una moglie e un bambino anche lei, pensi a queste creature; poiché non hanno niente di diverso da loro. E faccia qualcosa per salvarle». Neppure un caporale nazista trova la forza di opporsi alla suora. Lei stessa annota in un appunto: «Partenza per la Germania e trattenuta della ebrea partoriente con altro bambino di 5 anni. Infermeria Sezione Femminile. Scarcerazione (miracolo) per favore chiesto da me a Franz».

Una prigioniera armena le affida un messaggio per i suoi familiari, con l'invito a far fuggire i fratelli ricercati dalla polizia. Suor Enrichetta lo fa uscire dal carcere tramite una guardiana e un'altra persona fidata. Ma il biglietto viene intercettato. È il 23 settembre 1944. La suora viene arrestata con le due collaboratrici: resta a San Vittore, ma in cella, numero di matricola 3209. L'accusa è di spionaggio, il rischio della condanna a morte o della deportazione in Germania è altissimo. Suor Enrichetta è messa in isolamento. Passa le giornate a pregare. L'arcivescovo di Milano Ildefonso Schuster interviene in sua difesa, pure amici di Mussolini si muovono: quale regime sarebbe quello che fa fucilare una suora di cui a Milano parlano come di una santa?

Suor Enrichetta è condannata al confino a Grumello del Monte, in provincia di Bergamo, presso l'Istituto Palazzolo, un ricovero per minorati psichici. Qui ripensa ai detenuti politici e scrive: «Risentivo i pianti desolati e le angosciose invocazioni di pietà; rivedevo quei volti pallidi e quegli occhi smarriti e lacrimosi; mi pareva ancora di sentirmi stringere le mani dalle loro mani convulse in un saluto di moribondo. Tutto ciò mi straziava e non potendo dormire soffrivo e pregavo per essi, dolendomi di non poter più prestar loro qualche conforto. Il pensiero di quelli in carcere tanto mi rattristava, ma quello dei deportati mi straziava, ed era costantemente fisso in me da formare il mio interno martirio. Dovevo fare un po' da Mosè per coloro che avevo lasciato nella lotta; per quelli che soffrivano, per quelli che morivano. Dovevo continuare il mio apostolato di Suora di Carità, italiana e cattolica, con la preghiera e con la forzata rinuncia dell'operosità nel campo amato della mia missione».

Dopo il 25 aprile suor Enrichetta è libera di decidere dove andare. Sceglie di tornare a San Vittore, dove ora sono rinchiusi i suoi persecutori: gerarchi e funzionari fascisti, ausiliarie di Salò. Lei riprende il lavoro di assistenza materiale e spirituale: è il suo modo, sostiene, di contribuire alla ricostruzione del Paese. Sarà l'unica ammessa nella cella di Rina Fort, la responsabile di un delitto che riempie le pagine di cronaca del dopoguerra: ha ucciso la moglie del suo amante e i tre figli; i giornali scrivono che suor Enrichetta l'ha convertita. Nel 1950 cade in piazza Duomo e si frattura un femore; si spegne l'anno dopo. «Non credevo fosse così dolce morire» confida. Nella camera ardente sfila mezza Milano, a cominciare dagli ex carcerati.

Al processo di beatificazione, aperto dal cardinal Martini e concluso nel 2011, hanno testimoniato anche alcuni detenuti di San Vittore da lei aiutati nei mesi della Resistenza. Uno di loro era un giornalista che veniva dal lungo viaggio attraverso il fascismo ed era stato condannato a morte da Salò, Indro

Montanelli: «Suor Enrichetta era una stupenda figura di religiosa. Una suora buonissima e coraggiosa. Le sarò grato per sempre. Io ero al quinto raggio, quello degli isolati, non avrei potuto vedere nessuno. Invece grazie a suor Enrichetta, attraverso un intrico di corridoi e di cunicoli, riuscii per tre volte a incontrare mia moglie, anche lei imprigionata e condannata a trent'anni. Suor Enrichetta era amatissima da tutti i detenuti. Tutti noi ricevevamo, grazie alla sua regia, bigliettini e informazioni. Così grande era il conforto di quegli incontri furtivi, così immensa la gratitudine per chi con grande rischio personale li rendeva possibili, che ancora oggi il ricordo di suor Enrichetta e della sua veste frusciante suscita in me la devota ammirazione che si deve ai santi o agli eroi. In questo caso, a entrambi».

Un altro era un prigioniero italoamericano di diciannove anni, arrestato con la madre, Mike Bongiorno, che così ricordava il suo primo incontro con lei: «Ci facemmo avanti per bussare alla porta del carcere femminile. Ci aprì una suorina che non dimenticherò mai; era suor Enrichetta Alfieri. Evidentemente informata in precedenza, andò immediatamente a aprire la cella della mamma. Non so come descrivervi la commozione per questo incontro così drammatico. Non ci dicemmo molte parole, fu tutto molto veloce e intenso, soprattutto ricordo le nostre lacrime. Questi incontri "clandestini" si verificarono poi altre tre o quattro volte, sempre con grande rischio da parte di entrambi e di suor Enrichetta».

Secondo la tradizione ebraica, in ogni generazione ci sono trentasei Giusti, dalla cui condotta dipendono il destino dell'umanità e la salvezza di Israele. Nell'elenco dei «Giusti tra le Nazioni», che Israele onora come salvatori di ebrei durante la Seconda guerra mondiale, ci sono madre Virginia Badetti e suor Emilia Benedetti, che nel convento di Nostra Signora di Sion a Roma accolgono più di cento ebrei. C'è madre Maria Antonia Antoniazzi, che apre le porte del convento di Nostra Signora di Namur a Tor Pignattara a un'ebrea tedesca, Hildegard Iacobi, rifugiata a Roma dopo la Notte dei cristalli, e a suo figlio Claudio, che ora fa l'editore in Israele e ricorda di essere stato indirizzato al convento da un carabiniere, Vincenzo Giangrande. Ci sono madre Maria Elisabetta Hesselblad, superiora delle brigidine di piazza Farnese a Roma, e la sua consorella Ricarda Hambrough. C'è suor Maria Angelica Ferrari, domenicana di Fossano, che salva una bambina, Regina Schneider, mentre il fratello è nascosto dai frati e la madre in ospedale, prima come paziente poi come impiegata. C'è Emilia Taroli, che prese i voti come suor Paola, e accoglie nel suo convento vicino alla chiesa di Santa Giustina a Venezia due bambine, Tina e Giuseppina Dina, cui cambia nome in Donà per sottrarle alla deportazione.

Per ogni Giusto è stato piantato un albero allo Yad Vashem, dove si onorano le vittime della Shoah, a Gerusalemme. Ci sono nomi oggi del tutto sconosciuti, ma di cui come italiani possiamo andare orgogliosi: madre Emma Talamonti, Anna Bolledi e Maria Corsetti delle suore di San Giuseppe di Chambéry; la benedettina Barbara Lavizzari; madre Marie Marteau delle orsoline dell'Unione romana. E ci sono le suore fiorentine che fecero parte della rete per la salvezza degli ebrei creata dal cardinale Elia Dalla Costa, lo stesso che aveva chiuso le finestre dell'arcivescovado in faccia a Hitler e Mussolini durante la loro visita del 1938: madre Maria Maddalena Cei, che nel convento della Santissima Annunziata, accanto all'ospedale degli Innocenti dove c'è ancora la ruota medievale dei bambini abbandonati, nasconde dodici ragazze ebree belghe e polacche, e le salva dalla deportazione vestendole da monache; e Marta Folcia, Ester Busnelli, Benedetta Vespignani, il cui destino incrocia la tragica storia del rabbino capo di Genova, Riccardo Pacifici, e della sua famiglia.

Il rabbino Pacifici sa che i tedeschi sono sulle sue tracce, ma non intende abbandonare la comunità. Decide di mettere in salvo il primogenito, Emanuele, 12 anni. Lo accompagna alla stazione Principe, lo benedice e lo affida allo zio, Carlo, perché lo porti dalla madre Wanda e dal fratellino Raffaele, 5 anni, che sono nascosti nella casa dei nonni a Cenci, sulle colline pisane.

Il rabbino viene arrestato. Lo torturano ogni giorno, per strappargli il nascondiglio dei suoi familiari. Non sa se riuscirà a resistere. A Genova è attiva una rete di sacerdoti che tenta di salvare gli ebrei e i perseguitati, costruita dall'arcivescovo, Pietro Boetti, e dal vescovo ausiliare, che nel giugno 1944 dovrà fuggire dalla città perché i tedeschi stanno per arrestarlo: è Giuseppe Siri, figlio di una portinaia del centro storico, formidabile conservatore e formidabile avversario di Salò, nel dopoguerra capo dell'ala destra della Chiesa, «il Papa non eletto». Tra i sacerdoti più coraggiosi della curia genovese c'è don Gian Maria Rotondi. Il rabbino Pacifici si fa promettere da lui che avvertirà la moglie e i ragazzi perché fuggano al più presto. Così la rete di Genova si lega a quella di Firenze. Si occupa della famiglia del rabbino don Leto Casini, il fiduciario del cardinale Dalla Costa, altro Giusto tra le Nazioni: i rigorosi calcoli dello Yad Vashem di Gerusalemme gli attribuiscono la salvezza di almeno 330 ebrei.

Wanda Pacifici viene accolta dalla superiora delle missionarie di Maria, madre Sandra, al secolo Ester Busnelli, e dalla sua assistente, suor Benedetta Vespignani. È il 19 novembre 1943. Il loro convento è Oltrarno, in piazza del Carmine, dove Masaccio ha tracciato i primi affreschi del Rinascimento. Ma le regole della clausura impediscono ai bambini di restare. Emanuele e Raffaele sono trasferiti dalle suore dell'istituto di Santa Marta, a Settignano, dove vengono presi in custodia da madre Marta Folcia. Una settimana dopo Wanda telefona ai ragazzi, li rassicura, promette che la domenica successiva andrà a trovarli. Ma quella stessa notte i tedeschi, purtroppo accompagnati da italiani, irrompono nel convento e catturano tutte le donne, tranne una che riesce a nascondersi. Wanda

Pacifici viene deportata ad Auschwitz, dove è già stato internato il marito, Riccardo. Nessuno dei due farà ritorno.

Emanuele e Raffaele non sanno ancora nulla. Intuiscono che la bufera non è ancora passata. Cercano e trovano affetto in suor Marta e in suor Cornelia, che li protegge dalla curiosità degli altri ragazzi. Quando la sera si dicono le preghiere, lei consente loro di recitare le loro sottovoce, in ebraico; e quando gli allievi baciano il crocefisso, lei lo offre anche a loro; l'accordo è che non baceranno il Cristo, ma le dita della suora.

Un pomeriggio, mentre sta spazzando il corridoio del convento insieme con un altro ragazzo, Emanuele comincia a fischiettare l'Ha-Tiqvah, La Speranza, il canto ebraico che nel '48 diventerà l'inno dello Stato di Israele. Il ragazzo gli chiede se sa cosa sta fischiando. Emanuele risponde di sì: è un modo per chiedergli se anche lui è ebreo. Il ragazzo lo stringe forte, ma gli raccomanda di non farlo più: troppo pericoloso. Il suo nome è Avraham Dresder, dopo la liberazione di Firenze andrà in America, ma resterà sempre in contatto con Emanuele e con le suore di Santa Marta che l'avevano salvato.

Quando nell'estate 1944 arriva a Settignano la Brigata ebraica, Emanuele chiede di essere portato a Roma, dai suoi parenti, dove si ricostruirà una famiglia. Oggi suo figlio Riccardo, che porta il nome del nonno, è il capo della comunità ebraica della capitale, la più antica del mondo.

Sono scene che si ripetono in tutta l'Italia occupata. Madre Maria Giuseppina Biviglia, superiora delle clarisse di San Quirico, nasconde nei sotterranei del suo convento ad Assisi decine di ebrei e di antifascisti: i documenti falsi li porta, nascosti nel telaio della bicicletta, un campione che ha già vinto due Giri d'Italia e un Tour de France, Gino Bartali, amico personale dell'arcivescovo Dalla Costa; ogni volta che arriva da Cortona, Bartali viene accolto e rifocillato da tre suore, Amata, Alfonsina e Candida. Si calcola che «Ginettaccio», dopo la guerra simbolo dell'Italia democristiana e familista in contrapposizione al «libertino» Coppi, abbia contribuito a salvare 800 perseguitati. Ma a volte la macchina si inceppa.

A Paolo Josza, evaso da un campo di concentramento in Jugoslavia, è stato consegnato un documento falso intestato a Paolo Macrì, mentre il tenente dell'aeronautica Antonio Podda è divenuto in clandestinità Giorgio Cianura: i due vengono fermati, i militi della Repubblica sociale risalgono al convento, e arrivano ad Assisi per l'ispezione; madre Maria Giuseppina fa scudo con il suo corpo, dice che dal 1400 lì dentro non è mai entrato un estraneo; le camicie nere battono in ritirata.

A Roma, secondo la ricerca di suor Grazia Loparco, sono 133 i conventi femminili che nascondono ebrei e antifascisti. Tra le suore che rischiano la propria vita per preservarne altre ci sono anche le agostiniane di clausura dei Santi Quattro Coronati, a due passi da San Giovanni. Le benedettine di Priscilla distribuiscono falsi documenti di identità, affidati a un giovane studente universitario di sicuro avvenire, Giulio Andreotti. Le compassioniste serve di Maria registrano come suore sessanta donne e ragazze ebree. Cesarina D'Angelo, divenuta suor Teresina di Sant'Anna, allestisce un ospedale da campo per militari e civili feriti dai tedeschi a Porta San Paolo: vede un tedesco strappare la catenina d'oro al cadavere di un italiano, non si trattiene, lo colpisce con il crocefisso; quello afferra il mitra, poi rinuncia a sparare.

La direttrice dell'ospedale di Borgo San Dalmazzo, vicino a Cuneo, trova un nascondiglio per undici bambini ebrei nelle case del Cottolengo di Bra e di La Morra. Nelle carceri di San Biagio di Vicenza, suor Demetria Strapazzon medica i torturati, tra cui spesso riconosce un sacerdote, conforta i condannati a morte, raccoglie desideri e messaggi da consegnare alle famiglie. A Venezia suor Pier Damiana Cadorin nasconde tre donne ricercate dalla Gestapo tra le sordomute del suo laboratorio di ricamo.

«Quasi mai le religiose agirono per motivi politici» ha scritto suor Grazia Loparco. «Erano piuttosto spinte dalla carità, che imponeva in tempi di emergenza di aiutare chiunque ne avesse bisogno: per questo si trovarono talvolta sotto lo stesso tetto renitenti alla leva, ricercati per motivi politici, ebrei, sfollati, orfani. In alcuni casi offrirono una base di appoggio ai partigiani. Dinanzi alle ingiustizie palesi del nazifascismo e alla durezza della guerra diedero un contributo di umanità, superando antichi steccati. Basti pensare agli ebrei: dal punto di vista religioso non c'era dialogo; ma prevalse il buon senso di rischiare per persone che forse non si sarebbero salutate per strada.»

Altre volte la scelta delle suore va oltre i motivi umanitari e l'orrore per la crudeltà nazifascista, diventa aperta adesione alla Resistenza. A Palagano, vicino a Modena, madre Imelda Ranucci delle francescane dell'Immacolata dà rifugio a partigiani ebrei. A Villa Minozzo, in provincia di Reggio Emilia, madre Jole Zini si offre in ostaggio ai tedeschi per salvare i civili. Suor Maria, monaca di clausura a Fontanigorda nel Genovese, si finge sposa di un partigiano per salvarlo dai nazisti. Suor Margherita Lazzari crea un nascondiglio per i militari alleati in un sottotetto nascosto da un quadro che raffigura santa Lucia.

A Milano la scelta delle religiose è inequivocabile. Madre Rosa Chiarini, superiora della Casa di Nazareth, ospita un capo partigiano cattolico: è Enrico Mattei, il futuro fondatore dell'Eni. Nell'aprile 1945, alla ricerca di un posto sicuro per le riunioni del Comitato di liberazione, Mattei si ricorderà della suora. Quando si vede davanti generali e comunisti, la superiora esita: gli uomini non possono entrare nel suo convento; Mattei le risponde che in questo momento loro sono il governo dell'Italia libera; madre Rosa acconsente.

All'ospedale Niguarda suor Giovanna Mosna si prende cura dei prigionieri politici, d'accordo con i medici fa in modo che si alzi loro la febbre per guadagnare tempo, per preparare fughe. Al suo fianco, suor Teresa Scalpellini. Scappano dal Niguarda almeno in quaranta, tra cui il comandante della Val Toce, Rino Pacchetti, il comunista Aldo Tortorella, l'anarchico Salvatore Di Gaetano. Dopo la guerra suor Giovanna avrà la medaglia di bronzo al valor militare. Al Policlinico suor Rosa e suor Benigna aiutano uno psichiatra, Carlo Lorenzo Cazzullo, a preparare pacchetti con strumenti chirurgici, da destinare ai partigiani per la cura dei feriti.

Nel Bergamasco, a Torre Boldone, le suore poverelle che gestiscono un altro ospedale dell'Istituto Palazzolo aiutano i prigionieri alleati e gli ebrei a fuggire in Svizzera, in accordo con la rete Oscar, organizzata presso il collegio arcivescovile San Carlo di Milano. Il 30 maggio 1944 la polizia di Salò fa irruzione nel convento e arresta i fratelli Guido, Mario e Vittorio Nacamulli, Giuseppe Weinstein, Oscar Tolentini, Gustavo Corrado Coen Pirani. La madre superiora, Anastasia Barcella, riesce a scappare. I fascisti perquisiscono anche l'Istituto Palazzolo di Milano, che ha un ospizio femminile e uno maschile. Prima tocca a quello femminile: le suore riescono a mettere in salvo dodici ebree in un ripostiglio, altre tre sono catturate; madre Donata Castrezzati e la sua segretaria, suor Simplicia Vimercati, sono portate a San Vittore. Poi tocca all'ospizio maschile: gli ebrei sono già in salvo, viene arrestata madre Clara Filippini. Insieme le tre sorelle hanno salvato oltre 350 persone. Il cardinale Schuster riesce a farle chiudere nell'istituto per malati di mente, dove le raggiungerà suor Enrichetta Alfieri.

Nessuna però riuscì a liberare oltre 500 prigionieri in blocco, come fa a Torino suor Giuseppina De Muro, che nella città in mano ai cecchini, che sparano dalle case distrutte dai bombardamenti, va dal prefetto Zerbino a chiedere di aprire le carceri e lasciar andare i detenuti politici. A rischio della vita, suor

Giuseppina ha ottenuto la grazia per un padre di famiglia condannato a morte, ha liberato due coniugi ebrei, ha sottratto alle SS un bambino di nove mesi, portato fuori dal carcere avvolto in un fagotto di lenzuola sporche.

Non è solo carità cristiana; è una scelta morale. Suor Giuseppina riesce a far valere cavilli, come quando trattiene in carcere una giovane ebrea destinata ai lager esigendo l'applicazione del regolamento penitenziario del 1931, che consente di trasferire un detenuto solo quando si conosce prima il luogo di destinazione. Inventa metodi per aggirare i controlli, come quando nasconde uova sode sbriciolate nelle scatole delle medicine per i detenuti politici del «braccio tedesco», scambia lastre e analisi per trasferirli in infermeria, fa avere di nascosto notizie ai familiari. È lei a dare la terribile notizia e a confortare le madri che vengono a chiedere notizie dei figli fucilati. Nel Natale 1944 ottiene dal comandante delle SS, il maresciallo Siegl, di far celebrare la messa al cappellano del carcere, padre Ruggero, cui è negato l'accesso al braccio tedesco perché sono noti i suoi sentimenti antifascisti. Ma al momento della liberazione suor Giuseppina fornisce ai tedeschi abiti civili per sottrarli alle vendette.

Il suo impegno continua per i detenuti del dopoguerra. Insegna la musica, in particolare l'armonium. Crea un asilo nido dove i figli delle donne recluse possono crescere con le madri. Tiene corsi per analfabeti e per sarte. Si batte per rendere più dignitose le celle. Apre la «casa del cuore» per le detenute liberate che non hanno un posto dove andare.

Una serie di ictus la costringono a essere curata sul lago Maggiore, ma quando sente la fine vicina chiede e ottiene di morire «a casa mia»: in carcere. Gli anziani torinesi ancora ricordano che al funerale l'arcivescovo di Torino Maurilio Fossati, un altro cardinale che contribuì a salvare ebrei e resistenti, abbracciò singhiozzando la sua bara.

* * *

Paola Garelli, «Mirka», era una pettinatrice di 28 anni. Nata a Mondovì, viveva a Savona, dove collaborava con i partigiani della zona. Arrestata dalle Brigate nere, fucilata senza processo il primo novembre 1944, nel fossato della fortezza di Savona, con altre due donne, Luigia Comatto e Franca Lanzone, e tre compagni: Giuseppe Baldassarre, Pietro Casari, Stefano Peluffo. Questa è la sua ultima lettera alla figlia Mimma.

«Mimma cara,

la tua mamma se ne va pensandoti e amandoti, mia creatura adorata, sii buona, studia e ubbidisci sempre gli zii che t'allevano, amali come fossi io.

Io sono tranquilla. Tu devi dire a tutti i nostri cari parenti, nonna e gli altri, che mi perdonino il dolore che do loro. Non devi piangere né vergognarti per me. Quando sarai grande capirai meglio. Ti chiedo una cosa sola: studia, io ti proteggerò dal cielo.

Abbraccio con il pensiero te e tutti, ricordandovi

la tua infelice mamma.»

VIII

La lista di Andreatta e il diario di Guareschi

«Non muoio neanche se mi ammazzano»: la Resistenza degli internati in Germania

«A un soldato italiano, che non comprende l'ordine in tedesco, un poliziotto spara un colpo di pistola nella gamba. Nella fabbrica Metalwerk di Duren, un operaio tedesco provoca con un forte calcio nella schiena la caduta del fante Biagio Greco che, afferrato nella morsa del laminatoio, ha ambedue le mani stroncate. Il soldato Livio Dalla Mea è impazzito per i maltrattamenti e deceduto al campo ospedale di Fullen il 17 maggio 1945. Presso la fabbrica di cannoni di Bileford, il marinaio Buono tenta di impiccarsi per sottrarsi ad un durissimo lavoro, sorvegliato dai capi a colpi di badile e di fucile...»

L'autore di questo dettagliato rapporto sulle sofferenze dei soldati italiani internati in Germania, che rifiutarono di andare a Salò, è Beniamino Andreatta, padre e omonimo del ministro Dc che inventò l'Ulivo. In famiglia si chiamavano quasi tutti Beniamino: compreso il nonno, professore di latino e greco al liceo di Trento, allora città dell'Impero austriaco. Suo figlio, nato il 22 marzo 1893, è tra gli irredentisti che sognano il Trentino italiano. All'indomani del 24 maggio 1915, quando Roma dichiara guerra a Vienna, Beniamino Andreatta fugge, attraversa a piedi la Valsugana per evitare la valle dell'Adige, molto più presidiata, diserta e si arruola nelle file italiane. Duemila fra trentini e triestini fanno la stessa scelta, che significa morte quasi certa: chi sopravvive agli assalti non viene preso prigioniero ma impiccato, come Cesare Battisti.

Beniamino è biondo con gli occhi azzurri. Ma il carabiniere che a Verona deve cambiargli identità, per tentare di proteggere lui e i suoi familiari in caso di cattura, lo ribattezza con un nome poco adatto ai suoi tratti alpini: Calogero Ratti. Nominato tenente di artiglieria, si distingue nei durissimi combattimenti sul monte Cengio tra il 29 maggio e il 3 giugno 1916: i suoi cannoni appoggiano la difesa della brigata Sassari durante la battaglia degli Altipiani raccontata da Emilio Lussu, e per questo Andreatta viene insignito di una croce di guerra al valor militare. Liberale e monarchico, non si riconosce nel fascismo: quando nel 1923 riceve l'attestato della decorazione, copre la firma del ministro della guerra – Benito Mussolini – con un biglietto da visita che sarà ancora al suo posto quando i nipoti lo ritroveranno, settant'anni dopo.

Rientrato a casa, Beniamino inizia la sua carriera presso la Banca di Trento e Bolzano, che dirigerà per 26 anni. Richiamato nel 1941 come maggiore di complemento, viene schierato sul fronte francese, per essere poi trasferito in Trentino al 46° reggimento di artiglieria. La prospettiva è quella di una guerra relativamente tranquilla, da cinquantenne. Ma dopo la caduta del fascismo, il 25 luglio, dal Brennero calano le truppe d'occupazione tedesche. Trento è presa tra due fuochi: il 2 settembre un bombardamento alleato fa duecento morti. Gli uomini del maggiore Andreatta sono incaricati di mantenere l'ordine pubblico in provincia di Bolzano; ma sono armati di vecchi moschetti, mentre Hitler ha dato l'ordine di rifornire i sudtirolesi di lingua tedesca di armi automatiche. Il maggiore si prepara al peggio e incoraggia i suoi soldati con un'arringa, di cui la famiglia conserva il testo.

È un documento che proviene da un'Italia diversa, orgogliosa e antica, oggi quasi irriconoscibile: «La presenza in questi territori di un esercito germanico impone a noi una precisa linea di condotta, dalla quale non possiamo deflettere senza incorrere in gravi responsabilità verso la nostra Patria». Andreatta evoca «i nostri antenati romani» che avevano domato le bellicose tribù barbare: «Il nostro soldato non è per nulla inferiore a quello tedesco». Avverte i soldati di non fraternizzare con i germanici, benché ancora formalmente alleati: «Massima riservatezza. Nessuna notizia circa l'armamento, l'entità dei soldati presenti, la vita della caserma deve uscire da Voi. Nessuna famigliarità. Rispettate per essere rispettati. Serbate la massima dignità». Infine cerca di prepararli al probabile sviluppo degli eventi: «Se per caso, cosa che non credo avvenga, verrete offesi, difendetevi. Se aggrediti, difendetevi. La violenza si respinge con la violenza. Siate prudenti, non provocate nessuno».

Il reparto di Andreatta, il primo gruppo istruzione, è l'unico della zona a non dissolversi di fronte al nemico, e a difendere la caserma Chiarle. Il maggiore chiede ai suoi comandanti quali sono gli ordini: gli rispondono che non ce ne sono. Alle 3 del mattino del 9 settembre, i soldati italiani sono svegliati dalle cannonate dell'artiglieria pesante. I tedeschi occupano l'infermeria, ma altri due edifici diventano il fulcro della resistenza. Dopo tre ore di combattimento gli italiani si arrendono. Andreatta viene spedito in campo di concentramento.

Sono oltre 810 mila i soldati italiani fatti prigionieri all'indomani dell'8 settembre. Di questi, 94 mila decidono dal primo momento di schierarsi con Salò. Altri 103 mila saranno gli «optanti» in seguito alle pressioni dei reclutatori fascisti nei campi. La grande maggioranza – 615.812, secondo un dato del 1944 – sceglie invece di patire le sofferenze della prigionia piuttosto che schierarsi al fianco dei nazisti.

Dopo vari trasferimenti, Andreatta approda al campo di Gross Hesepe, Stalag VI-C, al confine con l'Olanda, insieme con altri 5 mila ufficiali. Qui confluiscono militari dai vari fronti di guerra, e questo crocevia di storie e di tragedie consente a Beniamino di condurre una straordinaria inchiesta. Insieme con il maggiore Fernando Pedrotti, ricostruisce decine di episodi di maltrattamenti e crudeltà verso i militari italiani, stilando per ognuno un verbale dei testimoni, controfirmato sotto giuramento.

Si ricostruiscono così le esecuzioni sommarie avvenute a Spalato, Korce e Zagabria, dove vari reparti hanno rifiutato di aderire a Salò: sotto gli occhi dei prigionieri sono fucilati tre generali – Alessandro Cigala Fulgosi, Alessandro Pelligra, Angelo Policardi – e 46 ufficiali. Alla stazione di Larissa «il fante Oreste Pucci del 14° reggimento fanteria viene fucilato perché trovato in possesso di un quantitativo di dracme superiore a quello consentito dal Comando tedesco». Nei campi i comandanti nazisti negano ai militari italiani la qualifica di prigionieri di guerra, a meno che non aderiscano alla Repubblica sociale. A decine gli ufficiali che rifiutano sono passati per le armi. Chi accetta riceve subito una prima razione di cibo, sotto gli occhi dei commilitoni che muoiono di fame. A migliaia sono picchiati, bastonati a sangue, morsi dai cani lupo aizzati dai guardiani.

La situazione degli internati italiani degenera all'indomani dell'attentato a Hitler del 20 luglio 1944, che porta alla «guerra totale». Proprio quel giorno, dopo essere scampato alla bomba fatta esplodere nel suo quartier generale da Von Stauffenberg, Hitler incontra Mussolini: lo status degli internati sarà trasformato in quello di «liberi lavoratori», che nel linguaggio orwelliano dell'Asse significa schiavi. Nell'industria pesante e nelle miniere «il soldato italiano trova il suo martirologio: con un nutrimento appena sufficiente per un uomo in condizioni di assoluto riposo, vestiario militare estivo senza indumenti invernali, deve scendere nelle più profonde miniere, compiere, in condizioni di ambiente insopportabili, i più duri turni di lavoro». Per punizione contro chi si infortuna o cede alla stanchezza, o anche solo in odio ai «badogliani», vengono commesse innumerevoli violenze, tutte descritte nel rapporto.

«Nel cantiere di Brennefarge per la costruzione di rifugi sottomarini, i dirigenti Linder e Colman sottopongono a un regime di terrore i militari italiani. Chi non è in grado, per la scarsa nutrizione, di sollevare pesi rilevanti è ripetutamente colpito, talora fino a quando non cade tramortito. Un capo reparto colpisce con il manico della pala un soldato, certo Franceschini, che, preso da forti dolori al ventre, chiede di essere ricoverato all'infermeria, e caduto svenuto a terra, viene ricoperto interamente di sabbia. Successivamente dissepolto, viene trasportato a braccia all'accantonamento. Nella ditta Humbod di Colonia, i capi operai tedeschi colpiscono con pugni e calci i militari italiani che, o per lo stato di debolezza o per imperizia, rallentano il lavoro. La ditta segnala al comandante dell'Arbeitskommando i nomi di coloro che hanno dato un rendimento minore, per la punizione. Queste vanno dalle nerbate alle docce fredde all'aperto, anche in pieno inverno.»

«In una miniera di carbone presso Acquisgrana, l'artigliere Giuseppe Fedele viene abbandonato per nove ore in una galleria con la spina dorsale spezzata perché "badogliano". Nella miniera di carbone di Botropoli, nella valle del Reno, ai militari italiani vengono assegnate le gallerie più profonde. Lavorano a 1800 metri dal suolo, carponi, in gallerie di un metro di altezza, per sei ore consecutive. Se il quantitativo estratto non è quello fissato dal sorvegliante, il militare italiano, dopo una certa dose di bastonate, deve continuare anche nel turno successivo. Nella miniera di carbone della ditta Grillo di Hamen, un sorvegliante punisce un militare, al quale era toccato un piccolo incidente; saputo che era italiano, tenta di strappargli un occhio. Il sergente comandante l'Arbeitskommando 149 suole martoriare i militari che durante il lavoro abbiano subito delle ferite, con ferri e pinze, provocando gravi infezioni. Al campo 1413 di Regensburg, un caporal maggiore colpisce con il calcio del fucile un militare italiano che, al mattino del giorno successivo, viene trovato morto nel suo giaciglio. Altro militare durante il lavoro ha una mano schiacciata da una pressa; rientra al campo ma non viene medicato. Al mattino seguente viene trovato morto.»

«Ventinove sottufficiali dei Regi Carabinieri e delle Regie Finanze, segnalati come propagandisti, vengono inviati in punizione presso il cantiere Todt; alla richiesta di essere visitati dal medico, si risponde con colpi di bastone, con il calcio del moschetto, con docce fredde. Dopo tre mesi alla Todt, su 1800 militari italiani solo circa 300 prestano ancora servizio; gli altri sono stati ricoverati negli ospedali o sono morti. La ditta Putzalaje di Dortmund per la costruzione di carri armati costringe i militari italiani a turni di dodici ore, con l'interruzione di mezz'ora per consumare l'unico rancio caldo della giornata: un litro di rape ed acqua. In conseguenza dei maltrattamenti e della denutrizione, su 600 militari italiani 400 muoiono e 200 sono portati al campo ospedale di Fullen.»

A Fullen si va per morire. I soldati con le divise a brandelli vengono portati su carriole nelle baracche di legno, infestate da topi e cimici, dove attendono la fine sdraiati sulla nuda terra, senza neppure un paglericcio. Secondo le tabelle tedesche, avrebbero diritto a 1733 calorie al giorno; in realtà ne ricevono mille, o anche meno perché il cibo viene dato dai kapò in cambio di orologi o sigarette ai nuovi arrivati, che sperano di sopravvivere qualche giorno in più. Molti sono malati di tubercolosi, alcuni sono impazziti. Secondo la testimonianza del dottor Giovanni Biffi, «un gruppo di malati viene sorpreso di buon mattino mentre, tra i magri rifiuti della cucina, cerca delle bucce di patate; fatti segno di fucilate dalle sentinelle, due malati vengono colpiti e uno di essi poco dopo muore». Il dottor Biffi protesta; il comandante tedesco risponde che «mangiare bucce di patata può far male».

I pacchi della Croce Rossa e del Vaticano sono saccheggiati dai guardiani, spariscono anche le medicine e le siringhe. «Il peso degli ammalati scende, mentre quello medio oscilla sui 50 chili; parecchi sono ridotti a scheletri del peso di 30 chili.» Ogni mese muore il 10 per cento dei ricoverati. La camera mortuaria è piena di topi che si cibano dei cadaveri. Unico conforto, il capitano medico Leandro Bonino, che si prodiga per i connazionali, e i due cappellani, «che seppero infondere a tanti relitti umani, usciti da un mondo di odio e di vendetta, il senso di una serena aspettazione della morte». Quando i primi soldati canadesi arrivano, il 5 aprile 1945, si trovano davanti moribondi ormai incurabili: il picco di mortalità (13,4 per cento) si avrà nel mese di maggio.

Tornato a Trento a piedi, Andreatta vuole che gli italiani conoscano la sua inchiesta. Così chiede al sindaco Gigino Battisti, figlio di Cesare e futuro deputato alla Costituente, di inviare la relazione al presidente del Consiglio Ferruccio Parri. Ma il governo non sa che farne. Il plico viene archiviato nel fascicolo numero 8442, sottofascicolo 7, e si trova oggi nel fondo della segreteria particolare di De Gasperi, presso la presidenza del Consiglio. Seicentomila internati italiani in Germania furono così dimenticati, nonostante il loro precoce e doloroso rifiuto della dittatura. Dovranno aspettare sessant'anni per un pieno riconoscimento, quando il governo di Romano Prodi – allievo di Nino Andreatta, figlio di Beniamino – il 27 dicembre 2006 assegna la medaglia d'onore per risarcirne la memoria.

Sono circa 50 mila i soldati italiani morti di inedia, di malattia o per le violenze subite nei campi tedeschi: uno su dieci. Alcuni nomi si trovano nella lista di Andreatta. Il tenente Vincenzo Romeo viene freddato da una sentinella per essersi avvicinato al filo spinato per recuperare il suo asciugamano. L'artigliere Menisini di Udine muore tre ore dopo il ricovero nell'ospedale di Dorsten. Il soldato Rodolfo Bianco di Marmirolo, allontanatosi di pochi passi al rientro del lavoro per cogliere una mela, colpito dal soldato di scorta da una fucilata, viene abbandonato a terra; dopo ore i compagni ottengono che uno di loro possa recarsi sul posto; nel frattempo è spirato. Un altro militare viene ucciso mentre si allontana una ventina di metri per dissetarsi. Un marinaio perde un occhio per un colpo con il calcio del fucile; morirà in pochi giorni.

Scrive di loro Andreatta: «Decine di migliaia di tubercolotici, di mutilati, di giovani piagati per sempre nel corpo, infinite croci disseminate sul suolo tedesco rendono testimonianza della ineguale lotta sostenuta dai militari italiani, piegati nel corpo, ma vittoriosi nello spirito». Come dice il sergente Cecco Baroni a un compagno di prigionia: «Vedi quelle sentinelle dietro i reticolati? Sono loro i prigionieri di Hitler, non noi. Noi a Hitler e Mussolini diciamo no, anche quando ci vogliono prendere per fame».

Beniamino Andreatta morirà nel giorno di San Valentino del 1960, accasciato sulla scrivania del suo ufficio. Il testimone dell'impegno civile passa così a suo figlio, come già era accaduto durante la guerra: mentre il padre era nel lager, Nino Andreatta, che aveva solo 15 anni, aveva chiesto di entrare nella Resistenza «per sostituire mio papà, prigioniero in Germania, nella lotta di liberazione». Lo zio, Arrigo Manfrin, capitano dell'Ariete decorato con la medaglia di bronzo in Africa dopo la battaglia di Bir-El-Gobi e partigiano col nome di «Gerolamo», lo rimanda a casa: troppo giovane. Allora con un compagno di scuola, Giorgio Battaglia, Nino si dà ad azioni dimostrative: semina chiodi sulla strada dove passano i camion degli occupanti, spedisce lettere minatorie al comando tedesco, copre muri e panchine di Trento con scritte patriottiche. Alla fine del '44 diventa staffetta partigiana, collaborando nelle ultime settimane di guerra al gruppo di Taio in Val di Non, in una di quelle squadre bianche – Franco Demarchi, Umberto Corsini, Dario Menapace, Luigi Aneggi, Tito Wegher, Antonio Springhetti – che formeranno l'ossatura della Dc trentina.

«Era dunque la sera dell'8 settembre 1943, quando improvvisamente la radio comunicò che tutto era finito. Tanto è vero che la mattina seguente io mi ritrovai puntualmente in caserma, ma tutelato da un corpo di guardia affatto diverso da quello solito, sia come divisa sia come armamento e sia – disgraziatamente – come nazionalità... In altre parole: i tedeschi ci avevano catturato.»

Tra i 600 mila che preferirono restare nei lager piuttosto che andare a Salò ci fu anche lo scrittore che avrebbe inventato due personaggi centrali nell'immaginario italiano del dopoguerra: Peppone e don Camillo, il sindaco comunista e il parroco; parteggiando decisamente per il secondo. Nel *Diario clandestino, 1943-1945* Giovanni Guareschi racconta la sua storia. Deportato da Alessandria a Częstochowa, in Polonia, internato col numero 6865, poi trasferito a Benjaminowo, quindi in Germania, a Sandbostel e a Wietzendorf, lo scrittore – come ha annotato Pasquale Chessa – testimonia «una opposizione passiva, ma ad alto rischio, una vera resistenza bianca antinazista».

Guareschi testimonia «le pressioni operate dalle lettere delle madri, dei padri, delle mogli, dei figli o delle fidanzate» che, per le suggestioni della propaganda o per il desiderio di salvare i propri cari dalla prigionia, a volte esortano gli internati a aderire a Salò. Molti cedono, annota Guareschi, «perché convinti che questo rappresentasse il loro tornaconto», «perché innamorati», «perché, malati gravemente, o vecchi, avevano la certezza d'esser posti in congedo e rimandati a casa», «perché – con la famiglia in disperate condizioni economiche o esasperati dal non ricevere notizie della famiglia stessa – volevano comunque arrivare in Italia a rivedere i loro cari oppure procurare loro qualche aiuto finanziario», «perché suggestionati dalla propaganda e dai compagni», «perché avevano paura dei tedeschi». Dopo il rientro in patria, però, 15 mila disertori abbandonano le divisioni della Repubblica sociale addestrate in Germania, in particolare l'Italia e la Littorio: sono quasi tutti ex internati, che fuggono in montagna o tentano di raggiungere le linee alleate.

Guareschi e gli altri dicono no: «Non ci siamo rinchiusi nel nostro egoismo... non abbiamo mai dimenticato di essere uomini civili, uomini con un passato e un avvenire». «Ci stivarono in carri bestiame e ci scaricarono dopo averci depredato di tutto, fra i pidocchi e le cimici di lugubri campi, vicino a ognuno dei quali marcivano, nel gelo delle fosse comuni, decine di migliaia di altri uomini che prima di noi erano stati gettati dalla guerra tra quel filo spinato. Ma anche in prigionia conservai la mia testardaggine di emiliano della Bassa: e così strinsi i denti e dissi: "Non muoio neanche se mi ammazzano".»

Guareschi continua a scrivere articoli, per il «Giornale parlato»: un foglio in unica copia che viene letto ad alta voce, baracca per baracca. Nei suoi appunti ci sono storie meravigliose e terribili: il soldato talmente smagrito che porta la fede al dito medio, per non perderla; l'ispezione dei tedeschi che arrivano di notte, illuminano ufficiali e soldati con i riflettori, palpano loro i muscoli come al mercato degli schiavi, per accertare chi è ancora in grado di lavorare; di fronte al rifiuto di 214 ufficiali, la Gestapo ne sceglie per decimazione 21 e li deporta in un campo di punizione. La notte, scrive Guareschi, «sogno la mia fame continuamente, come in un incubo».

Quasi tutti i sopravvissuti sceglieranno di tacere. Sulla loro forma di resistenza cadrà il silenzio. Sono quelli che il padre di don Camillo definisce i «delusi»: per stanchezza, per scoramento, per vergogna, decidono di non parlare della loro prigionia, di non partecipare alle celebrazioni della Resistenza, talora anche di tenere nascosti i diari che li avevano aiutati a vivere. Scrive ad esempio il generale Felice Porro, il giorno del ritorno in Italia: «In questa notte chiudo il mio diario di prigionia, che è stato il mio compagno e il mio confidente nei due anni di lontananza, di esilio, di sofferenza. I miei Cari, leggendolo, potranno rivivere la mia vita di deportato. Io, ormai, non desidero che dimenticarla tuffandomi nel lavoro che mi ridarà la gioia di essere utile al mio Paese e alla mia Famiglia». Mentre il diario del sottotenente Donato Esposito si conclude con un'annotazione del 18 luglio 1945: «Oggi per la prima volta dopo due anni ho baciato una donna. È tedesca di Hannover di nome Elsa. Domani però deve partire per Hannover, dunque l'avventura muore sul nascere. Mi ha promesso di tornare fra due settimane ma per allora spero di essere in Italia».

Una volta liberi, gli ex prigionieri vorrebbero dimenticare; riescono solo a farsi dimenticare. Come scrivono Mario Avagliano e Marco Palmieri nel loro saggio *Gli internati militari italiani*, «le forze della Resistenza non vogliono condividere con loro il monopolio della memoria che stanno instaurando attorno alla Liberazione; la cultura politica di sinistra vede in loro una parte consistente dell'esercito che ha condotto la guerra d'aggressione fascista prima dell'8 settembre; l'area più conservatrice li considera invece la prova vivente della disastrosa gestione dell'armistizio di cui i propri esponenti sono responsabili; mentre per le forze di destra e le nuove gerarchie militari essi incarnano un passato fallimentare da dimenticare a tutti i costi». Oggi è arrivato il momento di riconoscere il loro coraggio e la loro abnegazione. Perché la Resistenza non è stata solo combattere nazisti e fascisti; è stata anche dire loro «no».

* * *

Molti internati in Germania, come ricordava Guareschi, ricevevano lettere in cui i familiari li invitavano a collaborare, in modo da poter tornare in patria. Questa è la lettera con cui il capitano Giuseppe De Toni, punto di riferimento degli ufficiali che rifiutano di aderire alla Repubblica sociale, risponde al fratello. Dopo essere sopravvissuto ai campi di Przemysl (Polonia), Hammerstein, Norimberga-Langwasser e Meppen, De Toni morirà a Brescia nel 1950, a 43 anni.

«Hammerstein, Germania, 5 aprile 1944

Carissimo Nando,

desidero dirti che ho letto con molta attenzione e serenità la tua lettera; aggiungo che non ne sono stato sorpreso: essa è del tenore abbastanza comune, come quello di altre lettere ricevute dai miei compagni di prigionia. Tristi lettere, che preferiremmo oggi di non ricevere, ma che forse saremo un giorno lieti, come del massimo riconoscimento, di avere ricevuto.

Nessuno potrà comprendere, forse, quello che noi abbiamo compreso. Tu non sei stato strappato con volgare inganno, con inganno che da solo basta a disonorare una nazione, alla tua famiglia, alla tua casa, alla tua patria; tu non hai visto le caserme devastate; sotto i tuoi occhi non hanno ferito o ucciso donne ree di aver buttato a noi qualche pezzo di pane; tu non sei stato disarmato, tu non hai provato il viaggio dall'Olanda alla Polonia, affamati, assetati, chiusi peggio che bestie nei carri; tu non hai sentito e subìto il frustino sulla schiena, sul viso; contro di te non sono stati aizzati i cani, non sei stato azzannato dai cani; tu non hai vissuto in queste baracche, e non per giorni, ma per mesi, quarantacinque in sessantaquattro metri quadrati; tu non sai cosa sia una perquisizione, atto ufficiale, controllato, preordinato; tu non sai cosa sia la "conta".

E non è tutto. Tu non hai visto lo spettacolo della deportazione dei civili in Polonia; tu non hai portato alla sepoltura i compagni morti; tu non hai visto i Russi, non sai come siano trattati, vivi o morti, i Russi: e noi, da qualche punto di vista, abbiamo un trattamento peggiore. Noi, ufficiali di un esercito già alleato...Tu hai resistito, a Reggio, perché sentivi nella tua coscienza di dovere resistere. Ma a te nessuno della tua famiglia ha chiesto di cedere, nessuno ti ha esortato a cedere: io ho letto di Madri, Mogli, Figli che chiedono, implorando in buona fede, una firma disonorevole; io stesso ho ricevuto, e non una sola volta, una invocazione rivolta al mio cuore di marito e di padre... È la prova suprema per un uomo. Ma c'è qualcosa in me, in noi, che supera ogni lato affettivo, ogni tentazione, ogni lusinga, qualcosa che ci permette di vincere anche il nostro egoismo che si fa spesso prepotente.

È di ieri la nuova minaccia, da parte del comando tedesco, di lanciare di nuovo contro di noi i cani, è recentissima la disposizione di lasciare senza carbone un'intera camerata, è di oggi l'ordine impartito alle sentinelle di sparare contro chi si avvicina ai reticolati (reticolati interni), ordine già un paio di volte eseguito; non è lontano quel giovedì santo in cui abbiamo portato al cimitero un nostro ufficiale morto di fame; un secondo, purtroppo, lo porteremo tra pochi giorni.

Noi non vogliamo restare qui, come qualcuno insinua, per vigliaccheria, quasi imboscati. Siamo tutti ex combattenti, molti decorati, molti volontari. E, del resto, noi abbiamo i nostri morti e questa è forse peggio che una prima linea di combattimento. Noi non siamo degli attendisti, come qualcuno ci chiama: non siamo ancora qui per la speranza di una vittoria russa e angloamericana... Non è per calcolo né per capriccio né per puntiglio, ma solo per coerenza, per un principio di dignità, di onore, di giustizia.

Noi non abbiamo ancora vinto la nostra battaglia, perché ancora ci fanno delle richieste che toccano la nostra dignità e il nostro onore. Noi non vogliamo piegarci dinanzi alle forche caudine di riconoscere una repubblica [*Salò*] che noi conosciamo solo attraverso tre sigarette che un rappresentante di detta repubblica ci ha portato quale prova di interessamento; noi non vogliamo riconoscere come campione di civiltà chi tenta di violare le nostre coscienze. Con questo noi non simpatizziamo con quella parte della "montagna" che, non ne dubito, cerca di vivere sul frutto del brigantaggio. Noi non possiamo avere fiducia in chi non ha avuto e non ha fiducia in noi, in chi ci tiene così isolati. Noi non vogliamo arrenderci alla forza, alla prepotenza, all'inganno. Conosciamo la falsità di tante promesse. "Morgen" [*domani*], dicono, e morgen significa mai.

Molti hanno ceduto alla fame, molti alla illusione, molti, purtroppo, all'invocazione dei famigliari. Da 1600 siamo ridotti a 650 e, probabilmente, ci ridurremo ancora un poco. Ma hanno ceduto i più deboli e non bisogna dimenticare che quasi tutti noi siamo stati prelevati in luoghi di cura, in ospedali, in depositi. Ma anche pochi, saremo sempre in numero sufficiente a dimostrare che vi sono degli Italiani pronti a sacrificare tutto per un'Italia rispettata, onorata. Noi abbiamo già l'ammirazione dei Tedeschi, avremo certamente un giorno quella degli Italiani. Infine io sono il Comandante di questo Campo. Cosa avverrebbe anche qui se anch'io, come ha fatto il Comandante del Campo adiacente, dessi la mia firma? Tu non sai quello che si è tentato, con le buone e con le cattive, per farmi cedere. La mia firma significherebbe la fine della resistenza di tutti.

Bella cosa se il signor Ponticelli si interesserà di noi, di tutti noi: e in nessun caso potrei accettare qualcosa per me, qualsiasi agevolazione che significherebbe il mio allontanamento. Lentamente, ma sicuramente, si avvicina la fine. Ogni giorno che passa è un giorno di meno, anche se è uno di più di sofferenza. Torneremo, e presto, ma torneremo a testa alta per il nostro dovere compiuto fino in fondo. E chi non potrà tornare non sarà caduto per nulla. Io so, e mi è di grande conforto, che in qualsiasi caso non verrà mai meno ad Anna e alle mie figlie il vostro aiuto. Io sono sempre qui per esse, per voi tutti, perché non dobbiate vergognarvi di me. Quando saprete tutto ci darete ragione. Ti abbraccio

Giuseppe.»

«Onorata e stimata» scrive prima di morire il capitano Balbis dell'Italia che vorrebbe. «Rispettata, onorata» scrive il capitano De Toni, dichiarandosi e dimostrandosi pronto a morire. Le stesse parole negli scritti di due ufficiali che non si sono mai incontrati ma sentono allo stesso modo, e ci mettono oggi di fronte alle nostre responsabilità.

IX

Lettere d'amore

Il carteggio dal carcere tra Willy Jervis e Lucilla Rochat

Guglielmo Jervis era un ingegnere dell'Olivetti. Cristiano valdese, come sua moglie, Lucilla Rochat, e i due figli, Giovanni detto Gionni e Paola. Dopo l'8 settembre è tra i fondatori delle prime formazioni partigiane in Valle d'Aosta: nome di battaglia, Willy. Forte alpinista, guida prigionieri alleati in Svizzera. Braccato da fascisti e tedeschi, passa in Val Pellice, da secoli la piccola patria dei valdesi, dove entra nella quarta divisione Giustizia e Libertà e organizza i primi campi di lancio alleati delle Alpi occidentali. Commissario politico delle formazioni Gl del Piemonte. Arrestato l'11 marzo 1944 dalle SS italiane, chiuso in cella da solo per 47 giorni; due volte lo portano via per fucilarlo, due volte lo riportano in carcere. Orribilmente seviziato. Fucilato nella notte tra il 5 e il 6 agosto 1944 dai tedeschi sulla piazza principale di Villar Pellice, con altri quattro partigiani. Il suo cadavere viene poi appeso ed esposto. Medaglia d'oro al valor militare. Adriano Olivetti chiederà alla moglie di «avere l'onore di farsi carico dell'educazione dei figli»: Giovanni Jervis diventerà uno dei più grandi psichiatri italiani. Le lettere dal carcere di Willy, e quelle di Lucilla, sono un documento straordinario di coraggio e di amore coniugale. Si indovinano una fede profonda e condivisa, una vita familiare ricca, una comunanza di spiriti. Nel silenzio del torturato c'è più virilità che in tutte le palestre del mondo, nel conforto della sua donna c'è più tenerezza che in tanta letteratura.

Lucilla a Willy

«Torino, 10 maggio 1944

Mio caro,

domani l'altro sarà il nostro dodicesimo anniversario di matrimonio, e per la prima volta non saremo insieme! Cercherò di non essere troppo triste, e certo Dio me ne darà la forza. E penserò a tutto quello che abbiamo avuto di bello e di buono, penserò ai momenti che abbiamo passato insieme, e alla gioia immensa che proveremo quando ci ritroveremo, così potrò sopportare questa separazione che è una cosa terribile.

Ho coraggio e fiducia, tu lo sai, e il pensiero che anche te certamente non ti lasci abbattere e sei sostenuto dalla fede mi aiuta molto.

Stiamo bene, stai tranquillo per noi. Anche i tuoi, e dei miei buone notizie.

Chissà quando ti lasceranno scrivere una seconda lettera! Quella della fine di marzo mi fece tanto piacere e spero sempre di riceverne un'altra.

Gionni mi fa molta compagnia ed è sempre il caro bambino che sai. Paola è sempre con la nonna, sta molto bene. Mi rattrista non poter mandarti qualcosa da mangiare, ma mi hanno detto che il vitto è aumentato e spero che sia sufficiente. Se scrivi dimmi bene come stai di salute, se dormi e se riesci a fare un po' di moto.

Addio mio caro, ti abbraccio forte con tutto il cuore. Dio ti benedica e ti guardi!

Tua

L.»

Willy a Lucilla

«Martedì notte 6-7 giugno 1944

Lucilla, come sono preziose le tue notizie. Mi aiutano a sopportare la prova e mi danno coraggio e pazienza.

Vedo che la cosa si prolunga, ma preferisco aver speranza di uscire che essere giudicato e andare in un campo dove forse non avrei notizie, e dove non è detto sarei molto sicuro in caso di crisi o di ritirata. Oggi si è sparsa la voce di sbarco in Francia e Genova [*è lo sbarco in Normandia*]: ci credo poco, forse al primo, ma credi ne provo anche sgomento perché questo può dar luogo a crisi pericolose. Non è detto che finisca presto.

Le giornate sono naturalmente eterne, passeggio molto e cerco di controllare i miei pensieri; prego, canto inni e leggo la Bibbia. L'esperienza religiosa che faccio è importante e non solo per oggi. Si vede uscire parecchia gente e nelle mie vicinanze non c'è che 1 più anziano di me ma molto più grave.

Non ci sono state più partenze che sappia ma qualche arrivo di ribelle.

Scrivimi a matita qualche parola giovedì nell'interno della federa, in fondo, o sul nastro del pigiama... Mi fanno piacere le notizie di te. Scrivimi anche per via normale, credo ogni 15 giorni me le passano anche diverse assieme. Io non posso scrivere.

Caso mai sorprendessero questi biglietti, sono stati trasmessi con la biancheria ma guai farsi prendere: tu andresti dentro e io sarei picchiato e peggiorerei la situazione. Per questo fa pacchetti piccoli. Grazie per lo zucch e form metti meno carta, devo farla sparire.

Non ho più visite di controllo ma non si sa mai. Per quanto sia molto duro stare solo preferisco così si può corrispondere.

Spero molto in tue buone notizie in questa settimana! Prega me le facciano avere subito, se sono buone!

Coraggio L mia presto forse ci rivedremo: Dio lo voglia. Baci a te e Gionni. Sono un po' in pensiero per le incursioni per voi [*Torino è stata bombardata due giorni prima*].

Ps Non serbare i miei biglietti può essere molto pericoloso e non sono affatto sicuro per te... Sono sempre un po' in ansia al giovedì ma i tuoi biglietti di contenuto mi fanno tanto piacere e cerco di leggere tra le righe e guardo l'inclinazione! Non preoccuparti affatto per me per il vitto, sai come sono economo nel vivere e non sento la fame come altri né ho desideri in proposito.

Quella che è dura è la solitudine e la mancanza di libri.

La Bibbia mi fa gran compagnia ma non oso leggerla troppo apertamente perché l'interprete non lo sa e non vorrei me la prendessero! Saluta i tuoi, i miei, Gionni in modo speciale, gli amici e ringraziali. Questa tua ultima nota mi da maggiori speranze e vivrò con maggior fiducia.

Arrivederci mia cara, a presto. Scrivimi presto. Pacchi piccoli, ben confezionati.

Avuto Stampa del 1° (ma ho sale)».

Lucilla a Willy

«6 luglio 1944

Mio caro

ho fiducia e speranza che tu riceva queste mie lettere settimanali, e penso ti faccia piacere sapere qualcosa di noi. Stai tranquillo, stiamo tutti bene. La campagna è molto bella ora e i bambini godono a stare all'aria aperta. Gionni studia regolarmente, ha un'ora di lezione al giorno e presto comincerà anche quelle di matematica.

I tuoi stanno bene; ho visto tuo padre venuto per la fine di settimana. Abbiamo domenica festeggiato gli otto anni di Bubi, con una buona merenda tutti insieme; c'era anche Giovanni [*Giovanni Rochat, ingegnere, è il fratello di Lucilla; Bubi è suo figlio Giorgio Rochat, che diventerà il più importante storico militare italiano*].

Fa piacere vedere questi cuginetti insieme; loro sono sempre allegri e ci aiutano a essere sereni!

Mio caro, prego Dio che ti aiuti e ti dia la forza di sopportare questa lunga prova. Ho fiducia che ci rivedremo presto, ma quattro mesi sono tanti! Stai tranquillo per me, sto bene e mi faccio coraggio più che posso. I bimbi mi occupano e mi distraggono: le mie giornate sono riempite ma la sera è più difficile.

Ti abbraccio con tutto il cuore. Dio ti benedica e ti guardi

Tua

L.»

Willy a Lucilla

Messaggio tutto maiuscolo, inciso con una punta dietro la lettera della moglie del 6 luglio, ritrovato sulla salma di Jervis dopo la fucilazione:

«17-VII ORE 15

TEMO SIA SUONATA LA MIA ULTIMA ORA. LA FEDE NON MI ABBANDONA E L'ULTIMO PENSIERO SARÀ PER VOI MIEI CARI!

MI HANNO PRESO CON ALTRI. MESSO AL MURO LEGATE LE MANI. POI MI HANNO MESSO IN CELLA IN ATTESA.

NON MI FACCIO ILLUSIONE E PREGO DIO DIA A ME FORZA A TE CONSOLAZIONE. SONO TRANQUILLO PER ME MA QUALE ANGOSCIA PER VOI!

QUANTE COSE VORREI DIRTI. TU SAI IL MIO AMORE PER TE E I BIMBI. DIO VI BENEDICA E VI GUARDI! CI TROVEREMO CERTO DI LÀ. NON COMPIANGERMI NÉ CHIAMARMI "POVERO" VORREI TU NON PORTASSI LUTTO MA FA COME VUOI. SE TROVI UN COMPAGNO MEGLIO! DIO TI AIUTI TE E BIMBI! MUOIO PER AVER SERVITO UN'IDEA.

ADDIO MIEI CARI CORAGGIO!

WILLY

AVREI VOLUTO SCRIVERE MEGLIO MA HO POCO TEMPO E DEVO PREPARARMI AL PASSO».

X

«Vi accompagno io davanti al Signore»
La Resistenza dei sacerdoti

Se qualcuno oggi entrasse in una scuola, in un bar, in una chiesa, a raccontare che tra il 1943 e il 1945 in Italia furono assassinati quattrocento tra sacerdoti e monaci, un po' tutti penserebbero che gli assassini siano partigiani comunisti. Alcuni dei quali, in particolare in Emilia, si macchiarono in effetti di orribili delitti. Ma furono molti di più i preti uccisi dai tedeschi – 120 – e dai fascisti – 190.

Nei confronti dei sacerdoti, come dei carabinieri e dei militari, le camicie nere mostrarono un accanimento particolare nel vederli schierati con i partigiani o comunque al fianco della popolazione, contro di loro. Lo testimonia il resoconto del ministro dell'Interno della Repubblica sociale Buffarini Guidi a Mussolini: «Alla cordialità del clero per il fascismo si è sostituita una gelida distanza, e spesso gesti di aperta ostilità». A volte i preti scelgono apertamente il fronte della Resistenza: don Comensoli nel Bresciano, don Mazzolari e don Scagliosi nel Mantovano animano le prime bande; don Pasquino Borghi, figlio di contadini, parroco di Scandiano, sopra Reggio Emilia, nasconde i partigiani nella canonica: arrestato, percosso, torturato, fucilato nella notte tra il 29 e il 30 gennaio 1944. Altre volte i parroci si trovano nel mezzo tra la guerriglia partigiana e la rappresaglia nazifascista, e si sacrificano per salvare o assistere la loro comunità. Come don Ferrante Bagiardi, parroco a Castelnuovo dei Sabbioni, nella diocesi di Fiesole.

Il 4 luglio 1944 i tedeschi radunano 74 ostaggi nella piazza del paese. Don Ferrante ne chiede la liberazione. Di fronte al rifiuto dell'ufficiale nazista, si unisce a loro, impartisce l'assoluzione e l'eucarestia, rassicura i parrocchiani: «Vi accompagno io davanti al Signore». Muoiono tutti e 75. Nella stessa diocesi, nello stesso modo, muore don Giovanni Fondelli, parroco di Meleto. Don Ermete Morini, parroco di Massa dei Sabbioni, è ammazzato a colpi di baionetta. Sempre nel luglio 1944 sono uccisi il parroco di Faeto, don Dante Ricci, quello di Camporaghena, don Lino Baldini, e don Domenico Mencaroni di Sansepolcro, che rifiutano di rivelare nomi e nascondigli dei partigiani. È di Sansepolcro anche don Francesco Babini, assassinato a Pieve di Quinto con otto detenuti politici.

Cadono il padre marista Paolo Roggi, il domenicano Rosario Mirabene, il servita Raffaele Mazzucchi, il cappuccino Ignazio da Carrara – inseguito e colpito nell'orto del suo convento di Forte dei Marmi –, il giuseppino Eligio Bortolotti, il francescano Raffaello Perrichi, la cui unica colpa è di aver soccorso i suoi parrocchiani di Chiusi della Verna, feriti dai tedeschi in un rastrellamento: quando lo vedono curvo sui sofferenti, gli sparano e lo abbandonano a una lunga agonia. Don Bianco Cotoneschi, parroco di Pulicciano, è ucciso in un bosco; don Eugenio Grigoletti, parroco di Adelno, mentre è inginocchiato in preghiera; a don Aldo Mei, parroco di Fiano di Pescaglia, viene imposto prima di scavarsi la fossa; lo stesso accade a don Fortunato Trioschi, parroco di Crespino sul Lamone.

Solo nella provincia di Arezzo, nel 1944 sono uccisi diciassette sacerdoti e un seminarista. Arrestato con suo fratello Sante, capo partigiano, don Giuseppe Tani è trucidato il 15 giugno 1944, con un altro prigioniero e due patrioti che hanno tentato invano di liberarli. Due settimane dopo, don Alcide Lazzeri, parroco di Civitella della Chiana, offre la sua vita per salvare i fedeli: lo ammazzano con una raffica di mitra. Muoiono con lui monsignor Sebastiano Fracassi, canonico di Arezzo, e il seminarista Giuseppe Pasqui, mentre non lontano, nella frazione di san Pancrazio, viene ucciso con i suoi parrocchiani don Giuseppe Tonelli.

Nell'eccidio di Sant'Anna di Stazzema muore don Innocenzo Lazzeri, parroco di Farnocchia, medaglia d'oro al valor civile, che offre invano la propria vita per salvare altri innocenti; prima di cadere mostra alto ai carnefici il corpo straziato di un bambino. Il parroco di Stazzema, don Fiore Menguzzo, viene impiccato dalle SS con tutta la sua famiglia. Don Libero Raglianti, parroco di Valdicastello, è arrestato per aver fornito cibo e medicine ai civili: sarà fucilato il 28 agosto. Muore anche il canonico della collegiata di Pietrasanta, don Giuseppe Simi.

Il 19 agosto, per vendicare 17 camerati uccisi in uno scontro con i partigiani, le SS di Walter Reder occupano San Terenzo in Lunigiana e ammazzano per primo il parroco, don Michele Rabino: alla fine saranno un centinaio i civili massacrati. È Reder in persona a consegnare il parroco di Vinca, don Luigi Janni, alle Brigate nere, che lo fucilano sul ponte di Santa Lucia con suo padre e altre due persone. Don Angelo Uniti, parroco di Lunata, sarà torturato prima di morire, come il suo curato don Giorgio Bigongiari.

Il settembre 1944 sull'Appennino è ancora più terribile per i religiosi toscani. Il 2 all'abbazia di Farneta vengono fucilati dodici monaci certosini. Il 7 è ucciso il priore della certosa di Montemagno, padre Martini Binz, insieme con il vescovo venezuelano monsignor Salvador Montes de Oca. Altri dieci certosini – quattro italiani, due spagnoli, due svizzeri, un francese, un tedesco – saranno fucilati nel massacro del Frigido, insieme con 160 ostaggi tra cui quattro sacerdoti. Don Florindo Bonomi paga con la vita il suo sostegno al Comitato di liberazione di Fosdinovo; don Carlo Beghé, parroco di Nevegigola, viene imprigionato e poi fucilato il 2 marzo 1945 nonostante abbia 81 anni.

Il martirologio in Piemonte non è meno impressionante. Nella strage di Boves muoiono don Giuseppe Bernardi e don

Mario Ghibaudo. Don Demetrio Castelli, viceparroco di Roddi, viene fucilato il 24 agosto 1944. Don Costanzo Demaria, parroco di San Chiaffredo di Busca, è seviziato e ucciso il 14 settembre dalle Brigate nere di Cuneo. Il 21 ottobre i militi della San Marco ammazzano don Domenico Minetti, parroco di Santa Maria Maddalena in Sassello. Il 15 novembre è ucciso don Francesco Cabrio, parroco di Torrazzo, vicino a Biella.

Nel marzo 1945 è trucidato don Giuseppe Rossi, parroco di Castiglione d'Ossola. Il 19 aprile i fascisti ammazzano don Prospero Duc, parroco di Chésallet in Valle d'Aosta. La strage continua fino agli ultimi giorni di guerra. Il 30 aprile è fucilato don Mario Caustico, cappellano dei partigiani della Val Susa. Lo stesso giorno i tedeschi in ritirata uccidono a Villastellone don Gabriele Sismondi; il giorno prima hanno assassinato il parroco di Savonera, don Battista Sapino.

Il primo aprile, giorno di Pasqua, muore a Dachau padre Giuseppe Girotti, albese, splendida figura di biblista innamorato della cultura ebraica, deportato per aver curato e protetto patrioti ed ebrei, tradito da una spia che si finge un partigiano ferito: nella sua baracca i compagni di prigionia scrivono «qui dormiva san Giuseppe Girotti». Papa Francesco l'ha beatificato nel 2014. Israele l'ha riconosciuto Giusto tra le Nazioni.

Don Ernesto Camurati era parroco di Villadeati, un piccolo paese del Monferrato dominato da un castello. Il 9 ottobre 1944 arriva una colonna della Wehrmacht, composta da 24 camion e 200 soldati al comando del maggiore Wilhelm Meyer, un ufficiale arrogante, violento, feroce. I tedeschi depredano le case indifese, abbattono gli animali nelle stalle, radunano gli uomini nella piazza. Meyer ordina che dal gruppo escano dieci capifamiglia. Don Ernesto si offre in cambio della vita dei parrocchiani; il maggiore fa spingere nel gruppo anche lui; tutti sono falciati a raffiche di mitra. Il parroco non muore subito. Mentre è in terra rantolante, Meyer lo finisce con due colpi alla nuca. In quel mese di ottobre, lo stesso maggiore aggredisce don Antonio Volpato, gli rinfaccia di nascondere ebrei nell'oratorio salesiano di Casale, minaccia di giustiziare tutti i preti, a cominciare dal vescovo. Nell'attesa fa fucilare Nazareno Lazzarini, partigiano della Monferrato, preso mentre sta portando all'ospedale un compagno ferito: il corpo, gettato nel Po, non sarà più ritrovato. Un comandante partigiano della zona, Bartolomeo Paschero, «Trumlin», promette agli abitanti di Villadeati che Meyer pagherà per quello che ha fatto.

Non tutti porsero l'altra guancia. Don Francesco Foglia, per dire, lo chiamavano don Dinamite.

Francesco è un montanaro. Nasce nel 1912 in Val Susa a Novalesa, dove sorge l'antica abbazia benedettina, fondata dai Franchi dodici secoli prima per controllare la via del Moncenisio. Uno zio prete lo avvia alla vita religiosa. A vent'anni però lo cacciano dal seminario di Susa: troppo ribelle; gli hanno anche trovato un diario in cui si fa beffe dei superiori. Un insegnante che ha simpatia per lui, don Caramello, lo manda in Francia, al seminario di Saint Jean de Maurienne, dove diventa sacerdote a 23 anni.

Nel 1939, quando i rapporti tra Roma e Parigi precipitano, don Foglia rientra in patria. Ama l'Italia e non si chiama fuori dalla guerra: sarà cappellano militare degli alpini della Taurinense. Sul fronte greco lavora negli ospedali da campo; poi è in Montenegro, dove viene ferito e decorato con la medaglia d'argento al valor militare. Inorridisce davanti alle atrocità nei confronti della popolazione civile. Quando rientra in Italia, alla fine del 1942, è un antifascista convinto. Dopo l'8 settembre torna a casa e diventa uno dei capi della Resistenza della Val Susa, incentrata attorno alla battaglia della ferrovia.

Il principale obiettivo dei partigiani è la linea Torino-Modane. Ovviamente qualsiasi suggestione legata alle vicende di oggi è del tutto impropria: la ferrovia del Moncenisio è un asse logistico fondamentale per i tedeschi, che ancora occupano la Francia. Il Cln ordina ai patrioti di sabotarlo. Cominciano gli attentati, seguiti dai rastrellamenti nazifascisti. Accanto a don Foglia ci sono un ufficiale di carriera dell'esercito, Egidio Liberti, il «maggiore Valle», che dopo la guerra diventerà generale, e due comunisti; l'ingegnere Sergio Bellone, milanese di origine valsusina, reduce da 38 mesi passati nelle carceri fasciste; e Vittorio Blandino, che diventa l'anima delle brigate Garibaldi della valle. Il comando unificato è in una baita di montagna, a Villar Dora. C'è anche un altro prete partigiano, don Aldo Parisio, che dopo la guerra diventerà il cappellano capo delle truppe alpine.

La lotta è durissima. Il 2 luglio 1944, ventisei uomini sono catturati dalle Brigate nere. Chiamarli partigiani è improprio: quasi tutti sono giovanissimi che sfuggono ai bandi del generale Graziani; sono disarmati, hanno scarpe da città, si arrendono senza opporre resistenza. I «ragazzi di Salò» li torturano in modo raccapricciante per giorni e li uccidono al colle del Lys che domina Torino.

I primi attacchi alla ferrovia fanno pochi danni: l'esplosivo è insufficiente. Ma appena riescono a procurarsi la dinamite, il comandante Vittorio, l'ingegner Bellone e don Foglia preparano quello che gli Alleati definiranno uno dei più importanti sabotaggi nell'Europa occidentale: la distruzione del viadotto dell'Arnodera.

La mattina del 28 dicembre 1943, dal comando di Villar Dora parte un carro con ottocento chili di esplosivo, diviso in otto casse, e sedici detonatori già innescati, nascosti sotto uno strato di letame. Il fetore distoglie l'interesse delle sentinelle tedesche. Il carro percorre indisturbato trenta chilometri. Vicino al ponte, un gruppo di partigiani si carica le casse in spalla e sale verso il viadotto. È notte, l'erba è gelata, si scivola. Don Foglia grida in sussurri: «Non voglio sentire bestemmie!».

È proprio il sacerdote, con il comandante Vittorio, Bellone e il partigiano Remo, a piazzare le cariche. Il ponte viene giù all'una di notte. Crollano cinque arcate alte più di trenta metri. Il traffico resterà bloccato per tre mesi. Il comando tedesco di Torino definisce il sabotaggio «una vera e propria opera d'arte». Francesco Foglia diventa don Dinamite.

Lo catturano subito dopo, all'inizio di gennaio, e lo portano prima a Mauthausen, poi a Dachau. A Mauthausen, nel sottocampo di Gusen, c'è un altro prete valsusino, don Carlo Prinetto, cappellano dei garibaldini a Condove, picchiato a morte dalle SS perché scoperto a fare apostolato nel lager, con un piccolo crocefisso fatto con la mollica di pane. Don Foglia sopravvive e ritorna dalla Germania nel luglio 1945, al suo posto di priore a Moncenisio.

Il dopoguerra non sarà facile per lui. Le gerarchie non lo amano: è scoppiata la guerra fredda, e lui è troppo amico dei comunisti. I giornali locali lo accusano di contrabbando di tabacco con la Francia, «l'Unità» lo difende. Ma questo è nulla, in confronto alla tragedia che attende don Foglia: i suoi due nipotini, di sette e sei anni, in vacanza da lui a Moncenisio, muoiono dilaniati da una bomba, forse un residuato bellico. Subito si diffonde la voce che non sia stato un caso ma un attentato contro lo zio. La verità non si saprà mai.

La tragedia segna nel profondo don Francesco. Gli resterà dentro un'inquietudine destinata ad avvelenargli la vita: si rimprovererà sempre di non aver salvato i suoi amatissimi nipotini. Decide di andarsene dall'Italia, separandosi anche dall'amico Sergio Bellone, che ha i suoi guai con le gerarchie del Pci. Nel 1947 don Foglia parte missionario in Brasile: resta diciotto anni in una parrocchia del Paraná, dove organizza i primi sindacati dei campesinos. Si ammala e torna a Moncenisio, ma non riconosce più la sua valle. Prende una decisione sorprendente: parte per la Germania.

La sua terra di missione ora è un sanatorio ad appena una trentina di chilometri da Dachau, poi una casa di riposo per anziani a Hauzenberg. Si riconcilia con gli antichi nemici, matura un sentimento di perdono, oltre che di amicizia per i nuovi tedeschi. Chiede di essere sepolto in Baviera, dove muore nel settembre 1993. Ma i valsusini lo reclamano e lo seppelliscono nel paese dov'è nato, vicino all'abbazia. Questa la cronaca del funerale pubblicata dalla «Stampa»: «Pioveva e faceva freddo a Novalesa, ai piedi del valico del Moncenisio. Nel piccolo cimitero un gruppo di persone accompagnava la salma di don Francesco Foglia, 81 anni, sacerdote, morto ad Hauzenberg, in Germania. Quasi tutti anziani: al collo il fazzoletto rosso o azzurro, qualcuno con il cappello degli alpini. C'erano le bandiere delle brigate Garibaldi, di Giustizia e Libertà, degli ex internati. Quando la bara è scesa nella fossa i labari l'hanno sfiorata. Si è sentita una voce: "Ciao don Dinamite"».

È la notte dell'11 settembre 1943, un sabato. Don Giovanni Nervo, giovane cappellano di Solagna, nel Vicentino, è chiamato a sostituire il cappellano Bruno Bello, che si è assentato per la morte dell'arciprete Dioniso Artuso: dovrà celebrare la messa della domenica nella chiesetta di San Giovanni, a 1300 metri di quota, sui Colli Alti del monte Grappa. Sono quattro ore di cammino a piedi. Don Nervo parte alle 11 di sera. Lo accompagna un ufficiale medico degli alpini, Vico Todesco, che l'8 settembre è tornato a casa da Pontebba, in Friuli.

Durante il viaggio Todesco si confida: sui Colli Alti ha appuntamento con altri alpini; sta andando a organizzare una banda di resistenti, la prima sul Grappa. «Io ho un giuramento con il Re: devo rimanere fedele» spiega al prete.

Da quel giorno, don Giovanni comincia a salire a piedi sui Colli Alti ogni domenica: va a dire la messa; ma non solo. Porta ai combattenti messaggi, viveri, rifornimenti. Nasconde i ricercati. «Celebrai lassù il primo novembre 1943, festa di Ognissanti» ha raccontato. «La chiesetta era strapiena di giovani che erano scappati per non essere costretti ad arruolarsi nell'esercito della Repubblica sociale o essere deportati in Germania. Ricordo ancora quell'omelia in cui con commozione li incoraggiavo alla Resistenza.»

La sua base ora è Padova, nel collegio Barbarigo, dove il vescovo Carlo Agostini gli ha dato l'incarico di assistente. In città si lega al cugino di Vico, l'ufficiale degli alpini: si chiama Mario Todesco, è professore al liceo classico Tito Livio. La sua casa è un centro di raccolta di armi, medicinali, viveri: don Giovanni provvede a farli arrivare a destinazione. «Il 29 giugno, verso le 9 del mattino, venne da me al Collegio Barbarigo il papà di Mario Todesco, Venanzio, professore di filologia romanza all'università. Mi portò il Gazzettino dove c'era la notizia che in via Filiberto era stato trovato il cadavere di un uomo sui 35 anni che aveva i connotati di Mario. Il padre si aggrappò alla speranza che quando il figlio era stato arrestato non avesse il vestito descritto dal giornale, e corse a casa a verificare. Io andai all'obitorio: purtroppo era proprio lui. Fui vicino ai genitori di Mario in quel momento terribile, che mi segnò profondamente. Raccolsi dalla mamma questa espressione: "Offro il mio dolore perché questo possa essere l'ultimo sangue versato". Poi accompagnai la salma lassù, nella chiesetta di San Giovanni.»

L'impegno di don Nervo non si ferma. Ormai è un punto di riferimento dei partigiani cattolici della zona. Nel gruppo ci sono ex militanti del Partito popolare: Mario Saggin, Stanislao Cerchi, Angelo Lorenzi. C'è Lanfranco Zancan, che rappresenta la Dc nel comando provinciale del Corpo volontari della libertà. E c'è Luigi Gui, anche lui professore al Tito Livio, che si dedica alla stampa clandestina. Nell'autunno 1944 Gui affida all'amico sacerdote un opuscolo con il programma del gruppo, titolo: *Uno qualunque: la politica del buonsenso*. Don Nervo con un rudimentale ciclostile ne fa un centinaio di copie e le distribuisce tra i partigiani.

Dopo la guerra, Gui diventerà deputato alla Costituente e ministro, prima di incappare nello scandalo Lockheed, da cui uscirà assolto. Don Giovanni continuerà a occuparsi degli ultimi. Quando nel 1971 papa Montini deciderà di dare alla Chiesa italiana una nuova organizzazione che si occupi dei poveri, chiamerà lui, un semplice parroco di Padova. Il prete partigiano sarà così il fondatore e il primo presidente della Caritas.

Non vide la fine della guerra don Elio Monari, figlio di mezzadri, cresciuto a Modena, assistente della Giac, l'associazione dei giovani dell'Azione cattolica. Lì vicino c'è il campo di Fossoli. Don Elio organizza una rete per far fuggire prigionieri ed ebrei in Svizzera o al Sud. A Modena sono nascoste famiglie ebraiche scappate da Ferrara, tra cui il rabbino Leone Leoni con la moglie e i due figli, che resteranno al sicuro sino alla liberazione. Del gruppo fanno parte Ermanno Gorrieri, che rappresenta la Democrazia cristiana nel Cln locale, Odoardo Focherini, morto nel lager di Hrsbruck e beatificato da papa Ratzinger, don Arrigo Beccari, don Dante Sala, don Benedetto Richeldi e Giuseppe Moreali, tutti nominati Giusti tra le Nazioni. Con loro vi sono un commerciante, Arturo Anderlini, e un imprenditore, Alfonso Paltrinieri, condannati a morte come «traditori e mercanti della Patria»: la loro colpa è aver salvato gli ebrei. Per questo sono fucilati al poligono di tiro di Modena nel febbraio 1944.

Nella rete di don Elio ci sono ebrei che si battono per i loro correligionari: Guido Melli, morto ad Auschwitz, Fortunato Uzzielli, Goffredo Pacifici, che mette in salvo in Svizzera i «ragazzi di Villa Emma». Sono ottanta giovani ebrei, arrivati dalla Slovenia e dalla Croazia, fuggiti dai massacri nell'Est europeo, che hanno trovato rifugio in un antico palazzo abbandonato. Alcuni vengono nascosti in seminario, vestiti da preti, altri presso trenta famiglie della zona, tutte disposte a rischiare la vita. Goffredo Pacifici li fa fuggire in Svizzera. Poi torna indietro, per salvare altri ebrei. Catturato presso il confine, deportato, morirà ad Auschwitz.

Don Elio Monari riesce a far scappare dall'ospedale di Modena un partigiano ferito, Alfeo Martini, anche lui travestito da prete. È don Elio a fornire l'abito talare, con la complicità di medici e infermieri. Ma ormai i fascisti gli sono addosso. Lui si unisce ai partigiani della Val Secchia, poi si sposta a Montefiorino. Ora si fa chiamare don Luigi. Il 5 luglio 1944 esce allo scoperto per assistere un partigiano colpito in combattimento, e viene catturato da due soldati tedeschi, che lo mettono nelle mani della banda Carità, a Firenze.

Torturato per giorni a «Villa Triste», don Elio Monari non parla. Viene portato alle Cascine e fucilato con altri partigiani, all'alba del 16 luglio 1944. La sua tonaca è raccolta nell'immondizia da una donna. I corpi spariscono. Saranno ritrovati solo dodici anni dopo, e sepolti in una cappella del cimitero di Rifredi.

Ancora si discute su quale sacerdote abbia ispirato la figura di don Pietro, il prete di *Roma città aperta*, interpretato da un Aldo Fabrizi non del tutto convinto («E se poi tornano quegli altri?» chiedeva riferendosi ai fascisti). La morte è certo quella di don Giuseppe Morosini, fucilato il 3 aprile 1944 a Forte Bravetta da dodici militari della Pai (Polizia dell'Africa italiana), che all'ordine di «Fuoco!» sparano quasi tutti in aria; don Giuseppe, ferito da due colpi andati a segno, viene ucciso dall'ufficiale fascista che comanda l'esecuzione con due spari alla nuca.

Don Morosini era un uomo del colonnello Montezemolo, capo della Resistenza militare nella Roma occupata. Arrestato dalla Gestapo il 4 gennaio 1944, con l'accusa di aver passato agli Alleati la copia della mappa delle difese tedesche davanti a Cassino, e di aver nascosto armi ed esplosivi nei sotterranei del Collegio Leoniano. Chiuso a Regina Coeli nella cella numero 382, con un partigiano ebreo di Giustizia e Libertà, Epimenio Liberi, che a 23 anni ha già due figli e un terzo in arrivo. Buon musicista, don Morosini scrive in carcere una ninna nanna per soprano e pianoforte, dedicata al bambino che non conoscerà mai il padre: Epimenio Liberi sarà ucciso alle Ardeatine.

A Regina Coeli don Morosini viene torturato, ma tace. Ha scritto un prigioniero: «Detenuto a Regina Coeli sotto i tedeschi, incontrai un mattino don Giuseppe Morosini: usciva da un interrogatorio delle SS, il volto tumefatto grondava sangue, come Cristo dopo la flagellazione. Con le lacrime agli occhi gli espressi la mia solidarietà: egli si sforzò di sorridermi e le labbra gli sanguinarono. Nei suoi occhi brillava una luce viva. La luce della sua fede. Benedisse il plotone di esecuzione dicendo ad alta voce: "Dio, perdona loro: non sanno quello che fanno", come Cristo sul Golgota. Il ricordo di questo nobilissimo martire vive e vivrà sempre nell'animo mio». Il prigioniero era Sandro Pertini.

Ma Roberto Rossellini, il regista di *Roma città aperta*, si ispirò soprattutto a un altro sacerdote, don Pietro Pappagallo, fucilato alle Fosse Ardeatine, diventato leggendario a Roma per le sue azioni nei nove mesi dell'occupazione tedesca.

Don Pietro condivideva con il personaggio di Fabrizi, oltre al nome, la corporatura robusta. Figlio di una povera famiglia pugliese, a Roma diventa padre spirituale delle Suore Oblate del Santo Bambino Gesù di via Urbana, poi viceparroco di San Giovanni in Laterano, quindi assistente dei duemila operai della Snia Viscosa, sulla Prenestina. Indignato per le loro condizioni, don Pappagallo scrive a monsignor Ferdinando Baldelli, responsabile di Curia per l'assistenza ai lavoratori: «Il lavoro in azienda è disumanizzante: i tempi vengono protratti all'inverosimile, il licenziamento scatta automaticamente in caso di rifiuto degli straordinari, il processo industriale che prevede l'applicazione di sostanze chimiche è potenzialmente nocivo per la loro salute, la discriminazione retributiva è evidente al raffronto fra gli operai del Sud e i loro colleghi della capitale. Io non trovo giusto tutto questo. Né possono rabbonirmi le ragioni di opportunità politica, che anzi non mi interessano affatto. So soltanto che la fede e il senso di umanità non possono contrappormi ai miei fratelli, al cui servizio sono stato posto. Se lei non è con loro, posso solo dire che rimango sconcertato e nella confusione». La Curia non è con gli operai, e le parole non sono tra quelle che si possono scrivere nell'Italia fascista. Il sacerdote viene rimosso e assegnato ad altro incarico: organizzare l'arrivo dei pellegrini a Roma per l'Anno Santo indetto da Pio XI per il 1933.

Quando arrivano i nazisti, don Pappagallo crea un'organizzazione per stampare documenti, di cui si dice facciano parte anche falsari pregiudicati. Nasconde nei conventi ebrei, soldati alleati, partigiani, fino a quando non riesce a procurare loro una nuova identità. La storia di *Roma città aperta* è vicina al vero, compresi i contatti con i comunisti. In un passaggio del film viene chiesto a Fabrizi: «Hanno preso il professore?». Il professore era Gioacchino Gesmundo, il maestro di Ingrao, caporedattore dell'«Unità» clandestina, membro dei Gap, a Roma composti più da studenti e insegnanti che da operai come al Nord; arrestato il 29 gennaio 1944, interrogato a via Tasso, anche Gesmundo morirà alle Ardeatine.

Lo stesso giorno viene preso don Pappagallo. Su segnalazione della spia Gino Crescentini, sei uomini armati, tre italiani e tre tedeschi, fanno irruzione nel suo appartamento di via Urbana. A via Tasso don Pietro sopporta le torture, cerca di portare sollievo ai prigionieri che escono straziati dagli interrogatori di Kappler, cede il rancio a chi non ha nulla da mangiare. Ha testimoniato un carabiniere, Angelo Joppi: «Don Pappagallo si privava anche dell'esigua quantità di acqua distribuita ai detenuti. Questo sacerdote acquistava nella nostra cella una fisionomia di asceta. Rimaneva per ore ed ore assorto silenziosamente nella preghiera, con un fervore instancabile, preso dalla sua fede in Cristo. Un mormorio continuo agitava le sue labbra socchiuse, mentre attendeva calmo e sereno la sorte. E un vuoto fu per noi quando non lo avemmo più vicino, quando non ci poté più prodigare le sue cure, accompagnate sempre da parole di speranza, che rivelavano la sua certezza in qualcosa di eterno, che attende tutti di là nel regno dei Cieli... Non lo udii mai maledire i suoi carnefici, ma perdonava tutti... Pregava il Signore per noi tutti che ci aiutasse nel fatale trapasso».

Don Pappagallo in cella si sveglia presto e recita l'invitatorio del *Matutinum*, a bassa voce per non disturbare i compagni che dormono. Poi si inginocchia verso la porta e sussurra il Salmo 78: «*Introeat in conspectu tuo gemitus compeditorum...*», Giunga al tuo cospetto il gemito dei prigionieri. L'unica cosa che ha chiesto ai tedeschi è il breviario; dopo qualche giorno gliel'hanno portato. Lo terrà con sé sino alla fine. Sul furgone che va alle Ardeatine confessa e assolve le altre vittime. Nel Giubileo del 2000, Giovanni Paolo II l'ha incluso tra i martiri della Chiesa del Novecento.

La storia di don Pappagallo fu raccontata dalla fiction *La buona battaglia*, trasmessa dalla Rai nel 2006. Il ruolo del sacerdote era di Flavio Insinna. Pensai di seguire l'anteprima con un esponente della destra romana, per vedere l'effetto che faceva. La scelta cadde su Maurizio Gasparri. Davanti alla scena – inventata – dell'addio dei parenti ai martiri che partono per le Ardeatine, Gasparri si commosse e pianse, come tutti del resto in sala. Quando *La buona battaglia* andò in onda, Mediaset controprogrammò una puntata di *Questa è la mia terra*, serie sulla bonifica delle paludi pontine. *Questa è la mia terra* vinse nettamente il confronto degli ascolti.

Nel 2007, a 96 anni, se n'è andato don Bartolomeo Ferrari, don Berto, come lo chiamavano i suoi parrocchiani di Sampierdarena e i suoi partigiani. Antifascista fin da ragazzo – «In quanto prete mi costringevano a pagare la tassa sul celibato!» –, dopo l'8 settembre fa parte della rete di assistenza a ebrei e patrioti creata dall'arcivescovo Boetto e dal suo braccio destro Siri, con cui don Berto avrà sempre ottimi rapporti. Quando lo avvertono che i fascisti lo stanno venendo a cercare, sale sulle colline liguri con i garibaldini.

Non tutti sono comunisti, ma anche quelli che lo sono nutrono per lui una sorta di venerazione. Don Berto cura i feriti, fa arrivare viveri, è in testa al gruppo nelle marce. Da cappellano tenta di evitare le fucilazioni dei prigionieri nemici. Scrive: «Se dovessi non più tornare, mi sembra che la mia vita stroncata sulla montagna coi partigiani sarebbe ben spesa».

Tra il 6 e l'11 aprile 1944, nella settimana di Pasqua, reparti nazifascisti attaccano nella zona dell'abbazia della Benedicta, a Bosio, sull'Appennino: 72 partigiani cadono in combattimento, 75 sono fucilati vicino al santuario, altri 17 saranno massacrati il 19 maggio, con altri 42 prigionieri, al passo del Turchino. Ha scritto Giorgio Bocca: «Piove di continuo nei giorni del rastrellamento. La gente dei villaggi vede passare, prigionieri, quei ragazzi pallidi e stracciati destinati alla morte. Acqua fredda che lava il sangue, i cadaveri abbandonati sul greto del Gorzente. E già risalgono le valli i parenti per la sepoltura dei figli». Tra coloro che vanno in pellegrinaggio alla Benedicta c'è anche don Berto, che in una piccola valletta tra i castagni conta 96 croci di legno: «Spettacolo commovente. Là era una casa distrutta. Qui 96 giovani vite stroncate. Di case se ne possono costruire a volontà, di vite no, purtroppo. Alle 96 mamme che piangono inconsolabili nessuno, quaggiù, potrà restituire i loro figli». Ogni anno don Berto celebrerà la messa in memoria dei caduti.

Alla fine dell'estate, il suo reparto si porta in un'altra zona dell'Appennino, a Olbicella. Ai primi di ottobre in sei cadono in un rastrellamento. Così don Berto descrive il loro martirio, nel libro *Sulla montagna con i partigiani*: «Eran circa le 17 quando i prigionieri furono condotti fuori della Chiesa. Li fecero schierare con la faccia rivolta verso la porta. Di fronte ad essa era il plotone di esecuzione... Il plotone attendeva il segno del fuoco con i moschetti puntati. In quel mentre giunse sul posto un ufficiale dalla persona alta, imponente. Era il Comandante. Fece sospendere l'esecuzione. I compagni si riebbero. Speravano di cavarsela con la deportazione in qualche campo di concentramento della Germania. L'illusione durò pochi istanti. Da un camion scese un tedesco con delle corde tra le mani. Un terribile pensiero attraversò la mente dei poveri ragazzi. Era loro riserbata una morte più terribile e crudele... Il piccolo Aria fu portato dietro alla Chiesa. Fu fatto inginocchiare, posando la testa su una panchina. Cominciarono a batterlo con un bastone. Gli furono date cinquanta bastonate sulle reni. Insanguinato, quasi svenuto, fu gettato su di un camion. Soffriva terribilmente. Dovette inginocchiarsi con le braccia posate ad una spranga del camion. Non riusciva a star seduto. Tanto meno a stare coricato. Il camion fu condotto sulla piazza della Chiesa. Aria fu costretto ad assistere all'impiccagione dei compagni. I tedeschi obbligarono i condannati a mettersi essi stessi il nodo scorsoio intorno al collo. Pancio rifiutò. Un tedesco si avvicinò, e gli mise lui la corda intorno al collo. Il partigiano, in un supremo gesto di coraggio e di disprezzo, sputò in faccia al boia tedesco. Questi furibondo diede un calcio allo sgabello. Poi, col calcio del fucile vibrò un tremendo colpo sul volto del giustiziato. Gli asportò una mascella. Il padre di Pancio il domani riconobbe il figlio soltanto dal vestito. Uomini della brigata nera si divertirono a dilaniare con le punte delle baionette i corpi, che pendevano dagli alberi. Alla sera l'autocolonna tedesca lasciò il paese. Le case incendiate fumavano ancora. Nell'aria c'era un odore acre e penetrante di bruciato. Appesi agli alberi, mossi dal vento gelido della notte, dondolavano i corpi dei sei impiccati».

I partigiani si riorganizzano. Il 16 novembre 1944 viene creata la divisione Mingo, che porta il nome di battaglia di Domenico Lanza, caduto in combattimento. Sono 350 uomini. Don Berto è il loro cappellano, ed è anche il fondatore del loro giornale clandestino: «Il Ribelle – Giornale delle Brigate d'Assalto Garibaldi – Divisione Cap.no Mingo». I garibaldini non apprezzano il nome: si pensano un esercito regolare, preferiscono «Il Patriota». Don Berto accetta, ma sotto la testata aggiunge la dicitura: «Già Il Ribelle». Se ne stampano 14 numeri, fino al 21 aprile 1945: l'archivio, che li custodisce tutti, è una scatola di latta, seppellita nel giardino di casa di amici fidati. Il 25 aprile don Berto entra in Genova liberata, indossando una sorta di divisa militare, su cui spiccano la croce e un fazzoletto tricolore.

Dopo la guerra cerca il confronto con gli ex nemici. Ne è rimasto un segno di grande interesse nel dialogo riportato in un libro di Ulderico Munzi, storica firma del «Corriere della Sera»: *Gesù in camicia nera, Gesù partigiano*. Don Berto discute con don Gino Marchesini, cappellano della Guardia nazionale repubblicana, testimone tra il 30 aprile e il 15 maggio 1945 di una delle più dure vendette partigiane, a Oderzo, in Veneto. Sono due uomini che cercano una riconciliazione ma difendono sino all'ultimo due visioni inconciliabili della storia d'Italia.

Dice don Berto Ferrari: «Mettiamoci in ginocchio, fratello, e preghiamo. Noi abbiamo lo stesso Dio, la stessa fede, la stessa religione e tu sai che la religione è al di sopra di ogni professione politica e naturalmente deve influire sulle nostre azioni e sul nostro comportamento, sulla nostra morale e sul nostro amore verso il prossimo. Tu verso di me e io verso di te... Io mi sono battuto per la libertà, mentre tu...».

Don Gino Marchesini: «Mentre tu... ecco che spunta la vostra libertà! Tu lasci intendere che la tua è la vera libertà, mentre la mia non lo è. Devi sapere che io ho fatto una libera scelta nell'andare con la Repubblica sociale. Secondo me, la libertà vuol dire soprattutto dotarsi di certi limiti morali, avere doveri, obblighi verso il prossimo. La mia libertà finisce dove comincia la tua...».

Don Berto: «Certi sacerdoti del tuo stampo, don Marchesini, non vogliono il dialogo. Nel Vangelo di Matteo è scritto che il cielo e la terra passeranno, ma le mie parole, che sono quelle di Gesù, non passeranno. La vera libertà è in Cristo. È possibile che tu non voglia capire? Se io non accetto il giogo di un governo dittatoriale, difendo la mia dignità di cristiano, non tradisco alcun ideale, anzi, creo un ideale. Ma io voglio insistere e ti ripeto: siamo fratelli, tu eri di là e io ero di qua. Noi abbiamo avuto la sorte di essere vincitori… Va bene, arrivo a dirti che io non ti considero uno sconfitto. Né tantomeno un nemico. Ti considero uno che ha combattuto per un'idea, nella quale credeva, e per questo ti ammiro. Però, la realtà devi accettarla: l'idea che hai difeso è stata vinta, annullata, ecco tutto».

Don Gino: «Noi non ci sentiamo vinti, proprio per nulla. E sai perché? Perché i nostri principi, l'amore per la Patria e per il sacrificio, non sono ideali da vinti. Anzi, c'è un sapore di vittoria morale nella nostra sconfitta. C'è stata solo la sopraffazione delle armi, questo sì, e noi lo riconosciamo. C'è stata la sconfitta militare, questo sì, e l'accettiamo. Ma le nostre idee, per le quali abbiamo combattuto, restano sacrosante, intramontabili. E i nostri governanti, nei sessant'anni che hanno seguito la fine della guerra, hanno fatto di tutto per distruggere i sani principi che animavano gli italiani… e che Mussolini aveva inculcato nel popolo».

Don Berto: «La guerra può sradicare l'individuo dalla propria condizione umana, anche quando è trascinato dal vento della libertà. Tu, don Marchesini, devi riflettere su quel poco che ci resta da vivere. Se hai fatto il tuo dovere con animo pulito, non hai nulla da rimproverarti, la tua missione è compiuta. Sei stato vicino ai tuoi ragazzi che credevano in un ideale, hai fatto bene, perché sopra tutto questo c'era Dio».

Don Gino: «Dio è al di sopra di tutto. Ce lo siamo già detto. Non avrei difficoltà ad abbracciarti. Ma l'abbraccio dovrebbe significare che siamo sacerdoti di Cristo, con i nostri pensieri, i nostri propositi, le nostre idee e i nostri principi; e non significare che io approvo la tua scelta del 1943. Per me, la mia è stata una scelta giusta, onesta e non ritengo che così sia stata la tua... Naturalmente, come sacerdote, tu hai fatto bene a fare il tuo servizio anche a favore di quella gente, perché non si può abbandonare nessuno. C'è una sola strada, don Berto: abbracciamoci in Dio. Il resto rimanga com'è».

Don Berto: «Tu dici che l'unica possibilità è che ci riconciliamo in Dio. Cosa si può volere di più? Ma rammenta: se corriamo dietro agli istinti dell'uomo, noi ci allontaniamo sempre più dalla fratellanza. Il rancore è come la ruggine dell'intelletto».

Sarebbe impossibile, da una parte, racchiudere in poche pagine il contributo che i sacerdoti italiani diedero alla Resistenza. E sarebbe disonesto, dall'altra, tacere che, prima e soprattutto dopo la liberazione, oltre cento preti furono assassinati da partigiani comunisti per odio ideologico. Alcuni si erano schierati con Salò. Molti non avevano nessuna responsabilità, se non quella di indossare la tonaca. Tra le tante storie, forse solo quella di don Umberto Pessina, barbaramente assassinato il 18 giugno 1946 nella sua parrocchia a San Martino Piccolo, frazione di Correggio, ha rotto la cappa dell'indifferenza: nel 1990, raccogliendo il «chi sa parli» di Otello Montanari, William Gaiti, comunista espatriato nel 1946, confessò di aver preso parte all'omicidio insieme con Ero Righi e Cesarino Catellani. Ma le vicende passate sotto silenzio e dimenticate sono molte di più. La furia omicida arrivò a colpire un seminarista di 14 anni, Rolando Rivi, ucciso nell'aprile 1945, in provincia di Modena. Sono tragedie che non vanno taciute, né minimizzate. I responsabili hanno tradito gli ideali della grande maggioranza degli uomini e delle donne della Resistenza; la cui memoria non ha nulla da temere, anzi esige la denuncia di quei criminali e di quei crimini.

* * *

Don Narciso Sordo era un «ragazzo del ’99». Solo che era nato nel territorio dell’Impero austriaco, a Castel Tesino, vicino a Trento. Rifiutò di arruolarsi nell’esercito imperiale e subì tre anni di confino politico. Sacerdote antifascista, dopo l’armistizio entrò in contatto con le brigate Garibaldi. Arrestato dai tedeschi il 19 ottobre 1944, liberato, di nuovo preso il 2 novembre, subì interrogatori e torture. Recluso nel campo di Bolzano, l’8 gennaio 1945 fu deportato a Mauthausen, poi trasferito a Gusen II, come addetto al trasporto dei morti. Continuò a sostenere i compagni fino all’ultimo: il 13 marzo 1945 si spense per i maltrattamenti e la fame. Il 29 dicembre 1944 aveva cominciato a scrivere questa lettera ai nipoti, rimasta incompiuta:

«Carissimi,

vi sono dei momenti nella vita in cui lo spirito è messo in condizioni di vivere intensamente e progredire e ingigantire, o essere soffocati e immiserire. Per noi tutti, questo è un tale tempo. E io ho tutta la convinzione che per noi questo tempo vi faccia e ci faccia profondamente ed estesamente crescere nello spirito.

Avete, nell’educazione, avuto le premesse perché sia così, nell’esempio di vostro padre, avrete il più dolce e delicato esempio di come dev’essere. Egli sa vivere questo tempo con profonda fede e con incrollabile fiducia. La mia preghiera, che in questo tempo cerco sia maggiore, ha soprattutto questo intento nelle mie intenzioni: che il Signore ci conceda la grazia che noi tutti sappiamo superare il momento, da cristiani consci delle loro condizioni, così che l'anima nostra, purificandosi sempre più, si elevi e si avvicini al Divino Esemplare Gesù Cristo Salvatore. Fa pena vedere e pensare quanto voi tutti soffrite e ciascuno di noi sarebbe disposto a soffrire di più per alleviare le sofferenze degli altri eppure se si pensa che questo periodo contribuisca a far conoscere ai giovani la realtà della vita, formare i caratteri a far apprezzare la preziosità di una famiglia dove regna l'amore vicendevole, mantenuto e alimentato dall'esempio di genitori buoni e generosi.

Ci sono delle cose che non si possono imparare che così, o almeno ci sono delle altezze e delle profondità che non si possono raggiungere che così. Ma perché sia così ciascuno deve metterci la sua parte.»

XI

Roma liberata

Gli studenti di Montesacro, il colonnello Montezemolo, i cinque fratelli Pinci

Quando, nel 2000, mi trasferii a Roma, la domenica mi accadeva di vedere dalla finestra un grande giornalista che fino ad allora conoscevo solo di fama, Gianni Corbi, già direttore dell'«Espresso». Era malato di cuore, usciva di rado. Gli piaceva però passeggiare il mattino presto nel giardino di casa, sottobraccio al figlio Alessandro o alla figlia Maria, madrina della mia Rossana, nata da 15 giorni. Il libro di Gianni Corbi – *L'avventurosa nascita della Repubblica* – non era dedicato però ai figli o alla moglie Rosamaria, ma a Ferdinando Agnini, uno dei giovani di Montesacro ucciso alle Fosse Ardeatine, che di Corbi era stato amico fraterno. Perché quell'uomo anziano e all'apparenza fragile, che si muoveva a passi lenti, quando aveva 17 anni era stato un partigiano di grande coraggio, nella Roma occupata dai nazisti.

Nell'autunno 1943 Roma è una polveriera. Lo status giuridico di «città aperta» – riservato alle città che, per interesse storico o densità di civili, devono venire occupate dal nemico senza combattimenti – resta lettera morta: i tedeschi trasformano la capitale in una retrovia di guerra, dove applicare le leggi marziali, transitare con le truppe e i carri armati verso il fronte, deportare i carabinieri in Germania, rastrellare gli ebrei e mandarli a morire ad Auschwitz, dare la caccia ai renitenti alla leva, imporre agli uomini il lavoro obbligatorio, torturare gli antifascisti a via Tasso. La città è apertamente ostile ai tedeschi, ma esita a combatterli, aspetta che passi la nottata dell'occupazione.

Nell'ottobre 1943 Corbi e Agnini, che ha solo due anni più di lui, fondano con altri amici l'Arsi, Associazione rivoluzionaria studentesca italiana. L'obiettivo di quei ragazzi è ambizioso: cacciare i tedeschi dalla loro città. Sono compagni di scuola, pronti a mettere in gioco la vita. Il più grande ha vent'anni, il più piccolo 14. Quasi tutti sono di Montesacro, un quartiere nuovo costruito come un borgo medievale, con la torre, il palazzo pubblico, la chiesa; e il liceo ginnasio Quinto Orazio Flacco, dove molti dei ragazzi dell'Arsi si sono formati. Gli abitanti sono borghesi: professionisti, impiegati, funzionari dello Stato. Lì vicino c'è il complesso di case popolari di Val Melaina, dove vivono operai e muratori.

La caduta del fascismo è salutata con entusiasmo. In *Primavera di bellezza*, la recluta Beppe Fenoglio che è di stanza a Montesacro racconta l'atmosfera di festa che pervade le piazze e i viali: qualcuno getta in strada le foto del Duce, altri i gagliardetti del partito; un uomo con una lunga scala sale su ogni lampione a scolpire via il fregio col fascio. Tutti pensano che la guerra sia finita; invece il peggio per Roma deve ancora venire. Allora cominciano a organizzarsi a Montesacro due gruppi di resistenti che agiscono senza un vero coordinamento, raccogliendo armi e iniziando piccole azioni di sabotaggio contro i tedeschi, sulla Nomentana, sulla Salaria, nei quartieri dei Prati Fiscali e di Pietralata.

Del primo nucleo fanno parte uomini vicini al Partito comunista clandestino: i loro punti di riferimento sono Giorgio Onofri e Vittorio Mallozzi; ci sono antifascisti già perseguitati dal regime, come l'abruzzese Riziero Fantini e il romano Mario Menichetti, muratore di Trastevere trasferitosi da poco a Val Melaina, già condannato a quattro anni di confino a Ustica nel '26. Nel secondo gruppo ci sono i giovani del liceo Orazio: con Gianni Corbi, che è nipote di Bruno, capo partigiano nella Marsica, e Ferdinando Agnini, che ha appena superato l'esame di maturità e si è iscritto a medicina, ci sono Nicola Rainelli, Orlando «Lallo» Orlandi Posti, Franco Caccamo, Giorgio Lauchard, Girolamo Congedo, Mario Perugini, Luciano Celli. Negli anni del fascismo si trovavano al bar Bonelli di piazza Sempione e d'estate alla spiaggetta sull'Aniene, vicino al ponte medievale. Dalle partite di pallone si passa a un gioco molto più pericoloso.

Nessuno di loro ha mai avuto rapporti con i partiti antifascisti. Vorrebbero essere, come scrive Agnini, «una forza capace di suscitare nella tradizione culturale italiana, intrisa di scetticismo e di idealismo, le forze necessarie a un risveglio della coscienza individuale e collettiva». Quando i tedeschi vengono a portare via gli ebrei di Montesacro – le famiglie Funaro, Di Veroli, Cacaurri – la loro determinazione si rafforza. Raccolgono altri giovani: studenti, operai, camerieri, ferrovieri, come Renzo Piasco, che non avendo voluto seguire le autorità della Rsi al Nord è stato licenziato. Nel villino di Nicola Rainelli, in via Monte Argentario, si raccolgono le armi: suo padre, funzionario del ministero dei Trasporti, ha raggiunto con la moglie il governo di Badoglio al Sud, quindi la casa è libera; ci si trova a discutere e a progettare le azioni, ma anche ad ascoltare musica e le trasmissioni di Radio Londra.

Il capo è Agnini. Corbi lo descrive alto e dinoccolato, sempre in giro a tenere contatti con i ragazzi degli altri quartieri e a diffondere materiale di propaganda. È lui a proporre di fondare un giornale, «La Nostra Lotta», che esce il 18 novembre 1943: probabilmente è il primo foglio clandestino studentesco stampato in Italia, rivolto ai giovani chiamati a costruire la democrazia in un Paese che in pratica non l'ha mai conosciuta.

A fine novembre il rettore firma una circolare: sono ammessi agli esami solo gli studenti universitari che rispondono ai bandi della Repubblica di Salò. Per reagire al sopruso, il 3 gennaio '44 Agnini e Corbi con i rappresentanti dei giovani del Pci, del Movimento dei cattolici comunisti, del Psiup e del

Partito d'azione danno vita al Csa, il Comitato studentesco di agitazione. Il capo è il giovane comunista Maurizio Ferrara, futuro padre di Giuliano; ci sono anche Pierluigi Sagona e Carlo Lizzani. Si organizzano il boicottaggio delle lezioni, lo sciopero degli studenti medi, le proteste al Policlinico, ad Architettura, a Ingegneria. «La Nostra Lotta» diventa il giornale del nuovo gruppo.

Le azioni si intensificano. I ragazzi di Montesacro tagliano linee telefoniche tedesche, mettono chiodi a quattro punti sulle vie consolari, organizzano il primo attentato, in via Maiella, contro un dirigente fascista. Alcuni giovanissimi del gruppo procurano armi, attraversando nella notte di dicembre l'Aniene per rifornirsi in un'area militare abbandonata. Si progettano due azioni per interrompere la linea ferroviaria all'altezza della batteria Nomentana e far saltare un deposito di carburante sulla riva sinistra del fiume. Ma arrivano prima i tedeschi, che infiltrano nel gruppo una spia, Armando Testorio, entrata in contatto con Rainelli e Agnini.

Il 3 febbraio 1944 i nazisti bloccano le strade che portano ed escono da Montesacro. Hanno un elenco con nomi e indirizzi precisi. Lallo Orlandi è in strada, si rende conto di quanto sta accadendo, riesce a precedere i tedeschi e ad avvertire del pericolo vari compagni, tra cui Rainelli, che si salva abbandonando in fretta il suo villino e nascondendosi in parrocchia, accolto dal parroco don Fiorello. L'ebreo austriaco nascosto in casa, Paul Lauffer, un dentista fuggito dal suo Paese all'inizio delle persecuzioni, viene arrestato. Poi sono presi Lallo Orlandi e Renzo Piasco. Il giorno dopo, lo stesso delatore porta i tedeschi da Antonio Pistonesi. Agnini riesce a fuggire, si nasconde per venti giorni, poi torna a casa pensando che i nazisti si siano dimenticati di lui; invece lo stanno aspettando. Lo portano al commissariato, dove trova un poliziotto che si finge amico: gli affida un biglietto per il papà, Gaetano, in cui raccomanda di avvertire i compagni; il giorno dopo viene arrestato anche il padre. Entrambi sono portati a via Tasso, dove Ferdinando è interrogato dodici volte in quindici giorni. Gaetano Agnini sopravviverà e potrà raccontare le condizioni terribili in cui era stato ridotto quel figlio che non aveva voluto parlare.

Paul Lauffer è il primo tra loro a essere fucilato, il 7 marzo, con altri antifascisti. I ragazzi di Montesacro vengono assassinati il 24 marzo alle Ardeatine. Lallo, il più giovane, ha appena compiuto i suoi 18 anni a via Tasso. Prima di morire scrive alla ragazza che ama, Marcella Banelli: «Cara Marcella, quando leggerai questo che sarà l'ultimo mio contatto con te, io sarò nel mondo dove almeno troverò un po' di pace, se il buon Dio che tutto può lo permette». In tasca gli trovano un quadernetto con lo schema per giocare a battaglia navale, l'ultimo passatempo in carcere.

Il gruppo si frantuma. Nicola Rainelli, che nel frattempo si è legato al Partito d'azione, riesce a fuggire dalla chiesa e a raggiungere Corchiano, vicino a Viterbo, dove combatte fino alla liberazione in una brigata partigiana. Gli altri, i più giovani del gruppo, raggiungono il monte Scalambra dove resteranno fino ai primi di giugno. Il delatore Testorio sarà regolarmente processato in tribunale e condannato a morte. Oggi una lapide di marmo ricorda i nomi dei tredici ragazzi di Montesacro e di Val Melaina uccisi dalla Polizia dell'Africa italiana o dai nazisti, a forte Bravetta o alle Ardeatine. Gianni Corbi è morto di cuore nella sua casa romana il 31 luglio 2001.

Il 29 luglio 1944, meno di due mesi dopo la liberazione della capitale, il generale Harold Alexander, comandante in capo delle forze alleate in Italia, invia una lettera privata alla marchesa Amalia, vedova del colonnello Giuseppe Cordero Lanza di Montezemolo: «Desidero esprimere la mia profonda ammirazione e la mia gratitudine per l'opera inestimabile e coraggiosa svolta da Suo Marito a vantaggio degli Alti Comandi Alleati ed Italiani durante l'occupazione germanica di

Roma. Nessun uomo avrebbe potuto fare di più, e dare di più alla causa del suo Paese e degli Alleati di quanto Egli fece: ed è ragione di rimpianto per me che Egli non abbia potuto vedere gli splendidi risultati della sua inalterabile lealtà e sacrificio personale. Con Lui l'Italia ha perduto un grande Patriota e gli Alleati un vero amico».

Perché il capo delle forze angloamericane ebbe parole di così grande elogio per un ufficiale italiano? E come mai, a fronte di un giudizio così netto, confermato dalla medaglia d'oro al valor militare, anche Montezemolo non è ricordato se non di sfuggita nei libri di storia? La vicenda di Giuseppe Cordero Lanza di Montezemolo, classe 1901, figlio di un'antica famiglia dell'aristocrazia piemontese, un nonno garibaldino, militare di carriera, anticomunista ma in ottimi rapporti con Giorgio Amendola, è un caso esemplare di come la storiografia abbia oscurato personaggi e movimenti di una Resistenza diversa da quella fissata nella memoria nazionale. «Non dite che siamo partigiani, noi siamo patrioti» ammoniva i familiari. Eppure si intitola *Il partigiano Montezemolo* la sua biografia, scritta da Mario Avagliano: un titolo provocatorio, a sottolineare che pure il colonnello piemontese fu un eroe della Resistenza, e quindi, nel linguaggio corrente, un partigiano.

Montezemolo si forma nella Torino dura e viva di inizio secolo, attraversata dal vento modernista dell'industria. Parte volontario per la Grande Guerra, negli alpini, ad appena 17 anni. Come molti reduci, crede al fascismo. Si laurea in ingegneria, si fidanza con Juccia, l'affascinante figlia del medico di famiglia, parte ancora volontario per un'altra guerra, in Spagna, a combattere i comunisti. Le leggi razziali suscitano in lui i primi dubbi sul regime.

Nella Seconda guerra mondiale è in servizio presso il comando supremo e in Africa, dove fa da ufficiale di collegamento con il comandante tedesco: Erwin Rommel. Montezemolo è tra i «congiurati» monarchici del colpo di Stato che destituisce Mussolini il 25 luglio 1943: è lui a ritirare le carte segrete del Duce nello studio di Palazzo Venezia, all'indomani dell'arresto, prima di diventare segretario particolare del maresciallo Pietro Badoglio, nuovo capo del governo.

Montezemolo però non scappa subito dopo l'armistizio. Resta nella capitale e, quando i tedeschi vanno ad arrestare il generale Calvi di Bergolo, genero del re, fugge, entra in clandestinità e in breve tempo tira le fila della Resistenza militare, prendendo contatto con gli Alleati.

Nel quadro buio di persecuzione e di terrore della Roma occupata, l'opera di Montezemolo e la nascita del Fronte militare clandestino consentono di sottrarre uomini e mezzi all'esercito della Repubblica di Salò e ai bandi del generale Graziani. Il lavoro di arruolamento e di propaganda guidato dal colonnello coinvolge ufficiali dello stato maggiore e del Sim, il servizio segreto dell'esercito. Montezemolo recluta i suoi uomini nella marina, nell'aviazione, nei carabinieri, nella polizia, nella guardia di finanza; con lui ci sono molti civili, dagli aristocratici come Fulvia Ripa di Meana, sua cugina, ai sacerdoti, come don Pietro Pappagallo.

Il Fronte militare costituisce «bande interne», attive in città, e «bande esterne», che combattono nel Lazio e in tutto il Centro occupato. Gli ordini sono di sabotare le linee ferroviarie e telefoniche, attaccare il nemico quando è possibile, aiutare con il lavoro di intelligence i partigiani, i renitenti, i prigionieri alleati, gli ebrei. Montezemolo vive braccato. Si è fatto crescere due folti baffi rossicci. Cambia di continuo nascondiglio, ha cambiato anche nome: prima ingegner Giacomo Catcratto, poi professor Giuseppe Martini. Il confronto tra le foto di Montezemolo prima e dopo la clandestinità è impressionante: scavato, febbrile, pare davvero un'altra persona. Herbert Kappler, che lo considera il suo «nemico più temibile», dirà di lui al processo-farsa che precede il massacro delle Fosse Ardeatine: «L'organizzazione di Montezemolo era già pronta per effettuare una rivolta aperta a Roma: l'armamento era stato approntato ed ogni uomo aveva avuto assegnato il suo compito».

Il colonnello viene arrestato dai tedeschi il 25 gennaio 1944, su delazione, all'uscita da un incontro clandestino con Filippo de Grenet. Detenuto in via Tasso, orrendamente torturato per 58 giorni, scrive alla moglie per informare che non ha parlato e non parlerà. Il Papa e monsignor Montini tentano di farlo liberare, i comunisti cercano di organizzare la sua fuga. Fulvia Ripa di Meana ha lasciato nel suo libro *Roma clandestina* il resoconto dei tentativi vani di salvargli la vita. Alle Ardeatine lo sentono gridare «Viva l'Italia! Viva il re!» prima del colpo alla nuca. È il 24 marzo 1944: Montezemolo cade vittima di una rappresaglia che in qualche modo ha paventato, quando redigendo l'Ordine 333 destinato alle bande militari, al punto 9 ha ammonito: «Nelle grandi città la gravità delle conseguenti possibili rappresaglie impedisce di condurre molto attivamente la guerriglia».

I Gap, Gruppi di azione patriottica, sono un pugno di uomini e donne coraggiosissimi: Giovanni Pesce, Ilio Barontini, Carla Capponi, Antonello Trombadori, Carlo Salinari. Alcuni hanno una morte eroica: come Dante Di Nanni, l'operaio pugliese immigrato a Torino, che a 19 anni fronteggia da solo, ferito, un reparto fascista; quando si vede perduto si getta nel vuoto dopo aver salutato a pugno chiuso e gridato «Viva l'Italia». Ma le loro azioni sono le più difficili da comprendere, viste con gli occhi di oggi. Gli agguati ai fascisti e ai tedeschi sono destinati a provocare rappresaglie, sui prigionieri e sui civili; ma è proprio quello che i gappisti vogliono. Come scrive Giorgio Bocca, «in realtà, e i comunisti lo sanno bene, il terrorismo ribelle non è fatto per prevenire quello dell'occupante ma per provocarlo, per inasprirlo. Esso è autolesionismo premeditato: cerca le ferite, le punizioni, le rappresaglie, per coinvolgere gli incerti, per scavare il fosso dell'odio. È una pedagogia impietosa, una lezione feroce». E la lezione più feroce è via Rasella.

Roma odia i tedeschi e si è stancata dei fascisti, ma sarà l'unica grande città italiana a non insorgere, neppure all'arrivo degli Alleati. È la «Resistenza in convento», come la definisce Enzo Forcella. «Metà della popolazione vive nelle case dell'altra metà» dice con sarcasmo il generale Stahel, governatore della città. La Resistenza dei romani è fatta di tanti piccoli no, di solidarietà reciproche, di vite salvate in silenzio. Si stampano documenti falsi: 50 mila carte d'identità, 3 mila tessere della Todt per attestare che si sta lavorando per l'occupante anche se non è vero, 23 mila certificati di «avvenuta presentazione ai distretti militari», 15 mila permessi di soggiorno, 33 mila licenze di convalescenza. Dopo via Rasella, il comandante delle truppe tedesche Kesselring annota: «Non speravo certo nella collaborazione romana per scoprire gli attentatori, dato che ogni precedente appello per altri attentati era rimasto inascoltato anche quando si offrì un compenso di 200 mila lire».

Si formano bande nelle borgate, al Tiburtino, a Torpignattara, a Centocelle. Ci si difende dalle razzie dell'occupante, si cerca cibo per sopravvivere. Alcune storie degenerano nel banditismo, come quella di Giuseppe Albano, il «Gobbo del Quarticciolo», che continua gli «espropri» dopo la liberazione e morirà in una sparatoria il 16 gennaio 1945. In altri quartieri si combatte sul serio, come alla borgata Gordiani, dove a marzo si tende un'imboscata ai fascisti venuti per rastrellare giovani in età di leva. La brutalità degli occupanti versa il sangue dei civili: una donna, Maria Teresa Gullace, viene uccisa dai tedeschi davanti alla caserma di viale Giulio Cesare, mentre lancia un pacco di viveri al marito arrestato. Le borgate non sono sicure per i nazisti, in particolare il Quadraro. «Chi vuole sfuggirci ha due strade: o va in Vaticano o va al Quadraro» dice Friedrich Eitel Moellhausen, consigliere d'ambasciata a Roma. Il 21 febbraio il questore Caruso manda un commissario fidato, Armando Stampacchia, a bonificare il quartiere; quattro giorni dopo viene ammazzato a colpi di pistola. Si batte con coraggio un gruppo trotzkista, Bandiera rossa, che pagherà un prezzo altissimo alle Ardeatine.

Gli Alleati non avanzano, sono fermi a Cassino e ad Anzio, dove il «gatto selvatico» nella metafora di Churchill si è trasformato in una «balena spiaggiata». I Gap valutano che occorra un'azione clamorosa per rianimare la lotta ai tedeschi: si prepara un attacco ai soldati che montano la guardia al Quirinale. Il commando è composto da Alfio Marchini – il nonno del futuro candidato sindaco di Roma –, Carla Capponi, Franco Calamandrei e Rosario Bentivegna, vestito da spazzino, che spinge un carretto con due bidoni pieni di esplosivo. Calamandrei si leva il cappello per segnalare che sta arrivando il 1° battaglione del reggimento Polizei SS Bozen. Bentivegna accende la miccia, afferra l'impermeabile che gli porge Carla Capponi, si allontana. L'esplosione è terribile, trentadue soldati morti e due vittime civili, oltre cento feriti, il centro di Roma è percorso da ambulanze e blindati, subito si avvia la macchina della vendetta tedesca. Il Führer ordina che siano fucilati cinquanta italiani per ogni tedesco, ma a Regina Coeli e a via Tasso non ci sono 1600 ostaggi; Kesselring decide di fucilarne dieci per ogni morto. Ma nel frattempo un ferito è spirato. Il maggiore delle SS Herbert Kappler compila l'elenco. Il questore Caruso si consulta con il ministro Buffarini Guidi, che lo riceve nel bagno della sua suite all'hotel Excelsior, in via Veneto: che si fa? Bisogna consegnare i prigionieri? «Dateglieli, dateglieli, se no quelli chi sa cosa fanno» risponde il ministro senza uscire dalla vasca. A Regina Coeli consegnano per sbaglio cinque detenuti in più.

Sono 335 le vittime portate sui camion chiusi da teli alle cave che chiamano Fosse Ardeatine: militari, carabinieri, ebrei, trotzkisti, comunisti, azionisti, cattolici, adolescenti, un sacerdote. Il comando tedesco li definisce «criminali comunisti badogliani» e sui giornali del 25 marzo comunica che l'ordine della fucilazione «è già stato eseguito». Il giorno prima il massacro è continuato fino alle 10 e mezza di sera.

Un pastore, Nicola D'Annibale, che era lì a raccogliere sterpi da bruciare, si è nascosto all'arrivo dei primi camion e ha visto i prigionieri incolonnati spinti nella cava a gruppi di cinque. Appena entrati devono inginocchiarsi; alle loro spalle si avvicinano cinque soldati, che sparano «al cervelletto», come si è raccomandato Kappler. I carnefici sono settanta, alcuni devono ubriacarsi per resistere allo strazio delle grida, al rumore degli spari, all'odore del sangue. Kappler avverte: «Chi non tira può mettersi nelle file dei condannati». Il soldato Wadjeken protesta, Kappler lo rimprovera e per dare l'esempio spara anche lui due volte. Il soldato Hammond sviene all'ingresso nella grotta. Un capitano ha l'elenco degli ostaggi e traccia una croce sui fucilati: il suo nome è Erich Priebke.

Alle 11 di sera i genieri fanno saltare l'ingresso alle cave, per nascondere le tracce. Una folla di parenti attende notizie in via Tasso e fuori da Regina Coeli; i tedeschi rispondono che possono richiedere informazioni per iscritto al comando. I corpi saranno scoperti il 23 aprile, i nazisti sono ancora a Roma; si celebra una messa funebre a Santa Maria Maggiore, un fascista tenta di allontanare i fedeli, viene linciato dalla folla.

I fratelli Cervi sono rimasti nella memoria nazionale: Gelindo, il più anziano, ha appena 24 anni; poi ci sono Antenore, Aldo, Ferdinando, Agostino, Ovidio, Ettore. Il padre, Alcide, antifascista, dopo il 25 luglio ha raccomandato ai figli: «Ragazzi, niente vendette»; poi ha invitato tutto il paese, Praticello, in provincia di Reggio Emilia, a una gigantesca mangiata di tagliatelle, tre quintali di farina, venticinque chili di burro, centinaia di uova. Anche dopo l'8 settembre i Cervi non uccidono nessuno, si limitano a proteggere i prigionieri di guerra inglesi; tutti e sette vengono fucilati all'alba del 28 dicembre 1943, come rappresaglia per l'agguato contro il segretario del fascio Vincenzo Onfiani; «la famiglia Cervi al completo!» grida il milite che viene a prenderli in cella, si salva solo il padre, «tu no, sei troppo vecchio».

Anche la famiglia Pinci perde cinque tra fratelli e sorelle, fucilati tutti insieme dai tedeschi, il 28 maggio 1944, nella campagna di Palestrina: Umberta, 35 anni, Carlo, 33, Mario, 28, Corrado, 22, Viviana, 21. Con loro muoiono uno zio, Agostino Pinci, un cugino, Genesio, e quattro compaesani: Elena Ilardi, Romolo Scaramella, Giulio Lulli, Giuseppe Lupi. Ma il loro sacrificio non è rimasto nella memoria di nessuno. La strage di Palestrina non è finita neppure nell'«armadio della vergogna» con gli altri massacri impuniti; non c'era un'inchiesta giudiziaria da insabbiare, perché nessuna inchiesta è mai stata aperta.

Sui monti Prenestini, nelle retrovie della linea Gustav su cui i tedeschi difendono Roma, la guerra è stata crudele. Il 25 ottobre 1943 il parroco di Guadagnolo, già cappellano dell'aeronautica, è preso con l'accusa di sostenere i partigiani di Bandiera rossa e i militari sbandati: lo torturano, lo fucilano, lo lasciano esposto per tre giorni.

Accanto ai partigiani ci sono ex prigionieri di guerra russi, liberati dal campo di Monterotondo, che combattono con ferocia. Il 6 febbraio 1944 due di loro, Vassily e Sergei, con un italiano, Pino Levi, vanno a prendere dei viveri dal capobanda, Aldo Finzi: fascista antemarcia di famiglia ebraica, sottosegretario agli Interni al tempo del delitto Matteotti, poi caduto in disgrazia, ha preso le distanze dal regime dopo le leggi razziali e ha aderito alla Resistenza; catturato il 28 febbraio, sarà ucciso alle Ardeatine. Al ritorno i partigiani passano davanti a una casetta di contadini, un «tinello». Una donna sta piangendo sull'aia. Un vecchio è seduto su un sasso, la testa tra le mani. Dice solo: «I tedeschi». L'unico armadio è sfondato, lo specchio infranto, le pentole fracassate, le gambe delle sedie e del tavolo divelte, le lenzuola strappate. I soldati hanno chiesto del vino, il contadino non l'aveva, e loro l'hanno punito in quel modo. I partigiani decidono di fargliela pagare. Attraversano il bosco, per tagliare la strada ai nemici, che hanno preso la mulattiera. Eccoli. Sono quattro. Il vino alla fine devono averlo trovato: cantano allegri, le giacche sbottonate, i volti arrossati. I partigiani sparano per primi, i quattro cadono.

Pino Levi è un duro. In contatto con il Fronte militare del colonnello Montezemolo, nella notte di pioggia tra il 20 e il 21 dicembre 1943 ha fatto saltare il ponte della ferrovia Roma-Formia mentre passa un treno carico di soldati della Wehrmacht, facendo 400 tra morti e feriti. Dopo la liberazione prenderà anche il cognome della madre morta nei campi di sterminio, Cavaglione. E con il nome di Pino Levi Cavaglione pubblicherà il suo diario di guerra, prima di morire suicida nel 1971. Anche un combattente determinato come lui inorridisce di fronte alla rabbia dei russi: «Uno dei tedeschi si solleva stentatamente e alza un braccio. Faccio un passo avanti per finirlo con un colpo di rivoltella in testa. Vassily mi trattiene rudemente per la giacca. Penso che voglia essere lui a sparare e mi fermo. Ma lui non vuole sparare. Si avvicina al ferito con strana lentezza e vibra un terribile calcio su quella faccia stravolta dal dolore e dalla paura. Un brivido di orrore mi si irradia lungo la spina dorsale. È come se fossi stato io a ricevere nel viso quella scarpa ferrata. Il rumore ritmico di colpi sordi, opachi, riempie l'alto stupore meridiano, insieme a gemiti e urli spezzati.

Quei colpi mi rintronano nel cervello. Non finiscono mai. Vorrei distogliere lo sguardo dalla scena ma non ci riesco. Una forza superiore alla mia volontà obbliga i miei occhi a vedere. Finalmente la furia di Vassily si placa, il tedesco è immobile. Il viso ridotto a una rossa macchia informe di sangue. Devo essere pallidissimo e sono scosso da un fremito. Vassily mi guarda asciugandosi con la manica la fronte sudata: "Ho visto centinaia di miei compagni morire così, uccisi a calci o a frustate dai tedeschi nei campi di concentramento. Se tu fossi passato attraverso quell'inferno, capiresti". Buttiamo quei corpi in un fossato oltre la cresta della collina e li ricopriamo con frasche e terriccio. Arrivo a casa camminando come in un sogno».

Il 28 maggio 1944 si ripete una scena analoga. Gli Alleati si stanno avvicinando; il primo giugno bombarderanno Palestrina, facendo 293 morti. Un contadino, Beniamino Aleandri, trova i tedeschi che stanno depredando il suo «tinello» a Vigesimo: gli puntano la pistola in faccia, gridano di andarsene, sparano alle galline. Lui va a chiamare i partigiani di Dante Bersini, un combattente duro, dai modi spicci, che dopo la guerra sconterà una lunga pena detentiva per borsa nera e possesso di banconote false. Con lui ci sono anche Carla Capponi e Rosario Bentivegna, i gappisti di via Rasella, che il partito ha allontanato da Roma per sottrarli alle ricerche.

Otto partigiani attaccano i tedeschi che stanno mangiando davanti alla cascina di Aleandri. Uno muore, un altro viene ferito; i camerati vanno a chiamare rinforzi. Le strade sono piene di reparti che si ritirano dopo che i polacchi hanno sfondato a Cassino. Il ferito racconta che nel gruppo dei ribelli ha visto una donna bionda: è Carla Capponi.

Un reparto nazista, forse della divisione Göring, si mette in caccia. Si ferma in un grande casale di campagna, di proprietà dei Pinci, che ospitano famiglie di Palestrina sfollate. I Pinci sono legati ai partigiani, ma non c'entrano nulla con la sparatoria. Purtroppo Viviana Pinci è bionda. Convinti di aver individuato gli autori dell'agguato, o solo soddisfatti per aver trovato italiani a portata di mano, i tedeschi prelevano sette uomini e tre donne e li scortano nel «tinello» dello scontro, che dista un chilometro. La proporzione è la stessa delle Ardeatine: dieci italiani per un tedesco ucciso. L'undicesimo è Agostino Pinci, che non vuole abbandonare il figlio Genesio.

Per tranquillizzare i prigionieri, i tedeschi assicurano che saranno soltanto interrogati. Uno di loro però ha pietà di quei civili che palesemente non sono colpevoli di nulla, e li esorta a fuggire. Giulio Lulli tenta di allontanarsi trascinando via la cognata Elena Ilardi, ma il comandante, un ufficiale con gli occhiali rotondi, grida l'alt e con il mitra puntato li fa rientrare.

Le donne sono chiuse nel «tinello». Gli uomini vengono fatti girare di schiena e abbattuti nel cortile. Le donne cercano di barricarsi, i tedeschi fanno saltare la porta, tentano di violentarle ma non ci riescono per la resistenza opposta dalle vittime; così risulterà da un'analisi sommaria dei corpi, massacrati con i calci dei fucili. Romolo Scaramella, ferito, fugge in un campo di grano; lo troveranno morto, dissanguato. Tra gli assassinati ci sono i tre fratelli e le due sorelle Pinci. Nessuno pagherà per la loro morte.

* * *

Dal biglietto inviato clandestinamente da Giuseppe Cordero Lanza di Montezemolo, pochi giorni prima della fucilazione alle Fosse Ardeatine:

«Se tutto andasse male Juccia sappia che non sapevo di amarla tanto: rimpiango solo lei e i figli.

Confido in Dio. Però occorre aiutarsi. Io non posso che resistere e durare. Lo farò per quanto umanamente possibile.

Beppo».

XII

Le mogli dei carabinieri

La furia fascista contro l'Arma

«Carabinieri! Chi vi parla è un vostro ufficiale che, dopo aver fatto il suo dovere attraverso drammatiche vicende, è riuscito a ricongiungersi ai fratelli dell'Italia liberata. Non vi so descrivere la mia contentezza nel constatare – come del resto non avevo mai dubitato – che nell'Italia meridionale l'Arma è in efficienza, salda al suo posto di dovere, come sempre.»

Comincia così il radiomessaggio del novembre 1943. A parlare da Radio Bari è il tenente colonnello Marco Bianco, che è sfuggito alla deportazione dei carabinieri in Germania, ha passato le linee, si è presentato al comandante dei carabinieri dell'Italia liberata, il generale Giuseppe Pièche, che l'ha nominato sottocapo di stato maggiore. Ora Bianco si rivolge ai commilitoni rimasti nel Nord occupato, per invitarli a non seguire Salò.

«Chi vi ha detto che l'Arma non esiste, ha mentito. Chi ha insinuato che l'Arma non è più all'altezza delle sue tradizioni, non è nel vero. Chi ha affermato che nelle giornate di settembre l'Arma non è stata capace di un solo gesto degno di menzione onorevole, ha bestemmiato. Domandatelo all'ufficiale dell'Arma che nella notte dell'armistizio difese la Capitale e con i suoi carabinieri cadde a San Paolo, dopo aver combattuto contro i tedeschi. Domandatelo ai militari della stazione Porto di Napoli che nelle oscure e fulgenti fosse di Fertilia vennero trucidati dal piombo germanico, rei di aver resistito a fianco dei patrioti napoletani.»

L'ordine che arriva via radio è quello di restare fedeli al re: «Apolitica per tradizione e per convinzione, l'Arma rimane fedele alla missione che il Sovrano e il popolo le hanno commessa... Questa è la grande ora, l'ora in cui si forgiano i destini della Patria; l'ora che dimostrerà al mondo il nostro coraggio e la nostra fede...». Infine l'ammonimento: «A voi che avete fatto, che fate e che, ne sono certo, farete il vostro dovere, a voi che tornerete con gli alamari lucenti, non infangati dall'onta del tradimento, l'Arma schiuderà le braccia e vi stringerà al suo seno. A coloro che hanno tentennato nell'ora della prova, che hanno titubato nel momento del pericolo o, peggio ancora, hanno trescato col nemico, l'Arma rivolgerà sdegnosa un solo motto: «NON VI CONOSCO!».

Migliaia di carabinieri fecero la Resistenza. Avevano giurato fedeltà al re; non potevano seguire Mussolini. Anzi, Mussolini l'avevano arrestato. E questo il Duce non poteva tollerarlo. Con i carabinieri i nazifascisti si accanirono anche fisicamente; fin dalla deportazione in massa del 7 ottobre 1943, ordinata anche per avere mano libera nella razzia al ghetto di Roma. Circa 2 mila militari finiscono in Germania, ma in 6 mila entrano in clandestinità; molti passano le linee per raggiungere il re al Sud, molti restano a Roma a combattere i tedeschi e cercare contatti con gli Alleati, e fondano il Fronte clandestino di Resistenza dei carabinieri.

Lo chiamano la «banda Caruso» dal nome del generale che la guida, veterano della guerra libica e della Grande Guerra: Filippo Caruso. Nel 1943 è già in pensione. Ma quando i vertici militari fuggono o si arrendono, lui rientra in servizio da clandestino. I suoi collaboratori, il colonnello Ugo Luca e il capitano Guglielmo Ardia, creano un'efficace rete di spionaggio e la collegano al comando dell'Italia meridionale, grazie alle comunicazioni in codice predisposte dal tenente colonnello Manfredi Talamo. Risponde a Caruso anche un gruppo di guerriglia urbana diretta da Luigi Sabatini, un generale che dopo la morte a Porta San Paolo del figlio Camillo, capitano di cavalleria, ha deciso di prendere il suo posto nella guerra di liberazione.

La banda Caruso non è attendista, come è stato scritto. Fa saltare i ponti al chilometro 17 della Casilina e al chilometro 11 della Tiburtina. Sabota le linee telefoniche tedesche sulla Salaria. Attacca il comando di Settebagni, i centri della Garbatella, l'autoparco della Portuense; tende un'imboscata a una colonna nemica in viale Africa, ne disarma un'altra in viale Medaglie d'Oro. Vengono attaccati un convoglio ferroviario a Monte Mario e il deposito di armi dell'Acqua Traversa.

Il capo operativo della banda Caruso è il tenente colonnello Giovanni Frignani. È lui il carabiniere che fisicamente ha arrestato il Duce, per ordine del re. Nel giugno 1943, da capo del servizio informazioni, ha avvertito Mussolini di essersi procurato un documento segreto tedesco, da cui risulta che Hitler considera l'Italia zona di occupazione; il Duce risponde ordinando di trasferire Frignani in Francia, ma non ne avrà il tempo. Dopo il voto del Gran Consiglio, il tenente colonnello ferma Mussolini all'uscita da Villa Savoia, dopo il suo colloquio con Vittorio Emanuele III – «L'Italia è in tocchi...» –, e lo fa portare a Ponza.

Anche Frignani è un veterano della Grande Guerra. E ha esperienza di intelligence. Sa combattere. E sa raccogliere informazioni, tenerle nascoste al nemico, comunicarle agli amici. Dopo l'8 settembre Frignani prende contatto con il colonnello Montezemolo, che guida la Resistenza dei militari. Quando apprende che il Duce è stato liberato dai tedeschi sul Gran Sasso, capisce che è cominciata la caccia all'uomo, ed entra in clandestinità. Il suo nome è sul libro nero della Gestapo. Lui si nasconde in casa di un'amica di famiglia, Elena Hoehn. E raccoglie al suo fianco numerosi carabinieri.

Il 23 gennaio 1944 i tedeschi, in seguito a una soffiata, fanno irruzione in casa Hoehn e arrestano Frignani, sua moglie Lina, e due ufficiali che hanno partecipato all'arresto di Mussolini: il maggiore Ugo De Carolis e il capitano Raffaele Aversa. Rinchiuso nella cella numero 2, insieme con il generale Sabato Martelli Castaldi, il «partigiano Tevere», più volte torturato in presenza della moglie, Frignani non parla. Così scrive la signora Lina: «Lo trovai appoggiato al muro, col viso sanguinante per i pugni e le frustate ricevute. Una decina di uomini erano attorno a lui e ognuno sfogava il suo istinto bestiale; chi aveva in mano un grosso pallone che gli batteva sullo stomaco e sul ventre; chi conficcava lunghissimi spilli nelle carni e sotto le unghie. Mio marito però non emetteva un gemito. Io ebbi la forza di reggermi in piedi e di guardarlo profondamente negli occhi. Egli comprese che se mi fosse toccata la stessa sorte mi sarei comportata come lui: morire ma tacere! Il mio interrogatorio invece fu breve. Ero sfinita e forse per questo per quel giorno non si vuole altro da me».

Ho potuto consultare, grazie a Elisabetta Masso e a Davide Fusco, il fascicolo numero 1463.34 dell'archivio storico dei carabinieri, in cui è ricostruita la vicenda della signora Frignani. Messa più a volte a confronto con il marito, non si lasciò sfuggire una parola sulla «banda dei carabinieri». Quando la liberarono, andò a contattare i collaboratori di Giovanni, eludendo la sorveglianza della Gestapo, mentre il figlio ventenne entrava in clandestinità. Ma non poté fare nulla per salvare il suo uomo.

Giovanni Frignani, Ugo De Carolis e Raffaele Aversa saranno trucidati due mesi dopo alle Ardeatine: il Duce ha avuto la sua vendetta. Con loro cadono altri nove carabinieri: il tenente colonnello Manfredi Talamo, il tenente Genserico Fontana, il tenente Romeo Rodriguez Pereira, il maresciallo d'alloggio Francesco Pepicelli, i brigadieri Candido Manca e Gerardo Sergi, il corazziere Calcedonio Giordano, i carabinieri Augusto Renzini e Gaetano Forte. Tutti sono medaglia d'oro al valor militare.

C'era la banda dei carabinieri. E c'era la banda delle loro mogli, disposte alla fame, alla miseria, alle umiliazioni, alle violenze fisiche e psicologiche, pur di non abbandonare i loro uomini. Raccoglievano armi e le nascondevano, procuravano viveri, vestiti, medicine, portavano messaggi passando i posti di blocco, curavano le ferite. E custodivano le uniformi: molti racconti dei carabinieri della Resistenza testimoniano il rimpianto di non aver potuto portare la divisa con la fiamma, particolarmente odiosa per Salò e per i tedeschi, che spesso costringevano i prigionieri a strapparsi gli alamari e i fregi.

Il 7 ottobre 1943, quando la Gestapo deporta i carabinieri da Roma, il tenente Genserico Fontana si salva saltando dalla finestra della sua caserma. La moglie Rina Innocenti, 23 anni, inizia a fare la staffetta tra il marito e i sottufficiali che hanno scelto di entrare nell'organizzazione segreta. La casa di Rina diventa il centro di riunione dei militari del nucleo Fontana. La giovane donna li ospita e trova cibo, soldi, abiti civili.

Il pomeriggio del 10 dicembre 1943, Fontana cade in trappola, a causa di una spia. Mentre sta ritirando denaro per i collaboratori, in via della Mercede 42, viene arrestato dalle SS con il tenente Romeo Rodriguez Pereira e il brigadiere Candido Manca. Sono portati prima a via Tasso, poi a Regina Coeli. L'accusa: «Spionaggio e organizzazione di bande armate badogliane».

Rina Fontana entra in azione. Contatta la moglie di Rodriguez, Marcella: insieme corrompono un sottufficiale tedesco, Arthur Kroatz, addetto alla vigilanza. Ma il vicecomandante tedesco di Regina Coeli la sorprende proprio mentre sta passando a Kroatz il prezzo pattuito per la libertà del marito: centomila lire in banconote e gioielli. Rina è arrestata e messa in isolamento nel famigerato terzo braccio. La interrogano, la minacciano, le gridano che sta mentendo: «Un tedesco non si lascia corrompere». Lei non parla. Ai genitori scrive: «Cercate di liberarci, sì, ma non compiangetemi troppo perché sono felice; sono felice di essere vicino a lui e di poter con la vicinanza alleviare un poco delle sue pene». Rivedrà Genserico solo per un attimo, mentre passa davanti alla sua cella, condotto al massacro delle Ardeatine. Liberata il 4 aprile, Rina Fontana riprende i contatti con i resistenti, sino all'arrivo degli Alleati.

Anche Valeria Massucci Blundo, 27 anni, moglie del capitano Carmelo Blundo, apre la sua casa ai carabinieri della stazione di via Palestro e ad altri commilitoni braccati. I tedeschi arrivano la notte del 27 ottobre. Cercano la cassaforte della banda, affidata al capitano. Valeria è svegliata dal pianto della figlia di pochi mesi. Sostiene un lungo interrogatorio, dice di non sapere nulla dell'attività del marito, ma la Gestapo trova armi, caricatori e due carabinieri nascosti nel garage. Lei riesce a far avvertire Carmelo di non tornare più a casa, dove i nazisti restano in agguato due giorni e due notti nella speranza di sorprenderlo. Ogni volta che suona il campanello, obbligano la signora Blundo ad aprire la porta accompagnandola con fucili e mitra spianati. Cadono così nella rete dieci carabinieri. Valeria assiste all'interrogatorio di ognuno di loro, dopo aver notato che la sua presenza rappresenta un qualche freno alla brutalità dei nazisti. Finalmente se ne vanno con i prigionieri, le armi, il denaro e pure la biancheria, ordinandole di presentarsi il mattino dopo in via Tasso; Valeria fugge con la bambina in convento, da dove riesce a restare in contatto con il suo uomo.

Un altro covo della banda Caruso è la casa della baronessa Carla Cultrera di Montesano, donna di grande coraggio: protegge carabinieri ricercati, porta di persona documenti, armi e messaggi nella Roma occupata, nasconde i bracciali di riconoscimento, ospita riunioni segrete, recluta militari che ancora esitano. Sarà proprio il capitano Blundo a proporla per la medaglia di bronzo al valor militare, che sarà assegnata anche a Ernestina Bersanetti Sgadari, moglie del comandante dei carabinieri di Venezia, Bruto Bixio Bersanetti. Ernestina tiene i contatti tra i patrioti di Venezia, Mestre, Padova e Treviso; poi, quando il marito deve fuggire per non essere catturato, resta nella casa che i fascisti hanno requisito per farne il comando della Guardia nazionale repubblicana, senza accorgersi che i sotterranei sono un deposito di armi e munizioni della Resistenza.

Più volte, da sola e con mezzi di fortuna, la signora Bersanetti si sposta tra Venezia e Roma. Ma le SS sono sulle sue tracce. Lei decide di non tornare più a casa e di nascondersi con la figlia; prima però fa fuggire altri tre carabinieri, cui fornisce abiti civili. Il 7 febbraio è a Roma, dove assiste i militari della banda Caruso. Nei suoi appartamenti di clandestina si tengono riunioni e vivono due carabinieri ricercati: deve cambiare di continuo casa, chiedere ospitalità a suore e ad amici. Si salveranno sia lei sia il marito.

Il 30 maggio 1944 viene arrestato dai tedeschi il generale Caruso. Ha con sé un documento in codice che contiene dati e nomi delle unità che dipendono da lui: quando si trova davanti le SS con le armi spianate, riesce a tirare fuori il foglio dalla tasca e a ingoiarlo; lo picchiano, tentano di soffocarlo, ma non riescono a recuperare le carte. Gli gridano che lo faranno parlare e lo gettano sanguinante nella caserma Castro Pretorio. Poi lo portano a Regina Coeli, quindi a via Tasso, dove comincia la tortura di un uomo di sessant'anni. Lo chiamano alle 9 di sera, lo riportano in cella alle 3 e mezza del mattino.

Questa la testimonianza di un compagno di prigionia, Giuseppe Graceva: «Uno sgherro aprì la porta e spinse dentro brutalmente il Caruso, richiudendo subito dopo. Il generale cadde tra le mie braccia, perché fui pronto ad accoglierlo, e svenne. Aiutato dall'avvocato Salvia e da altri compagni, lo adagiammo sul giaciglio e gli coprimmo il capo col suo fazzoletto, già insanguinato, mentre egli continuava a perdere sangue dalla bocca, dall'occipite e dalla gamba destra. Lo curammo come meglio ci era possibile, ma egli poco dopo cadde in uno stato quasi catalettico e rimase assopito fino alle 9. Non si poteva muovere; aveva l'occhio sinistro occluso e tutta la regione orbitale tumefatta per i forti pugni ricevuti; la bocca dolorante per aver perduto vari denti e per averne molti altri scalzati in seguito a pugni ricevuti sulla faccia. Aveva anche una ferita alla testa e una alla gamba destra. Ma, soprattutto, si lamentava per acuti dolori alla schiena, in prossimità del fianco sinistro, dove aveva ricevuto numerosissime nerbate con uno speciale arnese in uso a via Tasso. E poiché non poteva assolutamente rigirarsi stando sdraiato, né alzarsi in piedi per tutta quella giornata, ritenevamo che avesse le costole rotte o la colonna vertebrale lesa. Non prese cibo né in quel giorno, né nei giorni successivi. Non poteva masticare. A stento gli aprivo la bocca per dargli qualche goccia d'acqua...».

Filippo Caruso si riprenderà, e dopo l'ingresso degli Alleati a Roma ricomincerà a battersi, riorganizzando i suoi uomini nelle città liberate. Sarà dichiarato grande invalido di guerra. Morirà nel 1979, a 95 anni.

Avevano poco più di vent'anni i carabinieri di Napoli «trucidati dal piombo germanico, rei di aver resistito a fianco dei patrioti», di cui parla il tenente colonnello Bianco nel suo appello radio. Nell'insurrezione di Napoli i carabinieri in effetti si battono, prima in difesa della caserma Pastrengo, poi asserragliati nel Palazzo dei Telefoni, punto strategico per i collegamenti indispensabili a organizzare la battaglia. I primi attacchi sono respinti. Accanto ai carabinieri ci sono 150 soldati del 40° reggimento fanteria.

Il mattino dell'11 settembre 1943 i tedeschi iniziano una nuova azione. La battaglia è impari, i focolai di resistenza si spengono uno a uno in tutta la città; alcuni carabinieri riescono a fuggire e a barricarsi nella stazione di Napoli Porto. Il 12 i tedeschi vanno a snidarli anche da lì. Gli italiani si arrendono solo quando hanno finito le munizioni. Quattordici carabinieri sono dichiarati prigionieri di guerra. Ricevono fucili privi di caricatori, poi vengono incolonnati e fatti marciare fuori città con altri ostaggi: l'impressione dei passanti è che i carabinieri li stiano scortando. Invece stanno andando a morire.

La colonna si ferma verso la mezzanotte del 12 settembre a Teverola. Il mattino dopo la messinscena continua: i carabinieri sono portati in giro sui camion per dare l'impressione che stiano lavorando per i tedeschi; poi li fanno scendere in un vallone in località Madama Vincenza, non lontano dal campo di prigionia di Aversa, dove sono montate quattro mitragliatrici. Con loro cadono due napoletani difensori della loro città. Dopo l'esecuzione un soldato tedesco infierisce sui corpi sparando all'impazzata. I quattordici carabinieri riposano oggi in un'unica tomba, sul luogo dell'eccidio. Sono il brigadiere Egidio Lombardi, l'appuntato Emilio Ammaturo, i carabinieri Ciro Alvino, Antonio Carbone, Giuseppe Covino, Michele Covino, Nicola Cusatis, Domenico Dubini, Domenico Franco, Martino Giovanni Manzo, Giuseppe Pagliuca, Giuseppe Ricca, Giovanni Russo, Emiddio Scola.

Era napoletano anche Luigi Giarnieri, comandante della tenenza di Tarvisio. Come altri commilitoni, all'inizio dipende dal ministero della Difesa nazionale del governo di Salò. Ma già alla fine del '43 prende contatto con i partigiani, salvandone decine dal plotone d'esecuzione. Nel giugno '44 abbandona con i suoi uomini la caserma e sale sul Grappa, unendosi ai patrioti di Italia Libera, inquadrata nella brigata Matteotti.

Il tenente Giarnieri cade nel rastrellamento del settembre 1944. Ferito, catturato, chiuso nel comando di Paderno del Grappa, viene torturato per due giorni, invano. All'alba del 24 settembre lo portano a Crespano del Grappa, per impiccarlo in piazza San Marco. Lo appendono a un uncino vicino a un negozio di frutta e verdura, è lui stesso a indicarlo ai carnefici: «Mettetemi lì». Fa in tempo a gridare «Viva l'Italia!». Al collo ha un cartello: «Ero ribelle e questa è la mia fine». Oggi la sede del comando provinciale dell'Arma porta il suo nome.

Era di Napoli pure il maresciallo Ciro Siciliano, che nel 1944 comanda la stazione di Forno di Massa. Sua moglie, Anna Pegollo, ha un fratello nei partigiani. Così, quando nel giugno 1944 le bande occupano Forno, il maresciallo li accoglie amichevolmente: il comando della Resistenza si installa nella caserma. I fascisti, attaccati di continuo, schierano la X Mas e le SS. Cade in combattimento il comandante partigiano, Marcello Marosi, «Tito», e i suoi uomini si ritirano. Il capo delle SS è il maggiore Walter Reder, che cento giorni dopo farà strage a Marzabotto; la X Mas è guidata dal famigerato tenente Umberto Bertozzi. Il paese viene bruciato, gli abitanti incolonnati o chiusi nella stazione dei carabinieri, che viene incendiata: muoiono in venti. In 72 sono portati sul greto del fiume Frigido, divisi in gruppi di otto o nove, falciati dalle mitragliatrici che sparano a bruciapelo; poi i corpi vengono fatti rotolare sul greto fino alla fossa comune. In quattro riescono a fuggire.

Tra i fucilati c'è il maresciallo Siciliano. All'ufficiale tedesco dice soltanto: «Sono pronto». Poi invita gli altri del suo gruppo a gridare con lui «Viva l'Italia». Sul cumulo dei caduti vengono gettate bombe a mano. I tedeschi chiedono gridando se ci sono sopravvissuti, promettono loro salva la vita. Alcuni alzano la mano; sono finiti a colpi di mitra. È il 13 giugno 1944. Il giorno dopo il parroco, don Vittorio Tonarelli, sfidando i tedeschi, va a seppellire i corpi. Nel 2005 il presidente Carlo Azeglio Ciampi andrà a Forno, per attribuire la medaglia d'oro alla memoria del maresciallo Ciro Siciliano.

Il martirologio dei carabinieri italiani nella lotta di liberazione è impressionante, oltre che poco conosciuto. I caduti sono 2735, i feriti 6521. Molti sono trucidati dai tedeschi nei Balcani, altri muoiono nei campi di concentramento, altri ancora cadono sui campi di battaglia: sono 2300 i carabinieri del Contingente R, che dopo lo sbarco di Anzio combattono al fianco degli Alleati, entrano al loro fianco a Roma, risalgono la penisola.

Il 9 settembre 1943 cade a Monterotondo, sugli spalti del castello Orsini, il carabiniere Giuseppe Cannata. Il giorno dopo muoiono sotto il fuoco tedesco Carmine Tamburrino a Colleferro e Alberto Di Maio a Castellammare di Stabia. I carabinieri si battono anche a Gattatico, in provincia di Reggio Emilia: Giovanni Magrini raccoglie al volo una bomba a mano lanciata dai tedeschi e la getta addosso a un ufficiale nemico, uccidendolo; una raffica di mitra gli stacca un braccio, ma riesce a ripiegare con i compagni e a salvarsi; avrà la medaglia d'argento al valor militare. Il 9 dicembre 1943 sono fucilati a Roma, a Forte Bravetta, il vicebrigadiere Antonio Pozzi e il carabiniere Raffaele Pinto. A Pozzi promettono che se griderà «Viva il Duce!» avrà salva la vita. Lui risponde: «Uccidetemi pure, ma ho prestato un solo giuramento e lo manterrò fino alla morte». Al campo di disciplina di Branovo, in Jugoslavia, davanti al plotone d'esecuzione viene ordinato al carabiniere Filippo Bonavitacola di staccarsi gli alamari e di calpestarli; lui rifiuta e quando si avvicina l'ufficiale tedesco per bendarlo, lo stende con un pugno; poi si sbottona la giubba e comanda lui stesso il fuoco.

Il 13 giugno 1944 a San Benedetto del Tronto il brigadiere Elio Fileni interviene per difendere una donna a cui due tedeschi hanno strappato la bicicletta: quando vede che uno sta spianando il mitra, spara per primo con la sua pistola e lo uccide; arrivano altri tedeschi e crivellano Fileni di colpi. Tre giorni dopo a Perugia viene fucilato Giuseppe Briganti, di ritorno da una missione presso i partigiani, cui ha chiesto rinforzi. Il comandante dei carabinieri di Macerata, Pasquale Infelisi, libera i prigionieri inglesi dal campo Sforzacosta, protegge i resistenti, organizza azioni di sabotaggio: i tedeschi lo catturano, lo torturano, lo fucilano.

A Siena il tenente Tito Livio Stagni si offre volontario per disattivare le mine collocate dai tedeschi sotto il ponte della Madonnina Rossa: le sentinelle lo sorprendono e lo uccidono. A Radicofani Vittorio Tassi, 40 anni, che è nato qui ed è entrato nell'Arma ventenne, occupa con i commilitoni la Rocca che domina la Cassia, da cui trasmette agli Alleati notizie sugli spostamenti dei tedeschi: l'aviazione arriva a bombardare, lui e i suoi – carabinieri e partigiani insieme – scendono a finire il lavoro. Catturato il 15 giugno 1944 con cinque compagni giovanissimi, si addossa tutte le responsabilità, nel timore che gli altri non reggano alla tortura. Seviziato per due giorni, non parla. I suoi uomini finiscono nel carcere di Siena, tranne il braccio destro, Renato Magi, 19 anni, che Tassi ha convinto a entrare nell'Arma alla fine della guerra. I tedeschi li portano in un bosco della Val d'Orcia, li costringono a scavarsi la fossa, li legano allo stesso albero e li ammazzano.

Tassi fa in tempo ad affidare al cappellano militare messaggi per la moglie Olga, i figli Ercole e Anita e la madre. «Cara Olga, oggi 17 alle ore 7 Fucilati Innocenti. Cara Olga ti raccomando i nostri figli. Confortali e vogliali loro bene quanto gliene volevo io.» «Io mi sono tanto raccomandato, ma è stato impossibile intenerire quei cuori. Cara mamma, vi raccomando di aiutare mia moglie e i miei figli quanto più potete. Perdonatemi tutto.» «Mia cara Olga, avrei tante cose da dirti, ma non posso più scrivere perché ho il cuore secco. Se Iddio vuole ci rivedremo in cielo e di lì non ci separeremo più. Caro Ercole, sii buono, e ubbidiente e ricorda spesso il tuo babbo; e anche tu, cara Anita, sii buona, Iddio vi aiuterà. Vi bacio tutti per l'ultima volta: Vostro Vittorio. Dirai a Remo che moriamo, io e Renato, con il nostro segreto.»

Anche Andrea Marchini, 23 anni, combatte sui monti dove è cresciuto, le Apuane: la notte del 15 dicembre 1944 con altri tre compagni salta su una mina, perde un piede; morirà dopo due ore di combattimento. Sulle montagne della Valtellina il capo della Resistenza è il tenente colonnello Edoardo Alessi,

«Marcello»: cadrà alle 4 del mattino del 26 aprile 1945, nelle ore in cui il Nord è liberato.

In Romagna Fosco Montini, 22 anni, si batte con i comunisti dell'ottava brigata Garibaldi: preso, seviziato, assassinato; «quel carabiniere aveva veramente del fegato» commenterà uno dei fucilatori. A Parma le varie forze della Resistenza si uniscono in un comando unico, di cui fanno parte anche carabinieri come Domenico Gervasi, che cade in uno scontro con i tedeschi. A Reggio Emilia Lorenzo Gennari, «Fiorello», combatte come guastatore con i gappisti: si specializza nel sabotaggio delle linee telefoniche e negli attacchi alle colonne tedesche. Sorpreso in un fienile con cinque partigiani, porta fuori la sua mitragliatrice e disperde i nemici. Colpito al petto, dice ai compagni in dialetto emiliano: «Purté via la mitraglia e lascem que me». Sull'Abetone i carabinieri sono accanto ai partigiani cattolici: Domenico Bondi viene catturato e seviziato per giorni, ma rifiuta di dire i nomi dei comandanti delle Fiamme verdi: «Sono un carabiniere. Da me non saprete altro». Lo fucilano il 26 gennaio.

A Dronero si sacrifica il carabiniere Sebastiano Parisi, che combatte con i partigiani, nome di battaglia «Bastiano». Anche Giuseppe Alfonso, 22 anni, si unisce ai partigiani di Cuneo: le Brigate nere lo prendono e gli chiedono di decidere tra la collaborazione e la morte; lui sceglie di essere fucilato. In Valsesia la Compagnia carabinieri partigiani è inquadrata nella prima divisione Garibaldi: catturati ai piedi del Monte Rosa, dopo aver esaurito le munizioni, vengono fucilati accanto agli operai tessili del Novarese e del Biellese l'appuntato Ugo Longato e i carabinieri Pietro Borlo, Salvatore Catania, Giovanni Giuliano, Giovanni Gobbo, Attilio Remolif, Bruno Righeschi e Felice Vedani.

Ad Alba il vicebrigadiere Romano Scagliola diventa comandante di battaglione della seconda divisione Langhe. I nazifascisti gli danno la caccia ma non lo trovano; si sfogano bestialmente sulla sorella e la accecano. Lui le scrive: «Sii fiera cara sorella, perché per il trionfo della causa per cui combattiamo è necessario dare anche la vita». Non sono parole vane: Scagliola cadrà nella battaglia per la liberazione di Alba, il 15 aprile 1945, combattendo fino all'ultimo dopo essere stato ferito alle gambe da una raffica di mitra.

Il 18 novembre 1944 a Corio Canavese i tedeschi massacrano sull'aia di una cascina 27 partigiani, quasi tutti carabinieri, e cinque civili. Le frazioni Cudine e San Giovanni sono saccheggiate e incendiate. I carabinieri sono tutti giovanissimi, appena usciti dalla Scuola di Torino, inquadrati in due brigate garibaldine, agli ordini del carabiniere Luigi Trivero e del vicebrigadiere Ferdinando Giambi. I tedeschi li circondano e li costringono alla resa; quando vedono che hanno con sé due camerati prigionieri, mettono tutti al muro. Si salva Giambi, che evade dal carcere di Torino e torna a combattere con i partigiani.

Il tenente Luigi Bonc era invece con gli autonomi della Val Chisone. Partecipa alla battaglia dell'agosto 1944, tenta di sfuggire all'accerchiamento, viene catturato vicino a Sestriere con otto compagni. Spogliato, seviziato, impiccato insieme con il partigiano Luciano Beltramo. Gli consentono però di lasciare questo biglietto per la moglie, scritto di getto senza punteggiatura: «Cara Duilia la mia ultima parola ti consolerà per sempre però muoio innocente di tutto ma per la mia idea tu non ci pensare più per tuo marito ti penserà dal cielo come ti ho sempre voluto bene te lo vorrò dal cielo stai tranquilla mia cara gioia ti verrò a prendere saluta per me tutti i parenti e specie tua mamma e ritorna a casa consolerai mamma e papà la mia ultima parola è di stringere con il cuore fino all'ultimo. Baci mamma e papà e non portare lutto per me. Ciao mille sinceri bacioni tuo Luigi».

È noto il sacrificio di Salvo D'Acquisto, che con un gesto nobilissimo si fa uccidere a 22 anni per evitare la rappresaglia dopo un attentato che non ha commesso. Quasi ignota è la vicenda dei tre martiri di Fiesole.

Nel borgo che domina Firenze, il capo della Resistenza è il comandante della stazione dei carabinieri, Giuseppe Amico, vicebrigadiere. Guida una delle otto squadre della quinta brigata che presidia la zona, divenuta nell'estate 1944 teatro della battaglia per la liberazione della città. Con lui ci sono i carabinieri Vittorio Marandola, Fulvio Sbarretti, Alberto La Rocca, Pasquale Cifini e Sebastiano Pandolfo. Nascondono i partigiani e gli ex prigionieri di guerra inglesi, compiono azioni di guerriglia.

Il 27 luglio Giuseppe Amico riceve una comunicazione radio in codice: il giorno dopo arriverà una staffetta con due messaggi, uno per i carabinieri di Fiesole e l'altro da consegnare al comando della brigata Rosselli. Il plico arriva la sera del 28 luglio. Lo porta il partigiano Rolando Lunari, 19 anni, nome di battaglia Bomba. L'appuntamento con la staffetta della brigata Rosselli è alla chiesa di San Clemente. Bomba è scortato da tre carabinieri: Pandolfo, Sbarretti e Ciofini, che porta il messaggio nella scarpa sinistra. Davanti a San Clemente però ci sono i tedeschi: i carabinieri e il partigiano sparano e lanciano bombe a mano, Bomba e Pandolfo sono feriti, i nazisti li catturano e li fucilano dopo un giorno e una notte di torture.

Ormai i tedeschi sospettano delle divise di Fiesole. Il comandante Amico viene convocato dal tenente Hans Hiesserich. Ovviamente nega. Capisce che Ciofini sta per essere arrestato; gli ordina di fuggire e unirsi ai partigiani.

Il fronte è sempre più vicino, i tedeschi si sentono in trappola: Amico e i civili sospettati di aiutare i ribelli sono arrestati e condotti al passo del Giogo, sulla linea gotica. Viene emanato un bando: tutti gli uomini tra i 17 e i 45 anni devono presentarsi; i renitenti saranno passati per le armi. Molti fuggono. Tra coloro che si presentano, i nazisti scelgono dieci ostaggi, li chiudono nel sottoscala dell'albergo Aurora e annunciano che in caso di attentati li fucileranno.

La situazione precipita. L'ottava armata è alle porte di Firenze; con gli inglesi combattono due compagnie di carabinieri, comandate dai capitani Mariano Piazza e Fausto Maria Gradoli. Il comandante Amico riesce a scappare e a unirsi ai giellisti, e ordina ai suoi uomini rimasti a Fiesole di raggiungerlo: siccome l'occupante ha imposto il coprifuoco, si travestiranno da Fratelli della Misericordia, gli unici ancora autorizzati a muoversi per assistere feriti e malati. Marandola, Sbarretti e La Rocca sotterrano le armi e raggiungono la confraternita dei frati per procurarsi il saio, ma anche lì ci sono tedeschi dappertutto; allora si nascondono tra i resti del teatro romano.

Quando il tenente Hiesserich si accorge che i carabinieri sono spariti, ha la conferma dei suoi sospetti. Furibondo, convoca il segretario comunale, Luigi Oretti, con l'impiegato Raffaello Neri, e grida all'interprete, Silvio Boninsegni, che farà uccidere i dieci ostaggi se i carabinieri non si consegneranno subito: «O saranno fucilati loro, o saranno fucilati i civili». Il segretario comunale si affida al vescovo, monsignor Giovanni Giorgis, che chiede al custode della confraternita di rintracciare i carabinieri perché scelgano della sorte propria e altrui.

Marandola viene informato dell'ultimatum nazista. Si consulta con i commilitoni. Il pomeriggio del 12 agosto 1944, una bellissima giornata di sole, i fiesolani vedono passare i tre carabinieri che vanno di loro spontanea volontà incontro alla morte. Hanno deciso di presentarsi al comando tedesco, pur sapendo quello che li attende.

Il tenente li interroga; loro rispondono che sono lì soltanto per salvare la vita dei dieci ostaggi, e non aggiungeranno altro. Forse per l'ira, forse perché capisce che non otterrà nulla, Hiesserich ordina di fucilarli subito. Non osa torturare quei coraggiosi, come si fa in questi casi, ma non ha neppure la nobiltà d'animo di salvare loro la vita.

Alle sette e mezza di sera Vittorio Marandola, Fulvio Sbarretti e Alberto La Rocca vengono chiusi in un seminterrato dell'albergo Aurora, lo stesso degli ostaggi per cui si sono sacrificati. Tre quarti d'ora dopo, i dieci uomini di Fiesole sentono i carabinieri gridare «Viva l'Italia!»; subito dopo, due raffiche di mitra, poi tre colpi di pistola.

Nel 1944 si consuma anche il calvario del brigadiere Angelo Joppi, torturato in via Tasso ininterrottamente per tre mesi. Al primo interrogatorio lo frustano per due ore, poi lo rinchiudono al buio in una cella piccolissima. Subirà altri 27 interrogatori, per un totale di 84 ore di «trattamento» con fruste di vario tipo, mazze di ferro per rompere le ossa, bracciali chiodati, cavalletti e altri strumenti di tortura quasi medievali. In cella resta ammanettato alla schiena per quindici giorni; il cibo gli viene gettato sul pavimento, non c'è neppure il bugliolo. Dovrebbe finire nel gruppo delle Fosse Ardeatine; ma il suo inquisitore, Wesemann, stabilisce che la sua vittima non ha ancora sofferto abbastanza. Quando a Roma arrivano gli americani, un ufficiale lo fotografa e la sua foto viene pubblicata su «Life», come un «Ecce homo», a mostrare la crudeltà germanica. Questa la sua cartella clinica: tre costole fratturate, due molari asportati con pinze da meccanico, frattura della mano sinistra, colpi allo stomaco, lesioni del timpano di un orecchio con emorragia interna, occhio sinistro cieco per trauma, lesioni alla testa, ginocchio fratturato con un mazzuolo di ferro, schiacciamento delle unghie dei piedi e ustioni con lampada a gas. La sua autobiografia si intitola: *Non ho parlato.*

Angelo Joppi si è arruolato nell'Arma nel 1923 e ha prestato servizio presso la stazione di Selci Sabina e a Roma. Al termine della ferma, ha affiancato il padre nel lavoro di bottega a Viterbo, si è sposato con Ida, ha avuto quattro figli: Liliana, Rossana, Fatina e Giancarlo. Nel 1940 è stato richiamato in servizio. Ha frequentato il corso allievi sottufficiali, nel 1941 ha preso servizio come brigadiere al comando della legione Lazio. All'armistizio si dà alla macchia sulle colline di casa, nel Viterbese; poi entra nella banda Caruso, e subito si distingue per il coraggio con cui partecipa alle azioni contro gli occupanti.

Il 14 gennaio 1944 è Joppi a lanciare, in via Tasso, due bombe a mano nel cortile del comando della polizia tedesca. Il 7 marzo sfugge ai fascisti che irrompono in una bottega di via del Vantaggio, trasformata in deposito d'armi. Una settimana dopo, in via Tomacelli, è protagonista dell'attacco a una colonna di militi uscita dal cinema Adriano, dall'altra parte del Tevere. Ma il tenente si è esposto troppo. Ecco come lui stesso, in un'intervista all'«Unità», ha raccontato la cattura e la prigionia.

«Il 7 marzo, accompagnato dalla mia figliuola Liliana, verso le ore 20 ero alla stazione della Roma-Nord, diretto a Viterbo, quando una spia al servizio delle SS tedesche, già interprete di alberghi, mi indicava a quattro agenti che con le rivoltelle in pugno si gettavano su di me, alla presenza di moltissima gente, ammanettandomi. Il traditore esclamava in segno di trionfo: "Questa volta non scappi più!". Fui trasportato, insieme con mia figlia, al comando delle SS di via Tasso. Fui trascinato in una cella, anzi in uno stambugio senza finestra, di appena tre metri quadrati, dopo essere stato violentemente colpito con un nerbo sulla faccia e sulle spalle. Alle ore 2 di notte vennero a rilevarmi due aguzzini, i quali mi fecero entrare in una stanza dove erano quattro giudici sottufficiali, tutti giovanissimi. Come interprete funzionava la spia, di cui ho parlato, la quale mi assestò dei pugni sulla bocca. Mi accusarono di tre attentati: in via Tomacelli, in piazza Barberini e in via Tasso. Di più dovevo rispondere di avere organizzato bande di patrioti. Chiuso nel mio riserbo, affermando solo di essere estraneo a tutto questo, cominciò per me la Via Crucis delle mortali sofferenze.

Legato con le mani dietro la schiena, imbavagliato, fui sottoposto ad una vera gragnuola di colpi per tutto il corpo e sul viso. Così, dopo un'ora di supplizio, fui accompagnato in cella, ove non c'era che una coperta sul nudo pavimento. Ero mezzo morto per asfissia. Dopo due giorni, secondo interrogatorio. I manigoldi cominciarono a mostrarmi gli arnesi della tortura che mi attendevano; il mazzuolo con punta, il cavalletto con sottili fili di acciaio, i flagelli, le verghe di ferro. Mi posero sopra un tavolo, supino; due agenti mi reggevano la testa tirandomi per i capelli, due mi stendevano le gambe; un altro mi dava intanto col martello sui ginocchi per farmi perdere la ragione. Dopo qualche minuto mi mettono in piedi alla meglio e poiché non mi reggevo e cadevo per terra, ecco funzionare il nerbo e lo scudiscio sotto la pianta dei piedi. In genere questo era il metodo che veniva usato per tutti durante un interrogatorio che durava da un'ora a due ed anche più. Quando uno appariva fuori dei sensi, gli si gettava in faccia un secchio d'acqua gelida e lo si riconduceva in cella. Il cibo consisteva in una minestra e due pagnottelle. Dopo questi subii altri undici interrogatori, fino al 3 aprile. Ricondotto come un cencio, tutto sanguinante per le tante ferite aperte, il medico che mi visitò ebbe il coraggio di ordinarmi... tre cartine di aspirina! Non vi dico che la casa era un vero inferno: lamenti e grida ad ogni ora, di giorno e di notte. In uno di questi interrogatori ebbi rotte tre costole con delle verghe di ferro di due centimetri di spessore. Mi avevano rovinato anche le mascelle e la mia sofferenza non aveva più limiti.

In tanto orrore non venni mai meno all'impegno assunto: fui duramente negativo, sempre. Se il dolore fisico mi avesse vinto, non meno di 500 persone sarebbero andate di mezzo. La loro vita pendeva dalla mia bocca. Durante 52 giorni fui legato con le manette e per due settimane costretto a cibarmi in questa posizione: dovevo inginocchiarmi battendo spesso la testa al muro e mettere la faccia entro la catinella come un cane, strofinando la bocca sulla coperta in terra. L'acqua sudicia che bevevo conteneva anche il sangue che sgorgava dalle mie ferite al viso. Per tre giorni e tre notti mi fu impossibile muovermi; così, stetti senza mangiare finché non mi tolsero i legami fatti di bracciali a vite con anelli. Una volta fui percosso al petto con un martello e così forte da sputare sangue; spesso una delle preferite sevizie era quella di battere dei bastoni di ferro sulle unghie dei piedi nudi. Quando i giudici videro che era inutile proseguire a torturarmi, fui posto in una camera con altri compagni di sventura, tra i quali l'Avv. Palermo e il Dott. Gageggi e una spia, che si fingeva detenuto anche lui. Infine venni condannato alla fucilazione per "misure di polizia". Nel numero dei condannati c'erano pure i Generali Girotti, Oddone, Maratti, i Colonnelli Toscano e Scalera, i Capitani Biondolillo e Geniola, i Tenenti Paladini, Privitera ed altri, di cui ricordo Viola, Falcioni, Sciascia, Graceva, Paternò, Salinari. Dovevamo essere fucilati all'alba di domenica 4 giugno.»

In cella Joppi incontra anche il generale Caruso, che gli dice: «Abbiamo resistito e vinto per una giusta causa e abbiamo dato alla patria tutto quello che potevamo darle. Attendiamo la nostra fine, coscienti di aver compiuto il nostro dovere. Dimostriamo di saper morire da forti».

«Alle 23 della vigilia» prosegue Joppi «fummo tolti dalle celle e portati al piano terreno in attesa dell'autocarro che doveva fare il viaggio fino al luogo del supplizio. Attendemmo così, in piedi, fino alle 4. Qualcuno di noi scrisse un breve testamento in un foglietto di carta da gettare dall'autocarro lungo il tragitto. Eravamo guardati da quattro sgherri delle SS armati di fucili mitragliatori. Ed ecco giungere un ufficiale dicendo che la macchina si era guastata e che non poteva dunque partire "per destinazione ignota". Si ordinò allora di metterci tutti in una stanza. Si attese, con quale martirio è facile comprendersi, fino alle 7 e mezza, mentre dal di fuori sentivamo le voci delle nostre donne, delle nostre figliuole; anche nel comando regnava gran confusione. Già da qualche giorno taluni avevano assicurato di aver veduto bruciare nel giardino montagne di carte – testimonianze degli scandalosi e barbari processi – e strumenti di tortura.

Dalla strada si gridava a noi: "Sono rimaste cinque guardie sole, buttatevi fuori". La difficoltà era che nell'ingresso era piazzata una mitragliatrice rivolta verso la scala. Ci slanciammo ad aprire le celle di tutti i cinque piani, ove erano pure 15 donne destinate ai lavori in Germania. Ritrovai così la mia figliuola Liliana. Ad un certo punto, gridai ai miei compagni di pena: "Tanto siamo condannati a morire! Gettiamoci a basso tutti insieme!". Così la valanga umana dei morituri si precipitò, ormai senza speranza, giù per la scala sgominando gli stessi giustizieri, i quali, presi dal panico, inforcarono le motociclette e fuggirono. Mutilati, sanguinanti e disfatti, ci trovammo sulla strada, sulla famigerata via Tasso, tra le braccia dei nostri cari, salvi. La Madonna ci aveva chiaramente fatto la grazia.»

Tra i suoi torturatori, un giorno si è trovato di fronte a Kappler, il boia delle Ardeatine. Joppi ci ha lasciato nell'autobiografia il resoconto del colloquio.

«"Tu sei il polizai Ioppi."

"Sì, brigadiere dei carabinieri."

"Tu non vuoi parlare."

"Io non posso dir niente, perché non so niente."

"Tu uccisi molti tedeschi."

"Io, no..."

"Tu fatti saltare carichi di benzina..."

"Io, no..."

"Allora tu innocente... ma parlerai con me." E, afferrando una mazza di ferro: "Vedi questa? Tu caput".

"Non conosco il vostro grado. Potrei dire una parola?"

"Ah! Ora dunque parli, eh?"

"Sì, parlerò. Voi amate la patria?"

"Certamente. Io amare molto mia patria."

"Ebbene io non appartengo a nessun partito, sono semplicemente un italiano che ama la sua patria e la sua casa. Secondo voi ho mancato perché vi ho tradito; allora come traditore fucilatemi, ma non torturatemi così."

"Tu devi parlare."

"Io non posso vedere nessuno straniero nella mia patria. Vi ripeto che, se debbo pagare con la mia vita, pagherò."»

Prosegue Joppi: «Vidi Kappler venirmi incontro ed ebbi l'esatta impressione che volesse stringermi la mano: era visibilmente commosso. Ma si riprese subito, perché osservato dagli altri ufficiali ai quali non voleva assolutamente mostrarsi turbato e cambiata improvvisamente espressione, mi assestò con la mazza un colpo sul braccio facendomi barcollare verso il muro. Dopo un altro attimo di esitazione, diede ordine che fossi ricondotto in cella. Da alcune parole proferite, intuii che avesse dato disposizione perché per quella sera non fossi torturato».

Il nipote di Joppi, Luca Saccone, ha scritto una lettera significativa all'Associazione nazionale partigiani, per chiedere una rettifica al profilo del nonno sul sito: «Spett.le Anpi, sono il Nipote del Ten. Angelo Ioppi, Ufficiale, e medaglia d'oro al Valor Militare (ultima concessa da Re Umberto II) dei Regi Carabinieri. Con questa mia tengo a precisare, quanto segue: Mio Nonno non era, e non è mai stato Partigiano, bensì Carabiniere del Re, quindi la definizione (presente nel Vostro sito) è errata, e pretestuosa. Posso ben dire che Mio Nonno era MONARCHICO, perciò lontano dalle ideologie Partigiane. Il Suo atto eroico, lo portò a termine, in quanto Carabiniere, che amava l'Italia libera (sia dal Nazismo, ma anche dal Comunismo). Quindi siete pregati di rettificare il vostro sito Web. Cordialità, Luca Saccone».

Questa la risposta del curatore del sito dell'Anpi, Dario Venegoni, scritta d'intesa con l'autore delle schede biografiche, Fernando Strambaci: «Egregio sig. Saccone, mi consenta di dirle che non comprendo né il tono, né il contenuto della sua pretesa "errata corrige". Non ho trovato alcun errore da correggere, in verità. Se lei legge con attenzione la scheda che abbiamo dedicato a suo nonno (con l'intento di onorarne la memoria) vedrà che non vi è nulla di inesatto. Che fosse un carabiniere – "reale", e non "regio" come lei afferma – è scritto a chiare lettere più volte, così come che egli combatté nella formazione del generale dei carabinieri Filippo Caruso. Io non so cosa lei intenda per "ideologie partigiane". Come le sarà facile appurare, non esiste, non è mai esistita una "ideologia partigiana": nella Resistenza confluirono e combatterono fianco a fianco uomini e donne dei più diversi orientamenti ideali e politici. Quanto alla qualifica di "partigiano", mi spiace per lei, ma a suo nonno spetta di diritto, avendo combattuto nella guerra di liberazione. Negli stessi elenchi del Comando generale dell'Arma dei Carabinieri, accanto al nome di suo nonno, in bella evidenza, compare la precisazione: "Angelo Joppi, partigiano". Non abbiamo nulla da correggere, dunque. Tanto più che come le sarà facile verificare, la parola "partigiano" nella scheda di suo nonno non c'è. Abbiamo piuttosto aggiunto, visto che la sua mail ci ha indotto a ritornare ad esaminare quella scheda, la motivazione della Medaglia d'Oro che gli è stata concessa. Distinti saluti, Dario Venegoni – webmaster dell'Anpi».

La questione non è solo terminologica. I discendenti del tenente hanno diritto a ricordare e chiamare il nonno come vogliono; e quindi a rifiutare la parola «partigiano». Diciamo allora: resistente. Questo però è importante: i partigiani non erano tutti di sinistra, e men che meno tutti comunisti; e la Resistenza non è esaurita dalla lotta partigiana, è un fenomeno molto più vasto che include religiosi, civili, donne, militari, internati in Germania, ebrei, operai in sciopero, imprenditori che ne evitano la deportazione, contadini che procurano nascondigli. Molti resistenti non presero le armi. Tra coloro che combatterono con le armi in pugno ci furono migliaia di carabinieri. La Resistenza, e quindi l'Italia libera e democratica, deve loro moltissimo. È arrivato il momento di dirlo.

* * *

Messaggio scritto con succo di limone, leggibile solo in controluce, dal carabiniere Giovanni Frignani, consegnato clandestinamente alla moglie Lina. Il Vittorio di cui si parla è il figlio. La data è 7 marzo 1944, diciassette giorni prima delle Ardeatine.

«Sono al 45° giorno di permanenza in questa cella che tu ben conosci, e che tu sola puoi comprendere quanto sia penosa; c'è da impazzire; dal giorno del mio arresto sono qui al buio, per terra come un animale, senza poter fare un passo. La tristezza in certi momenti rasenta la disperazione. Il rigore è sempre più sentito, il controllo feroce, si va sempre peggio. Non so quanto questo stato di cose dovrà durare, ma io sono pronto a tutto. Ho la coscienza tranquilla, e sarà quel che Dio vorrà. Ho un solo grande rammarico, quello di lasciar te e Vittorio. Alla mamma non far conoscere nulla per ora, è vecchia e potrebbe soffrire troppo, glielo dirai quando sarà proprio necessario.»

XIII

Anna Maria Enriques e la battaglia di Firenze

«Ad ogni costo dobbiamo impadronirci della città»

«Hanno fucilato quelli della radio, insieme con la donna.» L'informatore che porta la notizia al Comitato di liberazione di Firenze la riferisce al primo che trova: è Enzo Enriques Agnoletti. La donna è Anna Maria, sua sorella. Torturata e assassinata senza aver mai imbracciato un'arma, ma per aver scelto di collaborare con la Resistenza.

«Quelli della radio» sono i giellisti fiorentini che hanno inventato Radio Cora, acronimo di Commissione Radio. Ingegneri, cartografi, esperti militari forniscono un notiziario che stupisce gli Alleati: il generale Alexander li elogia, progetta di fare della radio la sua centrale informativa per l'Italia occupata, lancia quattro radiotelegrafisti in supporto. La radio vive grazie a un gruppo di giovani intellettuali fiorentini: Carlo Ludovico Ragghianti, Enrico Bocci, Tristano Codignola, Enzo Enriques Agnoletti. Possono contare su una ventina di collaboratori, che trasmettono le richieste dei partigiani e raccolgono informazioni sui movimenti dei tedeschi. Non è provato che tra loro ci fosse Anna Maria. Ma il semplice sospetto, oltre alle carte di identità false che le troveranno addosso, le costerà la vita.

Padre ebreo, madre cattolica, Anna Maria ed Enzo vengono da una famiglia di scienziati e scrittori. Il padre, biologo, muore giovane in un incidente stradale. La figlia si laurea in storia medievale e lavora all'archivio di Stato di Firenze, dove studia le carte dell'Arte della Lana; viene cacciata a causa delle leggi razziali. Nell'ottobre 1938 si converte al cattolicesimo; non per opportunismo, ma in seguito a un lungo e sofferto percorso interiore. A battezzarla è don Giulio Facibeni, che in città chiamano «il padre»: nella sua parrocchia di Rifredi accoglie centinaia di orfani e poveri. Il giorno di Pasqua Anna Maria riceve un biglietto da un amico, datato «Domenica di Passione 1939»: «Il Signore non lascerà senza compensi le fatiche e le ingiustizie che lei sta subendo. Beati qui lugent!», beati coloro che piangono. La firma è di Giorgio La Pira.

È La Pira a contattare l'arcivescovo di Firenze Dalla Costa e il sostituto alla segreteria di Stato Montini, che trova alla Enriques Agnoletti un posto nella Biblioteca apostolica vaticana a Roma, dove lavorano il filosofo Gerardo Bruni e un cattolico trentino antifascista, Alcide De Gasperi. Accanto a Bruni e a Silvestra Tea Sesini, con cui divide la stanza in una pensione di suore, Anna Maria inizia il suo impegno politico antifascista: «In ogni angolo spirava vento di complotto» ha ricordato la Tesini. Con il gruppo di cattolici livornesi riuniti attorno a don Roberto Angeli, che stampano il giornale clandestino «Rinascita», Anna Maria Enriques Agnoletti e i suoi amici romani nel 1942 fondano il Movimento cristiano sociale, schierato alla sinistra della Democrazia cristiana. Un «concorrente» mal visto da De Gasperi, che porrà il veto al suo ingresso a pieno titolo nel Cln.

Enzo invece si laurea in giurisprudenza con Piero Calamandrei e si avvicina al movimento liberalsocialista di Guido Calogero, Aldo Capitini, Tristano Codignola: tutti arrestati il 27 gennaio 1942, su delazione di un infiltrato. Enzo è chiuso con gli altri nel carcere fiorentino delle Murate ed è condannato a cinque anni di confino in Abruzzo. Di nuovo arrestato per fuga e «disfattismo», finisce a Regina Coeli. Liberato dopo il 25 luglio, torna a Firenze, entra nel Partito d'azione, e lo rappresenta nel Cln toscano.

Il cardinale Dalla Costa si batte a rischio della propria vita per la salvezza degli ebrei. Ma quando nel dicembre 1943 condanna l'agguato dei gappisti contro un ufficiale fascista seguito dalla fucilazione di cinque civili per rappresaglia, Enzo risponde così su «La Libertà», il giornale clandestino degli azionisti: «Eminenza, abbiamo letto con dolore e meraviglia la notificazione da lei diretta al clero e al popolo. Non si sa la ragione esatta dell'uccisione del colonnello Gobbi. Si sa solo che aveva fatto arrestare molti ufficiali e che si dava molto da fare perché gli arruolamenti a pro dei tedeschi avessero successo, pronto ad usare qualsiasi mezzo, compreso l'arresto di membri delle famiglie, per costringere a presentarsi quegli ufficiali e soldati che considerano un disonore infrangere un giuramento prestato. Si conosce invece la ragione dell'uccisione di cinque detenuti politici: dovevano soltanto scontare l'uccisione del colonnello Gobbi, cioè di una persona che non avevano mai vista o conosciuta. In questo stesso momento uomini nostri fratelli, creature umane, subiscono torture che fanno vergogna all'umanità. In via Foscolo 80, sede della milizia alle dipendenze delle SS, si battono a morte gli arrestati, si appendono con le braccia legate finché svengono dal dolore, si traforano con le baionette, si butta loro dell'acqua bollente in bocca. Non abbiamo inteso, Eminenza, nessuna parola di disapprovazione dalle sue labbra...».

Pochi mesi dopo toccherà alla sorella passare attraverso tutto questo. Anna Maria potrebbe restare al sicuro in Vaticano; sceglie di tornare a Firenze e unirsi alla Resistenza. Procura documenti falsi agli ebrei. Si occupa di molti tra i 1600 ex prigionieri alleati nascosti a Borgo San Lorenzo, nel contado, sull'Appenino. I fascisti le tendono una trappola: mandano a casa sua due agenti che si sono spacciati per ex ufficiali, in contatto con «gli amici cristiano sociali di Roma». Il 12 maggio 1944 Anna Maria è arrestata insieme con la madre. Non ha mai sparato un colpo; questo non la salva dalle torture.

Lei è in isolamento: la tengono sveglia per otto giorni, le guardie le impediscono di dormire o di sdraiarsi. La madre è in cella con altre donne perseguitate, tra cui le ebree che si fermano pochi giorni prima di essere mandate nei lager. Una notte, grazie a una suora coraggiosa, suor Gaetana, Anna Maria riesce a vedere la madre. Il 7 giugno cadono i suoi amici di Radio Cora: i tedeschi fanno irruzione nella casa di piazza D'Azeglio da cui trasmettono; lo speaker Luigi Morandi, un ingegnere esperto in telecomunicazioni, strappa la pistola a un soldato e lo uccide, prima di essere ferito a morte; gli altri sono condotti a Villa Triste, sede della famigerata banda Carità. Portano là anche Anna Maria, per metterla a confronto con loro. Forse si aspettano che conosca informazioni sulla radio, forse gli sgherri di Carità vogliono solo sfogare i loro istinti.

La Enriques Agnoletti viene torturata in maniera disumana per una settimana intera. Non parla, o forse non è in grado di fornire le informazioni che vogliono i fascisti. Il 12 giugno 1944 la madre la intravede ancora una volta. I nazisti le dicono che la figlia sarà trasferita in Alta Italia; invece la portano sul greto del torrente Terzolle, a Cercina di Sesto Fiorentino, e la uccidono con il capitano Italo Piccagli, uno dei fondatori di Radio Cora, i quattro paracadutisti inviati dagli Alleati e un partigiano cecoslovacco, rimasto ignoto. I corpi non vengono seppelliti, ma abbandonati sul posto. Anna Maria Enriques Agnoletti aveva 37 anni. Le hanno sparato un colpo di pistola al volto. Al processo contro la banda Carità, la madre dirà: «Non è azzardata l'ipotesi che il suo stesso atteggiamento così sereno e fermo, incrollabile, abbia condotto i suoi accusatori e carnefici a voler uccidere, con la sua persona, una personalità d'eccezione».

Per i resistenti è un lutto e una sconfitta: la radio è smantellata, mesi di lavoro sono vanificati, proprio ora che sta per cominciare la battaglia di Firenze. Si è però salvato un apparecchio radio: sette giorni dopo riprendono le trasmissioni, il 17 si ritrova il contatto con gli Alleati. Enzo Enriques Agnoletti scrive: «Cittadini toscani, la guerra di liberazione si avvicina alle nostre province. Ognuno di voi ha il compito di difendere con tutti i suoi mezzi e tutte le sue forze il proprio paese, la propria casa, il proprio lavoro, la famiglia e la vita. Tutti hanno il dovere di trovarsi al loro posto di combattimento. Tutti devono meritarsi la libertà, tutti devono operare per la resurrezione e l'avvenire della patria».

I partigiani toscani non hanno nomi tratti dall'epopea del Far West o dalla mitologia sovietica, come altrove. Scelgono «nomi da favola collodiana e di poemi eroicomici» scrive Bocca, «tratti da un'intatta civiltà regionale, da una campagna che conosce Dante e il Pulci»: Bellosguardo, Lancia, Formica, Sirio, Stecchino, Truciolo, Balena, Braccioforte, Triglia, Mangia, Leonardo, Bufera, Vipera. Ma il comandante della maggiore unità toscana, la divisione Garibaldi Arno, si fa chiamare Potente, il soprannome che gli hanno dato nell'esercito. Il suo vero nome è Aligi Barducci, «un toscano duro e biondo, di quei condottieri naturali che semplificano e illuminano ogni cosa attorno a sé». L'altra divisione Garibaldi è intitolata a Spartaco Lavagnini, il sindacalista ucciso dalle camicie nere nel 1921. Poi ci sono i giellisti delle brigate Rosselli, e gli autonomi guidati da Manrico Ducceschi, «Pippo», decisi a non farsi egemonizzare dai comunisti.

Una banda staccatasi dai garibaldini sale sulla montagna di Pistoia per unirsi agli autonomi. La comanda Lanciotto Ballerini, che ha un fratello in montagna con i partigiani e uno nelle carceri fasciste: macellai di Campi Bisenzio, anarchici, forti e coraggiosi, i fratelli Ballerini si sono fatti rispettare dagli squadristi anche durante il regime. Lanciotto e i suoi cadono in un'imboscata a Valibona, muoiono combattendo; la stampa legata al Pci aggiunge che avrebbero gridato «Viva Stalin!». In migliaia partecipano al funerale di un ribelle.

In Garfagnana si forma l'unica divisione Garibaldi non comunista: la comanda un maggiore inglese, Anthony Oldham.

Ad Arezzo combattono partigiani cattolici, sull'Amiata e a Chiusi soldati sbandati si riuniscono in bande. La Resistenza toscana è la prima ad avere un'organizzazione militare. Se ne accorgeranno i tedeschi, che si rendono conto di avere il nemico anche alle spalle, e gli Alleati, che dopo le iniziali diffidenze accettano di coordinarsi con gli italiani.

I nazisti ripiegano su Firenze seminando morte e terrore: trentotto ostaggi fatti saltare in aria a Cortona, ventinove partigiani impiccati a Figline di Prato, tre civili uccisi a San Giovanni Valdarno, quarantaquattro a Marradi. Il 18 giugno arriva nella sua città Alessandro Pavolini, il segretario del Partito fascista, ai parenti dice: «Ho scelto, andrò fino in fondo». Per la prima volta il bollettino di guerra alleato cita i partigiani: «Nel settore tirrenico reparti di patrioti italiani collaborano attivamente con le nostre truppe». Anche Alexander lancia un appello: «La liberazione d'Italia si sta attuando per la vostra causa; collaborate con me: insieme noi raggiungeremo la vittoria». A Siena però non entrano per primi i partigiani (come si trova scritto in qualche agiografia), ma i francesi del generale Monsabert, che ama l'Italia e ha minacciato di morte i suoi artiglieri che osassero tirare sulla città; di fronte alle loro facce stupite, ha precisato: «Va bene, se proprio è necessario, qualche colpo, ma mai al di là del diciottesimo secolo».

È il 3 luglio 1944. Enzo Enriques Agnoletti dice: «A Firenze, in tutti i modi, ad ogni costo dobbiamo dar battaglia ai tedeschi e impadronirci della città; altrimenti, senza nessun fatto clamoroso, tutto lo sforzo patriottico italiano rischia di passare inosservato nell'opinione pubblica internazionale».

La Garibaldi Arno si apre la strada con le armi, attraversa i villaggi tra gli applausi della popolazione. Ma la seconda brigata Rosselli viene sorpresa dai tedeschi al guado del fiume: i partigiani cadono a decine, il comandante Vittorio Barbieri è catturato e fucilato. Una compagnia della terza Rosselli e una garibaldina intitolata a Lanciotto Ballerini si infiltrano a Firenze e si uniscono alle bande di città.

I primi a entrare in contatto con gli americani tornano mostrando ai compagni i pacchetti di sigarette Camel che hanno avuto in regalo. Al comando della brigata Vittorio Sinigaglia, intitolata al gappista ucciso dai fascisti nel gennaio '44, c'è Angiolo Gracci, «Gracco», un ufficiale della guardia di finanza. Quando incontra al Belvedere un'avanguardia canadese guidata da un maggiore, il comandante Gracco gli presenta i suoi uomini; agli elogi per la loro disciplina risponde con orgoglio: «Mi fa piacere che lei lo dica, ma posso assicurarle che farà spesso questa constatazione salendo al Nord».

Firenze viene divisa in quattro zone, affidate a democristiani, azionisti, socialisti e comunisti, che sono i più numerosi: quasi duemila uomini su tremila. I tedeschi sgombrano i lungarni: è un tempo in cui gli italiani vivono ancora nei centri storici, decine di migliaia di fiorentini si ritrovano senza casa; i malati dell'ospedale San Giovanni di Dio vengono spostati a Palazzo Pitti, tra gli arazzi e le tele barocche. Testimone di quell'«aria da fine del mondo» è Carlo Levi. Nella notte tra il 3 e il 4 agosto i tedeschi fanno saltare i ponti, compreso il gioiello rinascimentale di Santa Trinita, che resiste alle cariche e richiede altro tritolo; non osano distruggere il Ponte Vecchio, lo ostruiscono demolendo le case sulle due rive. Il 4 altri partigiani e i primi reparti alleati entrano da Porta Romana.

Nella notte si spara, se un tedesco è colpito viene subito tirato in un cortile e svestito dell'uniforme, per evitare rappresaglie. Un gruppo di patrioti, tra cui Ragghianti, attraversa l'Arno seguendo il passaggio che da Palazzo Pitti corre lungo il ponte sino a Palazzo Vecchio, con un filo del telefono per consentire ai vari gruppi di comunicare.

I fiorentini sono chiusi in casa da tre giorni, senza luce e senza acqua. La sera del 6 agosto il comandante tedesco, Eugen Fuchs, consente di uscire per approvvigionarsi alle fontane. La notte del 7 muore Potente, dissanguato: un cannone tedesco ha centrato la sua baracca presso il convento di Santo Spirito. I suoi partigiani danno la caccia ai cecchini: da una finestra spara anche una donna con un bimbo in braccio e il fucile nascosto sotto il materasso.

Nella notte tra il 10 e l'11 gli ultimi nazisti se ne vanno, il Cln toscano ordina l'insurrezione generale, all'alba la campana del Bargello segnala che Firenze è libera. I partigiani inseguono i tedeschi ma subiscono gravi perdite, Sandro Pertini chiede l'aiuto degli Alleati, che non si muovono: prima i patrioti devono liberare la città dai franchi tiratori. Il 13 agosto entrano a Firenze le truppe indiane e gli algerini comandati da un gigante berbero dalla pelle bruna, Ben Bella, che guiderà la lotta per l'indipendenza nazionale e sarà il primo presidente del suo Paese. Trovano una città ordinata, i giornali nelle edicole – «La Nazione» si chiama ora «La Nazione del Popolo» –, le banche aperte e dirette dagli amministratori nominati dal Cln, a Palazzo Vecchio il nuovo sindaco, Gaetano Pieraccini, un medico socialista che ha perso il posto di primario e la cattedra universitaria per le sue idee, e tre anni dopo seguirà Giuseppe Saragat nella scissione di Palazzo Barberini. Gli Alleati avrebbero una lista di vecchi notabili compilata a Roma; devono prendere atto delle nomine decise dagli antifascisti in armi.

Scrive il «Times», il 25 ottobre 1944: «Firenze è stata il teatro di un esperimento spontaneo di autogoverno, che può avere importanza considerevole per determinare quale sarà il sistema politico che in definitiva prenderà il posto del fascismo. Firenze è stata la prima città in cui il Cln si era già insediato prima che giungessero gli Alleati». Commenta Enzo Enriques Agnoletti: «A Firenze gli Alleati sono entrati impreparati a collaborare con i Comitati di liberazione e a riconoscerli, e ne sono usciti preparati a riconoscerli e a collaborare con essi». Il sacrificio di sua sorella non è stato inutile.

* * *

Lettera d'amore alla fidanzata Sandra di Bruno Cibrario, 21 anni, disegnatore, torinese, membro della nona brigata Sap – Squadra di azione patriottica – di Torino, fucilato al poligono del Martinetto il 23 gennaio 1945 con altri nove compagni:

«Sandra carissima,

dopo appena sette giorni dal mio arresto mi hanno condannato a morte, stamani. Non mi dispero per la mia sorte. Ho agito in piena coscienza di ciò che mi aspettava. Il tuo ricordo è stato per me di grande conforto in questi terribili giorni. Non hanno avuta la soddisfazione di vedere un attimo di debolezza da parte mia.

Non mi sarei mai immaginato di scrivere la prima lettera a una ragazza in queste condizioni. Perché tu sei la prima ragazza che abbia detto qualcosa al mio cuore. Mi è occorso molto tempo per capire cosa eri per me. Il mio carattere, la mia vita di quest'ultimo anno mi hanno impedito di corrispondere subito come avrei voluto al tuo affetto. Solo quando sei stata ammalata ho capito che senza di te mi mancava tutto. Io ti amo, ti amo disperatamente.

In questi giorni ho avuto sempre un nome in mente: Sandra; due occhi luminosi – i tuoi – hanno rischiarato la mia cella.

Oso dire che il ricordo carissimo, il ricordo di mia Madre, era unito al tuo, tanto che io li confondo in un solo grande affetto. Più grande della mia sciagura – perdonami se con questa mia oso turbare la tua pace – la consolazione di scriverti è così grande e io sono un grande egoista.

Ritorno dal colloquio – ti ho veduta e ho la certezza che non mi hai dimenticato. Adesso voglio vivere – per te – per noi, Sandra, non lasciarmi mai.

Perdonami questa mia debolezza, sii forte come voglio e saprò esserlo io.

Da buon garibaldino ho combattuto, da buon garibaldino saprò morire. La nostra idea trionferà e io avrò contribuito un poco – sono forse un presuntuoso. Sii felice, è il mio più grande desiderio.

Bruno

Sta vicina a mia Madre, ne ha tanto bisogno. Sandra, Sandra.»

XIV

Massacri e massacratori

Sant'Anna di Stazzema e Marzabotto, la banda Koch e la x Mas

A volte sono rappresaglie. A volte sono stragi fine a se stesse, per terrorizzare i civili. Sempre sono crimini contro l'umanità.

Nella notte tra il 12 e il 13 giugno 1944, SS e fascisti arrivano a Niccioleta, un borgo toscano in provincia di Grosseto dove abitano 150 famiglie di minatori, che lavorano nella miniera di pirite. I partigiani sono entrati in paese, hanno disarmato la Guardia repubblicana, poi sono fuggiti. L'accusa per i minatori è di averli aiutati. Sei di loro sono torturati, ma siccome non parlano vengono uccisi: l'ultimo, Alizzardo Sargentoni, 23 anni, è messo di fronte al cadavere del padre Ettore, 57 anni, e del fratello Aldo, 24, si china piangendo per abbracciarli, è colpito alla nuca. Altri 77 minatori vengono presi prigionieri, portati via, rinchiusi in un cinema di Castelnuovo di Val di Cecina. Il mattino dopo, sulla strada verso Larderello, vicino ai soffioni che con il loro rumore coprono le grida e gli spari, in un paesaggio spettrale, vengono massacrati con le mitragliatrici e finiti a colpi di pistola.

Il 18 giugno a Civitella Val di Chiana c'è una sparatoria al bar del paese, i partigiani uccidono tre tedeschi. La divisione Hermann Göring minaccia la rappresaglia se i responsabili non si presentano; i civili scappano; i nazisti assicurano che la rappresaglia non ci sarà. È una trappola: il 29 giugno, festa di San Pietro e Paolo, il paese torna a riempirsi. I tedeschi fanno irruzione nella chiesa di Santa Maria Assunta, interrompono la messa, radunano i fedeli in piccoli gruppi. Indossano grembiuli di gomma per non sporcarsi di sangue. Abbattono vecchi, donne, bambini con un colpo alla nuca. Don Alcide Lazzeri viene risparmiato, ma sceglie di morire con i suoi parrocchiani. Altre squadre fanno strage nelle frazioni. Alla fine i morti sono 244.

A Gubbio i partigiani sparano al caffè, uccidono un ufficiale medico; un morto tedesco vale quaranta italiani, rastrellati, legati a un muro, fucilati. È il 22 giugno 1944. Una strage destinata a restare impunita: archiviata in Germania; chiusa in Italia nell'«armadio della vergogna».

Altre volte il massacro non è una vendetta o una punizione. È un modo per umiliare e terrorizzare il vinto, imporre un dominio, fiaccare qualsiasi forma di resistenza. Ad agosto si fortifica la linea gotica. Le SS della sedicesima divisione Reichsführer sono incaricate di ripulire le retrovie. C'è un accampamento di sfollati alla Romagna, sul monte Pisano. I nazisti arrestano trecento persone, tra cui un'insegnante della scuola professionale, Livia Gereschi, che fa da interprete: spiega che sono tutti in fuga dalla guerra, nessuno di loro è un partigiano. I più giovani vengono avviati ai campi di lavoro, gli altri, tra cui Livia, sono portati al centro di prigionia di Nozzano; per quattro giorni li tengono a pane e acqua; poi la notte li dividono in piccoli gruppi e li fucilano, compresa l'interprete. Oscar Grassini si salva sotto una catasta di morti, è ferito ma riesce a fuggire, avrà la gamba destra amputata. Ma i giorni più neri devono ancora arrivare.

«Vedemmo tre ragazze legate a tre castagni; le corde ne sostenevano i cadaveri stretti al tronco con le sottane sollevate sopra la cintola e ognuna aveva un lungo bastone infilato a forza fra le cosce. Arrivando nella vigna del poggio di Casaglia, notammo una piccola sagoma in posa molto strana. Era un bimbo di tre o quattro anni, con un palo conficcato nel sedere e piantato nel terreno che lo sosteneva come uno spaventapasseri sempre sul punto di cadere giù... Tra Caprara e Villa Ignano trovammo i cadaveri di due donne incinte, entrambe sventrate. A una avevano strappato il feto dalle viscere, l'avevano poggiato con la testina alla guancia della madre. I piedini del feto dell'altra spuntavano dallo squarcio del ventre.»

La testimonianza di Adelmo Benini fu raccolta da Renato Giorgi in *Marzabotto parla*, il libro che dopo la guerra rivelò agli italiani quel che era accaduto nel settembre 1944 sull'Appennino. Ma le storie dell'eccidio erano arrivate a Bologna già pochi giorni dopo, se «Il Resto del Carlino» controllato dai fascisti sentì la necessità di smentirle: «Le solite voci incontrollate, prodotto tipico di galoppanti fantasie in tempo di guerra, assicuravano fino a ieri che nel corso di un'operazione di polizia contro una banda di fuorilegge ben centocinquanta fra donne, vecchi e bambini erano stati fucilati da truppe germaniche in rastrellamento nel confine di Marzabotto. Siamo in grado di smentire queste macabre voci...». In realtà solo a Marzabotto i morti sono 1676.

Tutto comincia quando le SS muovono da Lucca. Le comanda Walter Reder, 29 anni, detto «il Monco», perché ha perso una mano in combattimento, sostituita con una protesi protetta da un guanto nero. Austriaco come Hitler, fuggito perché sospettato per la morte del cancelliere Dolffuss, si arruola a 18 anni nelle SS, combatte la guerra di annientamento in Polonia e in Russia, si specializza nella caccia ai civili. Nel suo comando, a Villa Barsanti a Pietrasanta, ha la stanza della tortura e la stanza delle feste, dove si ubriaca ogni sera. Quando perde il controllo tenta di violentare una donna, tra le sue vittime c'è anche una suora.

La Versilia viene fortificata. I civili devono andarsene e trasferirsi nella pianura padana. Ma molti si fermano nei villaggi dell'entroterra, per non allontanarsi troppo da casa. Sant'Anna di Stazzema è piena di profughi. Gli uomini fuggono nei boschi; le donne, i bambini, gli anziani restano in paese. Il 12 agosto le SS li radunano in piazza e aprono il fuoco con le mitragliatrici. Poi cospargono i corpi dei morti e dei feriti con paglia e benzina e accendono il rogo. Dalle frazioni scendono le pattuglie con altri prigionieri, che vengono fucilati alla schiena e gettati nella pira. La famiglia Tucci è composta da padre, madre e nove figli tra i 15 anni e gli 8 mesi: muoiono tutti. Le vittime sono 560; la più piccola, Anna Pardini, ha appena 20 giorni.

Il 18 agosto, 53 giovani prigionieri vengono portati a Reder, che li fa legare per il collo ai pali con il filo spinato e li lascia morire soffocati. Il giorno dopo le SS passano le Apuane e fanno strage a Fivizzano, frazione per frazione: 340 fucilati, appesi, impalati, bruciati con il lanciafiamme.

A settembre tocca ai villaggi attorno a Monte Sole, sopra Bologna, tra le valli del Setta e del Reno, zona in cui i ribelli sono forti. Marzabotto e i borghi vicini hanno già subito rappresaglie, ma non hanno mai visto un massacro sistematico come quello organizzato dagli uomini di Reder, che applicano la tattica appresa in Russia. Sanno come fare: raccolgono gli abitanti a pedate o colpendoli con i calci dei fucili; a volte dicono che li porteranno a lavorare, altre volte li irridono spiegando che dovranno «fare una fotografia»; li chiudono in uno stanzone come a Caprara, in un rifugio come a San Giovanni, in una cappella come a Cerpiano; poi aprono il fuoco, tirano bombe a mano, bruciano tutto. Solo a Cerpiano i morti sono 55: ventisette donne, venti bambini, due vecchi. A Casaglia la strage avviene direttamente al cimitero: le madri e i loro figli vengono ammucchiati tra le lapidi, dai quattro angoli i tedeschi sparano, si inginocchiano per prendere bene la mira. Un colpo alla nuca certifica che non ci siano sopravvissuti. L'ordine è di contare le vittime una a una: il comando deve essere informato con precisione. Poi si erige la pira, aggiustando per bene le fascine in modo da coprire tutti i cadaveri, e si accende il fuoco. Quando si trova nelle case un vecchio troppo debole per alzarsi, lo si brucia a letto, come accade alla signora

Zebri a Colulla, o lo si prende per le braccia e per le gambe e lo si getta nel rogo.

Si salvano una ragazzina di 15 anni, Lucia Sabbioni, che stringe tra le braccia il corpo della sorella più piccola, e un bambino di sei anni, che esce dal cimitero e grida: «Se c'è qualcuno ancora vivo scappi adesso che i tedeschi non ci sono più». Qualcuno gli chiede perché non scappa anche lui. Il bambino indica la mamma e i cinque fratelli uccisi: «Io voglio morire con loro».

È un rito pagano, quello che si celebra nei paesi distrutti. A Sant'Anna di Stazzema un grammofono suona nella canonica durante la strage. Le SS di Reder percorrono l'Appennino precedute da un suonatore di organetto. Quel che non si può rubare va distrutto: le uova, la farina, le provviste; anche i pochi libri che i contadini tengono in casa, le bibbie, i souvenir dei viaggi di nozze, le fotografie di famiglia; pure le statuette di bronzo e i vasi del museo etrusco tra Marzabotto e Pian di Venola. Non è dovere militare, è piacere sadico: a Cerpiano i tedeschi si accorgono che nel mucchio sono rimasti dei feriti, li estraggono, li avvertono che hanno ancora due ore da vivere; allo scadere li uccidono con un colpo di rivoltella alla nuca.

Lidia Pirini è l'unica superstite della sua famiglia, ha perso quattro fratelli: «Vennero messi in riga contro il muro della stalla. Un nazista con una grossa pistola li uccise uno per uno, bimbi compresi. Piangendo un bambino si aggrappò alle gambe del boia, questi se lo scrollò con un calcio e lo finì con un colpo al cranio». A Casaglia il parroco, don Ubaldo Marchioni, viene ammazzato sull'altare, in chiesa è assassinata anche un'anziana paralitica; una donna riesce a fuggire con un neonato in braccio, i tedeschi la colpiscono con una raffica, le strappano il bambino, lo tirano in aria e giocano al tiro al bersaglio. Nella frazione di Ca' Benassi viene ucciso un ragazzo malato di mente, Mario Nanni, 24 anni. Il corpo decapitato di don Giovanni Fornasini, parroco di Marzabotto, sarà ritrovato solo al disgelo, nella primavera 1945.

I fascisti collaborano al massacro, qualcuno fa da guida, altri portano via il bestiame razziato. Tra le SS ci sono italiani, qualcuno si rivolge ai contadini terrorizzati nel dialetto di casa, per minacciarli, schernirli. Ma quando si conosce l'entità della strage Mussolini protesta, i tedeschi mandano una commissione d'inchiesta, il comando si dice «dispiaciuto se qualche donna o bambino sono morti a Marzabotto». I feriti ricevono increduli la visita di un medico tedesco, si cerca di convincerli a testimoniare che la strage è stata opera dei partigiani.

«Scrivo a lei perché ella, nelle forme che troverà più sicure e convenienti, informi il capo del governo di ciò che avviene nell'archidiocesi dove i vari capi di polizia, i vari gerarchi della milizia, nelle squadre mobili, autonome, Muti, eccetera, catturano, flagellano, seviziano le loro vittime in forme tali che ogni animo onesto e ogni popolo civile devono assolutamente condannare.»

L'autore della lettera è l'arcivescovo di Milano, il cardinale Ildefonso Schuster: di famiglia bavarese, figlio del caposarto degli zuavi pontifici, nel '35 ha celebrato una messa di ringraziamento all'indomani dell'invasione dell'Etiopia per benedire le truppe italiane; non è esattamente un rivoluzionario, anche se ha condannato le leggi contro gli ebrei in un'omelia in cui ha indicato nel razzismo «un pericolo internazionale non minore di quello dello stesso bolscevismo». Alla notizia delle atrocità commesse dalle bande di Salò, Schuster scrive a don Luigi Corbella, un prete vicino alla Repubblica sociale: «Anche l'Arcivescovo deve registrare dei sacerdoti suoi arrestati per insufficienti motivi, legati per ore e ore a un albero, fustigati con nerbo di bue, seviziati sino a spezzare loro i denti. Ormai sono parecchie le parrocchie i cui curati sono in prigione o a domicilio coatto o fuggiaschi ed errabondi perché mal sicuri in casa loro. Qui ogni gerarca autonomo si vanta di esercitare diritto sulla vita e la libertà del clero e dei cittadini, avvengono tali scene di orrore da degradare tutto il nostro secolo. Domani quale sarà la reazione popolare? Scrivo questo perché il silenzio non sia imputato a colpa innanzi a Dio e innanzi agli uomini e trattengo copia del documento per la storia».

A Milano la legione Ettore Muti, intitolata allo squadrista ucciso dai carabinieri mentre tentava di fuggire nella pineta di Fregene, ha il suo comando in via Rovello, nei locali del dopolavoro del Comune: fureria, autorimessa, armeria, camera di tortura, camera della morte. Dopo la liberazione prendono possesso di quelle stanze Paolo Grassi e Giorgio Strehler, fondatori del Piccolo Teatro: «Quando Paolo e io lo scoprimmo, questo teatro era abbandonato, era pieno di buio e dentro c'era stato l'orrore» ha ricordato Strehler. «Abbiamo trovato, una mattina che era piena di sole, tracce di sangue sui muri. I camerini erano stati celle di tortura durante la Resistenza, erano serviti per rinchiudere il dolore dell'uomo, la rivolta di chi si rifiuta all'orrore e alla sopraffazione.»

Ma ci sono torturatori ancora più efferati, del tutto fuori controllo. Sono quelli della banda Koch. I tedeschi li disprezzano ma se ne servono, anche per verificare la fedeltà dei gerarchi di Salò: si indaga su fanatici come Roberto Farinacci e su moderati come Concetto Pettinato, il direttore della «Stampa». Mussolini viene interpellato dai suoi e decide di farli smettere. Il 25 settembre 1944 la Muti con i poliziotti della Milizia fa irruzione a Villa Fossati, dove Koch tortura e ammassa bottino. In cinquanta finiscono a San Vittore, lui compreso.

Pietro Koch è figlio di un tedesco, un commerciante di vini. Ufficiale di complemento dei granatieri, si congeda nel 1939, alla vigilia della guerra. È un bel ragazzo, piace alle donne. Vive di piccole truffe: ubriaca gli sconosciuti e li deruba. Nel '43 viene richiamato ma non spara un colpo. Fa esperienza con la banda di torturatori di Mario Carità, a Firenze, poi a

Roma si mette in proprio e recluta criminali, cocainomani, spie. Nasce così il Reparto speciale di polizia: la banda Koch. Specializzata in una serie di torture per ferire e umiliare. La doccia bollente. La «capriola»: la vittima viene lanciata contro il muro. La «corsa» tra due file di uomini che bastonano. La sospensione con le corde. La fustigazione con fruste di cuoio. L'isolamento nel «buco», una cella alta un metro e venti in cui si sta rannicchiati al buio. Le finte esecuzioni. Koch ha solo 25 anni ma è un uomo potente, fa amicizia con Kappler, il ministro Buffarini Guidi lo consulta. Nella pensione trasformata in carcere sottopone le sue vittime a scosse elettriche, le tormenta con manici di scopa, spezza loro le ossa a manganellate.

Tra le sue vittime c'è Maurizio Giglio. Figlio di un dirigente dell'Ovra, la polizia politica di Mussolini, il 10 giugno 1940 parte volontario, combatte sul fronte greco, si conquista una medaglia di bronzo al valor militare. Nel disastro della guerra si allontana dal regime, dopo l'8 settembre sceglie di restare fedele al re. Combatte i tedeschi a Porta San Paolo, poi passa le linee e si unisce all'esercito italiano che tenta di riorganizzarsi.

Gli americani dell'Oss, Office of Strategic Services, chiedono a Maurizio Giglio di tornare a Roma, come loro agente nella capitale: dovrà informarli su spostamenti e intenzioni dell'occupante. Il rischio è tremendo. Lui accetta. Si arruola nella polizia, comincia la sua doppia vita, in contatto con il capo dell'Oss a Roma, Peter Tompkins.

Sul Tevere Giglio ha un barcone dove nasconde una radio per segnalare i movimenti delle truppe di Kesselring verso Cassino e Anzio. Quando il Reparto speciale di polizia sconfina in Vaticano a caccia di ebrei, Giglio tenta di documentare la violazione con la sua macchina fotografica, ma viene sorpreso dal capo del reparto: Pietro Koch.

L'interrogatorio del tenente Giglio e dell'agente Giovanni Scottu, arrestato con lui, è una delle pagine più atroci e nello stesso tempo più dignitose della storia italiana. Il primo a essere torturato, per un tempo interminabile, è Giglio. Scottu lo vede portato a braccia dal carnefice, di nome Walter. Gronda sangue, si lamenta molto per il dolore alle costole rotte. Poi tocca a Scottu: «Per mezz'ora venivo invitato a parlare. Per persuadermi a farlo mi si strappavano i baffi, mi avvitavano sulle tempie due punte di ferro tenute da un semicerchio di acciaio. Mi sentivo scoppiare gli occhi. Quando incominciavo a perdere la coscienza la morsa veniva allentata». Poi «venivo fatto sedere su una sedia. Mi passò per il corpo come una corrente elettrica. Impallidivo e mi sentivo mancare le forze. Sudavo freddo. Koch mi malmenava con una violenza selvaggia e inaudita... Walter soccorrevole mi mise un fazzoletto sotto il naso dicendomi: "Poverino, asciugati" e nello stesso tempo mi colpì sulla nuca... Di fronte alla mia determinazione, Koch suggerisce l'applicazione di un nuovo espediente.

Viene portato nella stanza un telaio di legno, sormontato da una striscia di legno larga circa trenta centimetri e lunga un metro, che recava sei file di chiodi, bene appuntiti e lunghi. Denudato, mi si appoggia con le spalle su detta specie di "corde di lana" e, incrociatemi sul petto le braccia, mi si passa sul davanti un'asta piatta di ferro che mi comprimeva dolorosamente sulla striscia chiodata. Eccitati dal furore, Walter e altri più accaniti mi schiaffeggiavano, mi strappavano i baffi, mi tiravano le ciglia, sparavano qualche colpo di pistola, mi spingevano a destra e a sinistra. Sangue e carne restavano attaccati sulle punte acuminate dei chiodi.

In cella tutti i prigionieri dileggiati, scherniti, vilipesi, avevano gli occhi gonfi e la faccia tumefatta per le percosse ricevute. La cella di metri tre per tre era arredata da un letto matrimoniale e due lettini, tutti con materasso, due di lana e due di crine vegetali. Non impianti igienici. Suppliva allo scopo un lavandino senza acqua. L'aria era irrespirabile, ammorbata. Le persiane erano assicurate con sbarre di ferro chiuse da sei lucchetti ciascuna. Ciò per evitare che la disperazione inducesse qualcuno di noi al suicidio, estremo custode della nostra fede».

Scottu non parla, come il suo capo. Maurizio Giglio verrà ucciso dai tedeschi alle Ardeatine. Pietro Koch sarà giustiziato a Roma, al Forte Bravetta, il 5 giugno 1945. L'esecuzione sarà filmata da uno dei suoi ex prigionieri: Luchino Visconti.

Il «maestro» di Koch è Mario Carità. Indicato all'anagrafe come «figlio di padre ignoto», squadrista fin dal 1920, si specializza nel taglieggiare i commercianti milanesi. Il regime lo emargina, lui si trasferisce a Firenze. Elettricista in un negozio di radio, viene licenziato perché ruba. Apre una sua attività, fallisce, tiene aperto il retrobottega per farne una bisca e una camera a ore. Con la guerra scopre un'altra fonte di sostentamento: segnala alla polizia chi ascolta Radio Londra. Poi fonda la banda Carità, ufficialmente Reparto dei servizi speciali: sadici e delinquenti comuni.

Ma è sbagliato pensare Carità come una scheggia impazzita: è ascoltato e temuto, scrive al Duce per spiegargli che «le fucilazioni non debbono essere fatte solo nelle classi proletarie, le fucilazioni debbono essere fatte soprattutto nella categoria dei dirigenti militari, politici e aristocratici»; il Duce acconsente. Carità è anche promosso «seniore» per i suoi successi, tra i quali la cattura del Comitato di liberazione toscano: il generale Salvino Gritti, il colonnello Leonardo Mastropierro, il tenente colonnello Guido Frassineti, il capitano Vasco Baratti, il giudice Paolo Barile, il professore Raffaello Ramat e l'avvocato Adone Zoli, con i figli Angiolo e Giancarlo. Servono camere di tortura: si trovano prima a Villa Malatesta, poi nel villino di via Bolognese, «Villa Triste». Nella banda, oltre a Koch, ci sono un monaco benedettino, padre Ildefonso, al secolo Epaminonda Troya, e don Gregorio Boccolini, cappellano delle SS. Le squadre hanno nomi tra la goliardia e il girone dantesco: la «squadra degli assassini», la «squadra della labbrata», di cui fa parte il comico Arrigo Masi in arte Ghigo

Masini, la «squadra dei quattro santi»: Natale Cardini, Valerio Menichetti, Luciano Sestini, Arnolfo Natali.

Questo è il ritratto che traccia di Carità una delle sue vittime, Augusto Dauphiné: «Vestiva in borghese, ma a guisa sportiva; camicia alla Robespierre e calzoncini corti. Sui capelli, nerissimi, spiccava una candida ciocca in mezzo alla fronte, rivelatrice di anomalie del sistema nervoso; questa fronte era bassa, il grugno suino. Notai subito la bocca sensuale, carnosa, sul viso floscio e giallastro, lo sguardo collerico, i pugni che stringeva continuamente parlando. Il viso di un'asimmetria sconcertante, gli orecchi callosi, piccoli, accartocciati, il mento prominente dalle favolose mascelle che avrebbero fatto fare a Lombroso salti di gioia, e anch'io, per quanto estraneo agli studi di medicina legale e sebbene distratto da altre meditazioni, non seppi trattenermi dall'ammirare quello splendido campione di delinquente. "Vi avverto" disse Carità entrando subito nel vivo "che vi sono due soluzioni per voi: o la fucilazione alla schiena o la deportazione in Germania. Se direte tutto, vi do la mia parola di vecchio soldato che mi limiterò a farvi deportare in Germania"».

A dire il vero, Carità non è un soldato: quando il 14 ottobre 1943 guida l'attacco contro una delle prime bande partigiane, sul monte Morello, batte ignominiosamente in ritirata. Di esecuzioni sommarie invece è grande esperto: è lui a finire con un colpo alla nuca i renitenti alla leva fucilati al Campo di Marte; poi apostrofa la folla costretta ad assistere: «Vi è piaciuto il cinematografo?». Dopo la liberazione di Firenze ripara a Padova. Fa cadere in trappola anche il Cln veneto: sono arrestati tra gli altri il colonnello Marziano, il maggiore Marangolo, il commissario di polizia Follieri.

La fine è da romanzo noir, come il personaggio: per un mese si nasconde, lo trovano nella notte tra il 18 e il 19 maggio 1945 gli americani nella stanza di una pensione all'Alpe di Siusi; Carità è a letto con l'amante che resterà ferita, forse è stato lui stesso a spararle per farla tacere; poi rivolge la pistola contro gli americani, ne uccide uno, è ucciso da una raffica di mitra.

La x Mas è considerata a volte un reparto regolare che avrebbe voluto «difendere la patria» dagli americani e coinvolta controvoglia e di rado nella repressione antipartigiana. In realtà, la Decima si comporta in alcune occasioni come i nazisti. E si rivela erede solo nel nome dell'unità speciale che ha condotto azioni coraggiose contro gli inglesi, i cui ufficiali – tra cui l'eroe di Alessandria d'Egitto, Luigi Durand de la Penne – sono rimasti fedeli al re, tranne il principe Junio Valerio Borghese e la sua cerchia.

Ha scritto don Aristide Lavaggi, parroco di Miseglia, in una testimonianza custodita nell'archivio della cattedrale di Massa: «Il 24 agosto 1944 militari della Decima Flottiglia Mas provenienti da La Spezia incendiarono il paese di Guadine, uccisero tredici persone e ne ferirono altre. Poi ritornarono e incendiarono Gronda, Redicesi e Resceto. A Guadine i militi della Decima Flottiglia Mas avanzarono sparando all'impazzata; giunti in località Pozzo Scuro uccisero Pucci Domenico, che andava loro incontro verso Forno; qualche metro più avanti, sparando verso le selve, uccisero Novani Pietro, che era su un albero a tagliare un ramo; ai piedi dell'albero c'era la moglie Menichini Fidalma e il figlio di circa otto anni. La donna, vedendo cadere il marito, mandò un grido di dolore e di spavento che richiamò l'attenzione dei soldati, alcuni dei quali si recarono sul luogo e, mentre il bambino riuscì a fuggire, la madre fu uccisa accanto al marito. Lì vicino furono uccisi Menchini Nerito e Faggioni Germana. Entrati nel paese, sempre sparando, uccisero altre otto persone, alcune sulla strada, altre sulla soglia di casa. Poi, dopo il massacro, il reparto dà fuoco alle case, distruggendo quasi totalmente il paese».

La x Mas terrorizza anche il paese di Forno di Massa. Il reparto comandato da Umberto Bertozzi affianca i tedeschi nella repressione che fa 68 vittime. È Bertozzi che interroga i prigionieri e decide chi deve essere deportato e chi fucilato subito, davanti alla famiglia. È l'ufficiale della Decima a condannare a morte il maresciallo dei carabinieri Ciro Siciliano e a trattare con disprezzo il parroco, don Vittorio Tonarelli, che avrà una medaglia d'argento al valor militare per il coraggio con cui resterà a fianco dei fedeli. Il reparto di Bertozzi funesta poi la Lunigiana e il Canavese, trasformandosi in una squadra di torturatori, che si diverte a incidere la x della Decima sui petti e sulle schiene di donne e uomini.

Non è inutile riportare un brano della sentenza con cui la Corte d'Assise straordinaria di Vicenza condannerà il tenente Bertozzi: «Ragazzi poco più che bambini venivano torturati ed esposti a mille disagi. Si ricorse anche a qualche novità, forse per porgere qualche svago agli esecutori: una coppia di inquisiti che dovevano battersi l'un l'altro, come i lottatori del circo, aizzati dagli aguzzini, e percossi da costoro, sol che diminuisse l'ardore della lotta. Più volte i cani poliziotti furono aizzati e azzannarono i pazienti, e taluno giunse persino a una sessantina di morsi. Qualcuno, battuto sulla schiena a dorso nudo, con la pelle ridotta tutta a una piaga, fu costretto a rivestirsi e a dover soffrire le torture dei panni che si attaccavano alle piaghe. A vari patrioti, persino a un sacerdote, furono legati i testicoli, e dati strappi e strattoni dolorosissimi. Va notato che molte tra siffatte sevizie lasciarono tracce che furono accertate a mezzo di perito, dovettero occuparsene persino le autorità repubblicane, e fu preso fin d'allora qualche provvedimento. In un certo senso vanno considerati alla stessa stregua delle gravi sevizie materiali anche quelle morali, come lo sputare ripetutamente in faccia a un invalido di guerra, l'inscenare la macabra commedia della finta fucilazione per spaventare gli arrestati e i loro congiunti, l'offendere deliberatamente il pudore delle donne arrestate denudandole e percuotendole in presenza di molte persone, o, col pretesto di una visita medica del genere di quelle che si passano alle prostitute, costringendo le donne a esibire le parti genitali, o, infine, offendendo il carattere sacro della persona, strappando ai preti le vesti sacerdotali e percuotendoli e insultandoli con le più sconce bestemmie».

Sono ancora uomini della X Mas a torturare – gli strappano anche la lingua – e a uccidere, sulla piazza principale di Ivrea, il partigiano Ferruccio Nazionale. Il suo corpo resta appeso per ore, con un cartello al collo: «Aveva tentato di colpire con le armi la X». Va detto che sarà un ufficiale del battaglione Fulmine, tra le proteste dei camerati, a far togliere il cadavere di Nazionale per seppellirlo con gli onori militari. Oggi la piazza di Ivrea porta il suo nome.

* * *

Dalla lettera d'addio di Antonio Fossati:

«Carissima Anna,

eccomi a te con questo mio ultimo scritto prima di partire per la mia condanna. Io muoio contento d'aver fatto il mio dovere di vero patriota. Mia cara sii forte che dal cielo pregherò per te, che tu per me sei sempre stata l'unica consolazione, in questi momenti di grande dolore mi confortavo solo con te.

Il giorno 31 mi fu fatto la prima tortura ed è questo mi hanno strappato le ciglia e le sopraciglia. Il giorno 1 la seconda tortura, mi hanno strappato le unghie, le unghie delle mani e dei piedi e mi hanno messo a sole che non puoi immaginare, ma portavo pazienza e dalla mia bocca non usciva parola di lamento. Il giorno 2 la terza tortura mi hanno messi ai piedi delle candele accese e io mi trovai legato su una sedia mi son venuti tutti i capelli grigi ma non ho parlato ed è passato. Il giorno 4 fui portato in una sala dove c'era un tavolo sul quale mi hanno teso in un laccio al collo per dieci minuti la corrente e fui portato per tre giorni fino al giorno 6 alla sera alle ore 5 mi dissero se avevo finito di scrivere tutto ciò che mi sentivo ma non ho ancora risposto e voglio sapere la mia fine che devo fare, per dirlo alla mia cara Anna e mi dissero quella tremenda condanna e mi feci vedere molto orgoglioso ma quando fui portato in quella tremenda cella di nuovo mi inginocchiai mi misi a piangere avevo nelle mie mani la tua foto ma non si conosceva più la tua faccia per le lacrime e i baci che ti ho fatto, questo cara Anna devi perdonarmi sii forte a sopportare questo orrendo delitto e fatti coraggio avrai il tuo amore fucilato alla schiena.

Anna non piangere per me che hai avuto il tuo caro papà morto. Io dal cielo ti guarderò ove tu andrai e ti seguirò ovunque... Anna sii forte sopporta questa croce pesante che dovrai portare fino al disopra del cielo. Ora veramente devo terminare perché mi fanno molto male le mani e mi fanno sangue.

Saluti e baci prega per me che io dal cielo pregherò per te».

* * *

Sabato Martelli Castaldi, campano di Cava dei Tirreni, volontario della Grande Guerra, aviatore, una medaglia d'argento e due di bronzo per i suoi cento voli e per gli aerei nemici abbattuti, capo di gabinetto di Italo Balbo, a 36 anni è già generale di brigata aerea, il più giovane d'Italia. Nel 1934 presenta a Mussolini un memoriale sullo stato disastroso dell'aviazione: viene messo in congedo senza stipendio. Perseguitato dal regime, solo cinque anni dopo troverà un lavoro, come direttore del Polverificio Stacchini, con il generale Roberto Lordi. Il 9 settembre 1943 è tra i difensori di Porta San Paolo a Roma. Continua a combattere i tedeschi nel Fronte militare clandestino del colonnello Montezemolo, nome di battaglia «Tevere». Fornisce armi ed esplosivi ai partigiani, salva famiglie ebraiche, incita i giovani a non rispondere ai bandi di Salò, nasconde i renitenti alla leva, organizza bande ai Castelli Romani, sui monti Prenestini e ad Alatri, passa agli Alleati rilievi di zone militari e installazioni tedesche. Per farlo uscire allo scoperto arrestano il proprietario del Polverificio dove lavorava; lui e Lordi si consegnano in cambio della sua liberazione; entrambi saranno fucilati alle Fosse Ardeatine. Medaglia d'oro al valor militare alla memoria. Così, in un biglietto scritto con il succo di limone che riuscì a far arrivare alla moglie Luisa, il partigiano Tevere racconta una delle torture cui fu sottoposto per 67 giorni, e il modo inconsueto e beffardo con cui reagì:

«Pensa che la sera in cui mi dettero 24 nerbate sotto le piante dei piedi nonché varie scudisciate in parti molli, e cazzotti di vario genere, io non ho dato loro la soddisfazione di un lamento. Solo, alla 24° nerbata, risposi con un pernacchione che fece restare i tre manigoldi come tre autentici fessi. (Quel pernacchione della 24° frustata fu un poema! Via Tasso ne tremò e al fustigatore cadde di mano il nerbo. Che risate! Mi costò tuttavia una scarica ritardata di cazzotti)».

Il partigiano Tevere traccerà il suo ultimo messaggio sul muro della sua cella, prima di andare a morire:

> «Quando il tuo corpo
> non sarà più, il tuo
> spirito sarà ancora di più
> vivo nel ricordo di
> chi resta – Fa che
> possa essere sempre
> di esempio».

XV

Il partigiano Fenoglio

Con il fucile e con la penna

«E nel momento in cui partì, si sentì investito, in nome dell'autentico popolo d'Italia, a opporsi in ogni modo al fascismo, a giudicare ed eseguire, a decidere militarmente e civilmente. Era inebriante tanta somma di potere, ma infinitamente più inebriante era la coscienza dell'uso legittimo che ne avrebbe fatto. E anche fisicamente non era mai stato così uomo, piegava erculeo il vento e la terra.»

Beppe Fenoglio era capace di scrivere pagine epiche sulla Resistenza, come questa. Ma sapeva anche scrivere pagine scherzose e autoironiche; come questa, in cui racconta di un incontro con i fascisti, che non finisce con una sparatoria western ma come in un film di Totò. «Venivamo ciarlando, proprio da incoscienti, e sulla collina dirimpetto sbuca brigata nera, tanta, spingendosi avanti due buoi e due dei nostri tutti insanguinati. Il primo che ci ha visti s'avventa spallando il fucile e urlando arrendetevi, banditi. Io gli ho fatto la prima pernacchia della mia vita. E m'è riuscita bene, come ci riuscì bene la conseguente corsetta.»

Nella sua opera entrambi i registri sono sempre presenti: «E pensò che forse un partigiano sarebbe stato come lui ritto sull'ultima collina, guardando la città la sera del giorno della sua morte. Ecco l'importante: che ne rimanesse sempre uno». Ma anche: «Mentre stavo stamburando per la terza volta la staffetta Claudia, qualcuno vola per le scale, non facciamo in tempo a staccarci, entra Piccard e io gli dico che un'altra volta bussi. Piccard sta immoto e un po' piegato a guardar Claudia che si infila le mutandine, poi mi dice "sbrighiamoci ad andare a Valdivilla, perché c'è la repubblica a zonzo da queste parti"».

La battaglia di Valdivilla, combattuta il 24 febbraio 1945, sarà nei ricordi di Fenoglio «l'ultima sconfitta partigiana, l'ultima vittoria fascista». Beppe, il figlio del macellaio di Alba che ha scritto le migliori pagine della nostra letteratura sulla Resistenza, ci arriverà con un lungo e rocambolesco viaggio attraverso la caduta del fascismo e l'inizio della guerra di liberazione.

Ai primi di novembre del 1942 la radio porta anche in casa Fenoglio, sulla piazza del Duomo, sopra la bottega di famiglia, la notizia della sconfitta italiana nel deserto di El Alamein. «Finalmente!» commenta ad alta voce Beppe. Il fratello minore Walter risponde con uno schiaffo: come si fa a gioire per una disfatta? Ma Beppe detesta il fascismo. Inoltre ama la lingua e la cultura britannica. Ha imparato l'inglese sui libri, traduce Shakespeare, a volte scrive direttamente in inglese; e questo gli tornerà utile durante la Resistenza.

Il 9 febbraio 1943, chiamato alle armi a 21 anni da compiere, Beppe Fenoglio riceve la divisa alla caserma Bava Beccaris di Fossano. Nevica. Le uniformi sono tutte troppo grandi o troppe piccole. Lui è più alto della media: andrà con i mortaristi. Corso ufficiali a Ceva con altri seicento diplomati: addestramento in un'ex filanda riadattata a caserma. Il comandante della compagnia è il capitano Vicenzo Liardo, sardo della Maddalena, il capitano Vargiu di *Primavera di bellezza*, racconto che Fenoglio trarrà dalla sua esperienza di recluta. In suo onore si canta l'*Hymnu Sardu*, che Liardo ascolta sull'attenti: «Conservet Deus su re, salvet su regnu sardu...». Tra gli ufficiali solo uno, il maggiore Truglio, porta il simbolo dei sansepolcristi, i fascisti antemarcia. Nella compagnia quasi nessuno crede ancora al Duce. «A parte il fascistello mitragliere di Domodossola,» scrive Fenoglio «la stragrande maggioranza era afascista, i pochi restanti antifascisti; con questa sostanziale differenza: che per gli anti del Sud i fascisti sono buffoni, per gli anti del Nord criminali.» A metà aprile si festeggia la promozione a caporali, Fenoglio distribuisce biglietti da visita con un'epigrafe composta da lui in latino maccheronico: «Cum motu perpetuo et saltu morali conquistavi hodie gradum caporali». Sbadato com'è, ha quasi sempre un bottone fuori posto o una scarpa slacciata che gli costano la libera uscita. Passa ai compagni le sigarette che la madre Margherita gli porta in treno la domenica. Un giorno gli istruttori spiegano come si abbatte un aereo con il moschetto '91, un fucile vecchio di mezzo secolo: è importante tenere le palpebre chiuse, perché il riflesso dell'occhio non riveli ai piloti la propria posizione. Fenoglio sussurra al compagno, sorridendo: «Vincere. E vinceremo».

L'8 luglio il battaglione parte con un treno merci verso Roma. Tra poche ore gli Alleati sbarcheranno in Sicilia. Tira già aria di crollo del regime, di fine della guerra: si concentrano truppe nella capitale per una difesa che non ci sarà. Annota il biografo di Fenoglio, Piero Negri Scaglione, nel suo documentatissimo saggio *Questioni private*, che dal convoglio che costeggia il Tirreno molte reclute vedono il mare per la prima volta.

A Roma il caporale Fenoglio e i suoi commilitoni dormono in una scuola elementare, la Don Bosco, a Montesacro. Ogni mattina vedono passare a cavallo il maresciallo De Bono, uno dei quadrumviri della marcia su Roma: tra pochi giorni voterà contro il Duce nella seduta fatale del Gran Consiglio, e finirà fucilato alla schiena a Verona insieme con Galeazzo Ciano. Il bombardamento di San Lorenzo lo sorprende mentre è di guardia con un altro piemontese, Carlo Asinari: in lontananza si sentono i lampi e il frastuono delle bombe; due ragazzi di vent'anni si confidano la speranza e lo sgomento per quello che li attende. Alla caduta del fascismo, Beppe spedisce a casa una cartolina al padre Amilcare, datata 25 luglio 1943: «Al papà vecchio alpino, viva il Re».

L'8 settembre Fenoglio è in centro con i commilitoni, e «si scopre sempre più apertamente e rumorosamente festeggiato a ogni fermata del filobus». In un bar incontra un gruppo di militari tedeschi, vorrebbe attaccare briga, gli amici lo trattengono; si limiteranno a sparare a una Cicogna, un ricognitore che scende a mitragliarli. L'11 settembre arriva l'ordine di consegnare le armi ai tedeschi. Il giorno dopo, una domenica, Beppe e un ragazzo di Alba, Lino Bielli, con cui ha giocato molte volte al suo sport preferito, la pallacanestro, vanno alla stazione Termini e salgono sul primo treno diretto al Nord. Fenoglio è vestito da cameriere, Lino ha ancora gli scarponi da militare: teme di essere troppo riconoscibile, la stazione di Genova è piena di tedeschi, propone all'amico di dividersi. Beppe gli risponde: «Se c'è da andare in Germania, allora *'nduma 'nsema*», ci andiamo insieme. I nuovi nemici non gli fanno neppure troppo paura, li trova «maturotti, il fucile comodamente a tracolla, con una certa aria leale di kaiserjäger». Ma il giorno dopo incrocia un gruppo di soldati italiani deportati verso i lager. E quando il 14 settembre arriva ad Alba trova una città sconvolta.

L'armistizio ha sorpreso nella caserma Govone ottomila uomini. Il colonnello ha deciso di arrendersi. Il suo aiutante, Leonardo Cocito, che è stato insegnante di Beppe al liceo classico Govone, incita i soldati a portare via le armi e a salire con lui in collina. Tremila restano ad attendere i tedeschi, che li disarmano, li portano alla stazione e li chiudono per un giorno e mezzo nei carri bestiame, senza cibo né acqua. Quattro fanti che hanno tentato la fuga sono fucilati e gettati nell'immondezzaio. Devono intervenire sacerdoti, crocerossine, medici per aprire i vagoni: qualche soldato scappa, qualcuno è ricoverato in ospedale, gli altri partono per i campi di prigionia. Ma intanto le Langhe si riempiono di militari sbandati, cui si aggiungono quelli della quarta armata che rientrano dalla Francia. Beppe si nasconde in una casa in collina, subito fuori città, e aspetta. La madre ha steso attorno ai figli una rete di protezione, composta da informatori, preti, clienti della macelleria.

A fine settembre torna da Pola, dov'è stato prigioniero dei tedeschi, il sottotenente di vascello Piero Balbo, «Poli», futuro capo della seconda divisione autonoma Langhe: è lui il «comandante Nord» del *Partigiano Johnny*; in banda ci sono anche suo padre Giovanni, detto Pinin, e suo cugino Adriano. Beppe decide di unirsi ai patrioti. A fine gennaio si sposa un cugino a Murazzano, sulla Langa povera della *Malora*, dove ha molti parenti. Lui non torna a casa; ancora vestito da cerimonia, camicia bianca e scarpe nere, si presenta al capo partigiano più vicino. È Giorgio Ghibaudo, il «tenente Biondo». La sua squadra è legata ai garibaldini del tenente Zucca, che sulla cima più alta delle Langhe, a Mombarcaro – si chiama così perché nelle giornate terse si intravedono le navi nel mar Ligure –, ha innalzato la bandiera rossa. Gli uomini del Biondo però girano senza fazzoletti né stelle. Il loro compito è trovare cibo per gli altri.

Il 3 marzo 1944 si tenta un'azione congiunta tra garibaldini e autonomi, per assaltare i depositi dell'esercito a Carrù, il paese dov'è nato Luigi Einaudi. Duecento partigiani, tra cui Fenoglio, arrivano in camion e su una corriera. Ma la spedizione quasi picaresca si fa seria quando il bus si scontra con l'auto di un ufficiale tedesco, che viene fatto prigioniero. L'azione riesce, il camion del Biondo è pieno di rifornimenti, si torna sull'Alta Langa. Ci si sveglia nella notte: Mombarcaro è circondata dai tedeschi. I partigiani abbandonano l'ufficiale e tentano la fuga. Cade il Biondo. Fenoglio si salva e ripara a Murazzano, dai parenti. La madre, una donna forte che ad

Alba chiamano Madama Milcare, con il nome del marito, alla francese, viene a prendersi il primogenito e lo riporta a casa. La sua prima esperienza di guerra è già finita.

Ma a luglio arrivano ad Alba un reparto della Muti e il 2° reggimento Cacciatori degli Appennini, guidato dal tenente colonnello Aurelio Languasco, un reduce dalla Croazia. Chiariscono subito che ora i fascisti fanno sul serio: uccidono due ragazzi e li lasciano per giorni all'imbocco del ponte sulla ferrovia, a cento metri dalla piazza principale. Il 22 settembre vanno a prendere i Fenoglio. Arrestano tutti: i genitori, i due fratelli, la sorella piccola, Marisa. La famiglia percorre il centro, scortata da un reparto con i fucili puntati, e viene chiusa in uno stanzone della caserma. Nella notte si sentono i colpi di pistola con cui i partigiani uccidono l'ex podestà, Attilio Molineris. Beppe cerca di dormire ma ha mal di denti, e sogna il tenente colonnello Languasco che minaccia di fargli lo passare «a modo suo». Al mattino in effetti l'ufficiale fascista annuncia: «Siete ostaggi in attesa di esecuzione». Pare sia nervoso perché non si trova più un'ausiliaria siciliana cui è molto affezionato.

I fratelli Fenoglio si promettono che sputeranno in faccia al carnefice. Non sarà necessario: la famiglia Molineris, con un gesto nobile, pubblica un annuncio sulla «Gazzetta d'Alba» per chiedere che «non venga esercitata dall'autorità alcuna rappresaglia». L'ausiliaria non tornerà; è già stata fucilata dai partigiani; ma il tenente colonnello per fortuna non lo sa. Beppe e Walter Fenoglio sono liberi e prendono la via delle colline, stavolta definitivamente.

A San Rocco Seno d'Elvio, sopra Alba, c'è una banda di autonomi, che risponde a Enrico Martini, «Mauri». La comanda Renato Carenzi, genovese. Sono in quaranta ma hanno appena quattro armi automatiche, sette moschetti, sette pistole. Bombe a mano: «Scarse». I nuovi arrivati sono sottoposti a una prova iniziatica: devono andare a Torino, fingersi malati, farsi ricoverare in una clinica accanto alla sede dell'organizzazione Todt, i civili che lavorano per i tedeschi; nella notte devono rubare i loro camion e portarli ad Alba. Beppe si offre subito volontario. In tutto sono in quindici, tra cui due donne, la moglie e la figlia di un impiegato della Cassa di risparmio di Cuneo. Nessuno di loro ha mai guidato un camion.

Si parte in treno. Le donne portano le armi, nascoste nelle borse della spesa. I volontari albesi arrivano nella sede clandestina del Cln, in un palazzo del centro di Torino semidistrutto dalle bombe alleate: gli mostrano le piantine dell'obiettivo, gli spiegano il piano; ma nessuno si offre di accompagnarli. Ci si consulta, e per fortuna si comprende che la missione è un suicidio: hanno accettato per voglia di avventura e ansia di azione; adesso è il momento di tornare a casa. C'è solo da far passare il tempo prima del treno della sera. La missione impossibile per qualcuno finisce al casino. A due a due gli aspiranti partigiani arrivano alla stazione di Porta Nuova, tremando di paura. Si dicono l'un l'altro che la guerra la faranno, ma sulle loro colline.

Ad Alba la Muti e i Cacciatori dell'Appennino non ci sono più. Al loro posto sono arrivati gli alpini del battaglione Cadore, ma dopo dieci giorni anche loro sono destinati altrove. Il comandante è un avvocato veneziano, l'ufficiale di complemento Radaelli. Non si sa come sia finito in mezzo alla guerra civile; di sicuro non ha molta voglia di sparare su altri italiani. Gli alpini si accordano con i partigiani autonomi: lasceranno loro la città, se ne andranno in silenzio, conservando le armi. Ma quando i garibaldini vengono a sapere del patto, si precipitano ad Alba decisi a combattere. Con loro c'è anche il leggendario Lulù, un partigiano francese che ha avuto la famiglia sterminata dai tedeschi e ha giurato di ucciderne almeno 300; si racconta che sia arrivato a due terzi dell'opera, e giri per le Langhe in moto o anche in bicicletta, con vari travestimenti che gli consentono di arrivare sulle prede all'improvviso; in effetti morirà in divisa nazista, ucciso dai compagni che non l'hanno riconosciuto. Quando si vedono circondati da quei diavoli, Radaelli e i suoi alpini si guardano spaventati. Intervengono gli autonomi, ed evitano una strage.

La pagina in cui Beppe Fenoglio descrive l'ingresso dei partigiani, nei *Ventitre giorni della città di Alba*, è memorabile: «Fu la più selvaggia parata della storia moderna: solamente di divise ce n'era per cento carnevali. Fece un'impressione senza pari quel partigiano semplice che passò rivestito dell'uniforme di gala di colonnello d'artiglieria cogli alamari neri e le bande gialle e intorno alla vita il cinturone rossonero dei pompieri col grosso gancio. Sfilarono i badogliani con sulle spalle il fazzoletto azzurro e i garibaldini col fazzoletto rosso e tutti, o quasi, portavano ricamato sul fazzoletto il nome di battaglia. La gente li leggeva come si leggono i numeri sulla schiena dei corridori ciclisti; lesse nomi romantici e formidabili, che andavano da Rolando a Dinamite. Cogli uomini sfilarono le partigiane, in abiti maschili, e qui qualcuno tra la gente cominciò a mormorare: "Ahi, povera Italia!" perché queste ragazze avevano delle facce e un'andatura che i cittadini presero tutti a strizzar l'occhio. I comandanti, che su questo punto non si facevano illusioni, alla vigilia della calata avevano dato ordine che le partigiane restassero assolutamente sulle colline, ma quelle li avevano mandati a farsi fottere e s'erano scaraventate in città».

Neppure Fenoglio è entusiasta del carnevale: «Pajàs», pagliacci, lo sentono mormorare. Gli ufficiali scendono all'hotel Savona; tra loro c'è Beppe, che per la prima volta passa la notte nell'albergo più bello della città. Si costituisce il Comitato di liberazione, un uomo per ogni partito: la Democrazia cristiana è rappresentata da Teodoro Bubbio, già sindaco e deputato popolare prima della guerra, che nel '22 si è opposto con coraggio ai fascisti. I paolini di don Giacomo Alberione, che nel 1931 ha fondato «Famiglia Cristiana», forniscono ad autonomi e garibaldini la carta per stampare i loro giornali, «La Gazzetta piemontese» e «Stella tricolore». Scrive Piero Negri

Scaglione: «I tre casini riprendono a lavorare a pieno ritmo, le famiglie più in vista della città fanno a gara nell'invitare a cena i nuovi padroni di Alba. Una sera, in casa Ferrero, Walter Fenoglio vede la prima macchina impastatrice del cioccolato, seme di una futura gloria industriale che in quel momento non è possibile nemmeno sognare. Qualcuno comincia a pensare che i fascisti non torneranno più. Qualcun altro, invece, si dice preoccupato per le inevitabili, durissime rappresaglie che subiranno». Nell'attesa, all'ingresso dei partigiani le campane suonano a festa; e, annota Fenoglio, «sembrò che sulla città piovesse scheggioni di bronzo».

Finito il carnevale, si deve decidere se tenere la città. In una riunione notturna in Comune i capi partigiani scelgono di resistere. Ci sono anche un avvocato di Cuneo, tra i fondatori delle prime bande, Duccio Galimberti, che sarà preso, torturato e ucciso dai fascisti, e un ebreo inglese, ufficiale di collegamento paracadutato sulle Langhe, il maggiore Neville Darewski, che si fa chiamare Temple come la madre, cantante e attrice morta l'anno prima.

Nella notte tra il 31 ottobre e il primo novembre 1944, i fascisti ammassano truppe e cannoni in riva al Tanaro in piena. Scrive Fenoglio, nel memorabile incipit dei *Ventitre giorni della città di Alba*: «Alba la presero in duemila il 10 ottobre e la persero in duecento il 2 novembre dell'anno 1944». E qui viene da pensare che gli altri siano caduti in combattimento. Invece se ne stavano alla fiera di Dogliani, «sparavano ai tirassegni, taroccavano le ragazze, bevevano le bibite e riuscivano con molta facilità a non sentire il fragore della battaglia di Alba». Dove altri però morivano, «sotto quel fuoco e quella pioggia»; e i comandanti dovettero obbligarli a ripiegare «come le maestre coi bambini delle elementari». Beppe Fenoglio è tra loro. Distaccato sulla collina di Villa Miroglio, l'altra dinastia industriale della città. Lui e i suoi compagni sono stretti attorno a una mitragliatrice. Sono gli ultimi a retrocedere, per dare il tempo alle centinaia di albesi che temono il ritorno dei fascisti di lasciare la città. Il partigiano Ivan muore con una pallottola in fronte: è uno degli otto caduti della giornata, quattro per parte. Gli altri partigiani trascinano via la mitragliatrice, affondando nel fango. Ma neppure in una circostanza così dura lo scrittore Fenoglio rinuncia alla sua ironia: «Qualcuno senza fermarsi si chinò e raccattò una manata di fango e se la spalmò furtivamente sulla faccia, come se non fossero già abbastanza i segni che era stata dura. È che la via della ritirata passava per dove la città dà nella campagna: lì c'erano ancora molte case e si sperava che ci fosse gente, donne e ragazze, a vederli, a vederli così. Ma quando vi sbucarono, nel viale del Santuario in tutta la sua lunghezza non c'era anima viva e questo fu uno dei colpi più duri di quella terribile giornata».

Il vescovo, Luigi Maria Grassi, fa ammainare il tricolore che sventola sul campanile della cattedrale e alza bandiera bianca, anzi un asciugamano. Mussolini riceve un telegramma: «Duce, Alba fascista è ritornata a noi. Viva!». La città è zitta, fredda, vuota. Le camicie nere, annota Fenoglio, «andarono personalmente a suonarsi le campane». A morto, per errore. «In anticipo di sei mesi sul trapasso della Repubblica» di Salò, annota il vescovo.

I fratelli Fenoglio con cinque compagni decidono di raggiungere Poli. Arrivano al comando degli autonomi, alla Cascina Flori, su una Fiat 1500 trainata da due buoi: sono finiti sia la benzina sia l'alcol. Beppe però ha con sé un mitragliatore Thompson, un'arma molto ambita. L'ordine di Poli è presidiare un crocevia strategico, la Cascina delle Langhe. È una casa con un grande appezzamento coltivato a nocciole, che domina il paesaggio. Appartiene a un grande produttore di vino, Pio Cesare, che ha acconsentito alla richiesta di Poli di farne una base, a un patto: che i partigiani rompano porte e serrature, in modo da poter dire ai fascisti che sono stati loro a prendersi la cascina, non lui a darla.

In casa, Fenoglio e gli altri trovano Rina, la mezzadra, che ha due figli in guerra da qualche parte, e il suo cane, una lupa di cui si dice sappia riconoscere da lontano i partigiani, ai quali abbaia festante, e i fascisti, ai quali ringhia. Ma la mattina del 18 novembre Beppe è svegliato da decine di cani lupo: è cominciato il grande rastrellamento tedesco. La fuga è precipitosa: i fratelli Fenoglio si separano, si rivedranno solo a guerra finita.

Lo scrittore corre a perdifiato con due suoi amici, i fratelli Ettore Costa, detto Cervellino per le continue trovate, e Beppe Costa, detto Piccard per il casco da motociclista che ricorda quello dell'esploratore sottomarino Auguste Piccard: è lui il partigiano che entrerà senza bussare e fisserà la staffetta Claudia mentre si infila le mutandine. Per tre giorni Fenoglio e i suoi amici girano in tondo, collina dopo collina, per evitare il rastrellamento. Il bilancio è drammatico: i morti sono almeno cinquanta, tra loro c'è il maggiore Temple; al suo posto gli inglesi paracadutano il tenente colonnello John Stevens.

Beppe torna alla Cascina delle Langhe, ma l'atmosfera ora sa di morte; la domenica non si va più a Santo Stefano Belbo, il paese di Cesare Pavese, al casino dove le ragazze anziché ruotare ogni quindici giorni sono bloccate da tre anni e dove sono nate storie d'amore, forse anche qualche figlio; i rastrellamenti sono continui, ogni giorno può essere l'ultimo. E ogni giorno la signora Fenoglio manda la piccola di casa, Marisa, a vedere se sui carri che entrano ad Alba con i partigiani legati e feriti c'è uno dei suoi figli. Una volta, mentre sono in perlustrazione, Beppe e gli altri incrociano un centinaio di camicie nere; forse è quello il momento della pernacchia; di sicuro devono nascondersi in un torrente, restano a lungo immersi nell'acqua gelata. Ettore Costa si ammala. Quando il 21 dicembre i nazifascisti arrivano alla Cascina delle Langhe, trovano solo lui, febbricitante, oltre alla Rina e alla lupa. Portano via tutti, anche le galline.

Fenoglio teme che l'amico sarà presto fucilato, e decide di rischiare in proprio per salvarlo. Tende un agguato a un soldato fascista che abita a Neive, lo fa prigioniero, lo spinge avanti con il fucile, lo porta al parroco di Mango: vuole organizzare uno scambio con Cervellino. L'appuntamento è a Madonna di Como, sulla collina più vicina ad Alba. Si avanza nella nebbia, il fascista piange, dice che fa il cuoco e non ha mai sparato un colpo... Nella mente di Fenoglio sta già nascendo la trama di *Una questione privata*. Lui però non è presente allo scambio: vengono consegnati due partigiani, ma tra loro non c'è Ettore. Qualcuno ha fatto il furbo. L'amico di Beppe si salverà: condannato a trent'anni, sarà liberato da un'incursione in carcere – con l'appoggio del vicario del vescovo, don Gianolio – dei partigiani socialisti guidati da Paolo Farinetti, padre di Oscar, il fondatore di Eataly.

Verso la fine dell'inverno le file dei resistenti si ingrossano. Cominciano le diserzioni tra i fascisti. Quando si diffonde la notizia che nel paese di Valdivilla hanno visto un reparto di Salò, guidato da un traditore, venuto a recuperare un lancio destinato agli autonomi, un gruppo di partigiani si mette in caccia. Li guida Pinin, il padre di Poli, che ha già 56 anni ma contro il parere del figlio cerca lo scontro: «Ormai siamo in tanti e abbiamo le armi, non ci dobbiamo più nascondere». In sei raggiungono Valdivilla in bicicletta, ma i fascisti si sono nascosti ad aspettarli e aprono il fuoco: Pinin muore, con «Oscar» e «Potenza», un aviatore lucano, uno dei tanti uomini del Sud che avrebbe potuto tornare a casa ed è rimasto al Nord a combattere, convinto che nessun italiano sarebbe stato davvero libero finché fosse rimasto in Italia un solo tedesco.

Fenoglio è tra i partigiani che arrivano di rinforzo, ma non può fare nulla, se non vedere da lontano – sdraiato a terra in cima alla collina, con le bombe a mano conficcate nella pancia – la fine di Settimo Borello, «Set», ferito a un piede, e di Dario Scaglione, «Tarzan», che lo porta in salvo dentro una cascina. I fascisti li trovano seguendo le tracce di sangue. Tarzan lo fucilano subito, gli lasciano solo cinque minuti per scrivere un biglietto d'addio alla famiglia; Set il giorno dopo, contro il muro del cimitero di Canelli, in piedi su una gamba sola, come le gru.

Ora Beppe deve lasciare le Langhe. Siccome sa l'inglese, Poli gli ha ordinato di tenere i collegamenti con gli ufficiali paracadutati nel Monferrato: il maggiore Adrian Hope, un professore di lettere sudafricano di origine scozzese, che parla un italiano incomprensibile e comunica scrivendo in latino; il capitano John Keany, irlandese; e il capitano Basil Temple, solo omonimo del maggiore Temple: lui è un aviatore del Kansas, abbattuto dai tedeschi e salvato dai partigiani.

Nel Monferrato Fenoglio sente una storia che lo colpisce, visto che la evocherà nel *Partigiano Johnny*, in cui farà dire al capo ribelle Marino: «Johnny, ti ricordi quel tedesco che tu colpisti alle costole? Ecco, l'ho fatto fucilare, proprio in questi ultimi tre giorni. Vennero su alcuni dal pianoro di Valenza e mi dimostrarono che aveva preso parte a una fucilazione collettiva, perciò l'ho fatto processare e passare per le armi secondo tutte le regole». Il riferimento è al massacro della banda Lenti, avvenuto a Valenza l'11 settembre 1944.

La banda era stata fondata da Agostino Lenti, ufficiale degli alpini, affiancato dal fratello Pietro, un medico, fra le colline di Camagna e Conzano, vicino a Casale. Contadini, legati agli autonomi, tra il giugno e il luglio '44 combattono in difesa del raccolto del grano, tentano di evitare ammassi e requisizioni, colpiscono gli uffici anagrafe, leva e annona di Camagna e di altri nove paesi. Viene scritta un'ordinanza che fissa tariffe uniche per la trebbiatura e un prezzo calmierato del grano, prevede l'obbligo di distribuire quote del raccolto alla popolazione, istituisce un servizio di vigilanza. A luglio la banda dei fratelli Lenti è impegnata nella difesa della trebbiatura. I partigiani acquistano quintali di grano, al prezzo concordato con il Cln piemontese di 500-600 lire al quintale, e li distribuiscono alla popolazione, insieme con volantini che invitano alla lotta contro l'invasore. Finisce la borsa nera. Uno dei partigiani, Mario Manassero, che di mestiere fa il fornaio, torna a cuocere il pane bianco.

All'alba del 31 luglio i fascisti di Casale, cento uomini con quindici camion, arrivano a Camagna, rastrellano il paese, perquisiscono le case dei Lenti, di Manassero e di altri sospetti. Scrive lo studioso che ha ricostruito la vicenda, Sergio Favretto: «Colombina, la mamma dei fratelli Lenti, ricorderà spesso quella giornata violenta; narrerà come i fascisti si introdussero in casa, gettarono tutti i mobili nella piazza, distrussero la biancheria, rubarono le poche vettovaglie, con il disprezzo più evidente». Agostino Lenti sposta la base fuori dal paese, in una cascina. E i fascisti tornano all'offensiva. Stavolta ci sono anche i tedeschi.

Nella notte fra l'11 e il 12 settembre '44, sotto un temporale, la banda dei fratelli Lenti è perduta. I nazisti colpiscono la sorella del proprietario della cascina, Rosa Berruti; morirà verso sera. Poi caricano 28 partigiani sui camion e li portano a Valenza, al Kommandantur 1014. È l'ora di pranzo. Il capo, Agostino Lenti, e il suo aiutante Nicola Marchis, «Niko», viaggiano sull'auto del maggiore della Guardia nazionale repubblicana, con un sottufficiale di scorta. All'ingresso in città, Niko prende il volante, e Agostino tenta di immobilizzare i due fascisti; il maggiore gli scarica la pistola nella nuca; Niko, ferito, riesce a fuggire; sarà l'unico componente della banda a salvarsi, almeno per quel giorno.

Il processo è una farsa. Dura due ore. I partigiani vengono bastonati e condannati a morte, su ordine di un ufficiale tedesco particolarmente crudele e spietato, il maggiore Wilhelm Meyer: lo stesso che il mese dopo si macchierà del sangue di don Ernesto Camurati e degli altri dieci ostaggi di Villadeati. Alle 4 e mezza del pomeriggio Lenti e i suoi uomini sono portati nello spiazzo davanti al cimitero, legati a gruppi di sei, con le mani dietro la schiena. La fucilazione è affidata a un reparto austriaco, che però sbaglia il tiro; molti sono ancora vivi; il maresciallo tedesco Müller li finisce personalmente, uno a uno, con un colpo alla tempia. Su ventisette fucilati, la maggioranza sono contadini; gli altri sono elettricisti, geometri, camionisti, muratori, insegnanti, pasticceri. Quasi tutti sono sui vent'anni, tranne Pietro Lenti che ne ha 27, Agostino che ne ha 25, e Mario il panettiere, 26. Giovanni Spigo, studente, e Renato Morandi, meccanico, non hanno ancora compiuto 18 anni. Il ventottesimo fucilato è Karl Barth, tedesco disertore.

Colombina e altre madri di Camagna arrivano in bicicletta per recuperare i corpi: apprendono che sono già stati gettati in una fossa comune, senza casse, nella nuda terra. Un anno dopo saranno riesumati e seppelliti con funerali solenni. La sorella di Renato, il più giovane, ancora conserva il filo di ferro che serrava le sue mani. A Niko restano sette mesi esatti: cadrà in combattimento il 12 aprile 1945, a Vignale, negli ultimi giorni di guerra.

Quella storia di partigiani contadini non poteva non colpire Fenoglio. I suoi ultimi giorni di guerra lontano dalle Langhe sono convulsi. Si aggrega a «Tek Tek», capo della brigata autonoma Grana, un comandante sanguigno, che ha in banda donne coraggiose come Dea Rota. Beppe organizza un lancio alleato di armi e munizioni, il 18 aprile. Il giorno dopo partecipa alla difesa del castello di Montegnano, assediato da fascisti e tedeschi: si combatte fino alle 6 di sera, quando i partigiani si sganciano, lasciando sul campo trenta nemici uccisi e un solo compagno, «Falco», decapitato da un colpo che ha centrato la feritoia da cui sparava.

Con gli uomini di Tek Tek, Fenoglio entra ad Asti la sera del 24 aprile. Il giorno dopo è a Casale, ancora piena di tedeschi che stanno trattando la resa. È la partigiana Dea a scovare e ad arrestare, in una scuola, il maggiore Meyer.

A suo fratello e agli amici Beppe racconterà di essere arrivato a Milano, di aver visto i corpi del Duce e della Petacci appesi a testa in giù a piazzale Loreto, e non c'è motivo di dubitare del suo racconto. Che però non diventerà mai letteratura. «La guerra è finita e siamo tutti vivi» gli dice la mamma quando lo rivede. «Abbraccio mia madre, non stretta, che non senta col petto la pistola che mi sforma una tasca» annota lui. Fin da quando comincia a scrivere sui registri della macelleria, prima che in famiglia gli comprino una macchina da scrivere, non gli interessa la grande storia, ma la vicenda eroicomica cui ha assistito sulle sue colline, che gli avevano salvato la vita: «Non fu abilità nostra, né che loro fossero tutte schiappe. Fu, con la sua terra, la sua pietra e il suo bosco, la Langa, la nostra grande madre Langa». E scriverà una petizione perché Alba dedichi un corso a Dario Scaglione, Tarzan, caduto a Valdivilla: «Il nostro avvilito Paese ha un disperato bisogno di Tarzan e di quelli come lui. Ma Tarzan e quelli come lui sono quasi tutti morti. Tarzan militò a lungo sulle colline: quando scese in pianura fu sempre per guerreggiare, non per consegnarsi. Non arraffò macchine per pilotarle allegramente a cozzare e a sfasciarsi. Né seguiva cavalli di sangue per inutilmente azzopparli. Ma ha stampato il suo passo in tutte le Langhe. Quando di giorno e di notte bussava alle porte contadine, bussava a porte di fratelli, non entrava in albergo.

L'hanno fucilato a Valdivilla, in una bella giornata di tardo febbraio, nel mezzo di una solitaria strada di collina. Moltissimi sanno come è andata a Valdivilla. Per quelli che poco o nulla ne sanno basti dire che è andata che Tarzan morì.

Una sera a Cisterna, poco prima che anch'egli trovasse morte da soldato, io narrai al maggiore Hope dell'esercito inglese la fine di Tarzan. Come finì, quel vecchio scozzese, che da El Alamein ad Ancona era stato testimone delle gesta di uomini di ogni armata, stirpe, continente, non commentò, ma compresi che s'era messo mentalmente sull'attenti. Vorrei ora esser certo che tutti gli italiani consapevoli facessero almeno altrettanto».

Alba oggi non ha corso Scaglione, ma una piccola via. Beppe Fenoglio resterà vicino alla famiglia, la aiuterà ad avere la pensione, e nel 1952 convincerà Italo Calvino a inserire nella ristampa delle *Lettere dei condannati a morte della Resistenza* il biglietto d'addio di Tarzan. Lo scrittore presagiva l'oblio, l'uso ideologico della memoria, il travisamento, il ribaltamento delle parti e dei giudizi. Si era augurato la sconfitta del regime, aveva combattuto il fascismo di Salò, aveva votato monarchia al referendum del '46 – litigando per questo con uno dei suoi maestri, il filosofo partigiano Pietro Chiodi –; ma gli restava il dubbio che i migliori fossero i morti, e l'Italia non sarebbe diventata quella che sognava il partigiano Johnny, che alla domanda dell'ufficiale fascista – «Cosa farete dell'Italia, ragazzi?» – risponde: «Una cosa alquanto piccola, ma del tutto seria».

* * *

Biglietto d'addio di Dario Scaglione, Tarzan, 19 anni, scritto su un foglio appoggiato al muro della casa contro cui avviene la fucilazione – Valdivilla, 24 febbraio 1945, ore 14 –; l'originale conserva i segni e le irregolarità dell'intonaco.

«Carissimi genitori,
vi mando l'ultimo saluto prima di essere fucilato un grosso bacio a tutti papà mamma Marco Adelina e al mio nipotino Franco
ciao

Dario.»

XVI

«Impiccateli tutti, anche i ragazzini»

I martiri di Bassano e la Resistenza dei civili

Sul Grappa, la montagna sacra della Grande Guerra, sono saliti partigiani e prigionieri di guerra alleati. Nel settembre 1944, 20 mila tra tedeschi e fascisti vengono a snidarli. La logica imporrebbe la fuga. Ma ragazzi veneti di vent'anni non se la sentono di abbandonare la montagna che i loro padri hanno difeso dagli austriaci pochi anni prima. E commettono un errore fatale: resistere a oltranza.

Le artiglierie tedesche risalgono le vecchie strade militari dei tempi di Armando Diaz, distruggono il rifugio di campo Solagna, aprono il fuoco sulle bande: i giellisti di Italia Libera cadono a decine, decimati anche i garibaldini e i socialisti delle Matteotti. Ma il massacro è appena cominciato.

Gli abitanti della zona hanno sostenuto i partigiani. Vengono puniti con impiccagioni, fucilazioni, incendi, stupri, saccheggi. La grande maggioranza delle vittime di quei giorni terribili, forse 500, non sono partigiani, ma civili. Sul Grappa si sono nascosti anche molti ragazzi, chiamati alla leva di Salò. Non sono combattenti; sono adolescenti che non vogliono andare a farsi ammazzare per Hitler e Mussolini. Ma i tedeschi li vogliono morti. E preparano una trappola.

Il brigadiere delle SS Herbert Andorfer fa affiggere manifesti sui muri di Bassano e dei paesi vicini: chi si presenterà spontaneamente avrà salva la vita ed entrerà nella Flak, la contraerea, o lavorerà per la Todt, l'organizzazione dei civili che assistono i militari. L'offerta pare ragionevole, persino generosa in quelle ore in cui sparano i plotoni d'esecuzione. I sindaci, i maestri, i sacerdoti, i genitori stessi invitano i giovani a presentarsi.

Il 26 settembre 1944 i bambini di Bassano che giocano sul viale vedono arrivare i camion e scendere i loro fratelli maggiori, con le mani legate dietro la schiena. Nel silenzio, rotto solo dagli ordini secchi in tedesco, i ragazzi vengono appesi agli alberi. Il viale è molto lungo, ma non abbastanza: alla fine i renitenti alla leva penderanno dagli alberi di altre due vie della città. I cappi sono cavi del telefono. A infilarvi le teste dei loro coetanei sono reclute fasciste di 18, 17 e anche 16 anni. I cappi sono legati ai camion da una lunga fune.

C'è un boia, Karl Franz Tausch, il vice di Andorfer, che comanda l'esecuzione. Spiega come e quanto stringere i lacci, ordina al camion di accelerare, poi intima ai giovani fascisti di andare a tirare i piedi delle vittime, a controllare che siano morte. Gli altri condannati attendono per ore il loro turno.

È quasi mezzanotte. Gli impiccati sono trentuno. Tra loro c'è un malato di mente, che grida disperato. C'è il maestro elementare di Mirandola. Ci sono un ragazzo di 17 anni, Cesare, che era sul Grappa per curarsi una malattia ai polmoni, e un altro, Giovan Battista, che ha appena compiuto 16 anni; suo fratello Giuseppe, diciottenne, è stato fucilato due giorni prima. Ogni morto ha il suo cartello: «Così finiscono i banditi»; «Era un ribelle». La mattanza continua nella caserma Reatto. Tra i fucilati c'è un ragazzino di 15 anni; nel plotone di esecuzione ce n'è uno di dodici. È anche lui una vittima.

Alla fine saranno almeno 230 i renitenti alla leva assassinati e sepolti in fosse comuni. Quasi tutti si sono presentati spontaneamente, per lo strazio delle madri e dei padri che ora chiedono di recuperare almeno il corpo dei figli. Alcuni non saranno mai ritrovati. Due donne, Ester e Paolina Todesco, sono arrestate e caricate su un camion per essere deportate in Germania. Di loro non si avrà più alcuna notizia: solo mezzo secolo dopo un soldato austriaco racconterà che sono state uccise, e i loro corpi nascosti nel cemento di una delle tante piramidi anticarro costruite a Cismon del Grappa.

La notte i carnefici vanno al caffè Centrale o all'hotel Al Cardellino, a brindare e a festeggiare. Nessuno di loro sarà mai processato, nemmeno Tausch. Ma nessun sopravvissuto, neppure gli assassini, sarà più lo stesso.

Il vicebrigadiere delle SS Karl Franz Tausch ha pagato il suo debito con la storia e con la propria coscienza il 25 settembre 2008, alla vigilia del sessantaquattresimo anniversario delle impiccagioni di Bassano, quando ha preso la sua vecchia pistola e si è sparato alla tempia.

Fin dai primi giorni di occupazione la grande maggioranza degli italiani manifesta il proprio rifiuto a collaborare con i nazisti. Gli imprenditori dichiarano «indispensabili alla produzione bellica» anche gli operai che non lo sono, per salvarli dalla deportazione in Germania; i medici rilasciano certificati di malattia, rischiando in prima persona; i ferrovieri rallentano la corsa dei treni, per consentire ai prigionieri di saltare giù e nascondersi. Il progetto tedesco di portare in Germania un milione di lavoratori coatti fallisce.

Le relazioni delle autorità naziste e di quelle fasciste indicano chiaramente che la popolazione civile è contro di loro. «Gli italiani non desiderano la vittoria del Reich» conclude nel febbraio 1944 il comando militare tedesco di Bologna. I rapporti al ministero dell'Interno sono concordi. Scrive da Genova il commissario capo di polizia: «La notizia dell'attentato a Hitler non ha sorpreso i genovesi che, come commento, hanno lamentato il mancato esito letale»; avrebbero preferito che il Führer fosse morto; «la fobia per i tedeschi ha raggiunto forme aperte». Da Imperia scrivono a Salò: «La popolazione simpatizza per i fuorilegge». Da Rovigo: «Il morale della popolazione è depresso e angosciato. Si manifesta sempre più il sentimento antitedesco». Da Padova: «L'attività ribellistica è ovunque viva».

Non è vero che gli italiani siano stati tutti fascisti, e in particolare non è vero per i venti mesi della guerra civile. Questo vale a maggior ragione per le scuole e le università, a cominciare da quella di Padova; il rettore Concetto Marchesi la chiude e, prima di riparare a Milano e poi in Svizzera, scrive agli studenti per incitarli a combattere i tedeschi: «Non posso lasciare l'ufficio del Rettore senza rivolgervi un ultimo appello. Una generazione di uomini ha distrutto la vostra giovinezza e la vostra patria. Traditi dalla frode, dalla violenza, dall'ignavia, dalla servilità criminosa, voi insieme con la gioventù operaia e contadina dovete rifare la storia dell'Italia e costituire il popolo italiano». Nella guerra di liberazione l'università di Padova avrà 116 caduti tra professori, assistenti e studenti.

Annota la rivista «Regime fascista»: «I professori, nella loro maggioranza, sono stati dei traditori, non solo del Fascismo ma della Patria». Il prefetto di Milano Parini ottiene la tribuna del «Corriere della Sera»: «Riconosciamo lo stato invero grave di confusione e di sbandamento riscontrato in mezzo agli intellettuali. Non dimenticheremo questa realtà milanese che ci brucia il sangue. Nessuna rappresaglia, ma una resa dei conti dovrà pur esserci». E sulla rivista «Italia e civiltà» Enrico Sacchetti mette in dubbio la sincerità con cui i docenti universitari hanno giurato fedeltà al regime: «Non facciamoci illusioni: in questi ultimi tempi siamo vissuti immersi fino al collo in una colossale truffa. Non bisogna ignorare e dimenticare che i più dei professori d'università avevano, a suo tempo, giurato tranquillamente il falso dopo che per anni avevano tutti i giorni invitato i loro alunni a infischiarsene allegramente dei sogni di grandezza mussoliniani e a irriderli; e che i più degli insegnanti dell'ordine medio hanno fatto altrettanto».

Ovviamente il regime non si è sciolto qual neve al sole, com'era sembrato il 25 luglio. Se Benedetto Croce si impegna nella ricostruzione della nuova Italia, l'altro grande intellettuale dell'epoca, Giovanni Gentile, sceglie Salò, e pagherà con la vita: ucciso davanti alla sua villa fiorentina dal gappista Bruno Fanciullacci, che morirà suicida gettandosi da una finestra per sottrarsi alle torture.

Non tutti i soldati accettano la reclusione in Germania, non tutte le reclute si nascondono o salgono in montagna. Mussolini sostiene di poter fare affidamento su 400 mila uomini, contando l'esercito agli ordini del generale Graziani, la Guardia nazionale repubblicana, le divisioni come la Monterosa addestrate in Germania, i reparti ancora schierati nei Balcani e sul fronte orientale al fianco dei tedeschi; ma gli italiani davvero disposti a battersi per il fascismo morente sono molti di meno, la «guerra grossa» contro gli angloamericani e la repressione antipartigiana toccano in primo luogo alla Wehrmacht e alle SS.

Quando, tra l'estate e l'autunno 1944, la Resistenza crea effimere ma preziose Repubbliche nelle città liberate, la popolazione non esita a scegliere con quale parte stare. Il 10 ottobre ad Alba i partigiani vengono salutati dalle campane a festa. Il ritorno dei fascisti è così raccontato dal tenente Gianni Marquez, sul giornale degli arditi «Noi e loro»: «Mentre le altre squadre ultimavano la traversata chiesi a uno squadrista notizie sulla città: "Pare morta," disse "poca gente e ostile, quasi tutti i negozi chiusi. E invero quando vi entrammo cantando le nostre belle canzoni, solo qualche passante frettoloso, un vecchietto, si girò a guardarci: ed eravamo figli d'Italia. Niente donne festanti, bambini accorsi a battere le mani ai soldati, niente: ma ostilità quasi contenuta e trasfusa nel volto delle cose"». Poco prima moltissimi albesi se n'erano andati. Annota il vescovo Luigi Maria Grassi: «La gente cominciò a uscire affrettatamente dalle case e a correre verso le colline con lacrime, invocazioni e grida, con bimbi in collo, per mano, portando a fatica involti, fagotti, valigie, coperte, dando uno spettacolo che avrebbe colpito il cuore più duro. Volti smarriti, volti pieni di terrore, volti supplicanti in una muta preghiera». E il corrispondente del «Corriere della Sera» scrive dalla Val d'Ossola: «È doloroso ma necessario dire che una parte della popolazione di Domodossola accolse la mattina del 10 settembre l'ingresso delle colonne dei fuorilegge con una manifestazione di giubilo. Questo fatto invero costituisce e costituirà un rimorso eterno. Ora che i cittadini con la coscienza sporca sono fuggiti, molti negozi sono chiusi, nelle vie circolano poche persone».

La Resistenza dispone di reti di finanziamento, guidate da famiglie altoborghesi di Milano. I due protagonisti sono Enrico Falck, industriale dell'acciaio, cattolico, figlio di Giorgio Enrico nella cui casa nel settembre 1942 è stata fondata la Democrazia cristiana, e Alfredo Pizzoni, uomo dell'alta finanza, decorato nella Grande Guerra, richiamato nella Seconda, figlio di un generale. Insieme ricevono gli aiuti finanziari degli Alleati e raccolgono denaro in Svizzera, per poi trasportarlo clandestinamente in Italia grazie all'organizzazione che fa capo a Guglielmo Mozzoni, architetto, figlio di una famiglia dell'aristocrazia lombarda, capitano dell'esercito, che il 25 luglio '43 è stato mandato in piazza San Sepolcro a chiedere e ottenere la resa dei fasci milanesi. Con lui ci sono Edoardo Visconti di Modrone, fratello di Luchino, il regista, Stefano Porta e Dino Bergamasco: Leo Valiani li chiama i quattro moschettieri.

Mozzoni passerà di nascosto per 84 volte la frontiera tra la Svizzera e l'Italia, per portare ai partigiani denaro, armi e documenti; ora corrompendo le guardie, ora grazie ai fori aperti nei reticolati. Arrestato, ottiene la libertà fornendo le mappe delle fortificazioni italiane lungo la frontiera. I fondi sono amministrati dalla Banca lombarda di depositi e conti correnti, diretta da Giuseppe Reina, o messi al sicuro nelle casse di parroci e di industriali. A Torino pure Vittorio Valletta, l'uomo che guida la Fiat, mentre tiene testa agli occupanti tedeschi ed evita il trasferimento degli impianti in Germania, finanzia clandestinamente la Resistenza; talvolta è lui stesso a passare nottetempo borse di denaro ai gappisti.

Nelle fabbriche gli operai, che già hanno sfidato il regime

con gli scioperi del marzo 1943 e i nazisti con le agitazioni del novembre, proclamano lo sciopero generale il primo marzo 1944. I lavoratori della Fiat abbandonano la fabbrica a mezzogiorno. Lo sciopero si estende alla Spa, alla Riv di Villar Perosa, alle officine della Val Susa. In Lombardia l'epicentro della protesta è Sesto San Giovanni: alla Edison, alla Montecatini, alla Falck, alla Ceretti Tonfani gli impiegati sono al fianco degli operai, non intendono più lavorare per gli occupanti. A Bologna si ferma la Ducati nonostante l'arresto di nove lavoratori; lo sciopero riesce a Prato e a Firenze; non a Genova, dove da gennaio il prefetto Basile guida la macchina della deportazione per i ribelli. Nei cantieri di La Spezia arrivano i militi della x Mas con i mitra spianati.

Protagoniste sono spesso le donne. A Milano in testa ai cortei ci sono le operaie della Borletti; a Torino le venditrici di Porta Palazzo rovesciano i banchi delle verdure requisiti dai tedeschi; le contadine organizzano il trasporto di viveri ai quartieri operai delle città. Lo storico Raimondo Luraghi calcola che lo sciopero ha mobilitato mezzo milione di persone. Se la risposta fosse stata debole, la repressione sarebbe stata spietata; ma non si possono deportare 500 mila manifestanti. Radio Londra ne dà notizia esultante. Il «New York Times» scrive il 9 marzo: «In fatto di dimostrazione di massa non è mai avvenuto nulla di simile nell'Europa occupata che possa assomigliare alla rivolta degli operai italiani. Lo sciopero è il punto culminante di una campagna di sabotaggi, di scioperi locali e di guerriglia che sono meno conosciuti dei movimenti di resistenza degli altri paesi perché l'Italia del Nord è rimasta più di altri tagliata fuori dal mondo. Ma è una prova impressionante che gli italiani, disarmati come sono e sottoposti a una doppia schiavitù, sanno combattere con coraggio e con audacia quando hanno una causa per cui combattere».

La situazione non migliorerà per lungo tempo. Roma è libera a inizio giugno, Parigi ad agosto, la Germania è ormai una fortezza assediata; ma il Nord Italia resta sotto «la doppia schiavitù» di cui scrive il «New York Times», il tallone dei tedeschi e dei loro collaboratori italiani. Il 13 novembre il generale Alexander lancia uno sciagurato proclama, in cui di fatto comunica che le ostilità riprenderanno in primavera e invita i partigiani a restare sulla difensiva. Chi, tra i ribelli e tra i civili, si era illuso che la guerra fosse quasi finita, deve attrezzarsi per reggere ancora un inverno.

Ma la vera Resistenza della popolazione non finì sui giornali americani. Fu quella silenziosa, carica di paura e di rischi, che non è scritta nelle storie ufficiali e talvolta neppure nei libri di testimonianze, dedicati di solito ai combattenti. È la storia di case che si aprono nella notte, di feriti curati nei pagliai, di ricercati nascosti in cantina, di donne che fanno scudo con il proprio corpo ai figli.

Nelle Langhe, dove sono cresciuto, i partigiani non erano considerati santi, e neppure particolarmente amati. I contadini avrebbero preferito di gran lunga essere lasciati in pace, anziché rischiare di avere la cascina bruciata e di essere malmenati o fucilati sul posto per avere aiutato o anche solo sfamato i ribelli. Nella cultura contadina che ho conosciuto, il legame con la «roba», il granturco, il bestiame, le riserve di viveri e di legna, era ancora fortissimo, atavico, ancestrale. Però, al momento di scegliere, quasi tutti non ebbero esitazioni a schierarsi con coloro che avrebbero potuto essere, e a volte erano, i loro figli. Non a caso da una parte si cantava «Ogni contrada è patria del ribelle / ogni donna a lui dona un sospir», e dall'altra «Le donne non ci vogliono più bene / perché portiamo la camicia nera».

* * *

Anna Enrica Filippini-Lera, nata a Roma nel 1914, militante antifascista fin dal 1935, nel '42 lavora al giornale comunista clandestino «Pugno chiuso». Con Vera Michelin-Salomon entra nella cellula del Pci di piazza Vittorio. Arrestata dalla Gestapo il 14 febbraio 1944, con il fidanzato Paolo Buffa e la sua amica Vera, interrogata a via Tasso, rinchiusa a Regina Coeli, condannata a tre anni di carcere duro da scontare in Germania. Questa lettera al padre Giuseppe – tratta da *Voci dal lager* a cura di Mario Avagliano e Marco Palmieri – è datata 23 aprile 1944: il giorno prima della deportazione in carro bestiame a Monaco di Baviera.

«Babbino mio tanto caro,

sicuramente domani ci sarà la partenza... Questo è il nostro inverno. La primavera luminosa non potrà mancare ed è con questa fede assoluta in un avvenire migliore che mi preparo a lasciare quanto ho di più caro.

Babbino mio vorrei stringerti forte forte e dirti tutto il mio amore. So che tu saprai affrontare qualsiasi prova con serenità e con la mia stessa fede. Una cosa però voglio dirti: in te non sia mai rancore: dobbiamo cercare con tutta la nostra buona volontà di guardare in alto, verso cieli più puri, serenamente. Nessuno, nessuna cosa dovrà distruggere in noi la serenità, la pace: sono i nostri doni più grandi: saranno la nostra forza.

A te papà tanto caro vorrei dirti tante cose: ti sono e ti sarò sempre vicina. Hai fatto sempre tanto per me e soprattutto hai avuto sempre fiducia in me: grazie. Il tuo affetto grande e la tua amicizia sono state per me di tanto aiuto, e lo saranno sempre. Sii forte e sereno, tornerò ed è per questo che ti dico arrivederci a presto, abbi fede in tempi migliori. Ti abbraccio forte forte con tanto amore

Enrica.»

XVII

La paracadutista

Paola Del Din, le brigate Osoppo, Porzûs

«Sono una patriota, sempre senza paura. E sono determinata, è il mio carattere. Fin da piccola, a casa mia, non si parlava mai della paura. È una condizione che si mette nella testa dei bambini, ma non ha senso.» Con queste parole, nella sua casa di Udine, Paola Del Din ha salutato le persone venute a festeggiare i suoi novant'anni, il 22 agosto 2013. Il lancio con il paracadute in zona di guerra, la medaglia d'oro al valor militare, il coraggio di denunciare le pagine nere della guerra partigiana sul confine orientale: di paura, in effetti, Paola non ne ha avuta mai.

Il patriottismo e il senso di italianità sono sentimenti forti nella famiglia Del Din, originaria del Cadore. Il padre, Prospero, è un ufficiale degli alpini, veterano della Grande Guerra, che vive a Udine dal 1933. Nel 1941 la Jugoslavia è occupata da italiani e tedeschi: su 17 milioni di abitanti, un milione e 700 mila perderà la vita. L'8 settembre Paola Del Din e suo fratello Renato sono tra i fondatori della brigata Osoppo, così chiamata in ricordo della città friulana che nel 1848 si era arresa per ultima agli austriaci, dopo sette mesi di assedio, ottenendo l'onore delle armi: chiaro il riferimento alla guerra risorgimentale di partigiani senza bandiere ideologiche, quasi tutti cattolici. Del resto la madre di Paola e Renato viene da una famiglia di ascendenza risorgimentale, che si batté per la difesa di Vicenza. Don Aldo Moretti, punto di riferimento della Osoppo, detta le istruzioni: «Non uccidere se non è necessario; non compiere atti di ribellione là dove la ribellione, per la sproporzione numerica, non ha alcuna possibilità di riuscita; rispettare gli innocenti».

Nella notte fra il 24 e il 25 aprile 1944 Renato Del Din dà l'assalto alla caserma della milizia fascista a Tolmezzo: ferito, non si arrende, continua a combattere, rincuora i compagni gridando «Viva l'Italia! Avanti Osoppo!»; cade falciato da una raffica di mitragliatrice. Sarà la prima medaglia d'oro al valor militare della famiglia.

La morte del fratello non ferma Paola. In suo onore sceglie il nome di battaglia: «Renata». Su richiesta della missione alleata, le viene affidato un compito molto rischioso: passare le linee, raggiungere il comando avanzato della Special Force a Firenze e consegnare carte e informazioni sulle postazioni tedesche e su quelle dei partigiani. Si fa riconoscere con la parola d'ordine: «Voglio parlare con il maggiore biondo». Compiuta la missione, chiede e ottiene dagli Alleati che liberino il padre Prospero, prigioniero in India. La madre nel frattempo è ostaggio nelle carceri fasciste.

Paola vuole tornare al suo posto di combattimento. Frequenta un corso per paracadutisti a San Vito dei Normanni. Il 9 aprile 1945, dopo aver compiuto undici voli di guerra in circostanze fortunose, unica donna in Italia, si lancia col paracadute nel cielo del suo Friuli, alla vigilia della liberazione, per raggiungere gli uomini della Osoppo. Nell'atterraggio si spezza una caviglia e si ferisce alla spina dorsale, ma nonostante il dolore si ricongiunge agli Alleati e consegna gli altri documenti che ha portato con sé. Negli ultimi giorni di guerra, zoppicando fa la spola tra le linee, tenendo i contatti tra gli angloamericani e i partigiani.

Dopo la liberazione si laurea in lettere all'università di Padova, insegna per alcuni anni, poi vince una borsa di studio e va a studiare in America, all'università di Pennsylvania. Tornata in Italia, si sposa e ha quattro figli. Non fa politica; insegna alle medie. Sarà però presidente della Federazione italiana volontari della Libertà fino al giugno 2008. Ancora oggi è presidente regionale dell'Associazione delle famiglie dei caduti e dei dispersi in guerra. Ricordando gli anni della Resistenza, ha detto: «Non cercavamo né denaro, né potere, né carriere; cercavamo solo di salvare l'Italia».

Sul confine orientale le fratture tra le bande partigiane, che esistono anche in altre zone del Nord, si dimostrano fin da subito drammatiche e insanabili. Le due componenti fondamentali della Resistenza in Friuli e nella Venezia Giulia sono da una parte i comunisti, provenienti dal ceto operaio del Veneto orientale, dall'altra i contadini e la piccola borghesia, profondamente legati alla Chiesa. Accomunate dai sentimenti antitedeschi, le due fazioni sono divise dall'ideologia e dalla visione della guerra: le ragioni dell'«internazionalismo proletario», spesso messe al servizio degli jugoslavi, contro la difesa dei confini nazionali.

Nella Osoppo confluiscono, oltre ai cattolici, anche giellisti e socialisti. Ci si riconosce dal fazzoletto verde e dal cappello di alpino. Si tenta di mantenere i rapporti con i garibaldini e nello stesso tempo di proteggere friulani e giuliani dalla minaccia dei partigiani di Tito, che odiano gli italiani. Il raggruppamento rimane autonomo sul piano operativo, come richiesto dai membri non comunisti del Comitato di liberazione, tra cui il sacerdote don Aldo Moretti, «Lino», e l'azionista Fermo Solari; accetta però la direzione politica del Cln di Udine, rifiutata invece dalle brigate Garibaldi.

Il 21 agosto 1944 la brigata Osoppo viene riorganizzata in cinque brigate, schierate tra la Carnia, le Prealpi Carniche, le Prealpi Giulie e la pianura. Le tensioni sono accentuate dalla configurazione del territorio, diviso in due dalla ferrovia e dalla strada per Tarvisio e, per un lungo tratto, dal Tagliamento, un fiume difficile da guadare in sicurezza. In Friuli si formano così due aree distinte: la parte occidentale, saldamente italiana e per lo più sotto il controllo delle brigate Osoppo; e quella orientale, egemonizzata dai garibaldini sotto la pesante influenza dei partigiani comunisti sloveni, schierati sull'Isonzo.

Nell'estate 1944 prende forma un comando partigiano unificato, richiesto anche dalle missioni alleate. Con questo spirito unitario, sia pure segnato da continue frizioni, viene amministrata la Repubblica libera della Carnia, tra l'agosto e il settembre '44. Dopo una serie di scontri, i partigiani – circa 3500 uomini – liberano una zona con 79 mila abitanti e 37 comuni. La giunta della Repubblica viene costituita il 26 settembre ad Ampezzo. I tedeschi mobilitano 40 mila soldati, compresi cosacchi, brigatisti neri, X Mas; abbattono la Repubblica, infliggono pesanti perdite ai partigiani e ai civili, devastano il territorio, rastrellano e deportano. Le brigate garibaldine sono decimate, le Osoppo subiscono duri colpi ma il 27 novembre un loro reparto riesce ancora a respingere un attacco di truppe da montagna tedesche. Dopo nuovi scontri in un territorio aspro e inospitale, il comandante delle Osoppo, Candido Grassi, «Verdi», ordina ai reparti di filtrare attraverso lo schieramento nemico e trovare riparo in pianura.

L'unità d'azione è finita. Il 22 novembre 1944 il Partito comunista, scavalcando il Comitato di liberazione, ordina ai propri combattenti di passare agli ordini del IX Korpus sloveno dell'armata popolare titina, abbandonando il Friuli e trasferendosi a est dell'Isonzo. La richiesta viene dagli jugoslavi, all'epoca sostenuti da Stalin grazie alle loro capacità militari, che tengono inchiodate intere divisioni tedesche. Togliatti si inchina e in una lettera a Vincenzo Bianco, rappresentante del Pci nel IX Korpus, giustifica la scelta scrivendo che ne deriverà «una condizione profondamente diversa da quella che esiste nella parte libera dell'Italia. Si creerà insomma una situazione democratica».

La disposizione è perentoria: «Tutte le unità italiane della zona devono operare soltanto sotto il comando del IX Corpo di armata di Tito»; chi rifiuterà sarà considerato «fascista e imperialista» e trattato di conseguenza. Il comando delle brigate Osoppo, coraggiosamente, rifiuta l'ordine in difesa degli interessi nazionali. Il motto è «pai nestris fogolârs»: per i nostri focolari.

Bisogna riconoscere che pure qualche garibaldino esita, visti i metodi adottati dagli sloveni nei loro territori. Mario Lizzero, «Andrea», commissario politico delle brigate Garibaldi in Friuli, futuro deputato del Pci, si batte a favore del comando unificato con le Osoppo e contro lo spostamento al di là dell'Isonzo; meglio sarebbe rinviare il contenzioso sui confini italo-jugoslavi alla fine della guerra. Inutilmente scrive ad Aldo Lampredi, mandato da Togliatti a troncare il dissenso: «È una decisione grave, un grave errore, perché è evidente che gli sloveni hanno cambiato la loro posizione sulla questione del confine e noi non dovremmo accettare la richiesta del IX Korpus». Quando verrà a sapere del massacro di Porzûs, Lizzero chiederà al partito la fucilazione dei responsabili. I vertici, compromessi, si limitano a destituire gli assassini dalle loro cariche di comando nei Gap.

Alla vigilia del Natale 1944, circa 1500 garibaldini passano l'Isonzo. Il loro comando si porta nella zona di Circhina e Zakriž, nell'attuale Slovenia. Al termine della guerra non potranno entrare a Trieste, com'è stato loro promesso, e saranno mandati a Lubiana. Ora i comunisti sloveni controllano la zona, vietano l'uso della lingua italiana, lanciano una violenta campagna propagandistica contro le Osoppo, accusate di «capitalismo, fascismo e collaborazione con i tedeschi», arrivano ad arrestare alcune staffette.

Il comando delle brigate Est della divisione Osoppo, guidate dal capitano degli alpini Francesco De Gregori, «Bolla», ha sede nelle malghe di Porzûs, nel comune di Faedis. Fuori sventola il tricolore con la croce dei Savoia, un'eccezione in un territorio dove prevalgono le bandiere rosse. Faedis ha già subito l'occupazione austriaca dopo Caporetto. Ora si combattono i tedeschi e si vuole evitare una nuova invasione, stavolta slava. De Gregori ha protestato presso il Cln di Udine contro le mire nazionalistiche degli sloveni e contro il collaborazionismo dei garibaldini.

La componente comunista del Comitato incarica un centinaio di gappisti di attaccare il comando delle Osoppo. Li guida Mario Toffanin, «Giacca», un estremista sanguinario, che si avvicina fingendo di condurre un gruppo di sbandati. Cattura così con l'inganno De Gregori e il giellista Gastone Valente, «Enea», e li fa fucilare, rubando armi, documenti e provviste. Secondo alcune testimonianze, Giacca infierisce sui corpi con un pugnale. Poi ordina di assassinare gli altri partigiani autonomi, tra cui Guidalberto Pasolini, che in famiglia chiamano Guido, nome di battaglia «Ermes», 19 anni, fratello minore di Pier Paolo. In tutto le vittime sono diciassette. Si salvano due soli uomini, che accettano di entrare nei Gap: alla fine della guerra saranno i testimoni d'accusa contro Giacca. Condannato all'ergastolo nel 1952, Giacca non farà un solo giorno di prigione: fuggito prima in Jugoslavia e poi in Cecoslovacchia, graziato da Pertini, andrà a vivere in Slovenia, a Sesana, vicino al confine con l'Italia, dove morirà nel 1999, a 86 anni.

Alla fine della guerra molti uomini delle Osoppo entreranno in Stay Behind, in Italia nota come Gladio, l'organizzazione segreta costituita dagli americani in piena guerra fredda in funzione anticomunista. Socia onoraria dell'associazione degli ex Stay Behind è anche Paola Del Din: «Pur non avendone fatto parte» ha detto, «io non mi sono mai sentita di esprimere un giudizio negativo su Gladio». Il 25 aprile 2005, a Udine, la Del Din commemora la liberazione ma viene contestata da militanti di Rifondazione comunista; il segretario regionale dell'Anpi, Luciano Rapotez, condanna la gazzarra. Ma anche l'Anpi criticherà l'annuncio che la nuova base americana di Vicenza sarà intitolata a Renato Del Din. Paola dice di non saperne nulla, però tiene il punto: «Ringrazio il Signore che abbiano vinto gli americani, se no sarebbe successo in Friuli quanto è accaduto in Istria con Tito».

Nel 2010 Paola Del Din protesta con il ministero dei Beni culturali: il decreto che rende le malghe di Porzûs «bene d'interesse culturale» riporta una ricostruzione dell'eccidio (in parte copiata, male, da Wikipedia) che la partigiana definisce «vergognosa: addirittura ci additava come traditori conniventi con il nemico. Ma noi non trattammo mai né con i nazisti né con i fascisti della x Mas e combattemmo invece solo per liberare l'Italia. Perciò non volevamo neppure sottometterci a Tito. Questa è l'unica verità». Il decreto viene ritirato e riproposto con una nuova motivazione.

Porzûs resta la pagina più tragica e vergognosa della lotta di liberazione, rimasta a lungo sotto silenzio, fino a quando nel 1997 il film di Renzo Martinelli l'ha fatta conoscere al pubblico. Il nome luminoso di Francesco De Gregori è ora portato dal figlio di suo fratello, autore di canzoni tra le più belle mai scritte da un italiano. Canzoni come *Il cuoco di Salò*, che ha nel ritornello uno squillo di tromba quasi risorgimentale, dovuto all'arrangiamento di Franco Battiato. Il testo parafrasa Garibaldi – «Qui si fa l'Italia e si muore» –, ha parole di pietà per le vittime fasciste, in particolare per i «quindicenni sbranati dalla primavera»; ma il dolore familiare non fa velo a De Gregori, e non gli impedisce di ricordare che la parte di Salò era «la parte sbagliata».

* * *

Dalla lettera di Guido Pasolini al fratello Pier Paolo, scritta per chiedere articoli e poesie da pubblicare sul giornale delle Osoppo, «Quelli del Tricolore». Guido racconta il rastrellamento tedesco e le intimidazioni dei partigiani comunisti, con la premessa: «Non dire nulla alla mamma, si spaventerebbe per nulla». Nel Post scriptum tiene ad avvertire il fratello scrittore di non aver potuto rileggere la lettera.

«Porzus, 27 novembre 1944

Pier Paolo Carissimo

... I presìdi garibaldini (incontrati per strada) fanno di tutto per demoralizzarci e indurci a togliere le mostrine tricolore. A Memicco un commissario garibaldino mi punta sulla fronte la pistola perché gli ho gridato in faccia che non ha idea di che cosa significhi essere "uomini liberi", e che ragionava come un federale fascista; infatti nelle file garibaldine si è "liberi" di dire bene del comunismo, altrimenti sei trattato come "Nemico del proletariato" (nientemeno!) oppure "Idealista che succhia il sangue del popolo" (senti che roba!). A fronte alta dichiariamo di essere italiani e di combattere per la bandiera italiana, non per lo "straccio rosso".

Ti bacio con grandissimo affetto

Guido

Ps Dì alla mamma che nel caso avesse qualche altra cosa da mandarmi (guanti, calzettoni, naftalina), vi aggiunga un fazzoletto tricolore e uno verde... Non ho il tempo di rileggere la lettera devo partire per la montagna *immediatamente.*»

Dall'elogio funebre scritto da Pier Paolo Pasolini per il fratello:

«Quanto sia il dolore di mia madre, mio, e di tutti questi fratelli e madri e parenti non mi sento ora di esprimere. Certo è una realtà troppo grande, questa di saperli morti, per essere contenuta nei nostri cuori di uomini. Io per mio fratello posso dire che è stata la sorte del suo corpo entusiasta che l'ha ucciso e che egli non poteva sopravvivere al suo entusiasmo. Ora, gli ideali per cui è morto, il suo dolcissimo tricolore, se lo hanno rapito in un silenzio che non è ormai più nostro. E con lui tutti i suoi eroici compagni. E solo noi, loro parenti, possiamo piangerli pur non negando che ne siamo orgogliosi, pur restando convinti che senza il loro martirio non si sarebbe trovata la forza sufficiente a reagire contro la bassezza, e la crudeltà e l'egoismo, in nome di quegli ideali per cui essi sono morti. Ma noi alla società non chiediamo lacrime, chiediamo giustizia».

Poesia di Pier Paolo Pasolini in morte del fratello Guido:

La libertà, l'Italia
e chissà Dio quale destino disperato
ti voleva
dopo aver vissuto e patito
in questo silenzio.
Quando i traditori nelle Baite
bagnavano di sangue generoso la neve,
«Scappa – ti hanno detto – non tornare lassù.»

Ti potevi salvare,
ma tu
non hai lasciato soli
i tuoi compagni a morire.
«Scappa torna indietro.»
Ti potevi salvare,
ma tu
sei tornato lassù,
camminando.
Tua madre, tuo padre, tuo fratello
lontano
con tutto il tuo passato e la tua vita infinita,
in quel giorno noi sapevamo
che qualcosa più grande di loro
ti chiamava
col tuo cuore innocente.

XVIII

La Resistenza dei cattolici

Teresio Olivelli e la preghiera del ribelle

«Signore che fra gli uomini drizzasti la Tua Croce, segno di contraddizione, che predicasti e soffristi la rivolta dello spirito contro le perfidie e gli interessi dei dominanti, la sordità inerte della massa, a noi oppressi da un giogo numeroso e crudele che in noi e prima di noi ha calpestato Te fonte di libere vite, dà la forza della ribellione.

Dio che sei Verità e Libertà, facci liberi e intensi, alita nel nostro proposito, tendi la nostra volontà, moltiplica le nostre forze, vestici della Tua armatura.

Noi Ti preghiamo, Signore. Tu che fosti respinto, vituperato, tradito, perseguitato, crocifisso, nell'ora delle tenebre ci sostenti la Tua vittoria: sii nell'indigenza viatico, nel pericolo sostegno, conforto nell'amarezza. Quanto più s'addensa e incupisce l'avversario, facci limpidi e diritti.

Nella tortura serra le nostre labbra. Spezzaci, non lasciarci piegare.

Se cadremo fa' che il nostro sangue si unisca al Tuo innocente e a quello dei nostri Morti a crescere al mondo giustizia e carità.

Tu che dicesti: "Io sono la resurrezione e la vita" rendi nel dolore all'Italia una vita generosa e severa.

Liberaci dalla tentazione degli affetti: veglia Tu sulle nostre famiglie.

Sui monti ventosi e nelle catacombe della città, dal fondo

delle prigioni, noi Ti preghiamo: sia in noi la pace che Tu solo sai dare.

Signore della pace e degli eserciti, Signore che porti la spada e la gioia, ascolta la preghiera di noi ribelli per amore.»

Può apparire impossibile, ma l'uomo che ha scritto la preghiera del ribelle per amore, forse il testo più noto della Resistenza cattolica, fino a pochi anni prima era un fascista convinto, difensore della politica razzista del regime. Fu la Russia a cambiare Teresio Olivelli: volontario con gli alpini della Julia, rimpatriato dopo la disfatta, nominato ad appena 27 anni rettore del Ghislieri, lo storico collegio dell'università di Pavia, richiamato dall'esercito a luglio; ormai convinto che la guerra è perduta, e il fascismo una «decrepita sopravvivenza, un'ironia di se stesso».

L'8 settembre lo coglie a Vipiteno. Il giorno dopo, con tutta la sua batteria d'artiglieria, Olivelli è preso e deportato in Germania. La ribellione comincia subito: per otto volte tenta di fuggire; per due volte riesce a evadere dal campo di prigionia. La prima si nasconde sotto il telone di un carro merci, da Innsbruck arriva fino a Bolzano, fino a quando il telone non si rompe; lo scoprono e lo mandano nel campo di Regensburg, sul Danubio. Fugge di nuovo e si incammina ancora verso l'Italia, passa l'Inn, ma viene ripreso e chiuso a Markt Pongau, vicino a Salisburgo.

Ha raccontato un compagno di prigionia, Guido Nicoletti, al biografo di Olivelli, Alberto Caracciolo: «Ci trovammo una mattina tutti adunati in uno spiazzale. Al centro un gruppo di ufficiali tedeschi e un borghese, che prende la parola e in un barbaro italiano ci invita ad arruolarci nelle SS. Dopo questa concione osservai un giovane, con una fisionomia alterata dalla rabbia e dal disgusto, il quale passava abilmente di fila in fila bollando con parole roventi qualunque idea di adesione. Costui era Teresio Olivelli, trasportato poche ore prima nel campo e già subito in azione nella sua patriottica e fraterna opera di italianità».

Questo suo talento di persuadere doveva essere in effetti straordinario. Nel lager, Olivelli mette da parte ogni giorno un po' di pane e la sua razione di margarina: li conserva per la fuga. Si fa ricoverare in infermeria, si prepara una carta geografica, costruisce una bussola con un pennino, corrompe una sentinella austriaca promettendogli l'orologio. Nella notte tra il 20 e il 21 ottobre passa i reticolati. Testimonia Nicoletti: «A un tratto, attraverso il raggio luminoso di una lampada, vedo la sua figura aitante balzare e scomparire, curva sotto il sacco, veloce, libero. Ho vissuto in questi momenti un episodio che io, forse con lo stesso coraggio, non avevo tentato perché sprovvisto della indispensabile spinta spirituale». Olivelli si muove a piedi, da solo, in un Paese sconosciuto, sale e si getta da treni in corsa tentando di indovinare la direzione verso l'Italia, passa i monti Tauri, vette di duemila metri; una notte si imbatte in un branco di lupi, per fortuna la luce della lampada li impaurisce. Un giorno, mentre dorme in un bosco, è sorpreso da un cacciatore, che lo vuole denunciare alla polizia; Olivelli lo convince a non farlo. Arrivato al confine, convince pure la sentinella a lasciarlo passare. Entrato in Italia s'inginocchia a ringraziare Dio e a baciare la terra: raccoglie e conserva il primo fiore che vede. È a Pontebba, in Friuli. Case amiche lo accolgono. L'11 novembre è a casa, a Brescia.

Subito si unisce alla Resistenza, che in città e nelle valli è in mano ai cattolici: sacerdoti come padre Manziana, militari come il generale Masini, capo delle Fiamme verdi a Milano, che gli affida le province di Brescia e di Cremona. Vive nei collegi e nei conventi. Assume l'identità di Agostino Gracchi, commerciante. Il suo compito è raccogliere notizie negli uffici tedeschi, organizzare aviolanci di armi da parte alleata, procurare viveri, diffondere stampa clandestina. Dorme e mangia pochissimo, ricorda nomi e numeri a memoria per non lasciare nulla di scritto. Fa la comunione tutti i giorni.

Passa il Natale 1943 con i genitori nella casa sul lago di Como dello zio arciprete, Rocco Invernizzi, cui è molto legato. Matura un giudizio severo sulle camicie nere: «Non sono mai stato capace di odiare, né tedeschi né fascisti: ambedue all'Italia stranieri. Ma di fronte a questi procedimenti fremo. Massa di delatori prezzolati opachi a ogni ideale, mezzi uomini e non uomini. I migliori accusati, battuti, dispersi... La nostra reazione è fatta di dolore e di fierezza: non potevamo credere che quest'Italia dei nostri padri, di Dante e di Ferruccio, di Mazzini e di Cavour, di Battisti e di Oberdan, dei Santi e dei Caduti, quest'Italia per la quale abbiamo combattuto e pianto potesse cadere così in basso. Non potevamo credere che dopo tanta putrefazione, dopo sì pauroso fallimento, i responsabili del disastro avessero l'improntitudine di presentarsi sui carri armati dell'invasore e profanare e immiserire ancora una volta la nazione da cui pure ebbero i natali... Da quando Cristo levò la parola redentrice mai si vide più organizzata barbarie... Non recriminiamo: ci ribelliamo».

Il 5 marzo 1944 Olivelli pubblica il primo numero del «Ribelle», dedicato alla memoria di Ermanno Margheriti e Astolfo Lunardi, fucilati a Brescia un mese prima, che accosta ai martiri di Belfiore del Risorgimento e ai caduti alpini sull'Adamello della Grande Guerra: «Quel patibolo è un altare. Non fine ma principio. Alba e già aurora. Su di esso Iddio espia e crea – quel sangue fa sacro il nostro impegno. Le idee non si uccidono... Corre tra i vivi e i morti il giuramento: perché l'Italia abbia vita! Lunardi è caduto. L'Italia vivrà. Viva Lunardi!».

L'ardore religioso non è in contrasto con l'impegno politico, anzi lo esige: «Mai ci sentimmo così liberi come quando ritrovammo nel fondo della nostra coscienza la capacità di ribellarci... Lottiamo giorno per giorno perché sappiamo che la libertà non può essere largita dagli altri. Non vi sono "liberatori". Solo, uomini che si liberano... Siamo consapevoli che la vitalità d'Italia risiede nella nostra costanza, nella nostra volontà di risurrezione, di combattimento, nel nostro amore. Lottiamo perché sentiamo con noi nascere il dolore e la speranza del popolo italiano e, nella tragica farsa di un esercito di renitenti venduto alla brama teutonica di carne umana, sentiamo di essere l'avanguardia dello spirito e delle armi; l'esercito reale della nazione e dell'umanità... Niente vi è più da salvare. La parola d'ordine è ricostruire».

Teresio si è molto esposto. Padre Gemelli, il fondatore della Cattolica, suo amico, gli scrive per consigliare prudenza: eviti almeno Brescia, dove ormai è ricercato. Lo arrestano a mezzogiorno del 27 aprile 1944, a Milano, in piazza San Babila. In carcere si difende con intelligenza: sostiene di aver creato un movimento cristiano per prevenire il diffondersi del comunismo. Questo non lo salva dalle torture e dalle umiliazioni. Un compagno di prigionia a San Vittore racconta di aver visto il famigerato caporale Franz «costringerlo a buttarsi a terra e trascinarsi avanti coi gomiti per un'ora. Egli sparava davanti al suo capo e dietro ai suoi piedi per impedire che si fermasse. Passò poi sotto il comando italiano... C'era colà, riverso su una sedia, un uomo senza camicia, sfinito: sanguinava alle unghie. Sul pavimento erano pure macchie di sangue. Il tenente, come Olivelli gli fu davanti, disse: "Guarda questo tuo compagno. Se non parli, succhierai il sangue ch'egli ha perduto e un altro succhierà il tuo". Dopo un'ora vidi Olivelli tornare in cella sorridente: era scapigliato e sanguinante».

Riesce a mandare un biglietto fuori dal carcere, ma non per chiedere aiuto, al contrario: «Sulla mia persona desidero che non si faccia chiasso, che nessuna autorità venga interessata. Più che desiderarlo, lo esigo». Lo zio va a trovarlo, gli propone di muovere i contatti costruiti all'epoca della militanza fascista, quando Teresio andava ai convegni in Germania; lui rifiuta, non intende «mendicare salvezza da chi opprime il nostro popolo. Meglio morire sotto queste persone che vivere per loro dono». Divide la cella con altri tre protagonisti della Resistenza cattolica: l'ingegner Carlo Bianchi, arrestato con lui, che ha tre bambini e un quarto in arrivo; Rolando Petrini, studente, sorpreso mentre tenta di «ripulire» la casa di Olivelli, che morirà a Mauthausen; la stessa sorte attende il terzo prigioniero, Franco Rovida, tipografo del «Ribelle». Con un carboncino tracciano su una parete un crocefisso e la scritta: «Signore facci liberi». Discutono del Vangelo. Un sacerdote riesce a entrare in cella vestito da detenuto e porta l'eucarestia. Olivelli scrive al padre: «I giorni passan rapidi e densi. Leggiamo e preghiamo. Cerco tormi di dosso la ruggine del tempo e delle cose. Vorrei essere ancora più raccolto. Le carceri son piene di Dio».

Nella notte tra l'8 e il 9 giugno si parte per Fossoli, in un carro bestiame che sarà aperto una sola volta in quindici ore. Nel campo ci sono ebrei, detenuti comuni, prigionieri politici e settecento romani deportati per rappresaglia dal quartiere Trionfale, destinati al lavoro forzato in Germania. I più odiati sono i sacerdoti, costretti a lavorare tutto il giorno con il piccone e la pala per sistemare il piazzale, in modo che non possano confortare i reclusi. Provvede per loro Olivelli, che divide la sua razione di cibo e acqua con i più deboli. A Fossoli vede «l'Italia quale è e quale vorrà essere, con tutte le sue miserie e le sue tenaci speranze».

Una sera il maresciallo delle SS legge una lista di settanta nomi, compreso il suo. Teresio si nasconde in un magazzino. Il giorno dopo gli altri vengono fucilati. È il 12 luglio 1944. I compagni lo proteggono, gli portano il cibo di nascosto. Quando i nazisti lo trovano, lo picchiano a sangue prima di mandarlo con gli altri al campo di Bolzano. Sul vestito porta, oltre al triangolo rosso dei «politici», un disco rosso cerchiato di bianco: è il segno di coloro che hanno tentato la fuga. Sarà sorvegliato in modo particolare. Se qualcun altro cercherà di evadere, sarà tra coloro che verranno fucilati.

Anche a Bolzano Olivelli diventa il leader e il difensore dei reclusi. Si batte per migliorare il vitto, raccoglie soldi tra chi ha di più per redistribuirli a chi non ha nulla, organizza il bucato della biancheria e la vendita della frutta. Lo attende un altro trasferimento in carro bestiame, settanta per vagone: stavolta sono tre giorni di viaggio per Flossenbürg, che il Reich considera «campo di eliminazione o annientamento». È lo stesso dov'è rinchiuso un pastore luterano protagonista della Resistenza al nazismo: Dietrich Bonhoeffer.

Il capoblocco è un ergastolano che ha ucciso i genitori. Teresio gli fa da interprete. Spesso attutisce gli insulti e le minacce, ma c'è sempre qualche spia che riferisce: il capo lo convoca nella sua baracca, da cui Olivelli esce con il volto arrossato dagli schiaffi, il sangue che cola dal naso. Dopo pochi giorni muore il primo compagno, Ugo Suardi, milanese: prima di spirare raccomanda a un amico le due figlie piccole. Nel campo sono proibiti conforti religiosi e funerali. Olivelli davanti al corpo dice a voce alta: «Signore Iddio, degnati di guardare questi poveri figli che ti pregano per l'anima del loro compagno che è caduto. Se questo è il tuo comandamento, essi l'accettano rassegnati. Accogli Signore quest'anima, perdonale se ha peccato». Un ammalato gli afferra la mano per baciargliela, lui si schermisce e si allontana confuso.

Ecco il racconto di un altro testimone, Enrico Magenes: «Si dormiva in castelli di legno a tre piani con paglioricci di carta, ma per l'affollamento si doveva stare in due o tre per ogni posto. Le baracche erano contigue a un'altra dove si trovavano tutti coloro che, ormai sfiniti, non potevano più lavorare: si chiamava blocco di riposo, in realtà era l'anticamera del crematorio; su 3-400 persone ne morivano tra sei e dieci ogni giorno. Alle 4 e 30 sveglia. Subito il capoblocco e i suoi, altri delinquenti comuni tedeschi, si buttavano tra i castelli a sollecitare a gommate e a bastonate i ritardatari, perché tutti dovevano essere fuori dalla baracca, e fuori si rimaneva fino alla sera, qualunque tempo facesse. Alle 5 distribuzione del caffè (acqua calda) e poi adunata sull'attenti in attesa dell'appello del mattino, che avveniva alle 7. In adunata si rimaneva fin quasi alle 9, finché i più coraggiosi si decidevano a rompere le file e a stringersi l'un altro in gruppi di 50-100 persone per ripararsi dal freddo.

Così stretti e in piedi si passava nella maggior parte dei casi tutta la giornata, interrotta solo dalla distribuzione della zuppa alle 10: tre quarti di litro di acqua e rape o cavoli, qualche volta patate. Alle 17 nuova adunata per l'appello delle 19 e per la distribuzione del rancio serale: un pezzo di pane accompagnato talvolta da margarina o wurst. Alle 20-21 circa ritirata e alle 21 silenzio. Tutte le operazioni erano sempre accompagnate a suon di legnate. Ho visto spezzare con un colpo la spina dorsale a un francese che poi è morto poco dopo. Ciò che v'era di ributtante in questa vita era il tono bestiale con cui ormai le SS e gli stessi detenuti trattavano il prossimo. I morti erano portati nudi al gabinetto in attesa del quotidiano giro dei becchini che li portavano al crematorio. Talvolta ancora respiravano.

Qui passammo circa un mese. Poi fummo avviati al lavoro. La vita allora mutò se non nel tono di brutalità, nell'organizzazione: 12 ore di lavoro dalle 7 alle 19 o dalle 19 alle 7; vitto aumentato di un pezzo di pane alla mattina. La disciplina di solito diminuiva nelle officine dove si era a contatto con tecnici borghesi, cosa che capitò a me; si faceva invece più dura nelle miniere o nei lavori di sterramento, dove si pretendeva il massimo sforzo fisico dal detenuto. La mortalità era assai più frequente in questi campi, dove purtroppo è finito Olivelli».

Il campo si chiama Hersbruck. Teresio si congeda dai compagni, tra cui c'è anche il suo futuro biografo Caracciolo: «Addio, se Dio vorrà ci rivedremo. State di buon animo e soprattutto abbiate fede». Non lo rivedranno più.

Olivelli lavora a scavare le fognature dei lager. Si batte per proteggere gli italiani dalle prepotenze dei kapò russi e polacchi, spesso ha la peggio: viene picchiato, insultato, deriso. Conforta gli altri: il Terzo Reich ha perduto la guerra, la salvezza è vicina. Il 18 novembre viene chiuso in un blocco di punizione. Il suo corpo ormai è ridotto a uno scheletro coperto di piaghe e ferite. Interviene in difesa di un compagno bastonato; un guardiano lo colpisce allo stomaco con un calcio, poi gli infligge venticinque frustate con un tubo di gomma. È il crollo.

Lo portano in infermeria ad aspettare la morte. Si spoglia delle vesti e le dona a un altro italiano, un maresciallo dei carabinieri, Salvatore Becciu. Chiede a un medico francese, Ivan Goguel di Saint-Dié-des-Vosges, di avvertire la sua famiglia. Teresio Olivelli spira il 17 gennaio 1945, all'una di notte; tre mesi prima di Dietrich Bonhoeffer, impiccato a Flossenbürg il 9 aprile 1945. Il cadavere di Olivelli viene cremato, le ceneri disperse. Questa la sua ultima lettera ai genitori: «Mamma, papà, io mi trovo in un campo di lavoro. Qui, come sempre, sano e sereno. Spero lo stesso di voi: sani, sereni, fiduciosi. Voi siete il mio pensiero preoccupante. Voi e gli amici e il profumo della mia terra siete il mio anelito, la mia certezza. Io lavoro ora come interprete: così posso essere utile a qualcosa. Vi prego di vostre notizie. Bacio con cuore bruciante voi e lo zio e in voi saluto il Ghislieri e gli amici. Arrivederci. Teresio».

* * *

Dal quaderno di citazioni di Teresio Olivelli:

Molte v'ha grandi cose ma più dell'uomo nessuna. Sofocle

Male avvisi se credi che un uomo debba riflettere al rischio del vivere o del morire, quando si tratti di fare anche il più piccolo bene. Platone

La vita non può mantenersi che a condizione di espandersi. Vivere non è calcolare, è agire. Guyau

Dio non è nella tua razionalità, ma nella tua carità. Ogni riforma genuina e duratura ha origine dal Santuario. Papa Pio XI, *Mit brennender Sorge*, Con bruciante preoccupazione, enciclica eccezionalmente scritta in tedesco nel 1937 per condannare il nazismo.

Cristo non potendo più soffrire nel Suo corpo reale, vuole soffrire qualcosa nel Suo corpo mistico, del quale noi siamo le membra vive. (applicaz. meriti croce) San Paolo

La religione non è forza d'inerzia, deve essere avanguardia. Agire come se tutto dipendesse da noi, pregare come se tutto dipendesse da Dio. Sant'Ignazio

Apri il mio cuore e vedrai scritto: Italia. Browning

Adoro la mia Patria, perché adoro la Patria, la nostra libertà perché credo nella Libertà, i nostri diritti perché credo nel Diritto – la nazione è di tutti per il progresso di tutti – la nazione deve esser per l'umanità ciò che la famiglia è per la patria – se essa opera male, se opprime, se si dichiara missionaria d'ingiustizia per un interesse temporaneo, essa perde il diritto all'esistenza e si scava la tomba. Mazzini

Dal testamento di Teresio Olivelli, scritto nel campo di Fossoli, il 7 agosto 1944:

«Di gran cuore perdono a tutti coloro che mi fecero del male e auguro loro ogni bene, soprattutto che conoscano Lui e il Suo Amore. Se a qualcuno fossi dispiaciuto o avessi nuociuto, chiedo perdono: mossi impetuosa la vita. Sugli abissi mi librò il Signore: dolcemente. Ho combattuto il mio corso, ho osservato la fede, ho combattuto la buona battaglia».

XIX

Comunisti patrioti

E i garibaldini presentarono le armi al re

Duccio Galimberti è ferito a una gamba in combattimento, quando fa buio lo caricano su una slitta per portarlo in una casa amica, ma prima chiede ai suoi uomini che cantino con lui *Fratelli d'Italia*, l'inno del Risorgimento che diventerà quello italiano. Gli autonomi di Enrico Martini, «Mauri», liberano Alba, i fascisti impongono la resa, ordinano di alzare la bandiera bianca sul campanile della cattedrale; Mauri fa sventolare il tricolore.

La guerra partigiana è piena di episodi apertamente patriottici. Ma Galimberti è figlio di un ministro giolittiano e ha scelto il Partito d'azione, come Dante Livio Bianco, che fa giurare ai suoi uomini di «perseguire la realizzazione degli ideali di giustizia sociale e di libertà democratica»; Mauri è un monarchico che fa giurare ai suoi uomini fedeltà «al re e ai suoi reali successori». Ma i comunisti? I bolscevichi che guardavano a Mosca e volevano la dittatura del proletariato?

Sarà una trovata propagandistica, ma i garibaldini del Bellunese si dividono in quattro bande che intitolano a Mazzini, Pisacane, Mameli e a Vittorio Veneto: in tutto sono 450 uomini, con loro ci sono anche autonomi e giellisti. Può accadere che le requisizioni creino attriti con i civili; ma i comandi partigiani si organizzano per combattere il banditismo. In provincia di Macerata due bande, una composta da militari e una da garibaldini, danno la caccia a un gruppo di ladri che saccheggiano le cascine della zona: la formazione garibaldina è comandata dal maresciallo dei carabinieri di Visso. Il comando regionale piemontese ordina di condurre «la caccia ai banditi con tutti i mezzi», poiché «l'aiuto della popolazione è indispensabile. Astenersi da qualsiasi atto nocivo alla collaborazione».

A livello politico, la svolta di Salerno ha schierato il comunismo italiano, reduce da vent'anni di clandestinità e di settarismo, nel fronte antifascista. Togliatti rientra da Mosca con l'ordine di appoggiare il governo Badoglio voluto dal re, e di rinviare la questione repubblicana a tempi migliori. È un'esigenza strategica di Stalin, che non vuole ragioni di contrasto con gli Alleati, alla cui sfera d'influenza è assegnata l'Italia; ma è anche la premessa per la lotta unitaria di liberazione e per la scrittura della Costituzione.

È un percorso segnato da doppiezze e contraddizioni, quello che condurrà il Partito comunista sulla via della democrazia rappresentativa. Togliatti addita il sol dell'avvenire della rivoluzione ma intanto fa amicizia con il vecchio maresciallo Badoglio: i due si intendono, uniti dalla spregiudicatezza, dal glaciale cinismo, e anche dal dialetto piemontese, con cui irridono sottovoce la figura nobile e un po' tronfia dell'aristocratico conte Sforza. Sarà Togliatti, ministro della Giustizia, a firmare l'amnistia che toglierà dai guai molti fascisti, e anche partigiani dalle mani sporche di sangue.

Il contributo dei comunisti alla Resistenza è fuori discussione. Molti di loro combatterono anche una guerra ideologica e di classe, che li portò a commettere crimini in particolare sul confine orientale, dove l'egemonia dei partigiani titini condusse prima a massacri come quello di Porzûs, poi alla pulizia etnica delle foibe. Altri comandanti comunisti aderirono a un'idea di guerra patriottica: il popolo in armi contro lo straniero, come ai tempi del Risorgimento, o almeno come ci si figurava che il Risorgimento fosse stato.

Arrigo Boldrini non era un rivoluzionario di professione. Era un impiegato di Cesena, che nel '39 si era arruolato volontario nella milizia per un mese, con il grado di capomanipolo. Tenente di complemento in guerra, nell'agosto 1943 entra nel Partito comunista, poi organizza le prime bande in Romagna. Comanda la brigata Garibaldi intitolata a Mario Gordini, contadino antifascista torturato e fucilato. Accanto ai comunisti combattono i repubblicani della zona. Il capo del Cln di Ravenna è un cattolico cui Boldrini si lega di un'amicizia che durerà per la vita: Benigno Zaccagnini, nome di battaglia Tommaso Moro.

Boldrini lo chiamano Bulow, come il comandante prussiano delle guerre napoleoniche, perché è convinto di poter affrontare a viso aperto i tedeschi, in pianura, senza nascondersi sulle colline. Occorre però collegarsi con gli Alleati, fermi sulla linea gotica.

Nel settembre 1944 Bulow riesce a stabilire un contatto con il comando dell'ottava armata britannica e a concordare un'azione comune per liberare il Ravennate, nome in codice Operazione Teodora. A nord e a est della città attaccano i partigiani, impegnati nella battaglia delle Valli di Comacchio; a sud e a est avanzano gli Alleati. Il 4 dicembre 1944 Boldrini e i suoi uomini entrano a Ravenna, anticipando di qualche ora le truppe canadesi. L'avanzata viene duramente fermata, ma i partigiani riescono a salvare gli splendidi mosaici bizantini della basilica di Sant'Apollinare in Classe: il campanile era diventato il punto di osservazione delle truppe tedesche.

Con la Garibaldi combatte una coraggiosa unità di commandos britannici, la PPA: Popsky's Private Army. Popsky è il soprannome di Vladimir Peniakov, inglese dal nome russo. Ha raccontato un partigiano di Bulow: «Con noi c'era Wladimir Peniakov Popsky, che comandava quella che noi chiamavamo la PPA. Combattenti eccezionali, avevano armi leggere e delle jeep con mitraglie montate sopra ed erano con gli Alleati dell'ottava armata, quelli del generale McCreery, anzi c'erano sempre davanti. Ci conoscevamo, eh! Insieme avevamo già agito intorno alla statale Cervia-Ravenna e poi alla cascina Guaiadora, alla Torrazza ma più di tutto in pineta, che è profonda chilometri e arriva fino al mare e c'era da perdersi e finire davanti ai tedeschi. Bravi! Bravi quelli di Popsky, eh! Bravi e coraggiosi, ma se devo dirla tutta potevano anche fidarsi di più, ci avevano dato le armi ma per le cartucce usavano il contagocce, e si fa la guerra contando i colpi? I tedeschi si arresero, nessun civile venne colpito, lo zuccherificio non fu danneggiato, solo uno di noi restò ferito. È così che Sant'Apollinare restò intatta, intatta così com'è! Beh! L'orgoglio è tanto: aver partecipato a salvare una chiesa del genere. Ma poi c'è il fatto che da allora mi sono messo a venirci qui, non spesso, qualche volta, cammino, guardo, non ho mica cambiato il mio modo di pensare, per niente, io credo solo in quello che vedo, però ci vengo lo stesso, mi trovo bene».

Dopo la liberazione di Ravenna la divisione di Boldrini viene inquadrata nell'ottava armata, in uniforme kaki ed equipaggiamento britannico, e schierata sulla destra del fiume Reno, ai margini delle Valli di Comacchio. Gli inglesi, all'inizio diffidenti dei comunisti, imparano ad apprezzarli: il 4 febbraio 1945 il generale McCreery appunta la medaglia d'oro al valor militare al petto di Boldrini, a Ravenna, in una piazza Garibaldi strapiena.

Il 19 febbraio la brigata passa alle dipendenze del gruppo di combattimento Cremona del ricostituito esercito italiano, comandato dal generale Clemente Primieri, e arriva nel Padovano, a Codevigo. Qui avvengono due episodi da raccontare.

Il 16 maggio 1945 alcuni reparti dell'esercito sono passati in rassegna dal principe Umberto di Savoia, luogotenente del regno ed erede al trono. I militari del Cremona, composto in parte da volontari antifascisti romani e toscani, lo fischiano: la monarchia è davvero impopolare, se viene contestata da soldati del regio esercito. Eppure Boldrini e i suoi partigiani restano immobili, disciplinatamente, sul presentat'arm. Non amano certo i Savoia; ma si considerano soci fondatori del nuovo Stato. Boldrini diventerà deputato e senatore comunista, oltre che presidente dell'Anpi, negli anni in cui il suo amico Zaccagnini è segretario della Democrazia cristiana, e deve affrontare il dramma del sequestro di Aldo Moro.

Ma il nome di Codevigo è legato a una delle stragi più sanguinose successive alla liberazione: vengono uccisi tra i 114 e i 136 uomini della Repubblica sociale, tra cui anche civili. Responsabili sono militari del Cremona, che hanno visto di persona i segni dei massacri e delle devastazioni nell'Italia occupata, partigiani del luogo e partigiani romagnoli. Bulow nel suo diario annota «rastrellamenti di fascisti operati spontaneamente dai patrioti»: tra loro ci sono i militi della Brigata nera di Ravenna che tentano la fuga al seguito dei tedeschi; vengono portati fuori Codevigo, falciati dagli Sten, gettati nei canali. Dopo la guerra Boldrini sarà processato e assolto. Nel diario aveva scritto: «Gli animi sono esasperati, si apprendono terribili notizie sui misfatti compiuti dai nazifascisti».

Tra le vittime dei brigatisti neri di Ravenna c'è la partigiana comunista Natalina Vacchi, un'operaia della fabbrica di gomma Callegari, che ha contribuito alla riuscita degli scioperi della primavera 1944. Conosciuta con il diminutivo Lina, o anche come la Bionda, è catturata dopo l'uccisione di un brigatista della Muti, Leonida Bedeschi, detto non a caso Cativeria, per mano del gappista Umberto Ricci.

Dopo interrogatori e torture Lina è condannata a morte per rappresaglia con altri undici partigiani. La sentenza è eseguita il 24 agosto 1944 a Ravenna, presso il ponte degli Allocchi, che da allora si chiama ponte dei Martiri. Lina e Umberto Ricci sono uccisi per ultimi, impiccati dopo essere stati costretti ad assistere alla fucilazione dei compagni.

Sulla sua fine resta la testimonianza della figlia, che aveva nove anni: «Mia nonna, poveretta, appena saputo della cosa è corsa sul posto, e non glielo hanno voluto dare subito, il corpo, così tutto il giorno lei è stata lì, con le gambe di mia mamma attaccate al petto, perché i fascisti lo lasciavano attaccato al palo il corpo per dimostrazione, e mia nonna è stata lì tutto il giorno. Non si è mai mossa».

Rivoluzionario di professione invece è Vincenzo Moscatelli, nome di battaglia Cino. Nato a Novara nel 1908 da famiglia operaia, quarto di sette figli: padre ferroviere, madre casalinga. Cresce in un ambiente segnato dalle lotte socialiste del biennio rosso e dalla sconfitta sotto i colpi dello squadrismo. Nel 1925 si iscrive al Partito comunista. Nel settembre 1927 organizza uno sciopero e ripara in Svizzera per frequentare, in una baita a Passwang vicino a Basilea, una scuola di partito, diretta da Togliatti e Longo. A Berlino segue il corso nella Casa Karl Liebknecht e Rosa Luxemburg del Partito comunista tedesco fino a settembre, quando è inviato alla scuola internazionale di Mosca. Poi si trasferisce a Parigi, al centro estero del Partito comunista.

Alla fine del giugno 1930 viene inviato in Italia, per organizzare la lotta clandestina contro il fascismo in Emilia Romagna. È una storia, quella dei comunisti italiani durante il ventennio, segnata dallo spirito di sacrificio e dall'attitudine settaria. Presto Moscatelli viene arrestato e deferito al tribunale speciale. Giudicato con altri sette, è condannato a 16 anni e 6 mesi di carcere. Davanti ai giudici del regime si comporta con coraggio: l'accusa rappresenta un onore troppo grande per lui; non ha «ricostituito» il partito, che esisteva già, perché «dove c'è un operaio il Partito comunista è presente. Dappertutto dove sono andato ho sempre trovato dei comunisti». Alla fine grida: «Viva l'incrollabile esistenza del Partito comunista!».

La pena viene ridotta a sette anni, di cui due condonati. Liberato nel 1935, è sottoposto a libertà vigilata; ogni volta che un gerarca passa nel paese dov'è andato a vivere, Borgosesia, lo portano in carcere. Spesso i militanti comunisti vivono una vita in disparte, piena di legittimi rancori. Lui invece diventa un piccolo imprenditore, vende macchine utensili, apre una piccola rubinetteria, attende il momento propizio.

Il 26 luglio 1943 celebra la caduta del fascismo guidando una manifestazione popolare. Poi ristabilisce i contatti con il partito, in particolare con un altro piemontese: Pietro Secchia, liberato dal confino di Ventotene. Dopo l'8 settembre Cino è tra i promotori del Comitato valsesiano di Resistenza: investe i suoi risparmi nell'organizzare la guerriglia. Arrestato il 29 ottobre, è liberato dai compagni, che sostenuti dalla folla attaccano la caserma.

Moscatelli ha il senso del marketing politico. «Ha un bel viso, simpatico, cordiale,» scrive Giorgio Bocca «il comunista capace di creare legami di simpatia con il nemico di classe, quello di cui il borghese dice, facendo una concessione, sì, è un brav'uomo». I comandanti garibaldini spesso indossano rutilanti uniformi improvvisate, con una certa predilezione per i giacconi di cuoio pieni di stelle rosse cucite dappertutto: servono a impressionare l'interlocutore e a marcare il carattere rivoluzionario dei comunisti. Un altro scrittore che come Fenoglio ha saputo raccontare e demitizzare la Resistenza, Luigi Meneghello, nei *Piccoli maestri* descrive con ironia l'incontro tra un capo garibaldino e Toni Giuriolo, splendida figura di intellettuale, organizzatore della Resistenza giellista in Veneto, caduto in combattimento sull'Appennino bolognese nel dicembre 1944 mentre soccorre un compagno ferito. «Il comandante» scrive Meneghello «avanzò sorridendo, a due metri si fermò, col pugno sinistro in aria, e disse allegramente: "Morte al fascismo!". Vibrava di salute, fierezza, energia. Toni un po' imbarazzato disse: "Piacere, Giuriolo", e gli diede la mano in quel suo curioso modo, con le dita accartocciate. Uno meglio dell'altro. Provavo fitte di ammirazione contraddittorie.»

Cino evita i giacconi con le stelle rosse, porta invece un cappello da alpino, simbolo di rispetto della disciplina e di adesione allo spirito nazionale. Con un'altra mossa di propaganda, costituisce una sorta di Cln personale, dove sono rappresentati i vari partiti: ci sono anche la figlia di un industriale e un sacerdote.

La Valsesia è terra di imprese tessili e Moscatelli adotta con gli industriali una politica spregiudicata: da un lato si pone come «elemento d'ordine» capace di tenere sotto controllo le frange estremiste, dall'altro si muove sul filo del ricatto alternando consigli e minacce in messaggi che conclude con «saluti garibaldini». Si assicura l'appoggio del clero locale, nomina anche un cappellano, don Sisto Bighini, che una domenica, dopo aver celebrato la messa, si confida con un partigiano: «Prego ogni giorno il Signore di non dovermi trovare nella necessità di uccidere con le mie mani». «Preoccupet no che ghe pensi mi per tuti e do» è la risposta. Cino scrive e stampa anche una preghiera del garibaldino e si fa fotografare mentre serve la messa al campo: «La maggioranza dei partigiani era cattolica,» scriverà «e anche il sentimento religioso, di pace, di giustizia, di uguaglianza era un'arma "rivoluzionaria", un'arma nella lotta contro il nazifascismo». Con questa logica Moscatelli riunisce attorno a sé sovversivi e conservatori, militari sbandati, ufficiali del regio esercito, monarchici, giovani di leva, vecchi antifascisti; e nelle zone liberate affida l'ordine pubblico ai carabinieri.

Un ragazzino ebreo nascosto con la famiglia in un villaggio della Valsesia, Aldo Zargani, nel suo bel libro di memorie *Per violino solo* racconta: «Nella nostra vallata la polizia partigiana erano Briga e Pippo, il brigadiere e l'appuntato dei carabinieri del paese che, per onorare il loro giuramento al Re, erano rimasti nella stazione dei CC.RR, Carabinieri Reali, e avevano finito per aggregarsi alla divisione Garibaldi con Moscatelli il bolscevico. Giravano in borghese, con i mitra sotto i paltò, a sorvegliare paesani e partigiani. Briga e Pippo stavano nella foresta con i fuorilegge in attesa del ritorno di Riccardo Cuor di Leone, cioè S.M. Vittorio Emanuele III... Briga e Pippo, i Reali Carabinieri alla macchia, all'incombere del rastrellamento passavano con calma da ogni casa abitata da persone sospette di qualche simpatia per il fascismo e le informavano in modo circostanziato di tutti i partigiani nascosti in paese e degli ebrei "stermà" (nascosti, in dialetto piemontese), promettendo che, se durante il rastrellamento fosse stata scoperta dai nazifascisti qualcuna delle persone menzionate, al ritorno dopo il rastrellamento la conseguenza per ogni prevenuto sarebbe stata la morte sicura ed immediata, senza indagini e processo. Compiuto questo dovere di carabinieri, Briga e Pippo sparivano per ultimi».

Il comandante militare è un ufficiale dell'esercito di fede comunista, Eraldo Gastone, «Ciro». Moscatelli è commissario politico. La brigata resiste ai durissimi rastrellamenti della primavera '44. Quando a giugno la Rsi, convinta che i «banditi» siano stati annientati, trasferisce altrove la legione Tagliamento, la più efficiente e la più crudele, gli uomini di Cino costituiscono la Zona libera della Valsesia, la prima in Italia, che resisterà dal 10 giugno al 4 luglio. Poi i garibaldini si spostano in Val d'Ossola, per partecipare all'avventura della piccola Repubblica alpina.

Domodossola non viene liberata dai comunisti. Sono i comandanti delle formazioni autonome – Dionigi Superti, napoletano, aviatore della Grande Guerra, e Alfredo Di Dio, palermitano, che cadrà in combattimento il 12 ottobre 1944 – a trattare: ai fascisti viene concesso di ritirarsi verso Baveno sani e salvi, ma disarmati; 400 tedeschi devono abbandonare le armi pesanti e le munizioni, ma potranno tenere il fucile e le armi di fabbricazione tedesca. Il comando garibaldino critica l'accordo: avrebbe voluto far internare i nazisti in Svizzera.

Il compito di Moscatelli è evitare che i comunisti rimangano al margine del governo del territorio liberato. Gli operai della valle premono per dare alla Repubblica una svolta rivoluzionaria. Cino fa la voce grossa, ma in realtà è attento a non spezzare la collaborazione tra le varie unità. A capo della Giunta provvisoria dell'Ossola è posto un vecchio galantuomo socialista, Ettore Tibaldi, un medico che per le sue idee ha perso la cattedra di patologia all'università di Pavia e si è autoconfinato a Domodossola; dopo la liberazione diventerà deputato socialista e poi vicepresidente del Senato. Il professore apre così la prima seduta della Giunta: «Anche se durasse una sola settimana, dobbiamo fare e pensare come nell'Italia di ieri non si è fatto e pensato, dobbiamo comportarci come gli uomini della Repubblica romana del 1849».

La Val d'Ossola richiama alcuni tra i personaggi che contribuiranno a fondare la democrazia italiana. Dalla Svizzera arriva Umberto Terracini, il comunista eretico, il dirigente espulso nel 1939 per avere rifiutato il Patto Ribbentrop-Molotov con i nazisti: il partito non l'ha ancora ufficialmente riammesso, però viene subito nominato segretario della Giunta e incaricato di occuparsi del giornale della Repubblica, il «Bollettino quotidiano d'informazione». Affianca Terracini una comunista di famiglia borghese e di buoni studi, Gisella Floreanini, nominata commissario per l'Assistenza e i rapporti con le organizzazioni popolari: la Floreanini è la prima donna a ricoprire un incarico di «governo» in Italia; per la prossima bisognerà attendere il 1976 e la nomina a ministro del Lavoro di un'ex staffetta partigiana, Tina Anselmi. Quando la Repubblica dell'Ossola cade, Gisella si prodiga per trasferire in Svizzera diversi gruppi di bambini; collaborerà con Moscatelli in Valsesia fino alla fine della guerra, diventerà presidente del Cln di Novara e poi deputata comunista.

Consigliere finanziario è un funzionario di banca democristiano che ha conosciuto il carcere per le sue idee antifasciste, Piero Malvestiti, futuro ministro dell'Industria e vicepresidente della Comunità economica europea. In Val d'Ossola non si ruba: dopo la caduta della Repubblica, Malvestiti porterà con sé in Svizzera i libri contabili, per documentare la regolarità nella gestione delle finanze. A questa prova generale della democrazia partecipano due sacerdoti vicini alla Resistenza: prima don Luigi Zoppetti, poi don Gaudenzio Cabalà sono nominati commissari per l'Istruzione, il culto e l'assistenza pubblica. Tra i comandanti partigiani c'è un giovane cattolico destinato a diventare ministro e fondatore della sinistra Dc: Giovanni Marcora, «Albertino». Una commissione di insegnanti programma la riapertura delle scuole per il 16 ottobre: si lavora per emendare i libri di testo dalla propaganda fascista, si introduce lo studio delle lingue straniere; Mario Bonfantini prepara una nuova antologia, Gianfranco Contini propone una riforma della scuola media uguale per tutti, senza la distinzione tra i figli degli operai destinati alla fabbrica e i figli dei borghesi destinati al liceo.

La Giustizia viene affidata a Ezio Vigorelli, un avvocato che ha avuto due figli partigiani caduti in combattimento, ma si ispira alla massima legalità ed equità. Siccome in carcere c'è posto solo per 40 detenuti, per i prigionieri fascisti viene aperto un campo di prigionia vicino a Druogno, in Val Vigezzo. Al 2 ottobre 1944 sono 150 gli arresti già eseguiti, si stima di rastrellare altri 400 collaborazionisti o fascisti ritenuti pericolosi. Viene istituita anche una Commissione per l'epurazione, nominata dal Cln di zona e composta da quattro rappresentanti di partito e da due cittadini «noti per onestà e spirito antifascista». Sono momenti drammatici, ma si evitano uccisioni sommarie e condanne a morte. Quando Vigorelli visita il campo e sente che i prigionieri sono obbligati a segare la legna al ritmo «Du-ce, Du-ce», fa interrompere il rito: il lavoro fatto controvoglia, avverte, non ha alcun valore rieducativo; peggio ancora se coincide con un'umiliazione. Negli anni Cinquanta Vigorelli sarà ministro del Lavoro.

La Repubblica si occupa di tutto, dall'assistenza ai poveri alla polizia, ma non sa organizzarsi sul piano militare: ogni banda combatte per conto proprio; tedeschi e fascisti attaccano con forze preponderanti. Dopo la caduta, Moscatelli si riorganizza e accoglie un nuovo flusso di giovani che sfuggono alla leva di

Salò e vogliono partecipare all'avventura partigiana, che ormai volge alla vittoria. Nell'aprile 1945 le brigate diventano dodici: sono tremila uomini inquadrati in quattro divisioni dedicate a compagni caduti, la "Gaspare Pajetta", la "Fratelli Varalli", la "Redi" e la "Flaim". I partigiani di Moscatelli partecipano alla liberazione di Novara e marciano su Milano, dove arrivano il 28 aprile, accolti dalla folla. Accanto a Longo, Cino tiene un comizio in piazza Duomo di fronte a migliaia di persone. Viene congedato con il grado di tenente colonnello, la medaglia d'argento al valor militare, due croci al merito di guerra; anche gli americani lo decorano con la *bronze star medal.*

Subito dopo la guerra è un personaggio molto noto e popolare. Nel racconto *La zia d'America* Leonardo Sciascia fa dire allo zio fascista del protagonista: «Il colonnello Moscatelli... o dio, da vomitare mi viene; ma chi è questo Moscatelli, da quale fondo di galera arriva? e Parri, chi l'ha mai sentito nominare questo Parri?... già lo vedo quale sarà l'Italia... L'Italia di Parri, del Colonnello Moscatelli e degli sciagurati come te». Ma la sua carriera nel partito non sarà così brillante come si sarebbe potuto prevedere. Deputato alla Costituente, sottosegretario di De Gasperi per l'assistenza ai reduci e ai partigiani, senatore nel '48, deputato nel '53, non diventerà un leader: Togliatti diffida dei comandanti partigiani; che si dedichino alla memorialistica e lo lascino lavorare. Moscatelli scrive così con Secchia *Il Monte Rosa è sceso a Milano*, uno dei testi più significativi della vulgata comunista della Resistenza, fatta di racconto appassionato ma anche di omissioni e deformazioni a uso politico. Cino Moscatelli morirà nella sua Borgosesia il 31 ottobre 1981. Il corteo funebre sarà aperto dal presidente della Repubblica, Sandro Pertini, e dal segretario del partito, Enrico Berlinguer.

* * *

Ultima lettera di Albino Albico, operaio fonditore, arrestato dalla legione Muti, torturato, fucilato con tre compagni contro un muro di via Tibaldi a Milano il 28 agosto 1944, a 24 anni.

«Carissimi, mamma, papà, fratello sorella e compagni tutti,

mi trovo senz'altro a breve distanza dall'esecuzione. Mi sento però calmo e muoio sereno e con l'animo tranquillo. Contento di morire per la nostra causa: il comunismo e per la nostra cara e bella Italia.

Il sole risplenderà su noi domani perché TUTTI riconosceranno che nulla di male abbiamo fatto noi.

Voi siate forti come lo sono io e non disperate.

Voglio che voi siate fieri e orgogliosi del vostro Albuni che sempre vi ha voluto bene.»

* * *

Ultima lettera di Boris Bradac Bauer, triestino, residente a Chivasso, tesoriere della quarta divisione Garibaldi, fucilato il

26 marzo 1945 a Rocca Canavese:

«Ai miei compagni d'arme

Oggi si chiude la mia vita, nel supremo istante giunga a Voi il mio grato ricordo. Siete stati per me compagni buoni e fedeli, una sola cosa mi rincresce, il dovervi lasciare quando già per Voi sta delineandosi la Vittoria, con quella Pace che donerà al mondo intero se non altro quella tranquillità che tutti auspicano dopo tante lotte e sofferenze.

Certo di essere da Voi ricordato, Vi lascio con il desiderio che non si sparga per me altro sangue italiano.

Un fraterno abbraccio a tutti

Viva l'Italia

Boris».

* * *

Giulio Casiraghi, montatore elettromeccanico di Sesto San Giovanni, membro del Partito comunista fin dal 1921; arrestato nel 1930, seviziato, condannato a cinque anni di carcere, animatore degli scioperi del 1943 alla Ercole Marelli di Sesto; preso il 12 luglio 1944, torturato dalle SS, fucilato il 10 agosto 1944 a piazzale Loreto con altri quattordici compagni. Sulla porta della sua cella ha tracciato queste righe:

«Il mio pensiero alla mia cara moglie e ai miei cari, il mio corpo alla mia fede.

Giulio».

XX

Il partigiano Sogno

«Guerra con tutti i mezzi fino alla vittoria»

Chissà che faccia farebbe, a sentirsi definire «partigiano». Preferiva parlare di patrioti, volontari della libertà, resistenti, combattenti antifascisti. Lui, considerato nel dopoguerra uno dei simboli della destra liberale italiana, fu tra i più coraggiosi e irriducibili.

Edgardo Sogno Rata del Vallino era arrivato al finire della sua vita, quando scelse di raccontarmela per intero. Non vedeva l'ora, prima di morire, di liberarsi dall'immagine di fragile vittima perseguitata che i falsi amici gli avevano cucito addosso. Ardeva dalla voglia di raccontare che negli anni Settanta lui il golpe bianco anticomunista – per il quale era stato prima incarcerato e poi assolto – voleva farlo davvero, che avrebbe volentieri confinato Berlinguer e Lama in Sardegna a capo Marrargiu, per fare dell'Italia una repubblica presidenziale sul modello gollista. Ovviamente, dal suo punto di vista non era una confessione, ma una rivendicazione.

I falsi amici hanno rimosso il suo racconto sul golpe bianco, così come i nemici hanno rimosso i suoi meriti di resistente. Un duplice torto. Sogno si pensava come il De Gaulle italiano: protagonista della battaglia antifascista, poi difensore della libertà dalle trame dei comunisti. Eppure riconosceva che i comunisti avevano fatto con coraggio la guerra di liberazione. Di cui Sogno era stato protagonista, anche se spesso messo in disparte dalla storiografia, non solo da quella marxista.

Fu uno dei capi della Resistenza. Evitò di essere fucilato al Martinetto con il generale Perotti e il capitano Balbis solo perché quel giorno era in missione a Genova, e non partecipò all'incontro fatale nella sacrestia del Duomo. Fondò la Franchi, l'organizzazione che faceva da tramite fra i partigiani e gli Alleati: «messaggi per la Franchi» diceva nella notte Radio Londra; fu catturato dai tedeschi nel tentativo di liberare Parri, e ancora una volta si salvò per miracolo.

Sono andato a riascoltare il nastro con la sua testimonianza, e mi ha fatto impressione sentire la sua voce raccontare quella storia lontana e incredibile.

«Il 10 giugno 1940 ero a casa mia a Torino. Ascoltai la dichiarazione di guerra del Duce alla radio. Pensai: è la rovina. Fin dal '39 facevo il tifo per la vittoria alleata. Speravamo che l'Italia restasse fuori: era il desiderio della gran parte della popolazione, e in fondo anche dei tedeschi. Dopo il "vinceremo" di Mussolini, mi sintonizzai sulla radio francese. Daladier denunciò la "pugnalata alle spalle". Al discorso del primo ministro seguì la *Marsigliese*. Misi la radio a tutto volume e aprii le finestre. L'intero quartiere ascoltò l'inno della nazione a cui avevamo appena dichiarato guerra.»

Già all'indomani delle leggi razziali, Sogno – che pure era stato volontario in Spagna con i franchisti – si era cucito una stella gialla sul petto e aveva passeggiato ostentatamente sotto i portici di Torino, in segno di solidarietà con gli ebrei. «Un mio caro amico, Massimiliano Dufour Berte, diplomatico molto legato a un giovane prelato, monsignor Giovanbattista Montini, mi parlò di un documento che riguardava la persecuzione nei territori conquistati dai nazisti. Insistetti perché mi portasse in Vaticano per saperne di più. In nostra presenza, Montini tirò fuori dal cassetto il rapporto del nunzio a Varsavia, che riferiva la testimonianza di un ebreo rifugiatosi nella nunziatura. Ne ricordo bene il testo per averlo ripetuto tante volte. C'era stato un rastrellamento, mille ebrei erano stati gettati sui carri bestiame, molti morirono soffocati. Poi il treno si mosse, e dopo un'ora si fermò in un campo, dove l'attendevano le SS con le mitragliatrici. Fecero scendere gli ebrei, li obbligarono a scavare una fossa e aprirono il fuoco. Il testimone non fu colpito, cadde sotto i corpi degli altri e si salvò. Montini era sconvolto. Il Vaticano però continuò a tacere. Noi eravamo indignati per quel silenzio.»

Quando Sogno diceva «noi», intendeva i giovani monarchici, che cercavano un aggancio a corte, e lo trovarono nella principessa Maria José. «L'avevo vista per la prima volta al suo matrimonio con Umberto a Roma, il tempo di un baciamano. La frequentai abitualmente tra l'autunno del '42 e l'estate del '43. Mi aveva messo in contatto con lei Nini Pallavicini, mia amica d'infanzia. I miei compagni erano i figli delle famiglie liberali, i Martini, i Ruffini, i Benzoni. E poi Giaime Pintor. Maria José amava suo marito; lui no, considerava il suo matrimonio una necessità politica, e lei ci soffriva. Così si lamentò con il re, dicendo che Umberto faceva il farfallone. Non era vero, Umberto non era interessato al sesso, avrebbe potuto avere qualsiasi gentildonna ma sembrava non farci caso, tanto che a corte, dopo la morte di Mussolini, si diceva che nelle carte di Dongo ci fosse anche spazzatura della polizia segreta, che aveva raccolto dicerie su inesistenti inclinazioni omosessuali. Fatto sta che il re li mandò a Napoli, per allontanare il figlio da Torino, dove aveva molti amici. Ma il sabato lui partiva lo stesso per Torino e lei restava sola. Così i gentiluomini di corte manovrarono per assicurare comunque alla Casa una discendenza.

Maria José aveva capito molto prima del marito che la guerra era perduta, e i suoi sentimenti antifascisti erano accesissimi, tanto più che il padre era prigioniero dei tedeschi e lei, principessa del Belgio, era cittadina di un Paese occupato. Umberto si limitava a sfogarsi con gli amici: "La guerra è una follia" diceva "ed è una vergogna che Mussolini si comporti come un re e assuma il grado di maresciallo". Con la regina andavamo molto oltre: arrivammo a parlare di uccidere Mussolini. Maria José diceva di poter disporre di un corazziere fidatissimo: "Quando il Duce andrà dal re mio suocero in udienza, io gli ordinerò di pugnalarlo alla schiena, e lui lo farà". Una congiura di palazzo. Per fortuna provvedettero, in modo incruento, Dino Grandi e Vittorio Emanuele.

Anche se cospiravo contro il fascismo, feci domanda come volontario per il fronte russo. Nel 1942 la guerra del Duce era ormai perduta. Ma non era una guerra privata: era una nazione, la mia, e una generazione, ancora la mia, che andavano incontro alla fine. In Russia morivano i miei coetanei, i miei commilitoni, i miei amici. Ne parlammo con Giaime Pintor: sentivamo di dover seguire il destino del nostro Paese. Essere all'opposizione di un regime non libera dal dovere militare. Entrambi chiedemmo di essere assegnati al fronte russo. Io andai dal colonnello Lombardo, comandante del Savoia Cavalleria, che stava per partire. Intervenne però mia madre, rivolgendosi al comandante del distretto di Torino, vecchio amico di famiglia. E mi salvò la pelle. Il Savoia Cavalleria, agli ordini del nuovo comandante, il colonnello Bettoni, fu massacrato a Isbucenskij. Io raggiunsi il mio reggimento, il Nizza Cavalleria, schierato in Francia in funzione antisbarco.

Il 25 luglio ero in galera, per alto tradimento. Nel maggio del '43, a Nizza, vidi la partenza di un convoglio di ebrei. Uno spettacolo orrendo, un crimine davanti a cui non seppi trattenermi. Gridai, in francese: "Siamo con voi, attendiamo lo sbarco degli Alleati nel Sud dell'Italia per ribellarci!". Qualcuno sentì e mi denunciò. Mi rinchiusero in caserma a Torino, in attesa di giudizio. Un ufficiale del mio reggimento, Otto de Rege, mi sfidò a duello. Altri solidarizzarono con me. Alla notizia dell'arresto del Duce, il mio colonnello mi diede un mese di licenza premio, dicendomi: "Visto come va il mondo? Fino a ieri eri un traditore, oggi sei un eroe".

L'8 settembre mi presento all'arsenale di Torino in borghese.

Il comandante, colonnello Calcagno, mi apostrofa con durezza: "Che cosa le salta in testa? Vada subito a mettersi in uniforme!". Io rispondo: "Colonnello, se lei mi ordina di mettermi in uniforme per combattere i tedeschi, obbedisco. Ma se lei mi ordina di mettermi in uniforme per farmi portare in Germania, la saluto". E lo pianto lì. In quelle stesse ore, al Quirinale, si consumava il dramma del principe Umberto. Quando lo rividi a Brindisi mi disse subito che aveva lasciato Roma contro la sua volontà, e me lo ripeté un'infinità di volte. Ne parlava di continuo perché era la sua ossessione. "Mi sveglia il cannone alle 5 del mattino" raccontava Umberto. "Trovo il re e la regina seduti sulle panche nel corridoio, con Badoglio, che mi dice di partire subito. Rispondo che sarei rimasto. Badoglio mi mette sull'attenti e mi dice che l'ordine suo e del re è di partire con loro. Chiedo che mi lascino almeno fare la valigia. Risponde che la valigia è già pronta." Quel giorno il principe sentiva che la fuga coincideva con la fine della monarchia. Se fosse rimasto, i nazisti avrebbero tentato di usarlo. Se lui avesse rifiutato – e, ne sono convinto, avrebbe rifiutato –, sarebbe finito in un campo di concentramento, come sua sorella Mafalda.»

A Torino Sogno riesce a nascondere nei sotterranei di casa le armi del 91° fanteria, assieme a un amico, Vittorio Prunas. «I soldati erano già scappati. Con Vittorio trovammo un camion e per un pomeriggio facemmo la spola tra la caserma di piazza D'Armi e casa mia: portammo via trecento fucili, dodici mitragliatrici leggere, quattro pesanti. Le armi restarono nascoste per tutta la guerra, grazie al coraggio di Carlo Capra, il portiere. Vennero le SS, lo misero al muro, lo pestarono per farlo parlare, e lui niente, non una parola su di me, né sull'arsenale nascosto in cantina.

Partiamo da Torino in quattro, io, Antonicelli, Wertmüller e Coda: praticamente lo stato maggiore del partito liberale piemontese. Prendiamo l'autostrada per Milano nella direzione opposta a quella dei reparti tedeschi che puntano su Torino: sul nostro camioncino c'è una valigia piena di pistole Beretta, se ci fermano la nostra Resistenza è finita prima di aver sparato un colpo. Non ci fermano e arriviamo a Biella. A casa di Coda discutiamo sul da farsi. L'eroico Antonicelli, che ha il passaporto in tasca, sostiene che bisogna riparare in Svizzera. Coda propone di nasconderci in una grande città come Torino. Io li convinco ad andare al Sud. Così da Milano prendiamo il treno per Roma. La stazione Centrale è piena di tedeschi. A spintoni riesco a buttare i miei compagni sul treno. Loro scendono a Roma, io arrivo fortunosamente a Brindisi, un po' a piedi, un po' seduto sul tetto di un treno che si blocca in una galleria dove rischio di morire asfissiato. È il 22 settembre.

A Brindisi ritrovai anche Giaime Pintor. Fu l'ultima volta che lo vidi. Era fuori di sé, ansioso di azione. Aveva già deciso di unirsi al generale Pavone, che stava organizzando a Napoli un gruppo di volontari repubblicani, ed era venuto a Brindisi per parlarne con Croce. Io cercai di dissuaderlo: "Sei folle" gli dissi, "ora noi siamo dalla parte giusta, ti piaccia o no il re, siamo con gli Alleati. Perché vuoi combattere un'altra guerra?". Non mi ascoltò, se ne andò senza avvertire nessuno, lo considerarono un disertore. Tentò di passare le linee, ma i tedeschi cambiavano le mine di notte, non c'era mappa che valesse. Così Giaime saltò in aria, e il Pci gli dedicò una sezione, anche se non era comunista. Se fossi morto io, magari oggi ci sarebbe una sezione Edgardo Sogno.

Attraverso il maggiore Gino Marchesi, l'ufficiale che con Castellano aveva trattato l'armistizio, entro in collegamento con la Number One Special Force britannica e chiedo di essere mandato al Nord, a prendere contatto con le bande partigiane che si vanno formando. Ai primi di novembre ci portano ad Algeri, base di partenza delle missioni alleate in territorio nemico. Il 4 dicembre si parte. La nostra sarà una missione "cieca": saremo paracadutati in una zona a caso, non ci sarà nessuno ad accoglierci. Scelgo il Biellese, la terra della mia famiglia. Mi va malino: perdiamo la radio; il mio telegrafista, Luigi Bovati, si rompe una gamba. Ad Alberto Li Gobbi va anche peggio: i comunisti di Moscatelli lo mettono al muro, si salva perché riesce a far trasmettere un messaggio in codice da Radio Londra, "le scarpe sono strette". Anche io vengo preso per una spia. Formano un piccolo tribunale per processarmi. Mi interroga Gaspare Pajetta, il fratello di Giancarlo. Gli mancava una mano, era stato mutilato da una bomba in Francia. Alla fine mi lascia andare. Gaspare Pajetta sarà ucciso in combattimento quell'inverno, il suo corpo rimarrà nella neve fino al disgelo.

Durante la Resistenza non ho mai fatto nulla contro i comunisti. Ho collaborato con loro al cento per cento. E loro lo sapevano, si fidavano di me, mentre non si fidavano dei socialisti. Io sapevo dove dormiva Pajetta, dove dormiva Giambone, dove dormiva Berruti; e non li avrei mai traditi, neppure sotto tortura. Non mi sono pentito di questo. Era il nostro sentimento di allora. Si combatteva insieme, e loro combattevano molto bene, con coraggio. I comunisti mutarono atteggiamento dopo la fine della guerra, quando si resero conto che la mia Resistenza non era la loro, e che per affermare la loro legittimità dovevano distruggere la mia e quella dei resistenti anticomunisti. Allora anch'io cambiai, e da alleato dei comunisti ne divenni avversario implacabile.

Rappresentavo il partito liberale nel Cvl, Corpo volontari della libertà, braccio militare del Clnai, Comitato di liberazione dell'Alta Italia, e andai in missione a Roma con Pajetta, Parri e Pizzoni, per stabilire collegamenti tra il governo di Roma e la Resistenza al Nord. Noi stavamo da una parte del tavolo, i ministri dall'altra. Nella penombra, la figura di Togliatti mi ricordava quella di Cavour. Togliatti era l'alto quadro comunista. Asciutto. Freddo. Un politico che dice cose pesanti e sensate, che polemizza in modo mirato, mai a vanvera.

Quando arrivò la notizia dell'attentato di via Rasella, al Nord la salutammo come un segnale incoraggiante: finalmente i romani avevano smesso di dormire negli armadi e nascondersi nei conventi e avevano preso le armi come noi.

Dalla capitale ci arrivavano fino a quel momento resoconti desolanti. Cornelio Brosio mi raccontava: è un disastro, si nascondono ovunque, anche nei bauli. Quell'annuncio cambiò tutto. Quando si seppe che le vittime non erano combattenti ma altoatesini impiegati in servizi di seconda linea, e quindi l'attacco non era stato propriamente glorioso, i giudizi mutarono un po' tono. Ma la sostanza resta quella: la notizia di via Rasella fu per noi un momento di esultanza. E neanche la feroce rappresaglia che seguì mi fece cambiare idea, anzi. Davo lo stesso giudizio dei comunisti: bisogna provocare i tedeschi, perché ogni loro reazione non farà che isolarli sempre più.

I rapporti tra i capi politici della Resistenza e gli ufficiali monarchici furono sempre difficili. I "politici" tentavano di ridurre gli ufficiali a un ruolo formale. Lo stesso generale Perotti, l'eroe del Martinetto, il capo del Comitato militare di liberazione piemontese, in realtà non ha mai contato molto. Anche la nomina del generale Raffaele Cadorna a capo del Corpo volontari della libertà fu più che altro formale. La caldeggiai perché era la meno peggiore. Cadorna aveva alcuni vantaggi. Innanzitutto, il cognome: figlio del comandante dell'esercito italiano durante la Grande Guerra, nipote del liberatore di Roma. In secondo luogo, i coglioni: a parte la splendida resistenza che la sua divisione, l'Ariete, aveva opposto ai nazisti dopo l'8 settembre, aveva accettato di farsi paracadutare al Nord nonostante la gamba immobilizzata per una caduta da cavallo, correndo il rischio – che secondo gli istruttori alleati era del 90 per cento – di perderla. E poi non poteva essere accusato di aver nascosto la sua avversione per i fascisti, che arrivarono a minacciarlo di togliergli il comando dell'Ariete se non avesse smesso di parlar male del Duce. Ma la verità è che non c'era molta scelta. Perotti era stato fucilato. Il suo successore alla guida del Comitato militare piemontese, il generale Alessandro Trabucchi, era stato fascista e dopo l'8 settembre si era gettato nelle braccia dei comunisti. Il predecessore di Perotti, il generale Raffaello Operti, era stato scelto perché aveva le chiavi della cassa della quarta armata, 600 milioni (del '43!). Ma Operti voleva far la guerra a tutti: agli Alleati, ai tedeschi, e ovviamente ai comunisti. Un disastro. Poi i tedeschi arrestarono il suo Stato maggiore e sequestrarono parte del tesoro, e lui scomparve dalla circolazione. Insomma, non c'erano alternative a Cadorna. È vero però che lui non aveva senso politico. Ed era un anticomunista quasi mistico. Avemmo parecchie discussioni, durante la guerra. Gli consigliavo di evitare fratture, di superare le divisioni. I comunisti non gliela perdonarono, e lo avversarono fino al giorno della sua morte. Al funerale, però, era tutto un rosseggiare di bandiere con falce e martello. Che rabbia!

Volevo molto bene a Ferruccio Parri. Per me è sempre stato "Maurizio", il suo nome di battaglia. E poi era molto piemontese. Non pregiudizialmente ostile alla monarchia, anche se diceva: "I re sono come le belle donne, se ti tradiscono una volta, è finita per sempre". Gli ho salvato la pelle: ma non quando misi in gioco la mia per liberarlo, un'altra volta. Di ritorno dalla missione a Roma, quella dell'incontro con Togliatti, passammo da Lione. Avevamo appuntamento con due emissari di De Gaulle per stringere rapporti con i francesi, che avevano fatto prigionieri centinaia di partigiani italiani, respinti al di là delle Alpi dai rastrellamenti dell'autunno del '44. Fallimento totale: i francesi non si fidavano di noi, e in più rivendicavano la Valle d'Aosta. Da Lione passammo in Svizzera. Era Natale. Parri e io avevamo dormito ad Ascona. Ci mettemmo in marcia all'alba, verso il passo del Limidario, per tornare in Italia attraverso l'unica via che i partigiani della zona ci avevano indicato come sicura. Maurizio era stremato. A un tratto si lasciò cadere nella neve, esausto. Io avevo con me il pacchetto d'emergenza della Special Force britannica, quello che davano ai paracadutisti in azione nel campo avversario. C'erano tre pillole: una, con il teschio disegnato sopra, dava la morte; la seconda procurava uno stato di morte apparente; la terza prolungava le energie vitali per sei ore. La diedi a Parri, che si rianimò e riuscì a raggiungere una baita. Dove, finito l'effetto della pillola, rischiò il collasso, ma si salvò».

Con Sandro Pertini il rapporto fu meno idilliaco: nel libro intervista con Gianni Bisiach, *Pertini racconta*, il più popolare tra i presidenti della Repubblica accusa Sogno di averlo abbandonato su una spiaggia ligure e di essere fuggito in Corsica senza di lui. «Dovevamo andare insieme a Roma,» racconta Sogno «io per convincere Bonomi, allora presidente del Consiglio, a firmare la nomina di Cadorna; Sandro per discutere con i compagni romani delle difficoltà del Psi, che nel Clnai contava poco o nulla. Arriviamo a Genova e cerchiamo una barca per la Corsica. Il giorno dopo, il 21 luglio, Pertini già stanco di attendere mi dice che tenterà di passare le linee via terra, da solo, e se ne va. Ma il 24 mi arriva un suo messaggio, datato La Spezia: dice che ha cambiato idea e sta tornando indietro. Noi siamo a Sestri Levante, sul punto di partire. La spiaggia dov'è nascosta la barca è sorvegliata dai tedeschi, io sono fuggito pochi mesi prima dalla Gestapo di Genova, c'è una taglia sulla mia testa, anche i miei compagni sono segnalati. Non possiamo attendere le bizze di Pertini. Salpiamo. Tra l'altro sarà una traversata maledetta, il motore rotto, il mare gonfio... Seppi che lui la prese male, e lo capisco. Ma quando ci rivedemmo a Milano mi trattò come se nulla fosse accaduto. Quando, a una riunione del Comitato, mi criticò perché avevo incontrato il principe Umberto, mi chiamò "il compagno Edy"; c'era anche Giancarlo Pajetta, che invece mi prese da parte e mi chiese: "Che dice Sua Altezza?". Il giorno prima di essere arrestato nel tentativo di liberare Parri, avevo incontrato Pertini e Carla Voltolina a Porta Venezia, e lui mi aveva chiesto di cercargli un posto sicuro. Così le SS mi trovarono in tasca un foglietto con l'indicazione "casa per Sandro". Mi pestarono per bene per sapere chi era Sandro. Naturalmente non lo seppero.

A Genova ero andato a prendere contatto con l'Organizzazione Otto, il primo gruppo clandestino a collegarsi via radio con gli Alleati e a fare da tramite con i partigiani, come più tardi e in larga scala facemmo noi dell'Organizzazione Franchi. La Otto si chiamava così dal nome del fondatore, Ottorino Balduzzi, chirurgo al San Martino di Genova, comunista. Il rapporto con gli Alleati era stato stabilito grazie ad Alberto Li Gobbi, che era con me a Brindisi ed era poi stato paracadutato al Nord. E proprio con Li Gobbi avevo appuntamento a Genova, in via San Luca, il mattino del 30. Poi sarei tornato a Torino per la riunione nella sacrestia del Duomo. Ma quel giorno Li Gobbi non venne. In base ai nostri accordi, l'appuntamento si intendeva rinviato al giorno dopo, stesso posto, stessa ora. Il 31 marzo, mentre Perotti, Balbis e gli altri vengono arrestati a Torino, la Gestapo ci sorprende a Genova. Il fratello di Alberto, Aldo Li Gobbi, fugge, viene colpito alla schiena, cade. Alberto e io finiamo in cella. Riusciamo a forzare le sbarre della finestra. Potremmo fuggire insieme, ma Alberto teme che i tedeschi si vendichino sul fratello, non sa che Aldo è già morto, e decide di restare. Lo riducono in fin di vita per farlo parlare di me. Invano. E io prendo con me stesso l'impegno di liberarlo. Magari con uno scambio di ostaggi.

Così sequestrai la figlia del console tedesco a Torino, Ursula von Langen, Usci per gli amici. La conoscevo bene, era fidanzata con un mio vecchio compagno di scuola, Eugenio Benazzo. Diedi appuntamento a tutti e due con una scusa. Arrivai con due macchine e tre uomini della Franchi, e portai via Ursula. Il mio amico era disperato, urlava: "Mi hai rovinato, suo padre penserà che ero d'accordo con te, non me la farà vedere mai più". Io mi sentivo un verme. Tanto più che i tedeschi cercavano la ragazza per tutta Torino, e dal Partito liberale mi ingiunsero di liberarla subito. Io dettai le mie condizioni: la libertà per Ursula in cambio di Li Gobbi e Otto Balduzzi. Alla fine ne rilasciarono undici, tra cui Domenico Coggiola, futuro sindaco comunista di Torino, ma non i miei amici. Balduzzi fu deportato in Germania e tornò alla fine della guerra. Li Gobbi fuggì dal campo di Carpi. Il fidanzato non ritrovò Usci. Quando finii a San Vittore, io gli scrissi dal carcere una lettera più o meno così: "Caro Eugenio, non so come finirò. Aspetto il mio destino. Sappi che mi è spiaciuto usare la nostra amicizia. Ma abbiamo salvato undici persone. Ursula è stata trattata bene, sono anche uscito durante il coprifuoco per andare a comprarle il pollo". Dopo la guerra lui mi perdonò e andò a vivere a Montecarlo. Lei, baronessa, finì ad Amburgo a guidare i tram. Sposò un nazista che la batteva e la portò a Buenos Aires. Quand'ero diplomatico a Washington, un giorno un amico venuto dall'Argentina mi disse: "Usci von Langen mi ha chiesto di portare i suoi saluti all'uomo più gentile che abbia incontrato in vita sua".

Sgominata la Otto dalla Gestapo, creiamo un'altra organizzazione di collegamento, la Franchi, che diventerà anche il mio nome di battaglia. I "messaggi per la Franchi" erano frasi cifrate, tipo "Marianna è pazza", "Siamo figli di un solo riscatto", "La teutonica rabbia spezzeremo", "Benito non fare i capricci", "Adolfino smettila". A Salò misero su una squadra di psicologi per capire cosa diavolo volessero dire. In realtà il codice era molto semplice. A ogni banda partigiana corrispondevano due frasi, la numero 1 e la numero 2. Quando Radio Londra trasmetteva la frase numero 1, che, ad esempio, per la seconda brigata Garibaldi era "Pier Luigi va in piazza", gli interessati si preparavano a ricevere un lancio di armi e rifornimenti. Quando sentivano la frase numero 2, che per i garibaldini era "La marmellata è dolce", non avevano che da accendere i fuochi appena sentivano il rombo di un aereo. Non è affatto vero che lesinassimo aiuti ai comunisti. Quando definii con McCaffery il ruolo della Franchi, il mio primo suggerimento fu di aiutare pure loro, anche perché erano i combattenti più decisi e numerosi. Lui non era certo entusiasta, gli inglesi erano più anticomunisti degli americani, e poi i garibaldini avevano attaccato alcune delle prime missioni alleate. Ma io tenni duro e lo convinsi.

John McCaffery, conosciuto come Mister Rossi, dirigente della banca Hambro, era il capo della Special Force per l'Europa. Andai a incontrarlo a Berna, nell'aprile del '44. In Svizzera la Resistenza italiana era rappresentata dal Partito d'azione, e i rapporti con gli inglesi erano pessimi. A McCaffery, stremato dai distinguo politici degli azionisti, non parve vero di trovarsi di fronte un uomo che voleva fare la guerra. Simpatizzammo subito. Alla fine del colloquio, lui mi chiede a bruciapelo: "Come sta la mamma?". Sto per rispondergli: "Bene, grazie". Poi mi ricordo che "Come sta la mamma?" è la parola d'ordine che mi hanno dato ad Algeri. Mi è stata assegnata anche una risposta in codice, che non doveva essere in alcun modo legata alla domanda, in modo che non potesse essere indovinata per caso. A me piaceva una ragazza che si chiamava Manola. Così ho scelto "Io detesto Manola". Dico la frase a McCaffery. Lui mi guarda complice e mi fa: "È bionda o bruna?".

Con me nella Franchi c'erano compagni di missione come Li Gobbi e Bovati, amici del Partito liberale come Angelo "Lello" Savoretti e Carletto "Carli" Marsaglia, rampolle dell'aristocrazia come Nichi Visconti, cognata di Luchino, giovani ufficiali come Ernesto Cattaneo, uscito dall'Accademia di Livorno, che verrà assassinato da partigiani comunisti, come accerterà un'indagine sollecitata da me e diretta da Duccio Galimberti. Molti di noi erano monarchici, ma c'erano repubblicani, azionisti come Lionello Santi e Felice Mautino, socialisti di sinistra come il mio amico Prat, di cui dicevamo che Stalin fosse troppo a destra per lui, e anche un comunista, Riccardo Banderali, che sarà fucilato dai fascisti due settimane prima della Liberazione. Poi c'erano duecento "collaboratori" e oltre un migliaio di fiancheggiatori. Alcuni grandi industriali ci aiutavano regolarmente. Il più generoso era Giancarlo Camerana, vicepresidente della Fiat. Lui e Paolo Brichetto, il marito di Mimina, padre di Letizia Moratti, ci misero in contatto con Cesare Merzagora, allora direttore generale della Pirelli.

Ci finanziò anche Roberto Lepetit, l'industriale farmaceutico morto a Ebensee, perduto dai suoi amici, che fecero tali pressioni per farlo liberare – intervenne anche il cardinale Schuster – che i tedeschi realizzarono di avere per le mani un pesce grosso. E Guido Vanzetti, industriale dell'acciaio, venne con me all'ospedale di Como, da dove riuscimmo a far evadere Piero Mentasti, capo della Dc lombarda.

Ferruccio Parri, Maurizio, fu arrestato il 2 gennaio 1945, a Milano. Lo portano all'hotel Regina, con la moglie Ester. Attraverso Luca Osteria, alto funzionario di Salò e doppiogiochista, ci fa sapere di non tentare di liberarlo: teme per la vita della moglie. Ma quando la signora viene rilasciata, Osteria ci informa che Parri, nel frattempo trasferito a San Vittore, chiede si passi all'azione. So che poi Osteria ha parlato male di me, ma è lui ad avvertirci che Parri sta per essere trasferito a Verona e passerà l'ultima notte milanese all'hotel Regina. Ed è Osteria a procurarci la piantina dell'ultimo piano dell'albergo, il quarto, dov'è prigioniero il vero capo della Resistenza. Adesso o mai più. È rischioso, non impossibile.

Andiamo in quattro, tutti della Franchi: io e Stefano Porta travestiti da ufficiali delle SS, Attilio Zadeo e Marcello Turrina da miliziani di Salò. Cerchiamo di scendere al quarto piano dalle soffitte, che però sono tutte abitate, le donne si agitano, i bambini piangono, i tedeschi si allarmano. Stefano esce nel corridoio sparando e riesce a fuggire. Gli costerà cara: McCaffery sospetterà che fosse in combutta con i nazisti, lo convocherà con un pretesto, lo farà drogare e sequestrare, e dovrò andare di persona al comando di Siena della Special Force per farlo liberare. Stefano, dicevo, fugge, a giudicare dalle urla uno o più tedeschi sono feriti, noi abbiamo mitra e bombe a mano, ma non possiamo usarli in mezzo ai bambini. Ci arrendiamo.

Prima di tutto, mi strappano le spalline: anche se fasullo, non si picchia un ufficiale tedesco. Poi cominciano a pestarmi dappertutto. Smettono solo quando arriva il capitano Saewecke, il comandante della Gestapo di Milano. Poi ricominciano. Ma assicuro che non mi hanno evirato, come pure è stato scritto. Quando Laura e Sofia, le mie figlie, hanno letto quell'articolo, mi hanno telefonato entrambe: "Papà, ma allora come hai fatto?". In realtà, mi colpirono con il calcio di un fucile all'inguine, e questo mi provocò un'uretrite: ho pisciato sangue per giorni. Chiesi di essere visitato. Il medico si accorse che avevo preso lo scolo, a San Pietro all'Orto, il più famoso casino di Milano. Questo particolare destò grande interesse al comando tedesco: vollero sapere tutti i dettagli sulle case chiuse e sulle ragazze per non incorrere nello stesso inconveniente. La mia uretrite non se la filò nessuno.

Era la terza volta che finivo in un carcere nazifascista, perché dopo l'evasione di Genova ero stato arrestato da una pattuglia della Muti nell'ottobre '44, a Ronago, sul confine svizzero. Ero fuggito di notte, rubando la Beretta alla sentinella e puntandogliela alla tempia. Comunque, da San Vittore continuai a far arrivare direttive alla Franchi, grazie al medico del carcere, Mario Colonnesi, "Ciccio", uno dei nostri. Tentai di convincere un sergente a farmi scappare, dicendogli che ormai la guerra per loro era perduta; mi disse che ero matto, che Hitler aveva una bomba in grado di cancellare una città intera. Mi avevano trovato con un'uniforme tedesca: ero certo che mi avrebbero fucilato. Alla fine degli interrogatori, il 21 febbraio 1945, feci appello perché nessuna condanna a morte venisse pronunciata nei confronti di appartenenti alla Franchi, se non fossi stato condannato a morte io, come primo responsabile. Mi risposero che saremmo stati tutti internati in Germania sino alla fine della guerra.

Il Reich stava crollando, e il capo delle SS in Italia Karl Wolff stava già giocando la partita personale della propria salvezza. Allen Dulles chiese come prova della serietà delle sue intenzioni la liberazione di Parri, e fu accontentato. Maurizio protestò con gli americani, quando seppe che lui non aveva chiesto anche il mio rilascio: "Ma come, Sogno ha rischiato la sua vita per salvare la mia!". Così Dulles inserì il mio nome nella lista degli ufficiali americani e inglesi che avrebbero dovuto essere salvati dai campi di annientamento, dove finirono altri uomini della Franchi. Mi portarono prima all'hotel Regina, da dove tentai invano di fuggire, poi a Verona. Il 25 aprile arrivò per me in un campo di prigionia a Bolzano, dov'era rinchiusa anche Margherita Montanelli, la prima moglie di Indro. Fu Margherita a guidarci fuori, a convincere i guardiani che era meglio per loro che ci lasciassero andare. Come prima cosa andai a Berna da McCaffery. Durante gli interrogatori avevo seguito le regole della Special Force: raccontare nei particolari cose già note, addossare responsabilità ai morti, agli amici al sicuro in Svizzera, o agli avversari: che so, quando mi chiesero quali ufficiali della polizia svizzera ci aiutassero, indicai quelli che ci ostacolavano.»

«Tutto si può dire di Sogno, tranne che non abbia avuto un ruolo importante nella Resistenza» disse di lui il più importante studioso del fascismo, Renzo De Felice. È un giudizio citato anche nel saggio di Giampaolo Pansa *La destra siamo noi*. Però nei libri sulla guerra di liberazione, compresi i migliori, di Sogno non si parla quasi mai. Pavone non lo nomina neppure. Roberto Battaglia, nella *Storia della Resistenza italiana*, gli dedica brevi passi. Chi lo tratta meglio è Giorgio Bocca, che non amava Sogno – ricambiato –, ma che nella *Storia dell'Italia partigiana* lo cita sette volte. E quando il 5 agosto 2000 Sogno morì, il più importante intellettuale della sinistra italiana, Umberto Eco, scrisse nella sua «Bustina di Minerva» sull'«Espresso» questo ricordo: «Le serate tra il 1943 e il 1945 le passavo in una piccola cucina di campagna, prima di entrare nella stanza da letto col mattone caldo sotto le coperte. Papà lavorava in città, al sabato arrivava in bicicletta e così sapevamo che non era morto sotto i bombardamenti. A tarda notte (all'epoca, le undici di sera) si chiudevano le trasmissioni della radio con inni patriottici. Poi, dopo alcuni minuti di silenzio, si levava una voce (credo di Carlo Buti) che cantava *Tornerai*. Subito dopo si udiva un ronzio nel cielo: era Pippetto, il ricognitore inglese, sul cui passaggio si regolavano gli orologi. Tra una canzone e l'altra (ricordo "Lassù a Capo Cabana, a Capo Cabana la donna è regina, la donna è sovrana") si sentiva Mario Appelius col suo slogan "Dio stramaledica gli inglesi!", oppure "La voce di John Amery" (il traditore britannico poi impiccato a fine guerra) e "Che succede in casa Rossi", dialoghi propagandistici di due famiglie, i Rossi di Milano, in attesa della vittoria finale, e i Rossi di Roma, che vivevano ormai sotto il giogo americano e rimpiangevano il fascismo.

A una certa ora, chiudendo le finestre, a volume bassissimo, ci si sintonizzava su Radio Londra. Dopo il fatidico "Tu-tun-tun-tun" iniziava a parlare, nel suo italiano da Stanlio e Ollio, il colonnello Stevens. Lo si ascoltava per sapere come andassero le cose, anche se eravamo consci che il colonnello faceva pure lui della propaganda. Dopo Stevens, iniziavano i messaggi speciali. Qualcuno è rimasto celebre, come "Il sole sorge ancora", gli altri li ricordo vagamente, erano frasi come "domani arriva Michele" o "le mele sono mature", ma venivano scandite da quella voce lontana come una litania surrealista. Sapevamo che ciascuno conteneva un'istruzione di guerra, o il segnale che in un certo posto a una certa ora sarebbero stati paracadutati armi e viveri. Quasi tutti i messaggi erano "per la Franchi".

Si sussurrava che Franchi era il leggendario e arditissimo comandante dei partigiani badogliani, quelli con fazzoletto azzurro che andavano all'attacco gridando "Avanti Savoia!", e che gli inglesi rifornivano, mentre non mandavano nulla ai garibaldini, con la stella e il fazzoletto rosso. Dei giovanotti del luogo, che conoscevo, alcuni erano andati coi garibaldini e alcuni coi badogliani, ma sovente la scelta dipendeva da dove ci si trovava al momento in cui ci si dava alla macchia.

Dopo, ho appreso che Franchi era Edgardo Sogno. Nel '43

aveva seguito il re a Brindisi, ma poi si era fatto paracadutare nel Nord per organizzare la Resistenza. Se Umberto avesse fatto come lui, avrebbe riscattato la monarchia dal tradimento del suo padre imbelle. Il coraggio di questa Primula Azzurra non è bastato.

Nei decenni del dopoguerra Sogno è diventato il prototipo del "reazionario" (è finito poi in Alleanza nazionale), trascinato dal suo anticomunismo mistico. Che importa? Così è stata la storia del nostro Paese, piena di contraddizioni. Ma Franchi-Sogno è rimasto l'eroe della mia infanzia, il Sandokan che mi ha fatto sognare nel letto riscaldato dal mattone, e così voglio ricordare la sua scomparsa».

* * *

Messaggio ai compagni di Edgardo Sogno, «Franchi», dal carcere di San Vittore, in attesa della fucilazione che non verrà.

«Cari amici,

ricordiamo che fare la guerra non è una scelta, è un dovere. Chi non si batte è un disertore. Guerra con tutti i mezzi fino alla vittoria. Vi ricordo tutti con grande affetto e vi abbraccio.

Franchi.»

XXI

La Resistenza degli alpini

La battaglia di Sestriere e i congelati della Galisia

«Vos propos de déposer les armes sont inacceptables. Nos montagnes sont à nous.» La vostra richiesta di deporre le armi è inaccettabile; le nostre montagne sono nostre.

Maggiorino Marcellin, nome di battaglia Bluter – dall'urlo del primo tedesco ferito –, deve rispondere all'intimazione di resa. Non conoscendo la lingua del nemico, scrive in francese, che gli è più familiare dell'italiano. La lettera è datata «Esercito di liberazione nazionale. Brigata Val Chisone. Sede, il 10 agosto 1944. Al Waffen Grenadier Brigadier SS». Al comandante nazista che, vista la difficoltà di piegare i partigiani della Val Chisone, offre salva la vita a loro e ai valligiani che li appoggiano in cambio della resa, Marcellin risponde che la trattativa è inutile, «vista l'assoluta mancanza di fede alla parola data che avete dimostrato in altre occasioni». In ogni caso, gli alpini difenderanno le loro montagne.

Marcellin è appunto un sergente maggiore degli alpini. La sua è una famiglia di montanari. Il padre, di antica militanza socialista, è dovuto emigrare in Francia durante il regime; il figlio deve presto lasciare la scuola e cercare lavoro. Quando torna in Italia, Maggiorino trova un impiego negli alberghi di Sestriere, la prima stazione sciistica italiana, fatta costruire negli anni trenta dal senatore Agnelli; poi diventa maestro di sci. Da clandestino, senza documenti, come tutti nella zona, continua a fare la spola con la Francia. Quindi si arruola negli alpini.

Marcellin non è particolarmente disciplinato, e i fascisti non gli vanno a genio; è promosso sergente maggiore per i meriti di sciatore. Con il 3° Alpini combatte in Francia e in Grecia. Ferito, rimpatriato, viene denunciato per le sue idee antifasciste ma i comandanti lo salvano dal processo: non possono privarsi di un sottufficiale così bravo a insegnare a sciare agli alpini. Questo il ritratto che ci ha lasciato Ada Gobetti nel suo *Diario partigiano*: «Ed ecco dinanzi a noi il famigerato e tanto cercato Bluter-Marcellin! Una maschera di preoccupata energia dava al suo volto di montanaro, inquadrato dalla tipica barbetta partigiana, un'espressione assai più matura e adulta di quel che non comportasse la sua età. Due qualità gli giovavano, oltre alle originarie virtù di resistenza e di coraggio: un certo savoir faire, una certa capacità ed elasticità di rapporti con le persone, dovuto forse alla sua pratica di maestro di sci; e un certo rispetto – angusto forse, ma non del tutto inutile, per le tradizionali leggi dell'organizzazione militare – dovuto questo alla sua esperienza di sergente maggiore nell'esercito regolare. Era questo il segreto della sua presa sugli uomini, del suo successo. Se avesse avuto soltanto audacia e coraggio, si sarebbe tirato dietro un esiguo gruppo di fanatici; ma la massa dei partigiani normali – spinti alla macchia da un istinto di difesa più che da un vero imperativo eroico – e le popolazioni alpine ne avrebbero inconsciamente diffidato e non l'avrebbero appoggiato e seguito. Se avesse avuto soltanto un bel tratto sociale, qualità d'accomodante opportunismo, non avrebbe detto nulla al cuore, sanamente rozzo, dei suoi montanari».

Dopo l'8 settembre, la Val Chisone è percorsa dai resti della quarta armata, che abbandonano armi ed equipaggiamento. In un clima di drammatico caos si formano i primi nuclei della Resistenza: al Sestriere comanda Bluter; a Roure, il meccanico Fiore Toye e il sottotenente Eugenio Juvenal guidano militari della Scuola di cavalleria di Pinerolo, universitari torinesi e valligiani; a Perosa Argentina il sottotenente Enrico Gay, figlio di proprietari di miniere, è alla testa di studenti e operai.

Insieme, alla fine dell'autunno, i tre nuclei si uniscono nella brigata autonoma Val Chisone: Marcellin è da tutti riconosciuto come comandante grazie alle sue doti di militare e alla conoscenza dei luoghi.

La Val Chisone ha grande importanza strategica: per le sue industrie, e perché è percorsa dalla strada che dal Monginevro porta in Francia. I tedeschi insediano a Pinerolo un centro di addestramento per le SS italiane. Si combatte per tutta la primavera 1944, e dopo il rastrellamento a fine maggio i nazifascisti abbandonano l'alta valle, mantenendo presìdi solo a Cesana, per tenere il Monginevro, e a Villar Perosa, luogo d'origine della famiglia Agnelli e sede dello stabilimento di cuscinetti a sfera della RIV, di importanza cruciale per la produzione bellica: all'inizio del 1944 i bombardamenti alleati lo radono al suolo. Marcellin ordina di sabotare la statale: con la dinamite recuperata nelle miniere di grafite sotto il colle della Roussa, i partigiani provocano ben 82 interruzioni; a Fenestrelle fanno saltare una ridotta del forte dei Savoia.

C'è da gestire la zona liberata dell'alta valle. Il comando dà incarichi ai civili, istituisce servizi di polizia, amministra la giustizia, regolamenta pure il taglio degli alberi. Per distogliere l'attenzione dei nazifascisti, si tentano attacchi e sabotaggi in aree lontane. Ma Bluter è accusato di essere un accentratore, il Cln gli affianca il tenente Ettore Serafino, che dopo la guerra farà l'avvocato nella sua Pinerolo, il capitano Giovanni Gonella e il colonnello Tullio Giordana, già direttore della «Gazzetta del Popolo» nei 45 giorni di Badoglio. Sono tutti ufficiali degli alpini, però le gerarchie non dipendono dai gradi ma dal valore sul campo: il comandante resta Marcellin, che è solo sergente maggiore.

I tedeschi passano alla controffensiva. Gli Alleati stanno per sbarcare nel Sud della Francia, la Val Chisone deve essere riconquistata. Si prepara un'operazione dal nome poetico: Nachtigall, usignolo. L'attacco, condotto da SS italiane e da reparti tedeschi di granatieri e di Waffen SS, sarà la più grande operazione di rastrellamento nel Nord occupato. Marcellin può opporre solo mille uomini, che però sono molto motivati: difendono la loro terra, alcuni sono valdesi e hanno una tradizione secolare di resistenza, molti hanno servito negli alpini («i miei alpini» li chiamerà nelle sue memorie Marcellin, un altro che evita la parola partigiani). E sono bene armati: dieci pezzi di artiglieria di montagna, oltre ai mortai da 81 e alle mitragliatrici pesanti, con una discreta dotazione di munizioni. La brigata è suddivisa in battaglioni e compagnie come nell'esercito regolare, con la differenza che i comandanti sono eletti dagli stessi partigiani. Ci sono anche una compagnia del Genio, un reparto di artiglieria piazzato sul monte Banchetta, un servizio medico e i «Liberi carabinieri»: sono le divise di Sestriere e Oulx, unitesi alla Resistenza. Saranno questi uomini a sostenere l'unica vera battaglia campale della guerra di liberazione, forse l'episodio militarmente più rilevante dell'intera Resistenza italiana.

Il rastrellamento comincia il 16 luglio: i cannoni nemici tirano sulle postazioni del sottotenente Fausto Gavazzeni, nome di battaglia «tenente Rossi», le truppe alpine tedesche attaccano dalla Val Susa, ma sono fermati dagli uomini del tenente Serafino. Marcellin prepara un piano di difesa, impostato su tre linee elastiche tra Perosa Argentina e Fenestrelle e un'ultima linea rigida in Val Troncea, se sarà necessario ripiegare. Sulla displuviale tra la Val Susa e la Val Chisone, particolarmente esposta, i partigiani scavano trincee e preparano camminamenti, come hanno fatto i loro padri nella Grande Guerra. Il 20 luglio Bluter scrive nel suo diario: «È necessario prepararsi a resistere uno contro dieci: non c'è altra via. Sciogliersi varrebbe a dichiarare la nostra debolezza. E poi dove ripararebbero mille uomini?». I partigiani autonomi sono a casa loro, qui non si tratta di attaccare euzoni greci o soldati russi, ma di proteggere la propria piccola patria. La situazione tattica è difficilissima, i partigiani devono difendersi da più parti: dal fondovalle, dalla displuviale con la Val Susa dominata dai monti Triplex e Génévris, e dal colle di Sestriere, dove torreggiano i due alberghi fatti edificare dal senatore Agnelli qualche anno prima.

Preceduto da duri bombardamenti, l'attacco inizia da Perosa Argentina: due autocolonne corazzate fanno arretrare i partigiani verso Fenestrelle. L'avanzata tedesca avviene molto lentamente sotto il tiro delle mitragliatrici degli autonomi, il comando tedesco chiede più volte l'intervento dell'aviazione con gli Stuka. Si racconta, ma non tutte le fonti lo confermano, che dalla Corsica – su indicazione della missione inglese del capitano Pat O'Regan – decollino due squadriglie alleate per mitragliare le colonne tedesche, che avanzano verso Sestriere sputando sangue sotto le cannonate e le bombe. Le perdite sono gravi da entrambe le parti. Scrive Bluter: «Il morale del nemico, da informazioni giunteci da Perosa, è basso. Certi reparti fascisti rifiutano di tornare in linea, dicono che qui è peggio che in Croazia». Cavalleresco, restituisce la salma di un ufficiale nemico in una bara avvolta dal tricolore con un nastro e la scritta: «La brigata Val Chisone a un alpino tedesco». Ma è costretto a cambiare rapidamente idea: tedeschi e fascisti impiccano i partigiani catturati a Villar Perosa, a Bousson, a Cesana e obbligano i valligiani terrorizzati, bambini compresi, a guardare.

Il 2 agosto i tedeschi aprono un secondo fronte sul monte Génévris, impegnano a lungo i partigiani ma non riescono a conquistarne le posizioni; nel contrattacco cade, a neanche vent'anni, mentre dà l'assalto a una postazione tedesca, Mario Costa, figlio di Nino, il più grande poeta dialettale piemontese che morirà di dolore nel 1945, a 59 anni.

I tedeschi sparano con i cannoni da un treno blindato, un aereo bombarda Pragelato uccidendo cinque civili. I garibaldini di Barbato della Val Po e i giellisti della Val Pellice intervengono con attacchi di alleggerimento, per sostenere Bluter. Ma arrivano i rinforzi nazifascisti: il mattino del 10 agosto le loro avanguardie sono al colle del Sestriere, i partigiani sono accerchiati. L'ultimo pezzo di artiglieria di montagna piazzato sul Banchetta spara ad alzo zero sul nemico, finché la canna arroventata si fonde. I tedeschi chiedono di parlamentare, promettono salva la vita ai ribelli in cambio della resa; altrimenti metteranno a ferro e fuoco l'intera valle. Marcellin risponde con le sue fiere parole in francese, consegna il messaggio al maestro Griot, commissario prefettizio di Pragelato e messaggero dei tedeschi, a voce aggiunge: «Portagli questo e digli che se bruciano le case noi fuciliamo tutti i tedeschi che catturiamo».

Ormai la difesa rigida non ha più senso: il comandante suddivide la brigata in piccoli gruppi per farli filtrare attraverso la rete degli attaccanti. La maggior parte dei partigiani si mette in salvo tra la Val Susa, la Francia e Cumiana, attraverso la Val Sangone. Ma il bilancio della ritirata è terribile: venti tra gli «alpini» di Marcellin cadono in combattimento, nove muoiono di stenti al colle del Thuras, ventitré sono catturati c uccisi o deportati. Le borgate di Pattemouche e Laval vengono distrutte; gli altri paesi della Val Chisone, però, anche in seguito alle minacce di Bluter, sono sostanzialmente risparmiati.

Si cammina e si combatte per giorni sul filo dei tremila metri di quota. Alcune squadre scendono in alta Val Varaita, dove vengono accolte dai partigiani giellisti. Annota nel suo diario il comandante giellista della Varaita: «Facce stravolte dalle fatiche, bruciate dal sole dei tremila. Ma taciturni, pieni di riserbo. Non chiedono niente. Accettano ciò chc gli diamo come se fossero a disagio, appena possono ripartono». Il comandante giellista della Varaita è Giorgio Bocca.

Bluter e il comando della brigata si mettono in salvo con altri 30-40 partigiani sul monte Barifreddo, a quota 3028 metri. Sperando nell'arrivo degli Alleati, Marcellin scende in Francia. A Vallouise incontra gli angloamericani, che sono risaliti dalla Provenza fino alla testa delle vallate, ma non andranno oltre: la liberazione della penisola non verrà dal fronte francese. Non resta che tornare sui propri passi: Bluter rientra in Italia con gli sci attraverso il colle dell'Agnello e la val Varaita, raggiungendo infine la bassa val Chisone: un raid che ancora oggi, con i materiali attuali, senz'armi e senza doversi difendere dai nemici, costituisce una notevole impresa sportiva.

Guerra di alpini e talvolta anche di alpinisti: perché le montagne sono luoghi di rifugio, ma spesso fonte di pericoli.

I cimiteri di guerra britannici sparsi nelle varie parti del mondo sono quasi sempre luoghi suggestivi: più che richiamare atti di eroismo, invitano alla meditazione e al raccoglimento. Fu una scelta precisa della Commonwealth War Graves Commission, fondata da re Giorgio V nei giorni più sanguinosi della Grande Guerra. Ancora oggi la commissione si occupa delle tombe dei soldati del Commonwealth morti nei due conflitti mondiali. I costi sono suddivisi fra i governi di Australia, Regno Unito, Canada, India, Nuova Zelanda e Sudafrica, in proporzione al numero delle tombe. Tutti i caduti sono onorati allo stesso modo, senza distinzione di grado, razza o religione; ognuno ha il proprio nome inciso sulle varie lapidi, che devono essere tutte uguali, alte 32 pollici (812,30 millimetri); nella parte superiore è inciso l'emblema nazionale o il fregio del reggimento seguito da grado, nome, unità, data di morte, età e, di solito, un segno religioso; in basso, in molti casi, una frase scelta dai familiari. Tutte sono allineate in sottili strisce di terra dove crescono rose e piccole piante perenni, in uno scenario di prati, alberi, arbusti.

Il cimitero di guerra del Parco di Trenno, alla periferia ovest di Milano, non fa eccezione. In un angolo raccoglie corpi di tredici militari «conosciuti solo a Dio» che persero la vita il 9 novembre 1944. Non furono uccisi dal fuoco nemico. L'ascesa al colle di Galisia è stata forse la più crudele tragedia di montagna sulle Alpi durante la Seconda guerra mondiale, e deve essere ricordata.

La situazione dei partigiani sulle cime piemontesi e valdostane alla fine del 1944 è paradossale. Costretti sulla difensiva da durissimi rastrellamenti, ridotti alla mera sopravvivenza, hanno alle spalle vette invalicabili per le precoci nevicate di un inverno che si rivelerà rigidissimo. Al di là di quelle, la salvezza: il territorio francese liberato tra settembre e ottobre, dopo lo sbarco in Provenza. Gli Alleati non hanno alcuna intenzione di spingersi verso il Piemonte e la Valle d'Aosta, le loro priorità sono altre e, salvo sporadici scontri di pattuglia, la linea del fronte si attesta sulle Alpi in una sorta di semi-tregua che si romperà solo nei giorni della liberazione, quando reparti francesi discenderanno le valli per occupare lembi del territorio italiano. In Valle d'Aosta alcuni vedono con favore la prospettiva di un'annessione alla Francia, ma il Cln è contrario e pensa persino di fare fronte comune con i militi di Salò, pur di arrestare l'avanzata degli Chasseurs des Alpes che calano dal Piccolo San Bernardo.

Eppure a volte i partigiani riescono a riparare in Francia, attraverso i valichi di alta montagna, per poi tornare con viveri e fucili. Accade ad esempio nel Canavese, la terra di Adriano Olivetti, dove combatte la sesta divisione alpina Canavesana Giustizia e Libertà al comando di un tenente degli alpini, Gino Viano, nome di battaglia «Bellandy», che indica in dialetto piemontese la sua lena di podista. A Castellamonte, vicino a Ivrea, c'era un campo di prigionia per soldati britannici catturati in Africa. L'8 settembre i prigionieri sono stati liberati dalla popolazione e dai primi partigiani e nascosti nelle cascine. Poi Bellandy e i suoi cominciano a radunare piccoli gruppi di prigionieri e a scortarli in Val d'Isère, già presidiata dagli americani. Al ritorno portano armi e munizioni. La via per la Francia, però, è lunga e difficile: bisogna risalire l'impervia Valle dell'Orco, dominata dal Gran Paradiso, raggiungere Ceresole Reale e da lì proseguire a piedi, prima sui sentieri e poi sui nevai. A quota tremila si raggiunge il Colle di Galisia dominato dalla vetta della Grande Aiguille Rousse, un tragitto ancor oggi riservato a escursionisti esperti. Sul versante francese si scende per un tratto sul ghiacciaio di Isère, costellato di crepacci, poi si imboccano le insidiose Gorges du Malpasset. Dopo altro cammino si giunge finalmente alle prime case di Val d'Isère.

Un paio di passaggi riescono con successo. Ai primi di novembre si tenta con un nuovo gruppo. Bellandy è uomo di montagna, sa che la stagione è avanzata e l'azzardo può essere pericoloso. Consegna il comando della scorta partigiana a un ufficiale fidato, il «tenente Vittorio», l'ingegner Mario Fattucci di Trecate, e dà ordine di rintracciare un partigiano che di mestiere fa la guida alpina, in quel momento impegnato in pianura.

Ai primi di novembre 1944, i soldati inglesi lasciano le baite del Canavese dove sono nascosti da mesi, e accompagnati dai partigiani raggiungono il punto di ritrovo al santuario di Prascondù, prato nascosto in piemontese, una base sicura. Da qui risalgono la Valle dell'Orco senza incontrare ostacoli fino a Ceresole, a bordo dei mezzi dell'azienda elettrica municipale, ingannando i tedeschi che sembrano non notare quell'insolito movimento. Si aggrega agli inglesi un gruppo di soldati jugoslavi. I camion, lentamente, superano il paese: qualche abitante di Ceresole esce in strada a salutare i ragazzi che sbucano da dietro il telone. La colonna prosegue a piedi e raggiunge le baracche dei guardiani della diga dell'Agnel: qui inglesi, slavi e partigiani italiani trascorrono la notte. Nevica forte, la guida alpina non riesce a raggiungerli.

Il mattino dopo scoppia una discussione. I partigiani vorrebbero rinunciare, ma gli inglesi premono. Non conoscono le Alpi, non hanno il minimo equipaggiamento, però la salvezza pare a portata di mano, al di là delle montagne c'è il loro esercito. Gli italiani non vogliono passare per codardi: alle 10 il tenente Vittorio dà l'ordine di partire per il Colle Galisia. È un errore fatale: ci sono da percorrere 700 metri di dislivello; in condizioni normali basterebbero tre ore, ma quella mattina il tempo è pessimo, continua a nevicare, la visibilità è quasi nulla. Alle prime luci dell'alba alcuni soldati jugoslavi sono già partiti da soli: ce la faranno, nel tardo pomeriggio saranno in salvo nel rifugio del Prariond. La colonna guidata dal tenente Vittorio arriva sul Colle Galisia dopo sette ore di marcia estenuante. La discesa verso il Prariond inizia in mezzo alla tormenta e nell'oscurità. Nessuno riesce a individuare le tracce che portano al rifugio: gli uomini sono costretti a trascorrere la notte all'addiaccio.

La colonna riparte all'alba in mezzo alla tormenta che non è mai cessata; solo gli inglesi Alfred Southon e Walter Rattue rinunciano, stremati. Il tenente Vittorio ordina ai partigiani Giuseppe Mina e Carlo Diffurville di fermarsi con loro; promette che appena giunto al Prariond manderà i soccorsi. I quattro trovano riparo sotto un roccione e attendono soccorritori che non arriveranno. Il rifugio non è lontano, ma la tormenta impedisce di vedere quell'ombra bianca che rappresenterebbe la salvezza. Il pomeriggio Mina e Diffurville sentono che stanno per morire e decidono di scendere in cerca di aiuto. Superano il rifugio del Prariond e trascorrono la notte in un capanno di margari: la temperatura è crollata a 15 gradi sotto zero.

Il mattino dopo i due partigiani riprendono la discesa. Non sanno che, a poca distanza da loro, gli altri hanno girato attorno al rifugio senza riuscire a trovarlo, e si sono avventurati nelle gole di Malpasset in piena notte. Tutti, soldati inglesi e partigiani, sono travolti dalle slavine o inghiottiti dal baratro, e restano sepolti sotto la neve. A sera Giuseppe Mina e Carlo Diffurville, allo stremo delle forze, sono salvati da una pattuglia partigiana partita da Val d'Isère, condotta dalla guida alpina di Ceresole Gildo Blanchetti.

Alle Gorges du Malpasset, nella notte del 9 novembre 1944, sono morti ventiquattro soldati inglesi, quattro soldati jugoslavi, dieci partigiani della sesta divisione Canavesana Giustizia e Libertà, tra cui il tenente Vittorio, e tre partigiani della ottava formazione autonoma Vallorco.

Sotto il roccione dove si sono nascosti, Southon e Rattue sono in condizioni critiche. Rattue in particolare rischia il congelamento, il commilitone continua a massaggiargli gli arti, ma lui non ce la fa e dopo altri due giorni terribili muore.

Quando Bellandy viene a sapere che la spedizione è finita in tragedia, si infuria. Dice che gli alpini italiani non possono abbandonare uomini in pericolo, e organizza subito diverse squadre di soccorso. Il 17 novembre, a più di una settimana dalla partenza, i partigiani di Bellandy trovano Alfred Southon e lo portano in Val d'Isère: devono amputargli le gambe, ma si salverà. Anche Mina e Diffurville subiscono gravi congelamenti. Sono loro gli unici tre superstiti della colonna partita dieci giorni prima.

All'indomani della scoperta dei corpi nelle gole di Malpasset, scoppiano dure polemiche sull'assurdità di aver fatto partire il gruppo dall'Agnel solo in tarda mattinata. Ancora mezzo secolo dopo, durante le commemorazioni a Ceresole, se ne discuteva, attribuendo la responsabilità chi a Bellandy, chi al tenente Vittorio, chi agli inglesi e chi, con ragione, alla guerra e alla montagna.

Alfred Southon doveva essere un uomo di grande forza morale. Dopo la guerra imparerà a guidare un'automobile modificata, diverse volte tornerà in Italia, accolto con entusiasmo dai reduci della quarta divisione alpina Gl. Morirà nel 1993, in vacanza con la moglie a Malta.

Con i giellisti del Canavese si batte anche il leggendario «Alimiro», nome di battaglia di Mario Pellizzari. Nato nel paese manzoniano di Pescarenico, trasferito a Ivrea, famiglia operaia, autodidatta, disegnatore alla Olivetti. A 12 anni Mario lavora già nella bottega di un fabbro, ma la sera fa due chilometri a piedi per andare a scuola. È il tempo dell'avvento del fascismo. Pellizzari ha orrore della violenza squadrista. Si rifugia nella lettura di Mazzini: «Trovai che le sue idee erano conformi al mio spirito. Era un rivoluzionario, ma per una rivoluzione fatta con criterio».

Alla Olivetti l'ambiente è protetto. Camillo e Adriano sanno circondarsi di collaboratori capaci; se poi sono antifascisti, meglio. Il capo di Mario è il responsabile del settore progettazione, si chiama Riccardo Levi ed è un brillante ingegnere. Sviluppando un'idea di Adriano, nel 1932 ha progettato una macchina da scrivere rivoluzionaria: la Olivetti MP1. È la prima portatile della Olivetti e si caratterizza perché è disponibile in diversi colori: oltre al classico nero, il rosso, il grigio, il marrone, il celeste. Ma Riccardo Levi ha un'altra particolarità: è un militante di un movimento clandestino, Giustizia e Libertà. Tramite lui Mario conosce Aldo Guerraz, Giorgio Agosti, Mario Andreis, i fratelli Galante Garrone.

Le prime azioni cominciano due giorni dopo la caduta di Mussolini. «Il 27 luglio» racconta Guerraz «riuscimmo a smuovere la gente. Alimiro e io con scalpello e martello giriamo per la città a tirar via da tutti gli edifici pubblici tutte le insegne del fascio littorio. Arriviamo fin al Municipio e obblighiamo il podestà ad abbattere i due fasci che erano esposti sul balcone». Dopo l'8 settembre Alimiro riceve il suo primo incarico da partigiano: deve portare in salvo in Svizzera un gruppo di ebrei. Nel dicembre '43 tenta di rapire un fascista per scambiarlo con Primo Levi appena catturato dalle Brigate nere in Valle d'Aosta, ma il prigioniero è già in viaggio verso Auschwitz.

I giellisti si organizzano nella brigata Mazzini; poi nella primavera '44 nasce la settima divisione Gl, comandata da Pedro Ferreira. Alimiro è un tecnico abile e coraggioso, si specializza nelle operazioni di sabotaggio. Comincia con le linee elettriche: «La linea che vogliamo interrompere è particolarmente importante perché fornisce parte dell'energia della Valle d'Aosta alla rete di Torino». E togliere l'energia a Torino «significa fermare una non trascurabile parte della produzione bellica tanto necessaria al nostro nemico». Il rischio è sempre altissimo. Possono prenderti da un momento all'altro e, in quel caso, c'è da augurarsi di morire presto. «Alla mezzanotte circa siamo sul posto. Immediatamente ci portiamo sotto una pianta, nel prato bagnato, e lavoriamo l'impasto. Ciò fatto procediamo alla messa in opera dell'esplosivo. Questa è la prima volta che disponiamo del nuovo plastico inglese. Sono le 4 e un quarto, il cuore mi batte forte forte. Avrò fatto il lavoro bene? Un lampo improvviso e poco dopo uno scoppio formidabile.»

Ma il colpo più importante di Alimiro e del suo gruppo è la distruzione del ponte ferroviario di Ivrea. Tra Biella e il Canavese opera la missione alleata Cherokee. È composta da quattro soldati inglesi: il maggiore Alastair MacDonald, comandante, il capitano Pat Amoore, sincero amico dell'Italia che si è guadagnato il rispetto dei partigiani, Jim Bell, specialista di esplosivi, e il caporal maggiore Tony Birch, radio-operatore. Nel gelido dicembre 1944 si incontrano con la brigata di Alimiro. Gli inglesi portano una notizia preoccupante: gli Alleati intendono bombardare il ponte ferroviario e la città di Ivrea per interrompere le forniture belliche della Cogne di Aosta dirette in Germania. Ma il ponte si trova in mezzo alla città: distruggerlo comporterebbe una strage di civili.

I partigiani propongono un piano alternativo che eviterebbe vittime. Alimiro e un gruppo di uomini scelti della sua brigata si offrono per l'azione. Gli inglesi sono scettici. Il ponte è lungo meno di cento metri, è sorvegliato da sentinelle alle due estremità; l'albergo che ospita la Kommandantur tedesca è di fronte, poco più in là c'è la caserma della X MAS. Alla fine gli inglesi si lasciano convincere e forniscono l'esplosivo al plastico. MacDonald dopo la guerra ricorderà: «Quando strinsi la mano ad Alimiro prima di partire, augurandogli buona fortuna, mi disse soltanto: "Ricordi una cosa, maggiore: se questa volta non riesco, non credo di poter tentare una seconda"».

Alimiro si mette al lavoro come se stesse progettando una macchina da scrivere. Il suo racconto è una testimonianza della cultura di fabbrica, del gusto olivettiano per la precisione tecnica e il lavoro ben fatto: «Faccio una visita alla città, do uno sguardo al ponte. Faccio uno schizzo delle bombe da costruire e mi disegno il ponte in sezione. Studio le dimensioni delle diverse bombe e il relativo impianto di filo detonante, perché tutte le bombe debbono scoppiare contemporaneamente. Dallo schizzo si passa alla pratica. Gli uomini addetti al sabotaggio sono mobilitati. Ognuno segue le mie indicazioni. L'impasto dell'808 essendo gommoso va fatto a bagno caldo. Non è difficile da lavorare ma ha l'inconveniente che sia l'esalazione che emana durante la lavorazione sia la penetrazione dell'impasto, attraverso i pori della pelle delle mani, producono un tale mal di testa a tutti indistintamente da sentirsi rompere il cranio... Curo i più minuti particolari. Ogni bomba ha la forma di grosse tavolette di cioccolata. Ad ogni bomba va preparato e innestato il detonatore bianco...».

Alimiro è circondato da gente fidata, in particolare il suo vice Amos Messori, «D'Artagnan». Messori è nato a Correggio, si è arruolato nell'aeronautica militare, l'8 settembre l'ha sorpreso qui nel Canavese. Saranno loro due a piazzare le cariche sul ponte, lavorando a testa in giù, sopra la Dora che in quel punto ha l'impeto di un torrente di montagna.

La notte del 23 dicembre entrano in azione. Racconta Alimiro: «Dopo una sosta di circa mezz'ora, per scrutare tutti i movimenti nemici, mi decido a prendere possesso del ponte e parto seguito da D'Artagnan e dal povero Balla. Il povero Balla, "Saetta", scelto cacciatore, si dispone armato all'imbocco del ponte ed è pronto a far fuoco in caso di estrema necessità; io e D'Artagnan andiamo sul ponte coi sacchi contenenti il materiale preparato. In punta di piedi e con passi curati raggiungo i punti in cui devo fare l'applicazione». Alle 3 e 10 del mattino del 24 dicembre passa la ronda. «La luna da un'ora è scomparsa dall'orizzonte. Io scruto il movimento della ronda, mi modello lungo i tralicci per evitare d'essere scoperto e resto immobile fino a quando, passata sul ponte nuovo, essa non scompare dietro l'hotel Dora e si dirige verso la stazione. Riprendo il mio lavoro. Scendo sull'altro traliccio incrociato della fiancata, D'Artagnan mi passa la seconda bomba... Unisco i due fili detonanti con nastro isolante in modo da farne un corpo solo... Ecco preparata una fiancata. Mentre preparo la seconda fiancata, quella volta verso Piazza di Città, mi vedo quasi illuminato da una luce che esce d'improvviso da uno dei fortini costruiti sul terrazzo situato sopra il ponte. Mi fermo un istante e guardo cosa sta succedendo. Esce una delle guardie del piccolo fortilizio e dopo un poco si mette a spaccare legna per la sua stufa. Effettivamente fa freddo ma la febbre del lavoro mi dà calore. Temo lo starnuto data la corrente d'aria sopra la Dora, ma Iddio è buono e me lo preserva. Riprendo con maggior lena il mio lavoro finché arrivo alla fine anche su questa fiancata. Passo subito al lavoro centrale. Applico plastico ai grossi putrelloni posti sotto le rotaie. Lì mi corico completamente...»

Sono le 4 del mattino, resta un'ora di tempo prima che passi il primo treno, quello che da Ivrea porta ad Aosta. «Salgo sul colle nei pressi del Redentore e attendo il risultato. È passata la mezz'ora rituale. I compagni sono in pensiero, mi chiedono se stimo che il lavoro sia stato ben fatto, e intanto il tempo passa. Sono passati 35 minuti, poi 40; sento passare il treno passeggeri che fa la manovra e si prepara per la partenza. I momenti sono angosciosi per tutti, io stesso comincio a impensierirmi, vorrei partire di corsa e tentare di dare la miccia per non rovinare il lavoro e scoprire che sarebbe un disastro, quando un lampo formidabile e quasi subito uno scoppio tremendo rivelano che tutto era a posto.» Il ponte non c'è più, non servono bombardamenti, Ivrea è salva.

Dopo la guerra, Alimiro ritorna Mario Pellizzari: Adriano Olivetti lo promuove alla direzione del personale, ma lui è un po' troppo sollecito nel raccogliere le richieste di aumenti salariali degli operai. Adriano ha molti meriti nella Resistenza ma è pur sempre un imprenditore: lo trasferisce e gli affida un'agenzia commerciale della società a Como. Al congresso dell'Anpi di Firenze, nel settembre '46, Pellizzari attacca gli ex partigiani profittatori. Molti non lo amano, neppure nelle sue file. Il clima non è dei migliori. Comincia la stagione, che durerà fino ai primi anni Sessanta, in cui dichiararsi ex partigiani può rivelarsi un problema. Alimiro decide di partire per il Brasile, dove fonderà un centro di assistenza per bambini senza famiglia cui dedicherà il resto della vita, sino alla morte, nel 1977. La «Casa de Alimiro» esiste ancora oggi.

Il fidato D'Artagnan, Amos Messori, è ancora vivo: ha 92 anni, e la notte del 23 dicembre 2014 è ritornato sotto quel ponte, accolto dal sindaco e dai cittadini di Ivrea.

Ma parlando di guerra in montagna, e di alpini partigiani, bisogna ricordare anche un uomo che la memoria della campagna di Russia e della guerra di liberazione ha trasformato in uno scrittore. Nuto Revelli era tra quegli italiani che escono allo scoperto solo se hanno da dire o da fare qualcosa in cui credono davvero. Nelle altre circostanze preferiscono rimanere appartati. Nuto era un ufficiale degli alpini di carriera, uscito dall'Accademia di Modena. Il rifiuto del regime avviene nel disastro russo. Tra i primi resistenti, fu un comandante coraggioso e inflessibile: la disciplina della sua brigata era quella di un esercito regolare. Dopo la guerra non capitalizzò le benemerenze resistenziali, si trovò un lavoro e campò di quello. Quando vide il mondo contadino e montanaro morire, e l'Italia perdere la memoria di ciò che era stata, ritornò per raccogliere le testimonianze di mondi che stavano per scomparire e si voleva dimenticare: le lettere degli alpini dispersi in Russia, le storie dei partigiani, le vicende della provincia padana e alpina – in particolare quelle delle donne – che la modernità stava cancellando. Le sue sono pagine preziose, piene di sensibilità verso i suoi interlocutori a cui, per la prima volta nella vita, era stata data la parola. Lo ricordo nel giardino del castello di Verduno, dove passava le vacanze. Seduto sotto un albero, il profilo inconfondibile con il naso schiacciato da pugile, raccontava le sue storie di guerra a me e al mio amico Lorenzo Castellani. Sono passati quindici anni, e questo libro ha cominciato a prendere forma allora. Nuto non amava gloriarsi, ma di una cosa era molto fiero, e non lo nascondeva: nell'estate 1944 lui e i suoi uomini avevano tenuto in scacco per quasi una settimana una divisione corazzata nazista. I tedeschi glielo riconobbero e sul loro bollettino di guerra scrissero: «Nel settore delle Alpi Marittime, la 90ª Panzergranadier, impegnata dall'accanita resistenza dei banditi...».

* * *

Ultima lettera di Armando Amprino, vent'anni, alpino, partigiano autonomo in Val Susa, fucilato al Martinetto il 22 dicembre 1944 con Candido Dovis:

«Carissimi genitori, parenti e amici tutti,

devo comunicarvi una brutta notizia. Io e Candido, tutt'e due, siamo stati condannati a morte. Fatevi coraggio, noi siamo innocenti. Ci hanno condannati solo perché siamo partigiani.

Io sono sempre vicino a voi.

Dopo tante vitacce, in montagna, dover morir così... Ma, in Paradiso, sarò vicino a mio fratello, con la nonna, e pregherò per tutti voi. Vi sarò sempre vicino, vicino a te, caro papà, vicino a te, mammina.

Vado alla morte tranquillo assistito dal Cappellano delle Carceri che, a momenti, deve portarmi la Comunione. Andate poi da lui, vi dirà dove mi avranno seppellito.

Pregate per me. Vi chiedo perdono, se vi ho dato dei dispiaceri.

Dietro il quadro della Madonna, nella mia stanza, troverete un po' di denaro. Prendetelo e fate dire una Messa per me. La mia roba datela ai poveri del paese.

Salutatemi il Parroco e il Teologo, e dite loro che preghino per me. Voi fatevi coraggio. Non mettetevi in pena per me.

Sono in Cielo e pregherò per voi. Termino con mandarvi tanti baci e tanti auguri di buon Natale. Io lo passerò in Cielo.

Arrivederci in Paradiso.

Vostro figlio

Armando

Viva l'Italia! Viva gli alpini!»

XXII

La persecuzione degli ebrei
I sommersi, i salvati, i combattenti

L'avvocato Augusto Weiller, la moglie Maria Coen, i figli Guido e Silvana sono sfollati da Milano a Binasco dopo i bombardamenti dell'agosto 1943. Già l'11 settembre i fascisti sono andati a cercarli nella casa in città che hanno lasciato. Loro sono fuggiti in Val d'Ossola nella speranza di raggiungere la Svizzera. Ma passare il confine è impossibile: i Weiller sono costretti a cambiare di continuo paese cercando di sfuggire ai fascisti e ai tedeschi. A Villadossola, quando ormai si sentono in trappola, il giovane Guido decide di prendere contatto con i partigiani. Sa che in quella zona ci sono gli uomini del comandante autonomo Filippo Beltrami, l'architetto milanese salito in montagna, che cadrà in combattimento da lì a pochi mesi. Guido lo avvicina e gli si rivela: «Siamo una famiglia di ebrei. Chiediamo aiuto». Beltrami risponde: «Siete sotto la mia protezione. Io rappresento il governo italiano. I miei uomini sono acquartierati a Damasca. Qualunque cosa vi succeda, salite anche voi a Damasca. Se io non ci fossi chiedete del mio vice, il tenente Lino, che sarà avvertito stasera».

Così i Weiller si uniscono ai partigiani e con loro rimarranno a lungo. L'intera famiglia si rende utile: Guido si distingue aggiustando armi e preparando ordigni esplosivi, mettendo in mostra tutta l'abilità tecnica che dopo la guerra farà di lui un ingegnere geniale. I Weiller rimangono con i partigiani della Val d'Ossola fino a quando un imponente rastrellamento li costringe a disperdersi. Tutta la famiglia è in gravissimo pericolo e i partigiani decidono di farla fuggire in Svizzera. Scrive Guido: «Mi è rimasto dell'esperienza partigiana un intimo cruccio: quello di aver lasciato la formazione, di avere abbandonato il posto di combattimento, di "essere scappato"». Farà in tempo a tornare in Italia per consegnare all'aiutante di Luigi Longo, il 28 aprile, a Milano, la prima serie di fotografie dei campi di sterminio giunta in Italia.

La maggior parte delle storie però non finisce con la salvezza, ma con il dolore e la morte. Il martirio degli ebrei italiani comincia subito dopo l'8 settembre. E dire «non sapevamo» è difficile: a cinque anni dalle leggi razziali – che nel Sud liberato vengono abrogate il 24 novembre 1943 – e a quattro anni dall'inizio della guerra, non è impossibile immaginare che fine faranno gli ebrei catturati e consegnati ai tedeschi. La Carta di Verona del 14 novembre 1943, il manifesto politico della Repubblica sociale, risolve la questione nel capitolo settimo, affermando che tutti i membri della «razza ebraica» sono «stranieri e parte di una nazione nemica». L'ordine di polizia numero 5, emanato il 30 novembre 1943 e trasmesso il giorno seguente alla radio, annuncia che tutti gli ebrei saranno inviati ai campi di concentramento, fatta eccezione per quelli gravemente malati o di età superiore ai settant'anni. Tutte le proprietà ebraiche saranno sequestrate e «assegnate alle vittime dei bombardamenti alleati». Comincia la grande rapina: una legge del 4 gennaio 1944 trasforma i sequestri in confische; alla liberazione i decreti di confisca saranno circa 8 mila. La Repubblica sociale si appropria di terreni, fabbricati, aziende, titoli, mobili, gioielli, merci di famiglie ebraiche pari a oltre 2 miliardi di lire, quasi un miliardo e mezzo di euro di oggi. Il primo dicembre 1943 i fascisti cominciano ad arrestare gli ebrei e a internarli in campi provinciali; a fine mese iniziano a trasferirli nel campo di Fossoli, nel comune di Carpi, in provincia di Modena.

La prima razzia delle SS è quella del 16 ottobre 1943 a Roma: quel sabato vengono rastrellati 1259 ebrei; due giorni dopo 1023 sono deportati ad Auschwitz, tra loro vi è anche un bambino nato dopo l'arresto della madre; soltanto 17 faranno ritorno. L'irruzione nel ghetto è un crimine conosciuto e giustamente commemorato ora anche dalle «pietre d'inciampo» poste nei luoghi dove vivevano le vittime; ed è un crimine tedesco. In pochi ricordano invece la notte del 6 dicembre 1943, quando 163 ebrei veneziani vengono arrestati dalla polizia italiana e da volontari fascisti. La sera successiva il prefetto comunica al ministero dell'Interno di Salò il successo dell'azione: «Notte sul sei corrente in Venezia et provincia procedutosi in fermo numero 163 ebrei puri di cui 114 donne et 49 uomini». Tutti vengono trasferiti a Fossoli e consegnati ai nazisti. Non ci si ferma nemmeno di fronte agli anziani della Casa di riposo israelitica, e a un gruppo di bambini che seguono i genitori qualche settimana più tardi e condividono la destinazione finale: Auschwitz. Il convoglio degli ebrei veneziani e di altri deportati parte per il campo di sterminio il 22 febbraio 1944. In tutto sono 649: Primo Levi è tra loro, sarà uno dei pochissimi sopravvissuti. L'elenco dei bambini viene comunicato dal questore di Venezia al comandante del campo di Fossoli: «Levi Mario di Beniamino di anni 4; Levi Lino di Beniamino di anni 6; Todesco Sergio di Eugenio di anni 4; Nacamulli Mara di Eugenio di anni 3». Le loro case rimaste vuote vengono saccheggiate.

È ormai accertato che i 4210 ebrei deportati dopo l'ordine numero 5 siano stati arrestati quasi tutti dalle autorità italiane. Alcune prefetture e comandi, scrive De Felice, ci mettono «uno zelo veramente incredibile, fatto al tempo stesso di fanatismo, di sete di violenza, di rapacità».

La famiglia di Piera Sonnino, composta da suo padre, sua madre e da altri cinque fratelli, si è trasferita a Genova nel

1934. Dopo l'8 settembre si rifugia in val Trebbia, a Rovegno, sull'Appennino Ligure, cercando invano un contatto con i partigiani. Non sapendo a chi appoggiarsi, la famiglia è costretta a tornare in città, dove un conoscente trova loro un rifugio in un palazzo semidistrutto dai bombardamenti, senza luce né gas. Poi, grazie a un sacerdote, i Sonnino riescono a entrare in una casa vera, ma la loro situazione si fa sempre più drammatica.

Il 12 ottobre 1944 militi della Brigata nera di Genova, al comando del «tenente colonnello» Brenno Grandi, persecutore di ebrei, li arrestano in seguito a una delazione. La casa viene razziata fino all'ultimo oggetto: un testimone ricorda che il carrettino dei brigatisti fece avanti e indietro per almeno quindici giorni. I Sonnino sono portati alla Casa dello Studente – un luogo spaventoso, dove partigiani e antifascisti vengono selvaggiamente torturati e uccisi –, poi al carcere di Marassi, da dove comincia il viaggio per Bolzano e infine per Auschwitz.

All'arrivo i genitori di Piera sono subito destinati alle camere a gas. Ad Auschwitz muoiono anche tutti e tre i fratelli. Una sorella è uccisa a Flossenbürg, l'altra nel campo di Braunschweig. Piera è l'unica a salvarsi. Quando rientra in Italia non ha più nessuno. Passerà diversi anni in una clinica. Tornata a Genova, sposerà un giornalista dell'«Unità», Anton Gaetano Parodi, con cui avrà due figlie, Maria Luisa e Bice. Saranno loro a pubblicare la drammatica testimonianza della madre.

Dei brigatisti neri Piera Sonnino scrive: «Ignoro che cosa sia avvenuto a quegli agenti, se siano morti o se siano vivi; ignoro quale mestiere o quale professione esercitino attualmente, ma forse i loro figli sono già adulti, come Paolo e Roberto lo erano allora, o giovani, come eravamo Maria Luisa e io, o ragazzi, come Giorgio e Bice. Chi comandò il nostro arresto fu Brenno Grandi che riuscì ad essere assolto nel processo che subì nel 1947 perché riuscì a dimostrare di avere infierito sugli ebrei non a scopo di lucro; ma essi, quei quattro agenti che eseguirono i suoi ordini, ovunque essi siano, sappiano che dal momento in cui ci trascinarono fuori dalla nostra casa, in quella prima ed unica volta che ci videro, diedero l'avvio al nostro viaggio verso la morte. Essi stessi per me, oggi, hanno nella memoria il volto della morte».

Da Torino altre famiglia ebraiche salgono in Valchiusella, dove si sentono protette da partigiani e civili. A Vico sono arrivati i Goldschmied, nella frazione di Succinto gli Ancona. Ci sono anziani e bambini piccoli. Ma in valle c'è anche un altro persecutore, il federale fascista Pietro Mancinelli.

Nato a Stresa, squadrista della prima ora, capitano di marina, Mancinelli organizza una spietata caccia a tutti gli ebrei rifugiati nella zona. A Succinto arriva nella notte del 14 febbraio. Incendia una cascina di proprietà della Chiesa, arresta il parroco, don Pellerej, con l'accusa di aver nascosto armi e soccorso i ricercati. La famiglia Ancona, l'ingegnere Livio Goldschmied, altri ebrei tra cui donne e bambini vengono caricati sulle carrette e portati nelle carceri di Ivrea. Un superstite, ridotto in fin di vita dalla fame, prima di spirare sarà riconosciuto nel campo di Bolzano dal comandante partigiano Ennio Martina, «Enny». Nel *Libro della Memoria* Liliana Picciotto ricorda i nomi e la sorte di alcuni degli arrestati della Valchiusella:

Ancona Achille, anni 24, arrestato a Succinto, deportato ad Auschwitz, morto il 22 gennaio 1945

Ancona Gastone, anni 49, arrestato a Succinto, deportato ad Auschwitz, morto il 14 settembre 1944

Ancona Marisa, anni 18, arrestata a Succinto, deportata ad Auschwitz, morta a Bergen-Belsen dopo l'11 febbraio 1945

Ada Fraenkel Goldschmied, anni 55, arrestata a Vico, deportata ad Auschwitz, morta il 5 aprile 1944

Livio Goldschmied, anni 31, arrestato a Vico, deportato ad Auschwitz, morto il 2 agosto 1944.

Sempre secondo il *Libro della Memoria*, gli ebrei arrestati e deportati sono 6807, di cui 5791 assassinati; quelli uccisi in Italia, 322; gli arrestati e scampati, 451. A queste vanno aggiunte 950 vittime che non si è riusciti a identificare. Non è una tragedia che possa essere racchiusa nei numeri, che però sono in sé significativi: la comunità italiana è piccola; quasi un ebreo su cinque, un rabbino capo su due, vengono eliminati.

L'8 febbraio 1944 il campo di Fossoli passa sotto il comando tedesco. Che gli ebrei da lì vadano a morire, Mussolini lo sa perfettamente almeno dal febbraio '43, quando ha ricevuto il rapporto segreto di Ciano sulle deportazioni e le «esecuzioni in massa degli ebrei» nei territori occupati dell'Est Europa. Il 15 marzo '44 il Duce compie un ulteriore passo sulla via della persecuzione: istituisce la Direzione generale per la demografia e la razza, alle sue dipendenze, e vi pone a capo un fanatico, Giovanni Preziosi, che sostiene apertamente che il «primo compito» della Rsi è «quello di eliminare gli ebrei». Preziosi si adopera per inviare nei campi di concentramento non solo gli «ebrei puri» ma anche i cittadini di «origine mista», e per confiscare i beni anche degli «ebrei arianizzati». Quando gli Alleati premono sull'Appennino, gli ebrei vengono trasferiti da Fossoli nel campo di Bolzano-Gries, luogo di torture e di crimini, come la Risiera di San Sabba a Trieste.

Il 5 settembre 1944 le SS, appoggiate da militi della Guardia nazionale repubblicana, assassinano diciassette prigionieri tra cui undici ebrei, nei pressi dell'aeroporto di Forlì. Le loro donne – madri, mogli, sorelle: in tutto sette persone – sono scarcerate con la promessa della libertà; vengono uccise subito dopo. La strage continua fino al 25 aprile, quando un gruppo di militi fascisti in fuga verso la Francia si ferma a Cuneo per prelevare sei ebrei stranieri e gettarli dal ponte sulla Stura.

I delatori esistono, se gli arcivescovi di Milano Schuster e di Firenze Dalla Costa esortano dal pulpito i fedeli a «evitare la vergogna», minacciando la scomunica per gli informatori che consegnano vite in cambio di denaro. Le SS e la milizia fascista possono contare su una rete di spie e anche su due collaboratori ebrei, a Roma e Trieste, che identificano i correligionari e li consegnano ai carnefici.

Ma la persecuzione trova un argine nella solidarietà che viene offerta dalla Chiesa, dai partigiani che accompagnano vecchi e bambini alla frontiera svizzera, dai civili che li nascondono nelle loro case, pur sapendo che proteggerli può costare la vita. Si salvarono così, secondo i calcoli dello storico Michele Sarfatti, 35 mila perseguitati. Circa 500 si rifugiano nell'Italia meridionale, tra 5500 e 6 mila trovano riparo in Svizzera (ma almeno 300 vengono arrestati prima di raggiungerla o dopo esserne stati respinti); gli altri 29 mila vivono da clandestini nelle campagne e nelle città.

Poi ci sono coloro che si battono. Circa 2 mila ebrei, tra cui Enzo ed Emilio Sereni, Vittorio Foa, Carlo Levi, Primo Levi, Umberto Terracini, Leo Valiani, Elio Toaff, partecipano attivamente alla Resistenza. Almeno cento ebrei cadono in combattimento o, dopo essere stati arrestati, sono uccisi in Italia (come accade a Leone Ginzburg, morto sotto le torture nel carcere di Regina Coeli) oppure nei lager; cinque sono medaglia d'oro alla memoria. Tra questi una donna, Rita Rosani, che proviene da una famiglia di ebrei cecoslovacchi arrivata in Italia.

Rita insegna alla scuola elementare israelita di Trieste. Dopo l'armistizio convince i suoi a nascondersi nella campagna friulana: i parenti rimasti in città moriranno tutti nei campi di sterminio. Lei sceglie la Resistenza, prima a Portogruaro, poi nel Veronese, dove contribuisce a organizzare le prime bande, tra cui la sua, la Aquila. Per mesi si batte in Valpolicella, raccogliendo altri partigiani. Sono in quindici, nella baita sul monte Comun divenuta la loro base, quando vengono accerchiati durante un rastrellamento.

Rita Rosani e i suoi compagni resistono per ore, poi tentano una sortita. Gli uomini le propongono di mettersi in salvo da sola, mentre loro affronteranno i fascisti; lei risponde: «Vuialtri g'avì voia de schersàr», voi avete voglia di scherzare; poi esce per prima allo scoperto, con il fucile in mano. Ferita e catturata, Rita è uccisa con un colpo alla testa. Il sottotenente che le ha sparato, condannato nel 1945 a vent'anni di carcere, tornerà libero poco dopo. Su una lapide a lei dedicata, all'ingresso del tempio israelitico di Verona, è inciso in ebraico un passo della Bibbia: «Molte donne si sono comportate valorosamente, ma tu le superi tutte».

«Oggi ho combinato due guai: ho rotto i pantaloni e mi sono unito ai partigiani» scrive alla madre dopo l'8 settembre Emanuele Artom, prima di raggiungere come delegato del Partito d'azione i garibaldini di Pompeo Colajanni, con il nome di copertura di Eugenio Ansaldi.

Artom è nato in una famiglia della borghesia ebraica torinese: insegnanti, professionisti. Studia al liceo classico D'Azeglio, dov'è allievo di Augusto Monti, che lo inizia alla cultura classica e alla filosofia di Croce; si laurea a pieni voti nel 1937, tesi sulla Roma antica con Mario Attilio Levi. Dopo le leggi razziali organizza con il fratello Ennio un circolo culturale, a cui partecipano molti giovani ebrei torinesi, che approfondiscono il senso della propria identità. Ci sono Annamaria e Primo Levi, Livio Norzi, Guido Bonfiglioli, Giorgio Segre, Franco Momigliano, Luciana Nissim.

La Resistenza per Emanuele è uno sbocco naturale. Dopo i primi mesi con i garibaldini, nel gennaio 1944 si unisce agli azionisti della Val Pellice, di cui diventa commissario politico. Passa di banda in banda, batte la Val Germanasca, marcia per intere notti, partecipa ai combattimenti. All'apparenza è la persona meno adatta alla guerriglia: fragile, timido, maldestro, un «primo della classe» cresciuto in un mondo di libri, cultura e discussioni; oggi si direbbe un *nerd*. Lo storico Sergio Luzzatto ha spiegato bene «il disagio incontrato dall'intellighenzia azionista di città nel comunicare con i ribelli di periferia o di campagna. Troppo colti e smagati, troppo snob, i partigiani-professori non sapevano parlare al cuore di manovali e di braccianti che si esprimevano quasi soltanto in dialetto, e che erano saliti in montagna da renitenti alla leva di Salò piuttosto che da resistenti: più facile che gli "apolitici" si lasciassero incantare, semmai, dal ferreo dogmatismo comunista».

Di tutto questo abbiamo testimonianza nel bellissimo diario – tenere un diario era pericoloso, ma molti quadri partigiani l'hanno fatto – che Emanuele Artom scrive tra il novembre 1943 e il febbraio 1944. Ne traspare lo sforzo di comunicare le idee di democrazia a giovani cresciuti tra fascismo e guerra; e siccome non tace nulla, emerge anche il lato oscuro della lotta di liberazione, i calcoli, le volgarità, i fanatismi, le violenze. La Resistenza va raccontata per intero: «La vita di un bandito è molto complicata e succedono infiniti incidenti... un partigiano ubriaco litiga con un carabiniere e viene portato in carcere per qualche ora, poi rilasciato: un altro ingravida una ragazza: bisogna scrivere questi fatti, perché fra qualche decennio una nuova rettorica patriottarda o pseudoliberale non venga a esaltare le formazioni dei purissimi eroi: siamo quello che siamo: un complesso di individui in parte disinteressati e in buona fede, in parte arrivisti politici, in parte soldati sbandati che temono la deportazione in Germania, in parte spinti dal desiderio di avventura, in parte da quello di rapina. Gli uomini sono uomini».

Viene in mente Beppe Fenoglio, con la sua capacità di demitizzare i partigiani, e nello stesso tempo restituirli alla loro dimensione umana. Scrive ancora Artom: «Può essere che in futuro questo mio spregiudicato e pessimistico diario possa fare cattiva impressione: si dica che io, arrampicandomi per la montagna, mi fermavo a osservare sterpi e sassi, i brutti episodi son numerosi, e non guardavo la vetta o il paesaggio. Errore,

errore. Se non vedessi vetta o paesaggio, non farei la dura salita, ma per timore di rettorica preferisco tacere gli alti ideali».

Emanuele non ama la violenza e condanna la fucilazione di fascisti e tedeschi presi prigionieri, che appare una scelta obbligata durante i rastrellamenti: «Si adottano i metodi fascisti. Se si potesse fare dello spirito, direi a Barbato di chiamarci Bande Ezzelino da Romano e non Carlo Pisacane. Così ora comprendo la gravità di aver ucciso qualche prigioniero. Già allora avevo protestato, ma ora capisco come sarebbe stato meglio ricordagli che i Tedeschi uccidono i partigiani catturati, poi puntargli la rivoltella, graziarlo e trattenerlo un'ora a spiegargli la certa sconfitta di Hitler e le ragioni della nostra resistenza. Poi congedarlo. Se tornava fra i fascisti poco male: uno più o meno fra tanti non conta, ma c'era qualche probabilità che si ravvedesse, che ci restasse amico e ci rendesse qualche servizio, che almeno combattesse più fiaccamente contro di noi. Almeno davanti alla popolazione e alla storia si sarebbero rese note le differenze fra i due metodi». Ma sarà proprio un prigioniero da lui risparmiato a perderlo.

Il 21 marzo 1944 i tedeschi cominciano il grande rastrellamento contro i partigiani della zona. Il 25 marzo Artom, che si trova con Franco Momigliano, Ugo Sacerdote, Gustavo Malan e Ruggero Levi, è raggiunto da una pattuglia di SS italiane che risale la montagna: gli altri riescono a fuggire, lui cade a terra sfinito; Ruggero Levi, un altro giovane partigiano torinese, si ferma per non lasciarlo solo. I due amici vengono portati nelle carceri di Luserna San Giovanni. Un fascista, a cui Emanuele ha salvato la vita, lo denuncia come ebreo. I «ragazzi di Salò» e i tedeschi lo sottopongono a spaventose torture. Semisvenuto per le percosse, per umiliarlo lo caricano a forza sul dorso di un mulo, gli mettono una scopa sotto il braccio, un cappellaccio in testa, e con il volto tumefatto lo fotografano ed esibiscono come trofeo di guerra. L'immagine appare sul settimanale bilingue «Der Adler», diffuso in Italia, con la didascalia: «Bandito ebreo catturato».

Il 31 marzo Emanuele Artom è trasferito alle Nuove di Torino, dove muore il 7 aprile a causa delle sevizie. Due suoi compagni di prigionia sono costretti a seppellirlo di notte in un bosco presso Stupinigi. Il corpo dell'uomo che sarebbe forse diventato uno tra i più importanti intellettuali italiani del dopoguerra non sarà mai ritrovato.

Samuele Sereni e Alfonsa Pontecorvo appartenevano all'alta borghesia ebraica romana. Il padre di Samuele era stato il medico del re, suo zio Angelo presidente della comunità. I loro figli, Enzo ed Emilio, ancora ragazzi fondano un gruppo sionista-socialista, Avodà, e progettano di emigrare in Palestina.

Nel 1927, dopo il matrimonio con Ada Ascarelli, anche lei di famiglia ebraica, Enzo Sereni parte per Gerusalemme con una figlia piccola, Anna. Emilio resta a studiare agraria a Portici. I due fratelli si allontanano. Enzo fonda il kibbutz di Givat Brenner, dove nascono la secondogenita Hagar e il terzo figlio Daniel; Emilio, divenuto membro del Partito comunista clandestino, viene arrestato nel 1930, e nel dopoguerra sarà un dirigente del Pci.

In Palestina Enzo vive la trasformazione imposta dalla grande avventura, il sogno del ritorno alla terra promessa: deve diventare contadino e operaio, nell'aranceto e nel kibbutz, rimanendo intellettuale e studioso. Rientra in Italia per intervenire al congresso sionista di Livorno: «Non ci sarà riscatto per il nostro popolo sino a quando non saremo noi stessi a tornare a Eretz Israel per costruirla anche manualmente; il nostro popolo non avrà diritto alla pace fra gli altri popoli finché non si sarà creata una normale struttura proletaria e contadina». Nel kibbutz lavorano anche molti arabi: Enzo sostiene la coesistenza tra i due popoli; resta un socialista, milita nel sindacato dell'Histadrut.

Mandato in Europa per aiutare gli ebrei che intendono tornare in Palestina, Sereni viene fermato dalla Gestapo. Una volta libero, porta uomini e denaro fuori dalla Germania nazista. Poi va a occuparsi del movimento sionista negli Stati Uniti. Quando scoppia la guerra si arruola nell'esercito britannico. La sua missione è organizzare le unità paracadutistiche della Special Operations Executive, che manda agenti nell'Europa occupata.

Nel gennaio 1944, a Bari, Sereni crea un'unità dell'Agenzia ebraica per salvare gli ebrei in trappola nei territori in mano ai nazisti. Su 250 volontari 110 sono selezionati per addestrarsi e 33 vengono paracadutati in Europa. Il 15 maggio 1944 Enzo Sereni è paracadutato sulla Toscana sotto il falso nome di Samuel Barda, ma viene catturato e torturato. Trasferito al campo di Bolzano il 25 agosto 1944 e detenuto nel blocco E, recintato col filo spinato perché riservato ai prigionieri politici considerati più pericolosi, Sereni viene deportato a Dachau il 5 ottobre 1944, dov'è immatricolato con il nome Samuel Barda e con il numero 113160, e sottoposto a uno speciale regime di rigore.

Un sopravvissuto, Raffaele Capuozzo, in una testimonianza filmata ha raccontato la tempra di Sereni a Dachau: «Il capo-Lager venne con un elenco e chiamò fuori Samuel Barda, capitano paracadutista inglese. Parlò in tedesco, non so cosa disse. Cominciò a sferrargli pugni sulla faccia e questo capitano, sarà stato alto un metro e 55, non si mosse, rimase sull'attenti imperterrito come se gli facessero delle carezze».

Il 17 novembre 1944 Enzo viene condotto in una cella speciale di punizione per essere interrogato. Sarà fucilato il giorno dopo. Sua nipote Clara Sereni, figlia di Emilio, ne ha raccontato la storia nel libro *Il gioco dei regni*. Oggi il kibbutz che ha fondato si chiama Netzer Sereni.

Giulio Bolaffi appartiene a un'importante famiglia ebraica torinese. Il padre, Alberto, ha fondato la più grande azienda filatelica italiana. Anche Giulio, come Emanuele Artom, frequenta il D'Azeglio. Si laurea in giurisprudenza a 22 anni. Sposa Palmina Seghesio, nascono due figli, Stella e Alberto. La politica non è nei suoi interessi: prima vengono l'azienda, la cultura, lo sport. È stato ufficiale degli alpini, ha idee conservatrici. Ricorda il figlio Alberto: «Fu iscritto al Guf, montava a cavallo, eccelleva nel lancio del giavellotto. A suo agio nella dimensione ginnico-goliardica dell'epoca. Beninteso mai indulgendo all'estasi collettiva».

Con le leggi razziali, i suoi fratelli Roberto e Dante lasciano l'Italia. Giulio resta. È tra i primi a salire in montagna, nelle Valli di Lanzo, nome di battaglia «Boni» («Monti», secondo altri). Non è un partigiano qualsiasi, è un organizzatore, usa i contatti che gli vengono dalla sua attività imprenditoriale, crea una rete di soccorso: per le emergenze c'è la clinica di Villa Turina del professor Carlo Angela, dove si rifugiano molti ebrei, o l'ospedale di Ciriè con il professor Giovanni Mussa e le sue suore infermiere; sempre a Lanzo, in casa del sarto Giuseppe Casassa, nasce un centro per stampare e distribuire documenti falsi, con la collaborazione del segretario comunale. Almeno duecento persone vivono così sotto la protezione dei civili; agli ebrei si uniscono fanti sbandati della quarta armata in ritirata dalla Francia, politici liberati dalle carceri, prigionieri di guerra inglesi e russi.

Dopo qualche mese, però, Bolaffi lascia le Valli di Lanzo, dove si sta rivelando dominante la presenza comunista; anche se a Vonzo, sopra Chialamberto, rimarranno in un rifugio sicuro fino alla fine della guerra i figli, insieme con l'istitutrice (la madre è morta nel 1943). Il 18 maggio 1944 Bolaffi installa il suo comando in Val Susa, seguito da due altri partigiani ebrei: Enrico Avigdor ed Enrico Loewenthal. Forse non è un caso che sia scelta la valle dove, a Meana, vanno in vacanza sia Benedetto Croce sia quel che resta della famiglia di Piero Gobetti, sua moglie Ada e suo figlio Paolo. Nel *Diario partigiano* Ada Gobetti annota che Bolaffi «ha una sua borghesissima paura della parola "politica"». Ma sarà proprio lei a convincerlo a aderire alle formazioni di Giustizia e Libertà, assicurandogli che si tratta di una scelta «a carattere tipicamente militare, non vincolata ad alcun programma di partito».

Il Comitato di liberazione del Piemonte assegna a Bolaffi l'alta Val Susa: il suo nome di battaglia diventa Aldo Laghi, la quarta divisione Giustizia e Libertà, che comanda, si chiamerà Stellina, come la figlia Stella. Stellina è anche il nome della capretta che fa da mascotte. Bolaffi assicura di tasca propria il soldo dei partigiani, che non pesano così sulla popolazione, e ordina di evitare agguati che possano provocare rappresaglie. Quando però alla fine di agosto del 1944 i nazifascisti attaccano, la divisione Stellina li sconfigge a Costa Rossa, tra Mompantero e Susa, nella battaglia delle Grange Sevine: 163 nemici cadono prigionieri, viene recuperato un arsenale. Nel frattempo l'azienda, affidata ai collaboratori, prospera: nella sede di Torino i francobolli, considerati beni rifugio in mesi di svalutazione feroce, si vendono bene; nessuno sospetta che il titolare sia un capo partigiano. Anche perché il comando della divisione è nascosto nel convento di Susa; quando si vedono tedeschi in giro, l'imprenditore ebreo gira in saio francescano.

Così Stella Bolaffi racconterà l'incontro con il papà, dopo la liberazione: «Con nostro immenso stupore, ai primi di maggio del '45, abbiamo visto arrivare a Chialamberto nostro padre su una vecchia Fiat con un manipolo di uomini armati sui predellini dell'auto, vestito da alpino, incredibilmente magro, con un parabellum in spalla e bombe a mano alla cintura. Mi si è rivelato all'improvviso che quel piccolo signore che ricordavo sempre ben vestito, guanti e cappello pure d'estate, compito nei modi, un po' severo, tutto dedito ai suoi cari francobolli, l'antitesi dei miei eroi salgariani, era diventato (o forse lo era sempre stato?) un uomo coraggioso, altruista, idealista, abile nelle tattiche militari e di guerriglia».

Nel convento di Susa questa lapide ricorda l'alleanza tra frati e ribelli:

In tempi oscuri animati dalla fede e dalla speranza
di un giusto avvenire
i frati minori conventuali
formando un unico blocco
con la popolazione tutta di Susa
ospitarono il comando della lotta
per la liberazione della patria.
Con immutata riconoscenza,

i partigiani della IV divisione alpina Gl Stellina.

* * *

Franco Cesana non ha ancora compiuto 13 anni, quando raggiunge i partigiani. Ebreo, nato a Mantova, cresciuto a Bologna, cacciato di scuola a causa delle leggi razziali, rimasto orfano di padre nel 1939, affidato prima all'orfanotrofio israelitico di Torino e poi a quello di Roma, dopo l'8 settembre raggiunge la famiglia, nascosta sull'Appennino emiliano. Nel gennaio 1944, seguendo l'esempio del fratello Lelio, fugge di casa e si unisce ai partigiani, nome di battaglia «Balilla», raccontando di avere 18 anni. Il 12 settembre 1944, mentre con il fratello è di pattuglia, viene attaccato di sorpresa dai tedeschi e ucciso con una raffica di mitragliatrice. Grazie al suo sacrificio, il resto della banda riesce a mettersi in salvo. Franco Cesana è medaglia di bronzo al valor militare. Questa è la lettera scritta alla madre per tranquillizzarla. Prima di salutarlo, la madre gli aveva fatto giurare di non dire a nessuno di essere ebreo.

«Carissima mamma,

dopo la mia scappata non ho potuto darti mie notizie per motivi che tu immagini. Ti do ora un dettagliato resoconto della mia avventura: partii così all'improvviso senza sapere io stesso che cosa stavo facendo. Camminai finché potevo, poi mi fermai a dormire in un fienile. Al mattino, svegliandomi con la fame, ripresi a camminare in direzione di Gombola, sfamandomi con le more. Arrivai a Gombola verso le nove e di lì cercai i partigiani, deciso a entrare a far parte di una qualche formazione. Riuscii a trovare patrioti che mi insegnarono la strada per andare al Comando che si trovava a Maranello di Gombola. Arrivai nella detta località stanco morto, ma mi feci coraggio e mi presentai. Dopo un po' mi si presentò l'occasione di entrare a far parte della formazione Marcello [*dal nome di Marcello Catellani, comandante della brigata*].

Sei contenta? Presentandomi a Marcello fui assunto e siccome ho studiato fui dislocato al Comando e attualmente mi trovo stabile relativamente sicuro in una località sopra a Gombola.

Così non devi impensierirti per me che sto da re. La salute è ottima; solo un po' precario il dormire. Per chiarire un increscioso incidente ti avverto che non ho detto quella cosa che mi hai fatto giurare. Così chiudo questa mia, raccomandandoti alto il morale, che ormai abbiamo finito. Affettuosamente ti bacia e ti pensa il tuo tesoro. Appena ricevuto la mia bruciala. Ancora ti saluto e ti abbraccio

Franco.»

XXIII

La seconda battaglia di Legnano

Militari italiani contro i nazisti

La Francia ha edificato il mito della divisione Leclerc che libera Parigi, degli uomini della France Libre che agli ordini di De Gaulle combattono accanto agli Alleati, del generale Juin che risale l'Italia con le truppe coloniali – le quali si macchiano di atrocità contro la popolazione –; ma la Francia ha dimenticato volentieri che la gran parte delle sue forze armate collaborarono sin quasi all'ultimo con Hitler. L'Italia ha avuto migliaia di caduti tra i militari che lottarono con gli angloamericani contro i nazisti per la liberazione del Paese; ma li ha dimenticati.

Non è vero che l'8 settembre tutti si arrendono senza combattere. La sera stessa gli alpini della Pusteria attaccano truppe tedesche vicino a Grenoble. A Gap l'11° reggimento alpino è accerchiato da reparti corazzati: si batterà aspramente fino al mattino. A Buccoli di Conforti, vicino a Salerno, il generale Ferrante Gonzaga del Vodice, comandante della 222ª divisione costiera, viene sorpreso con pochi uomini in un osservatorio; davanti all'intimazione del colonnello germanico estrae la pistola seguito dai suoi: vengono subito abbattuti. A Castellammare di Stabia i capitani di corvetta Michelangelo Flaman e Domenico Baffigo conducono i propri marinai in aiuto del presidio comandato dal colonnello Olivieri: per un giorno intero respingono gli assalti; dopo la resa, Baffigo, Olivieri, il capitano Ripamonti e il tenente del Genio navale Ugo Molino della Corderia sono portati a Napoli e fucilati senza processo. A Nola subiscono la stessa sorte i colonnelli Ruberto e De Pasqua, con gli otto ufficiali che hanno guidato la resistenza. A Piacenza gli allievi carristi si barricano nella caserma fino al mattino con oltre trenta morti. A Crema è un sottufficiale di artiglieria, Fleres, a guidare una lotta disperata.

Questi esempi non possono cancellare il verdetto della storia, anzi lo confermano: l'8 settembre fu un disastro; nessun italiano ne uscì vittorioso, né i molti che cedettero le armi, né – tranne rare eccezioni – coloro che non si arresero. Ma non fu la morte della patria. Fu l'eclissi della monarchia, ma anche l'inizio di una resistenza che avrebbe portato alla liberazione, alla democrazia, alla Costituzione, all'inizio di un'epoca di pace e progresso economico. Certo, la fine dell'illusione nazionalista del fascismo logorò anche parole nobili, come appunto «patria». L'esercito perse quel prestigio che ora ha riconquistato grazie ai militari in missione di pace all'estero. E fu oscurato il coraggio di molti ragazzi della «generazione sfortunata» – come li definisce Alfio Caruso nel suo bellissimo libro intitolato appunto *In cerca di una patria* –, che dopo essere andati in guerra per obbedire alla cartolina precetto intuiscono che ora per voltare pagina bisogna battersi, e se necessario sacrificarsi. Dalla Francia al Montenegro, dalla Dalmazia all'Albania, dalla Grecia alle isole dello Jonio e dell'Egeo, soldati e ufficiali del regio esercito s'immolano ovunque. Sono decine i casi in cui i militari antepongono l'onore alla sopravvivenza, la difesa dell'identità nazionale al tornaconto personale.

Qualcuno ce la fa. A Firenze il generale Giorgio Morigi, vicecomandante della Nembo in licenza, apprende la mattina del 9 che cannoni e artiglieri del 41° reggimento sono stati catturati e avviati verso il passo della Futa. Morigi organizza subito l'unico reparto che ha sottomano, la 56ª compagnia del 19° battaglione paracadutisti. Con il tenente Giuseppe Bianchetti e il capitano Antonio Gallo, uno dei pochissimi reduci della

Folgore sopravvissuti a El Alamein, si lancia all'inseguimento. I granatieri germanici, divisi in tre scaglioni, vengono attaccati e sopraffatti. Gli artiglieri riconquistano la libertà. Morigi, Bianchetti e Gallo riparano in Romagna, la terra del generale.

A Radicofani e ad Abbadia San Salvatore lottano le compagnie della Ravenna. A Montepulciano imbracciano il fucile i carristi appiedati. Fra Cecina e Orbetello battesimo del fuoco per la 215ª divisione costiera. A Piombino gli artiglieri del capitano di vascello Capuano affondano i mezzi navali tedeschi e difendono le attrezzature di collegamento con l'Elba. A Livorno gli artiglieri del maggiore Gamerra tirano sul nemico finché non vedono cadere il comandante. Da Carrara a La Spezia si batterà fino al 14 settembre il battaglione del maggiore Amedeo Cordero di Montezemolo.

A Bolzano vanno a morire i carabinieri. A Bressanone e a Longarone il ricostituito battaglione Morbegno della Tridentina, distrutto in Russia, si apre la via fino alle montagne. Gli alpini della Cuneense provano a tenere le posizioni, prima di darsi alla macchia in Val di Sole. Udine resiste fino al 10, a Gorizia il colonnello Gatta non molla fino al 13. Le guardie di frontiera sparano al passo di Piedicolle e al Tolmino. I battaglioni della Sforzesca combattono intorno a Trieste; quello del maggiore Giudici respinge diversi inviti alla resa e viene annientato.

Talora ai militari si uniscono studenti, operai, impiegati, veterani della Grande Guerra. Il risentimento contro l'ex alleato e la confusa voglia di cambiamento e di rinascita li fanno andare sulle barricate non solo a Porta San Paolo a Roma ma anche a Teramo, ad Ascoli, a Barletta, a Bari. In Sardegna, malgrado le incertezze del generale Basso, i fanti del 132° contendono ai granatieri di Lungershausen il ponte sul Tirso; alla Maddalena i marinai del capitano di vascello Avegno affondano le navi tedesche venute a impossessarsi della base. Vicino a Cagliari è acquartierata la Nembo, la divisione paracadutista erede della Folgore sterminata a El Alamein. Qui avviene l'unico passaggio di campo: il maggiore Mario Rizzati convince un paio di compagnie a seguire i camerati della novantesima divisione diretti in Corsica. Il colonnello Alberto Bechi Luserna, tra i pochi sopravvissuti di El Alamein, prova a fermarli: una raffica di mitra lo abbatte. Cinquantenne maestro goriziano, fascista della prima ora, inviso a molti dei suoi e stimato da Mussolini, Rizzati cadrà nella primavera '44 nei pressi di Roma combattendo contro gli americani.

In Corsica la sera dell'armistizio il generale Magli, comandante del settimo corpo d'armata, è a cena con il suo collega tedesco von Senger und Etterlin. La notizia arriva mentre stanno per sedersi a tavola. Si decide di mangiare lo stesso, in un'atmosfera di gelo. I due generali si salutano promettendosi che ognuno resterà al proprio posto. Ma subito i marinai tedeschi di Bastia tentano un colpo di mano contro la torpediniera *Ardito* e il piroscafo *Humanitas*: la reazione degli italiani sventa l'aggressione, ormai la tregua è saltata. Magli si accorda con il colonnello Paul Colonna d'Istria, capo dei maquis dell'isola, per un'azione congiunta su Bastia: l'attacco di bersaglieri, marinai, fanti, partigiani, appoggiati dai cannoni della Friuli, provoca centinaia di morti nel contingente di Setter, che deve ripiegare. L'arrivo dei granatieri della novantesima consente a von Senger di rioccupare Bastia. Il generale riceve l'ordine di Kesselring di lasciare subito la Corsica, considerata indifendibile. Ma ne arriva anche uno di Hitler: fucilare gli ufficiali italiani, colpevoli di aver impugnato le armi contro il Terzo Reich.

Von Senger ne ha catturati più di duecento, ma a differenza di quanto faranno Lanz e von Stettner a Cefalonia, si ribella all'infame provvedimento. Lo comunica a Kesselring: gli ufficiali italiani hanno obbedito alle disposizioni del loro governo legittimo; illegittimo sarebbe considerarli franchi tiratori. Via radio Kesselring accoglie l'obiezione di von Senger e gli assicura che la trasmetterà all'Oberkommando. Per anticipare eventuali ultimatum da Berlino, von Senger trasferisce in fretta i duecento prigionieri sul continente. Non sarà punito, anzi proseguirà la sua carriera, a dimostrazione che pure gli ordini più spietati di Hitler potevano essere disattesi senza conseguenze. Coloro che vi si attennero, da Cefalonia alle rappresaglie in Italia, lo fecero per convinzione, per sadismo, per pavidità, non per costrizione o per sfuggire a sanzioni personali.

In Croazia, Slovenia, Dalmazia i civili italiani si trovano esposti alle vendette dei tedeschi e degli jugoslavi; le divisioni Zara e Bergamo, con l'appoggio di bersaglieri e cavalleggeri, cercano di proteggerli. I fanti della divisione Messina lottano per quattro giorni; il loro comandante, il generale Spicacci, viene fatto sparire dopo esser stato torturato. La divisione Marche contende ai panzer della Prinz Eugen il litorale attorno all'antica Ragusa; dopo la cattura il generale Amico è fucilato, per aver chiesto ai soldati se hanno intenzione di combattere. Molti muoiono, diversi riescono a raggiungere sui monti le formazioni di Tito, dove daranno vita al battaglione Garibaldi, che poi diventerà la divisione italiana partigiana Garibaldi. Gli alpini della Taurinense conquistano i forti di Gruda prima di unirsi all'esercito di liberazione jugoslavo.

I generali e gli ufficiali che si arrendono finiscono al muro. A Spalato sono giustiziati i generali Cigala Fulgosi, Pelligra, Policardi e 46 ufficiali. Cigala chiede di poter passare al comando per indossare i guanti bianchi; lo lasciano andare, lui si presenta davanti al plotone d'esecuzione, strappa dal petto la croce di ferro, decorazione tedesca, la getta a terra e prima di morire grida «Viva l'Italia».

In Grecia il generale Vecchiarelli, alla testa dell'undicesima armata, scambia la propria sopravvivenza con l'ordine di consegnare le armi. Qualcuno però disobbedisce. Si batte la Pinerolo del generale Infante, che riesce a raggiungere le vette del Pindo dove ci sono i partigiani greci. La prima operazione è contro l'aeroporto di Larissa: vi partecipano 150 lancieri e 15 guastatori guidati dal maggiore Arrighi; si sacrificano per proteggere i commandos britannici, abbandonati dall'Air Force. Ci si batte pure nelle isole dell'Egeo, ma ovunque viene pagato un alto prezzo a impreparazione e codardia dei comandi. I 37 mila militari di Rodi sono bloccati dalle incertezze dell'ammiraglio Campioni: i tedeschi gli hanno promesso la nomina a governatore. Nonostante diversi episodi di valore, il generale nazista Kleemann ha la meglio in tre giorni. Il maggior numero di vittime è provocato dalle navi inglesi, che affondano un piroscafo carico di prigionieri, malgrado siano stati avvertiti: 1500 vittime. Andrà male anche a Campioni: niente governatorato; trasferito in Italia, viene condannato a morte per tradimento da Salò.

A Coo combatte la divisione Regina, prima di esser costretta alla resa dagli Stuka; seguono le esecuzioni degli ufficiali. A Lero sono arrivati 5 mila inglesi; insieme con i 6 mila italiani, comandati dal generale Soldarelli e dal contrammiraglio Mascherpa, potrebbero prevalere; i tedeschi sono soltanto 3 mila, ma mobilitano l'aviazione. Gli italiani, consapevoli che non ci saranno prigionieri, si battono con accanimento; non così i britannici del generale Tilney, che chiede il cessate il fuoco. È una brutta sconfitta, dalle conseguenze terribili. I tedeschi hanno perso più di un terzo degli effettivi e si scatenano contro di noi: tortura e supplizi per tutti, gli ufficiali messi al muro, con la collaborazione di un centinaio di irriducibili fascisti. Mascherpa sarà rispedito in Italia e giustiziato assieme a Campioni.

In Albania si spara e si muore nei porti di Durazzo e di Valona. È la conseguenza del comportamento irresoluto del generale Rosi, responsabile dei 700 mila uomini del Gruppo armate Est. Quattro ufficiali e ventuno soldati sono fucilati per indurre la divisione Arezzo ad arrendersi; il giorno dopo tocca a un ufficiale e a sei soldati, accusati di svolgere propaganda comunista. Anche la divisione Firenze paga con sgozzamenti ed esecuzioni sommarie il tentativo di sottrarsi alla cattura. Il generale Azzi tiene le posizioni fino all'accordo con la missione britannica e con i partigiani albanesi: gli italiani raggiungeranno i patrioti in montagna. Lo stesso fa il tenente colonnello Goffredo Zignani, capo dell'ufficio operativo della nona armata: il 16 settembre con un gruppetto raggiunge i ribelli di una valle, dove opera una missione inglese. Attorno a Zignani si raccolgono ufficiali provenienti da diverse unità. Le bande arriveranno a 25 mila uomini e si batteranno accanto alla popolazione sino alla fine della guerra, con un prezzo elevatissimo di vite. Zignani è tra i primi a cadere: con il colonnello Fernando Raucci sarà seviziato e fucilato nudo.

La barbarie nazista ha il volto del generale Ernesto Chiminello, comandante della divisione Perugia schierata sulla costa albanese, che all'unanimità ha deciso di resistere: 140 tra ufficiali e sottufficiali sono fucilati, la testa di Chiminello viene mozzata e issata in cima a un palo sul molo di Porto Edda, barbaro ammonimento ai disobbedienti. La strage, per la quale nessuno pagherà, viene compiuta dai cacciatori di montagna dell'Edelweiss, i carnefici della Acqui a Cefalonia. Un soldato coraggioso, rimasto sconosciuto, fotografa a futura memoria la fucilazione e lo scempio di Chiminello; purtroppo i giornali pubblicheranno le immagini associandole ai massacri di Cefalonia. Il rastrellamento tedesco che porta alla cattura del generale e dei suoi viene chiamato simpaticamente Unternehmen Spaghetti, Operazione Spaghetti.

La guerra al fianco degli Alleati comincia subito, anche se i vincitori non si fidano dei vinti. Il 28 settembre 1943 viene costituito il I Raggruppamento motorizzato italiano. A Brindisi sono arrivati anche molti aviatori, ma gli Alleati non li fanno volare sul Nord Italia, preferiscono schierarli nei Balcani. I militari italiani lavorano nei porti, nei depositi, nei rifacimenti delle strade, insomma nelle mansioni di retrovia, indispensabili però all'avanzata dell'ottava armata britannica e della quinta armata americana. Per il re e Badoglio è l'occasione agognata di mostrarsi utili, nella speranza di strappare un trattamento migliore al tavolo della pace.

Gli inglesi hanno fatto sapere che possono fornire al I Raggruppamento non più di 5 mila razioni giornaliere; e 5 mila saranno i soldati, divisi in tre battaglioni di fanteria, in due gruppi di artiglieria e in un battaglione controcarro. Vengono scelti i reparti che dopo l'armistizio hanno tenuto, che hanno affrontato i tedeschi e non hanno avuto troppi disertori, fuggiaschi, prigionieri. Tocca al 67° della Legnano, che assieme al 68° si è ben comportato. Il caso vuole che la divisione porti il nome della leggendaria battaglia contro l'Impero germanico del Barbarossa. C'è voglia di combattere: il colonnello Bonfigli, incaricato di comporre due battaglioni, è assillato dalle richieste. Il terzo battaglione è fatto da bersaglieri. Il reggimento di artiglieria viene tratto dalla divisione Mantova: è l'11° giunto in Puglia dalla Calabria a ranghi completi di uomini e pezzi, dopo aver contrastato più volte i tedeschi che hanno avuto l'ordine di far prigionieri i soldati e di requisire i cannoni. Il battaglione controcarro è il V della Piceno, che ha spesso aperto il fuoco contro la Wehrmacht. Si sono presentati anche nove ragazzi della classe 1925, che hanno appena compiuto diciotto anni: sono allievi dell'Accademia navale di Venezia, arrivati con la motonave *Saturnia*. Una foto ritrae sette di loro in borghese, sorridenti, fiduciosi: sono i volontari Bornaghi, Mori, Luraschi, Sibilia, Massa, Furlani, Confalonieri; l'immagine della nuova Italia.

Per il comando si pensa al generale Umberto Utili, che già a fine luglio ha proposto di disarmare le divisioni naziste sulla penisola e dichiarare unilateralmente l'armistizio; si mette di mezzo il generale Roatta, anima nera del regime, fuggito da Roma con il re, che sarà destituito da lì a poco; gli uomini compromessi con il passato non vogliono cedere il passo ai militari che vorrebbero aprire una nuova stagione. Alla fine la scelta cade sul generale degli alpini Vincenzo Dapino, che già comanda la Legnano. È un piemontese schivo di 52 anni, più portato a organizzare i soldati che a trascinarli. Mancano i mezzi di trasporto, si pensa di sopperire con direttive ai limiti del ridicolo: i soldati «abbandonino la mentalità di truppa a piedi cercando di motorizzare il cervello». Non è certo nel linguaggio e nella cultura degli alti comandi che va cercata la scintilla del riscatto; è nella forza morale e nello spirito di sacrificio dei fanti.

La sera del 6 dicembre 1943, dopo un viaggio difficile sotto un'acqua gelida, il Raggruppamento entra in linea, alle pendici di Monte Lungo, l'ultima barriera prima di Cassino. Il brusco generale americano Keyes, responsabile del settore, invia a Dapino un messaggio pieno di stima e fiducia. È l'esordio militare dell'Italia, che vuole andare oltre il fascismo e conquistare l'apprezzamento degli Alleati. Per assistere all'azione è arrivato pure l'erede al trono, il principe Umberto. Ma i battaglioni sono poco addestrati, non hanno alcuna pratica della zona, dipendono dall'artiglieria della quinta armata. All'alba dell'8 dicembre i ragazzi di Dapino vanno all'assalto dentro una fitta nebbia. S'inceppano le mitragliatrici Breda, mentre dal monte Maggiore aggiustano la mira i cannoni tedeschi. Per gli italiani è un martirio: qualcuno riesce a indietreggiare, altri cadono sotto il fuoco, in due prima di morire fanno sventolare una bandiera tricolore. Pagano un prezzo altissimo i bersaglieri. Tra le vittime ci sono cinque cadetti dell'Accademia navale: il diciassettenne goriziano Ludovico Luraschi, colpito, si è scagliato con le bombe a mano contro le mitragliatrici nemiche; Giò Battista Bornaghi, già ferito, è rimasto accanto ai compagni fino al colpo di grazia; Dario Sibilia è stato falciato mentre correva a soccorrere un compagno; Roberto Morelli si è accasciato sulla mitragliatrice, dove aveva preso il posto del tiratore; anche Lino Santi è caduto mentre azionava la Breda per proteggere la ritirata dei compagni. Il Raggruppamento è stato sconfitto. Radio Londra ne loda il coraggio.

Il 16 dicembre si torna all'attacco di Monte Lungo. Stavolta due reggimenti americani si muovono in tempo per occupare le alture circostanti, entra in campo l'artiglieria, gli italiani si coordinano con gli Alleati. Il generale Clark, comandante della quinta armata, si congratula «con gli ufficiali e i soldati del vostro comando per il successo riportato nel loro attacco di ieri su Monte Lungo su quota 343. Questa azione dimostra la determinazione dei soldati italiani a liberare il loro Paese dalla dominazione tedesca, determinazione che può ben servire come esempio ai popoli oppressori d'Europa». Eppure Dapino viene sostituito: alcuni reparti hanno vacillato; il nuovo comandante è il generale Utili. Gli storici militari annotano che il 68° prende il posto del 67°, si aggiungono il 33° bersaglieri, un battaglione arditi, due plotoni mortai da 81, l'11° paracadutisti e il battaglione Piemonte degli alpini: tutti insieme formano il Corpo italiano di liberazione.

Gli alpini, comandati dal maggiore Alberto Briatore, vanno all'assalto di monte Marrone, sulla linea Gustav che protegge Roma. I tedeschi hanno cinto la cima di reticolati e mine, poi l'hanno abbandonata sicuri che non fosse scalabile. Alle 4 del mattino del 31 marzo 1944 le compagnie incominciano l'ascesa. In meno di tre ore la montagna è conquistata. Radio Berlino annuncia mentendo che l'attacco è stato respinto con sanguinose perdite, Radio Roma inventa che «truppe neozelandesi hanno invano tentato di occupare monte Marrone»; ma Radio Londra comunica che «le valorose truppe alpine del Corpo italiano di liberazione, presa d'assalto dopo un'arditissima scalata notturna la cima di monte Marrone, hanno travolto l'accanita resistenza nemica attestandosi saldamente sulla vetta».

Ad accrescere il morale dei soldati italiani provvedono i reduci della Folgore, che sin dall'autunno sono stati inquadrati nell'ottava armata. Li guida il capitano Francesco Gay: il suo reparto è così apprezzato che Montgomery ha rifiutato di restituirlo al generale Messe, il capo di stato maggiore. Attorno ai parà di Gay viene formato, grazie all'arrivo di molti volontari, tra cui alcuni reduci di El Alamein, lo Squadrone da ricognizione F, dove F sta per Folgore. Lo compongono 11 ufficiali, 15 sottufficiali, 177 soldati. Sui manuali di storia inglesi si legge che è stato lo squadrone più decorato dell'ottava armata nella campagna d'Italia. Sono rissosi però: un diverbio con le truppe indiane per il controllo di un ponte degenera in uno scontro a fuoco, gli indiani hanno la peggio, gli inglesi minacciano di trasferire gli italiani nelle retrovie.

Il 27 maggio 1944 tutte le forze del Corpo di liberazione attaccano le postazioni tedesche di monte Mare e colle Altare: è cominciata la marcia sulla capitale, sotto gli sguardi curiosi dei vecchi, delle donne, dei bambini che mettono la testa fuori dai rifugi improvvisati, attratti dalla voce: arrivano i soldati italiani. In un Paese conteso da eserciti stranieri, vedere uomini in grigioverde, per quanto stinto, scatena reazioni istintive: i vecchi tirano fuori il tricolore, ritrovano l'orgoglio dell'appartenenza. A Roma però devono entrare per primi gli americani. In cambio gli italiani ottengono qualche vecchio camion Fiat 626, per trasportare gli uomini che sono ormai 15 mila.

L'8 giugno incominciano le operazioni sul versante adriatico. Vengono liberate Orsogna, Guariagrele, Chieti; e poi Sulmona, L'Aquila, Ascoli. All'inizio di luglio si profila all'orizzonte il paese di Filottrano: è la chiave di volta della difesa di Ancona. Il compito di espugnarlo viene affidato alla Nembo. Il generale Morigi manda all'assalto cinque battaglioni, uno lo comanda il maggiore Felice Valletti Borgnini: è stato ferito dagli inglesi a El Alamein; suo padre, un generale, si è schierato con Mussolini, come suo fratello, che morirà in un campo di concentramento angloamericano.

La battaglia di Filottrano comincia all'alba dell'8 luglio. Si combatte casa per casa, con bombe a mano e pugnali. All'ospedale gli italiani vengono ricoverati al pianterreno, i tedeschi al primo piano. I carri armati inchiodano i paracadutisti alle posizioni di partenza. Dal comando inglese offrono di mandare i bombardieri Lancaster. Morigi sa che spianerebbero ogni resistenza, ma dopo il loro passaggio che cosa resterebbe del paese e dei suoi abitanti? Gli esploratori raccontano che si sono rifugiati negli scantinati. Sarebbe un massacro. Morigi respinge l'offerta, convoca i suoi comandanti, manda sotto anche le forze tenute di riserva. A mezzanotte i tedeschi retrocedono. È la prima vera vittoria italiana da molto tempo.

Si congratulano il generale polacco Anders, il vincitore di Cassino, e il generale inglese Leese, nuovo comandante dell'ottava armata al posto di Montgomery. Utili con grande onestà commenta: «A Filottrano abbiamo rischiato di grosso. Se si fosse sfasciata la Nembo, in una prova che era probabilmente troppo dura, sarebbe intervenuto lo scoraggiamento e dubito che il Corpo di liberazione avrebbe potuto continuare le operazioni». Invece diventa la punta di lancia dell'ottava armata, le fa da battistrada.

Il 18 luglio si passa il fiume Musone dopo uno scontro molto aspro. Entrano in linea i marinai del San Marco e i Patrioti della Maiella, i partigiani abruzzesi guidati da Ettore Troilo: i civili combattono accanto ai militari, nella provincia profonda, per liberare paesi che molti non hanno mai sentito nominare.

Ora gli Alleati si fidano e autorizzano gli italiani a mandare in linea sei gruppi di combattimento: Legnano, Folgore, Friuli, Mantova, Cremona, Piceno. L'armamento sarà inglese, come le divise e gli elmetti: verrà soltanto concesso di mettere lo scudetto tricolore sul braccio sinistro. Nell'attesa, i reparti del Corpo di liberazione vanno ad assaggiare i capisaldi della linea Gotica. In un'azione di pattuglia muore il sottotenente Alfredo Casati, figlio unico del ministro della Guerra, Alessandro, discendente della famiglia lombarda protagonista del Risorgimento. Alfredo si è presentato a giugno in incognito, per arruolarsi con il San Marco: l'unico a saperlo era il padre. Il giorno di ferragosto gli italiani vengono spostati in montagna, per contrastare gli Alpenjäger della quinta divisione, contro cui si è spezzato l'urto degli Ulani polacchi. Gli italiani passano il Metauro ed entrano a Urbino.

A metà gennaio entra in linea il Cremona, nel settore tra la ferrovia Ravenna-Alfonsine e l'Adriatico. Poi vengono schierati gli altri gruppi. Sono settimane di scaramucce più che di vere battaglie, in cui però si muore. A fine marzo si diffonde la sensazione che stia per partire l'attacco finale.

All'alba del 10 aprile gli uomini del Cremona sono incaricati di attraversare il Senio e di conquistare Alfonsine e Fusignano. Sono coinvolti anche il Friuli e il Legnano. In due giorni di sanguinosi assalti, i gruppi italiani completano la manovra. Il Legnano a sinistra, il Folgore e il Friuli a destra diventano i due bracci della tenaglia tendenti su Bologna. Gli incursori dello Squadrone F sono paracadutati nella Bassa: distruggono ponti, arsenali, postazioni, blindati. Al prezzo di 30 morti e 12 feriti uccidono quasi 500 tedeschi, ne catturano più di mille.

Ma gli Alleati hanno deciso che non saranno gli italiani a liberare Bologna. L'ordine è di fermarsi per consentire ai polacchi di Anders di essere i primi, all'alba del 21 aprile, a entrare in città. Alle 8 avanzano i fanti dell'87° Friuli. I pochi bolognesi nelle vie gridano «Evviva gli inglesi!». I soldati rispondono: «Siamo italiani!». I primi della fila indicano il tricolore sul braccio sinistro. Incuriositi, incerti, i passanti si avvicinano per verificare: «Sono i nostri, sono i nostri!». E i militari in divisa inglese, però con le piume di gallo sull'elmetto, che spuntano dalla porta San Ruffillo sono subito identificati come bersaglieri.

Finisce una guerra senza gloria, combattuta in patria contro stranieri e agli ordini di stranieri, ma che deve essere ricordata. Lo dobbiamo agli 89 mila militari italiani morti dopo l'8 settembre nei lager nazisti, sotto i plotoni di esecuzione, sui campi di battaglia.

Arrivando alla fine della ricostruzione dei mesi terribili tra l'armistizio e la liberazione, che vanno inseriti nel quadro di una tragedia vasta quanto l'Europa, viene da chiedersi se esista ancora oggi una questione tedesca.

La Bundesrepublik non è neppure lontana parente del Terzo Reich. È un Paese democratico, che accoglie più rifugiati di qualunque altro nel continente, e nel dopoguerra ha dato lavoro (pur trattandoli con durezza) a milioni di immigrati, tra cui molti italiani. Il suo leader, Angela Merkel, che ormai è di fatto il leader dell'Europa libera, tiene testa all'autocrate Putin. I suoi intellettuali, artisti, scrittori hanno un'interessante tradizione di pensiero critico, dalla scuola di Francoforte ai teologi dissidenti, da Günter Grass a Margarethe von Trotta.

Ma i tedeschi non vengono da Marte. Sono figli e nipoti di una generazione che ha messo l'Europa a ferro e fuoco e ha collaborato al genocidio degli ebrei. La Germania ha pagato a caro prezzo le follie del suo Führer: milioni di morti, migliaia di donne violentate, un Paese distrutto e diviso, con l'Est invaso dai sovietici e passato dal nazismo al comunismo. Merito dei tedeschi aver ricostruito la patria e avere riconquistato il benessere e l'orgoglio nazionale. Va detto però che l'Occidente, impegnato nella guerra fredda, è stato molto generoso con la Germania: accogliendola nel consesso delle nazioni, finanziandone lo sviluppo, dimezzando i debiti di guerra, a volte – come ha fatto il governo italiano – chiudendo gli occhi davanti a crimini di guerra né puniti né risarciti.

Non si tratta di essere oggi antitedeschi, rimuovendo settant'anni di pace. E neppure di voler imporre il senso di colpa a degli innocenti. Ma è un fatto che la Germania abbia raggiunto con la pace l'obiettivo che aveva fallito scatenando due guerre mondiali: conquistare l'egemonia in Europa. Limitarsi ad augurarle di esercitarla con saggezza e lungimiranza – cioè non come ora – è forse un po' poco. È giusto e piacevole continuare a bere birra all'Oktoberfest, visitare una metropoli cosmopolita e accogliente come Berlino – forse la capitale europea più a misura d'uomo –, mescolarci nei tanti matrimoni celebrati nel dopoguerra, accogliere al Brennero milioni di turisti, coltivare i nostri sentimenti di stima e i loro sentimenti di amore, nella speranza di poter arrivare un giorno ad amare i tedeschi e a esserne stimati. Ma, proprio ora che i reduci della Seconda guerra mondiale e della Resistenza se ne stanno andando, le loro forze vanno svanendo, i loro ricordi vanno evaporando, non perdiamo la memoria della testa mozza del generale Chiminello, dei corpi profanati di Sant'Anna di Stazzema, dei bambini di Marzabotto, dei torturati di via Tasso; è anche nell'interesse dei tedeschi che qualcuno ricordi loro di cosa sono stati capaci.

* * *

Pietro Ferreira, ufficiale, va in guerra da volontario. Combatte in Dalmazia. Dopo l'8 settembre sceglie in un primo tempo di restare accanto ai tedeschi. Poi ha una crisi di coscienza, fugge, varca il confine, si unisce ai partigiani friulani, nome di battaglia «Pedro». Passa in Piemonte, con la formazione di Giustizia e Libertà Italia Libera della Val Grana; comanda reparti nelle Valli di Lanzo, poi in Valle d'Aosta, dove guida la settima divisione alpina Gl; tra i suoi uomini c'è Alimiro, il sabotatore che salva Ivrea dai bombardamenti. Catturato a Torino l'8 agosto 1944, liberato in uno scambio di prigionieri, di nuovo arrestato a Milano il 31 dicembre, è processato, condannato a morte, fucilato con altri dieci partigiani il 23 gennaio 1945. Medaglia d'oro al valor militare. Prima di morire scrive questa generosa lettera al tenente Barbetti della Repubblica di Salò, che al processo ha tentato di salvargli la vita:

«Caro Tenente Barbetti,

condannato a morte e a poche ore dalla esecuzione mi sento libero, leggero, sfrondato di ogni umana convenienza e di ogni particolare interesse per cui la mia parola è pura e limpida come acqua sorgiva, e ciò che mi esce dalla penna non può esser altro che sgorgato dal cuore. È in queste condizioni di spirito che sento il bisogno di rivolgere un saluto anche a Voi prima di lasciare questa vita in cui ho vissuto tanto intensamente. Voi tenente Barbetti, colla vostra purissima fede di fascista e nazionalista mi avete fatto ricredere su molti preconcetti che avevo sul mondo fascista repubblicano. Conoscendovi ho appreso ed ho dovuto constatare che anche tra le vostre file vi sono degli uomini puri, onesti e d'onore per i quali le doti morali, staccandosi nettamente da ogni considerazione di carattere politico, brillano di luce propria e rendono la propria personalità inattaccabile da qualsiasi calunnia o ingiustizia anche a fine politico. Io, che muoio per la causa della libertà d'Italia, voglio gridare a gran voce che chi da radio Bari ha pronunciato le note parole ingiuriose nei vostri confronti è un ignorante o un blasfemo. Voi non siete un criminale di guerra, come vi hanno definito, ma siete una persona d'onore, un puro, che segue la voce della coscienza e della lealtà. E ciò voglio dirlo, anzi, gridarlo io, Pedro Ferreira, in punto di morte. Possa questo mio grido che sale dalla fossa giungere all'orecchio di coloro che, non conoscendovi che per l'ufficio che occupate e la carica che rivestite, vi vogliono del male. Io vi ringrazio di tutto quanto avete fatto per me. Nell'ambito della giustizia avete fatto tutto quanto vi era possibile fare per salvarmi. Al processo tutto quanto potevate testimoniare a mio favore l'avete testimoniato, quantunque voi siate per me un nemico. Nuovamente commosso e riconoscente, vi ringrazio e vi auguro di ritornare felice domani in un'Italia rinata a nuova vita, con la vostra signora e i vostri bambini nella vostra natia Capua ove vi sarei venuto a trovare un giorno se il destino non mi fosse stato così nemico. Ed ora vi saluto, tenente Barbetti, vi dico addio, e vi chiedo di permettermi di abbracciarvi e, superando tutto ciò che ci divide, considerarvi in questo supremo momento un caro, un vero amico.

Ten. Pedro Ferreira».

XXIV

Il 25 aprile
Il diario di Ada Gobetti

«A tutti i Comandi zona stop Aldo dice 26 x 1 stop Nemico in crisi finale stop Applicate piano E27 stop Capi nemici et dirigenti fascisti in fuga...»

Il messaggio in codice del Comitato militare del Piemonte dà il via all'insurrezione. Sono giornate febbrili, convulse, confuse, al punto che settant'anni dopo c'è chi racconta di epiche battaglie, e chi sostiene che non sia accaduto quasi nulla, se non le vendette. In realtà, ci sono luoghi in cui la parola «insurrezione» ha un valore puramente simbolico; e ci sono città che vengono liberate dai resistenti. Gli Alleati arrivano dopo giorni e trovano l'ordine partigiano, i sindaci insediati, i tram in giro, i quotidiani in edicola, purtroppo anche i plotoni d'esecuzione che fucilano i cecchini e i fascisti. Torino è tra queste città.

Il 18 aprile è proclamato lo sciopero generale, che paralizza i trasporti. La liberazione è affidata a due gruppi: i combattenti delle Sap, operai che rispondono al Pci; e i partigiani del Piemonte, di ogni fede politica. Il piano è salvare gli impianti industriali, precedere gli angloamericani, non lasciar partire indisturbati i tedeschi e i fascisti. Si muovono su Torino quattro divisioni autonome con 1100 uomini, cinque garibaldine con 3300 uomini, cinque di Gl con 1500 uomini, tre Matteotti con altri 1500. Gli autonomi delle Langhe e i giellisti del Cuneese, in tutto quasi 4 mila uomini, sono di riserva; in realtà combatteranno, e saranno i fazzoletti azzurri di Mauri a prendere i ponti di Moncalieri, via di accesso da sud alla città.

I tedeschi hanno l'ordine di resistere, per coprire la ritirata delle truppe che risalgono dalla Liguria e dal basso Piemonte. Gli Alleati stavolta non sono di grande aiuto: il colonnello Stevens comunica che l'insurrezione va rinviata, i nazisti sono troppi; 35 mila con artiglieria e carri armati. Ma già la notte del 25 aprile comincia l'occupazione delle fabbriche: molti operai, finito il turno, restano a presidiare le officine. Si sbarrano i cancelli, si chiudono i passaggi con blocchi di ghisa, si alzano barricate. Spuntano le armi nascoste, spesso con la complicità delle direzioni aziendali; si piazzano le mitragliatrici nei punti strategici.

Il 26 iniziano gli scontri a fuoco, il 27 si intensificano. I partigiani occupano Mirafiori e il Lingotto e si uniscono agli operai. Il comando si insedia a Borgo San Paolo, il «borgo del fumo», alla Lancia, su cui viene issato il tricolore. I tedeschi attaccano, ma il mattino del 28 il grosso dei partigiani entra in città. Una squadra delle Sap trascina da corso Casale un cannoncino da 75/17 e tira ad alzo zero sulla caserma di via Asti, sede del comando della Brigata nera e luogo di torture; altri partigiani sparano dalle case di fronte; i fascisti si difendono disperatamente, rispondono con i mortai, tentano una sortita con le autoblindo ma non riescono a spezzare l'accerchiamento. Alcune ore dopo riprovano. Due partigiani, Luigi Medico ed Ernesto Moncalvo, si avvicinano strisciando sotto il tiro delle mitragliatrici, fanno saltare un carro armato con l'esplosivo, poi scaricano le armi nelle feritoie.

A mezzogiorno la Curia comunica che i tedeschi sono disposti a sgomberare la città; in cambio chiedono 48 ore per ripiegare indisturbati su Milano. Il Cln esige la resa incondizionata. Anche i fascisti aprono la trattativa: sono pronti al «trapasso dei poteri», purché chi lo desidera possa seguire i tedeschi in fuga. Il Cln replica che non ci sarà «trapasso»: il potere se lo prenderà da sé e lo annuncerà sui manifesti; i primi sono stampati e affissi nel pomeriggio.

Il generale Ernst Schlemmer, comandante della piazza di Torino, organizza la ritirata. Torino è libera: i tedeschi si sono aperti la strada per Chivasso, lungo il Po; gli eccidi e le razzie continuano, a Grugliasco, a Santhià. Le prime avanguardie alleate si vedranno il primo maggio, la giunta militare angloamericana entrerà in carica solo il 9. Il senatore Agnelli si mette sotto la protezione dei giellisti, che si insediano in casa sua, entrano in cantina, brindano a champagne; la sentinella al primo piano, un operaio diciottenne imbarazzato, vede avvicinarsi un anziano signore che gli tende la mano, «Piacere, Giovanni Agnelli». Vittorio Valletta è nascosto; in fabbrica viene annunciata la sua condanna a morte; presto tornerà al comando. In città si continua a sparare. Il federale Solaro, che sarà appeso allo stesso albero cui è stato impiccato Ignazio Vian, ha organizzato gruppi di cecchini, che puntano la folla scesa in strada. In riva al Po cominciano le fucilazioni. Ci si accanisce sulle ausiliarie: una di loro, Marilena Grill, ha solo 17 anni.

Sindaco è nominato Giovanni Roveda, comunista: appena la giunta esce dalla prefettura per andare in municipio, i fascisti le sparano addosso; i partigiani rispondono, la battaglia dura un'ora; il sindaco entra a Palazzo di Città, i cecchini mirano alle finestre. Il suo vice, in rappresentanza del Partito d'azione, è una donna, Ada Gobetti. Scrive nel suo *Diario partigiano*: «Per quanto fossi stanchissima, non mi riusciva di dormire. Pensavo a tutto quel ch'era accaduto in quella lunghissima giornata; ma pensavo soprattutto al domani. I colpi d'arma da fuoco che si sentivano ancora lontano, di quando in quando, mi ricordavano che, nonostante l'esaltazione festosa di quel giorno, la guerra non era ancora finita; e sapevo che grosse forze tedesche erano ancora a poca distanza da Torino. Ma non era questo in fondo che mi preoccupava. La lotta cruenta – anche se si potevano avere ancora degli episodi terribili – era virtualmente terminata... Presto sarebbero giunti gli Alleati. Non ci sarebbero più stati bombardamenti, incendi, rastrellamenti, arresti, fucilazioni, impiccagioni, massacri. E questa era una grande cosa. E neanche mi spaventavano le difficoltà pratiche, materiali, che bisognava affrontare per ricostruire un paese disorganizzato e devastato: ché le infinite risorse del nostro popolo avrebbero trovato per ogni cosa le più impensate e impensabili soluzioni. Confusamente intuivo però che incominciava un'altra battaglia: più lunga, più difficile, più estenuante, anche se meno cruenta. Si trattava ora di combattere non più contro la prepotenza, la crudeltà e la violenza – facili da individuare e da odiare –, ma contro interessi che avrebbero cercato subdolamente di risorgere, contro abitudini che si sarebbero presto riaffermate, contro pregiudizi che non avrebbero voluto morire: tutte cose assai più vaghe, ingannevoli, sfuggenti».

L'amore tra Ada e Piero Gobetti era stato anche un grande sodalizio intellettuale. Non doveva essere facile tenere il ritmo di un giovane che, prima di morire a 24 anni in esilio a Parigi (15 febbraio 1926), ha fondato riviste, pubblicato le poesie di Montale, scritto libri importanti, lasciato una testimonianza di antifascismo suggellata da due arresti e due sanguinose aggressioni. Piero le impone il suo ritmo, la convince a dare l'esame di maturità da privatista con un anno di anticipo, a lasciare la musica per iscriversi a lettere e filosofia. Ada sta per raggiungerlo a Parigi con il figlio Paolo, nato da 50 giorni, quando arriva la notizia: Piero è morto, una bronchite ha peggiorato gli scompensi cardiaci provocati o aggravati dai pestaggi fascisti.

Ada, straziata, scrive sul suo diario: «Non è vero, non è vero: tu ritornerai. Non so quando, non importa, non importa. Ritornerai e il tuo piccolo ti correrà incontro e tu lo solleverai tra le tue braccia. E io ti stringerò forte forte e non ti lascerò più partire, mai più. È un vano sogno, tutto questo, una prova a cui hai voluto pormi: tu mi vedi, mi senti: e io saprò mostrarmi degna del tuo amore. Quando ti parrà che la prova sia durata abbastanza, tornerai per non più lasciarmi. Saranno passati molti anni ma immutati splenderanno i tuoi occhi e ritroverò le espressioni di tenerezza della tua voce. Mio caro, mio piccolo, mio amore, ti aspetterò sempre: ho bisogno di attenderti per vivere».

Ada Gobetti troverà la forza di proseguire l'impegno per una cultura e un'Italia libere dal fascismo. Dalla sua persona, ha scritto Norberto Bobbio, «emanava il fascino della chiarezza, della mancanza di complicazioni, della consapevolezza che quando si è scelta una strada bisogna percorrerla sino in fondo, senza elucubrazioni e tentennamenti... Fu per me una delle non poche ragioni di ammirazione per Ada il fatto che non si fosse lasciata schiacciare dal suo passato: l'unico modo appunto per far sì che il passato non diventi un peso morto è quello di riviverlo e di ricomprenderlo continuamente ad ogni nuova situazione; di accoglierlo come un seme, non di portarlo come un fardello».

Dopo la morte del marito Ada si laurea, insegna inglese, diventa amica di Benedetto Croce. La sua casa di via Fabro è un punto di riferimento per gli intellettuali di Giustizia e Libertà. Nel 1937 si risposa con uno di loro, Ettore Marchesini, fratello di un'amica di Piero. Nel 1942 a Torino viene fondato il Partito d'azione, protagonista della Resistenza fin dall'armistizio.

Ada e Paolo Gobetti, che ora ha diciotto anni, salgono in Val Susa, dove hanno una casa a Meana, e tengono i collegamenti tra le prime bande partigiane. È lei a portare Bolaffi e i suoi in Giustizia e Libertà. Ada è in contatto con Duccio Galimberti, Franco Venturi, Giorgio Agosti. Fonda i Gruppi di difesa della donna, una sorta di Cln femminile, con Anna Rosa Gallesio della Dc, Maria Bronzo Negarville del Pci, Irma Zampini del Pli, Medea Molinari del Psi; ma la sua migliore amica è Bianca Guidetti Serra, vicina alla comunità ebraica e in particolare a Primo Levi. Il suo primo atto di vicesindaco sarà celebrare il matrimonio di Bianca con Alberto Salmoni. Ada Gobetti resterà in carica fino alle elezioni del 1946, dedicandosi soprattutto a scuola e assistenza. Poi si occuperà di letteratura per l'infanzia, e porterà in Italia i libri di Benjamin

Spock. Le danno la medaglia d'argento al valor militare, ma lei non si riconosce nelle celebrazioni rituali, scrive: «Vogliono mandare la Resistenza al museo tutta impacchettata».

Già nella notte della liberazione presagiva che la nuova Italia e la sua generazione non sarebbero state sempre all'altezza dei caduti, dei loro ideali, del loro esempio: «Si trattava inoltre di combattere tra di noi e dentro noi stessi, non per distruggere soltanto, ma per chiarire, affermare, creare; per non abbandonarci alla comoda esaltazione d'ideali per tanto tempo vagheggiati, per non accontentarci di parole e di frasi, ma rinnovarci tenendoci "vivi". Si trattava insomma di non lasciar che si spegnesse nell'aria morta d'una normalità solo apparentemente riconquistata, quella piccola fiamma d'umanità solidale e fraterna che avevamo visto nascere il 10 settembre e che per venti mesi ci aveva sostenuti e guidati. Sapevo che – anche caduta, con l'esaltazione della vittoria, la meravigliosa identità che in quei giorni aveva unito quasi tutto il nostro popolo – saremmo stati in molti a combattere questa dura battaglia: gli amici, i compagni di ieri, sarebbero stati anche quelli di domani. Ma sapevo anche che la lotta non sarebbe stato un unico sforzo, non avrebbe avuto più, come prima, un suo unico immutabile volto; ma si sarebbe frantumata in mille forme, in mille aspetti diversi; e ognuno avrebbe dovuto faticosamente, tormentosamente, attraverso diverse esperienze, assolvendo compiti diversi, umili o importanti perseguir la propria luce e la propria via. Tutto questo mi faceva paura. E a lungo, in quella notte – che avrebbe dovuto essere di distensione e di riposo – mi tormentai, chiedendomi se avrei saputo esser degna di questo avvenire, ricco di difficoltà e di promesse, che mi accingevo ad affrontare con trepidante umiltà».

Anche a Milano le donne hanno avuto un ruolo importante. «Kitta Steiner ha passato 14 mesi chiusa in una soffitta con una branda e due telefoni a sorvegliare tre linee di grande importanza, su cui passava tra le altre ogni tanto anche la voce inconfondibile del Duce» ha scritto la studiosa Giuliana Beltrami Gadola. Ferruccio Parri ha al fianco la moglie Ester e le segretarie Maria Bottoni, deportata a Ravensbrück, e Marianna Battistella, che finisce in carcere e si salva contro ogni aspettativa. Del gruppo milanese di Giustizia e Libertà cade Mariuccia Menotti Cantù, uccisa con un compagno dai fascisti che si impadroniscono del denaro che ha con sé. A Ravensbrück muore Antonia Frigerio Conte, legata al Partito liberale. Tra i cattolici si distingue per il suo coraggio Mila Malvestiti, figlia di Piero.

La Resistenza recluta tra le insegnanti: Bianca Ceva viene arrestata, Giulia Rodelli è torturata dalla banda Koch. Alcune scuole sono diventate nuclei di appoggio delle bande, come la Caterina da Siena, dove la preside Ines Saracchi e la sua vice Ada Tamini organizzano riunioni e raccolgono viveri, vestiti, medicine per i partigiani; le insegnanti si tassano per finanziare un ospedale da campo in Valsesia, tra loro si segnalano Piera Beccaglia, Anita Faini, Lina Merlin. Fernanda Wittgens, la grande critica d'arte, fonda un raggruppamento femminile per far fuggire in Svizzera ebrei e altri perseguitati: viene arrestata con Adele Cappelli Vegni, medico e dama di San Vincenzo, e le sorelle Tresoldi, due maestre. Rinchiuse nello stesso carcere da cui hanno aiutato molti a scappare, riescono a evadere e a riprendere il lavoro clandestino al fianco della loro amica Ester Bonacossa, che nella sua villa di Pallanza ha installato una radio trasmittente per organizzare lanci di armi ai partigiani; è lei a preparare il primo incontro tra Parri e il generale Raffaele Cadorna. Le infermiere del Niguarda devono fuggire per sottrarsi all'arresto: Maria Peron si rifugia in Val d'Ossola, dove si improvvisa medico e salva più di un partigiano ferito. Le gappiste portano armi ed esplosivo ai loro uomini, che spesso sono compagni di vita: Nori Brambilla sposerà Giovanni Pesce, il capo. Tra le staffette c'è Carla Lombardo, ballerina alla Scala.

Molte donne vengono ferite e arrestate. Lina Salvetti muore per una bomba esplosa in anticipo durante un'operazione, Jenide Russo è torturata a San Vittore. Prima di essere deportata in Germania, scrive alla madre: «Siccome non volevo parlare con le buone, allora hanno cominciato con nerbate e schiaffi. Mi hanno rotto una mascella (ora è di nuovo a posto). Il mio corpo era pieno di lividi per le bastonate; però non hanno avuto la soddisfazione di vedermi gridare, piangere e tanto meno parlare. Sono stata per cinque giorni a Monza, in isolamento, in una cella, quasi senza mangiare e con un freddo da cani. Venivo disturbata tutti i giorni perché volevano che io parlassi. Ma io ero più dura di loro e non parlavo. Dì pure che ho mantenuto la parola di non parlare: credo che ora saranno tutti contenti di me». Jenide Russo morirà nel lager di Bergen-Belsen di tifo nell'aprile 1945, a 27 anni, nei giorni in cui la sua città viene liberata.

A Milano non si combatte con l'intensità di Torino, le forze partigiane sono meno numerose, fascisti e tedeschi mercanteggiano per salvare la pelle. In città è arrivato Mussolini, ormai in stato confusionale. Un giorno pensa di trattare con gli Alleati offrendo in cambio di abrogare la legge sulla socializzazione, il giorno dopo vagheggia accordi con immaginari operai trotzkisti pronti alla socializzazione; ora pensa di resistere a Milano, «Stalingrado d'Italia», ora di fare quadrato nel ridotto della Valtellina attorno alle ceneri di Dante; gli ultimi gerarchi gli promettono 50 mila uomini, ne trovano 400. Il cardinale lo invita all'arcivescovado per trattare. In attesa che arrivino i capi della Resistenza, Mussolini beve rosolio e conversa con Schuster sui rapporti tra Stato e Chiesa. Pertini e Lombardi fanno la faccia dura, il generale Cadorna e l'avvocato Marazza non sono più comprensivi: chiedono la resa incondizionata entro due ore. Il Duce annuncia al cardinale che entro un'ora darà la risposta; invece parte per Como. Sono le 8 di sera del 25 aprile. Nelle stesse ore le fabbriche milanesi sono in mano agli operai, la x Mas si arrende alle guardie di finanza; il mattino dopo i partigiani arrivano in città dall'Oltrepo pavese e dall'Ossola, controllano le strade per la Svizzera: Mussolini è in trappola. Tenta di passare un posto di blocco salendo su un camion di tedeschi, gli passano il cappotto e l'elmetto. Un partigiano lo riconosce. I tedeschi tentano di coprirlo: «Camerata ubriaco». Lo fucilano a Giulino di Mezzegra insieme con Claretta Petacci, i corpi vengono appesi a testa in giù a piazzale Loreto, dove il 10 agosto 1944 sono stati fucilati quindici partigiani. La folla profana i cadaveri, Ferruccio Parri indignato parla di «macelleria messicana».

Sulla strada tra Milano e Como un posto di blocco ferma un uomo ormai anziano che fugge con il suo cane. Gianni Rodari, partigiano poeta, comunista, legge sulla carta d'identità: Sironi Mario. Gli chiede: «È lei il pittore delle periferie?». L'altro annuisce. Fascista della prima ora, è rimasto fedele al Duce sino all'ultimo. Rodari ha appena individuato e consegnato il traditore inglese John Emery. A Sironi firma un lasciapassare e salva la vita.

A Bologna il comunista Aldo Cucchi, «Jacopo», manovra in modo che la città passi subito sotto il controllo degli Alleati, per evitare un bagno di sangue. Si sono visti militi fascisti farsi consegnare le biciclette dai passanti e tentare la fuga disperata. Sassuolo è liberata dalle Sap. Modena insorge il 22 aprile, combattono anche i civili, cadono vecchi di 75 anni come Pietro Zanetti, ragazzi di 16 come Giuseppe Corradini, donne come Anna Gaddi, Elena Ghedduzzi, Emma Mazzoli, Valentina Zanasi. John Nilson del «Times», che ha seguito con simpatia la causa degli italiani, detta al giornale: «La prima città emiliana interamente liberata dai patrioti è stata Modena». I cittadini combattono anche a Reggio Emilia, pure a Parma gli Alleati entrano in una città controllata dai partigiani, l'inviato di Radio Londra Godfrey Talbot assicura che «l'ordine è perfetto». A Piacenza invece arrivano i mezzi corazzati inglesi. Ovunque cominciano sanguinose rese di conti.

Ma la battaglia più dura è a Genova. Le fortificazioni sulle colline sono in mano tedesca, il porto è minato: scaricatori, guardie di finanza, sommozzatori e partigiani sotto il fuoco nemico disinnescano 219 cariche di esplosivo; i genovesi salvano il motore economico e l'anima della città. Gli Alleati sono ancora lontani, a La Spezia. Il presidente del Cln, il cattolico Paolo Emilio Taviani, futuro ministro dell'Interno e della Difesa, avverte, duro: «I tedeschi colpevoli di distruzioni saranno considerati criminali di guerra e come tali passati per le armi». Il generale Meinhold si arrende alle 7 e mezza di sera del 25 aprile, ma il porto è tenuto dal capitano di vascello Berninghaus, un fanatico: condanna a morte il suo superiore, combatte sino all'ultimo. Gli angloamericani arrivano a Nervi due giorni dopo, ricevono in consegna migliaia di prigionieri, altri vengono fucilati.

L'Italia ormai è libera, Hitler è morto suicida nel bunker, ma nel Nordest si continua a combattere: sull'altopiano di Asiago si spara ancora il 2 maggio, le SS resistono nel Bellunese, in Friuli fino al 7 maggio è battaglia nella Valle del But. A Trieste i finanzieri fanno fronte con gli autonomi di Antonio Fonda Savio e i giellisti di Ercole Miani, occupano il porto, ma devono cedere all'arrivo dei partigiani comunisti di Tito, che scatenano il terrore contro gli italiani: è la tragedia delle foibe, un crimine orrendo che miete migliaia di vittime innocenti, a lungo rimosse dalla coscienza nazionale.

Anche i nazisti incrudeliscono nell'ora finale. Il 26 aprile 1945 la divisione Brandenburg, passando per Narzole, al limitare delle Langhe, incendia le case e massacra 66 persone, tra cui donne, vecchi e bambini. Il 29 a Santhià un reparto SS cattura e trucida 52 paesani. In quella stessa notte tra il 29 e 30, mentre a Grugliasco, alle porte di Torino, si festeggia la liberazione, l'avanguardia della colonna motorizzata del generale Schlemmer incendia le case e uccide 67 abitanti; tra loro ci sono il segretario comunale e l'usciere. La colonna Schlemmer ha già seminato il terrore in Liguria; sul suo percorso farà almeno 300 vittime, tra cui 128 civili.

A Castello di Godego, vicino a Treviso, le SS saccheggiano il paese e uccidono con sventagliate di mitra 80 abitanti. Il 2 maggio vengono trucidati da truppe tedesche e Brigate nere 83 contadini, tra cui nove donne e il parroco di Pedescala Valdastico, nel Vicentino. Lo stesso giorno 250 SS, debellate le difese partigiane cui alcune fonti attribuiscono i primi colpi, aprono il fuoco sugli abitanti di Avasinis, sul confine orientale: cadono 51 civili. La strage viene interrotta a mezzogiorno da un ufficiale tedesco, che i superstiti ricordano apparire all'improvviso su un cavallo bianco. Alcuni nazisti si sono procurati abiti civili e si danno alla macchia.

Nelle stesse ore a Ovaro i cosacchi in ritirata, respinto un attacco, accerchiano il paese e uccidono decine di partigiani, tra cui otto georgiani che si sono uniti alla Resistenza, e 22 civili compreso il parroco, don Cortiula. Nei giorni successivi ci si vendica su nazisti e cosacchi sbandati.

Alcune stragi sono gli ultimi fuochi di un esercito feroce e sconfitto; altre sono rappresaglie contro gli attacchi dei partigiani; e in effetti sparare sui soldati in ritirata è spesso inutile militarmente ed espone i civili a gravi rischi.

Le valli e le città si riempiono di patrioti «primaverili», guardati con ostilità dai patrioti «dei due inverni». Scrive Bocca: «Ai primi di marzo l'esercito partigiano ha 80 mila uomini; a metà aprile 130 mila; nei giorni dell'insurrezione saranno 250-300 mila a girare armati e incoccardati». Finiscono venti mesi di guerra civile, seguiti a vent'anni di dittatura. A Rovegno, sopra Genova, sono fucilati almeno 150 tra fascisti e tedeschi, dopo la mattanza di partigiani avvenuta in meno di un anno: 59 fucilati al passo del Turchino il 19 maggio 1944, 70 il 6 luglio, 22 nella notte tra il 2 e il 3 dicembre a Olivetta di Portofino, 17 a Cravasco ancora il 23 marzo 1945. È giusto denunciare vendette ed eccessi; è giusto ricordare i 45 mila partigiani uccisi, i 20 mila mutilati.

Non sempre c'è un rapporto di causa ed effetto; si consumano anche delitti ideologici. Capi della Resistenza «bianca» cadono in circostanze destinate a rimanere oscure. Muore «Masaccio», partigiano cattolico che ha scelto un nome da pittore: nato poverissimo a Riese, il borgo di papa Pio X, cresciuto in orfanotrofio, laureato con una tesi su Giorgione, fascista convinto, ha scelto il fronte avverso su influsso di don Giuseppe Menegon, figura cardine della Resistenza veneta. Comanda la brigata Martiri del Grappa, fa saltare il ponte di Bassano per prevenire il bombardamento alleato. Viene ucciso il 29 aprile da una raffica alle spalle, probabilmente sparata da altri partigiani, forse per far sparire un quaderno su cui ha annotato i torti e i tradimenti consumati negli ultimi, durissimi mesi di guerra, forse perché conosce i nomi di chi ha guidato i tedeschi nei rastrellamenti sul Grappa. L'università di Padova gli ha dedicato una statua di Palinuro, il nocchiero di Enea che Virgilio fa morire in vista dell'Italia e della salvezza: «Ora mi tengono le onde e i venti mi volgono alla costa».

Il maggiore Meyer si è arreso alla partigiana Dea Rota e agli autonomi di Tek Tek il 27 aprile, a Casale. Il giorno dopo è stato chiuso nel carcere di Moncalvo. Ma Bartolomeo Paschero, Trumlin, deve mantenere la promessa che ha fatto agli abitanti di Villadeati, dove il maggiore ha ucciso dieci capifamiglia e il parroco. Il 10 maggio lo preleva e lo porta in paese.

Qui le testimonianze si dividono. Alcune sostengono che Meyer sia stato passato per la armi: c'è chi racconta che, sprezzante come sempre, abbia rifiutato i conforti religiosi e sia morto fumando una sigaretta; c'è chi giura che abbia supplicato i partigiani di risparmiarlo. Il corpo fu sepolto fuori dal cimitero, in terra sconsacrata. Altre fonti però raccontano un'altra versione, ripresa dallo storico Gianni Oliva.

Trumlin si presenta in paese. Molti fedeli sono in chiesa. Lui entra e dice: «Ho mantenuto la parola. Meyer è qui fuori. Fate in fretta».

* * *

Anna Enrica Filippini-Lera, dopo aver scritto al padre l'ultima lettera da Regina Coeli prima della deportazione, arrivò a Monaco il primo maggio 1944. Il viaggio in carro bestiame è durato una settimana. Detenuta con la sua amica Vera Michelin-Salomon nella prigione di Stadheim, trasferita a Dachau, riportata a Monaco in quanto «non ebrea», rinchiusa nel carcere femminile di Aichach, in Alta Baviera, liberata dagli americani il 5 maggio 1945. È il fidanzato Paolo Buffa, inquadrato nell'esercito britannico e paracadutato al Nord con il nome di Paul Barton, a riportarla a casa dalla Germania con un viaggio avventuroso su una jeep inglese. Sei mesi dopo si sposeranno. Il 27 luglio 2014 Anna Enrica ha festeggiato i cento anni. Questa è la lettera che scrisse al padre Giuseppe dalla Germania, dopo la liberazione.

«Babbino caro,

quante cose vorrei dirti, sono ancora così stordita dagli avvenimenti che tutto mi sembra un sogno. Il 29 aprile le truppe americane sono entrate in Aichach, dove si trova il nostro carcere, e noi siamo state liberate. Noi italiane siamo dodici, tutte politiche, amiche e compagne, con le quali ho passato insieme il lungo periodo di carcere. È una grande famiglia e ci amiamo come sorelle. Puoi immaginare come siamo felici, dopo tante giornate dure.

Babbino mio tanto caro, presto ci riabbracceremo e mi sembra un sogno. Il pensiero vostro e della nostra Italia non mi ha mai abbandonato un istante. Non essere in pensiero per me: ho superato la prova del carcere brillantemente, il fisico è buono e il morale è altissimo.

Abbiamo sofferto tanta fame, ma ora abbiamo più del necessario, e poi di fronte a tanta sofferenza la mia piccola diventa ben poca. Abbiamo saputo come in Italia abbiate sofferto, ma abbiamo saputo anche che i nostri partigiani hanno liberato il Nord Italia e questo ci ha riempito di orgoglio. Puoi immaginare come ogni notizia che venga dall'Italia sia per noi benedetta.

Sapessi come ora per ora, minuto per minuto il mio cuore era sempre accanto a voi e accanto a voi avrei voluto vivere i momenti duri di lotta e di sacrificio, accanto a voi vivere le ore indimenticabili della liberazione. Ma presto ritorneremo e potrò riprendere il mio lavoro. Tanto ci sarà da lavorare in Italia, ma non ci sgomenta. Lavoreremo e ricostruiremo la nostra vita e non ci sarà gioia più grande. Siamo giovani e l'entusiasmo non ci manca. Vedi, anche nei momenti più tristi in carcere la serenità e la fede, una grande fede nell'avvenire non mi hanno mai abbandonata ed ora al pensiero di essere presto tra voi, carissimi, alla fede si unisce la gioia e la certezza di giorni luminosi che ci attendono.

Babbino caro saluta tutti gli zii e cugini per me, ricordami agli amici e compagni che sono per me più che fratelli, presto ci riabbracceremo e giorni luminosi e belli ci attendono. Ti abbraccio forte forte e ti bacio.

Enrica».

XXV

Conclusione

Arrivati alla fine, viene da chiedersi: come è possibile? Come è possibile che il giudizio sul fascismo, sul Duce, sui «ragazzi di Salò» sia ancora oggi così indulgente, comprensivo, benevolo? Come è possibile che la condanna degli invasori nazisti e degli italiani che si schierarono con loro non sia non dico unanime e condivisa, ma almeno acquisita?

Non ho certo scritto una storia organica della Resistenza; tanto meno una storia ufficiale. Anche perché, in questi anni in cui ho raccolto racconti e documentazione, mi sono convinto che i veri protagonisti della Resistenza non sono – parlandone con rispetto – i Ferruccio Parri o i Luigi Longo, cioè i comandanti politici; e non sono soltanto i partigiani, di varie fedi; il vero protagonista della Resistenza è il popolo anonimo che in diverse forme disse no ai nazifascisti. Molti nomi, molte storie mancano. Ma i nomi e le storie che ci sono dovrebbero bastare per giungere a un giudizio oggettivo su quegli anni terribili.

Da una parte, un esercito di invasori e di collaborazionisti che impiccano ragazzini di sedici anni, giocano al tiro al bersaglio con i neonati, sventrano con le baionette donne incinte, cavano occhi, evirano, torturano in modo scientifico e sistematico, bruciano case e corpi, deportano gli ebrei e gli oppositori nei campi di sterminio. Dall'altra parte, carabinieri e suore, vigili urbani e sacerdoti, guardie di finanza e alpini, contadini e crocerossine, santi della Chiesa cattolica e Giusti dello Stato di Israele, partigiani di diverse idee politiche e resistenti per caso, combattenti e uomini senz'armi che rischiano la propria vita per salvarne altre, Enrico Mattei e Gino Bartali, Sandro Pertini e Mike Bongiorno, i fratelli Cervi e il cardinale Siri.

Il bene e il male non si dividono mai con la spada. Gli uomini e le donne che scelsero il Duce e l'alleanza con Hitler non sono tutti uguali, non fecero tutti le stesse cose, non condivisero tutti gli stessi pensieri. Molti tra loro erano in buona fede, seguirono la propria idea di coerenza e di fedeltà (ma davvero bisognava continuare a combattere con Hitler, fino alla totale distruzione del Paese e degli ebrei d'Europa?), pagarono il conto con la storia, furono le ultime vittime di un regime che per vent'anni aveva imposto il monopolio sulle coscienze. Non è in discussione la pietà, dovuta a tutti i morti, a maggior ragione ai molti morti innocenti. Non sono in discussione le pagine nere che la Resistenza ebbe, e che vanno raccontate e conosciute. Ma questo non impedisce di riaffermare una verità indiscussa in tutti gli altri Paesi occupati dai nazisti: chi si schierò con loro si schierò con la parte sbagliata. Ed ebbe torto.

Sono ancora in molti a mettere in dubbio questa semplice verità. Anzi, sono sempre di più. Settant'anni dopo, la Resistenza è vista spesso con sguardi diffidenti ai limiti dell'odio. La si carica di significati ideologici, cui viene spesso contrapposta un'ideologia contraria. Così una mano anonima ha pensato di strappare la targa commemorativa e di tracciare una svastica sul muro della cascina Raticosa, rifugio sui monti sopra Foligno, dove in una notte del febbraio 1944 ventiquattro giovanissimi partigiani erano stati catturati dai nazisti e mandati a morire nei lager. Il profanatore non ha considerato che uno di quei ragazzi era sopravvissuto. Ha scritto Massimo Gramellini in uno dei suoi straordinari «Buongiorno» sulla «Stampa»: «Mentre tutto intorno le Autorità deprecavano e si indignavano a mani conserte, il signor Enrico Angelini non ha pronunciato una parola. Ha preso lo sverniciatore, il raschietto, le sue ossa acciaccate di novantenne ed è tornato al rifugio della giovinezza per rimettere le cose a posto. Con lo sverniciatore e il raschietto ha cancellato il simbolo nazista. E dove prima c'era la targa ha appoggiato una rosa».

Gli italiani si sono autoassolti dal fascismo, e in parte anche dal suo torbido e violento tramonto. Si possono dare molte spiegazioni a questo atteggiamento: la politica sociale del regime, le opere urbanistiche, il fascino e la semplificazione dell'«uomo forte». Ma c'è una spiegazione in particolare che di solito viene taciuta. Noi italiani ci riconosciamo nella storia nazionale quando incrocia la storia delle nostre famiglie. Non si tratta di un'attitudine negativa: in ogni famiglia c'è qualcuno che ha contribuito a fare la storia d'Italia, e questo frammento di memoria comune, spesso confermato da fotografie, lettere, divise, cimeli, è custodito con amore. Ma questa attitudine rischia di essere riduttiva. Talora, fuorviante.

Molti, com'è inevitabile in un regime durato vent'anni, hanno avuto il padre o il nonno fascista, talvolta anche dopo l'8 settembre. Oggi potrebbero dire, senza per questo amarli e stimarli meno, che il padre o il nonno non avevano gli strumenti e la libertà che oggi ci sembrano scontati e naturali, e quindi fecero in buona fede o sotto condizionamenti esterni una scelta talora comprensibile, talora giustificabile, ma in ogni caso sbagliata. Questo però è un ragionamento complesso. Meglio: è un ragionamento. Destinato a cedere alle ragioni del sangue. Prevale spesso un atteggiamento istintivo: era mio padre, era mio nonno; quindi aveva ragione. Se poi si scopre che pure dall'altra parte ci furono persone crudeli che si comportarono male, e che pure dall'altra parte ci furono militanti che volevano edificare una dittatura, ecco altre buone ragioni per difendere le memorie di famiglia e con quelle il Duce, le sue camicie nere, i suoi teschi e la «bella morte» cercata e nell'attesa volentieri data; in fondo siamo stati tutti fascisti; alcuni ebbero anche il pregio di essere coerenti.

Occorre dire con forza che non è questa la storia d'Italia. Le cose non sono andate così. La storia dei resistenti non è storia di vincitori, se non dal punto di vista ideale. È storia di vittime. Alcune morirono chiedendo vendetta. Altre, forse la maggior parte, morirono perdonando i loro carnefici e invocando la pacificazione. Lo provano le loro lettere, che in fondo si assomigliano un po' tutte; anche se sono certo che la lettura non vi abbia annoiato. Sono scritte molto bene, da una generazione ancora abituata a scrivere. Molti, a volte anche i comunisti, manifestano sentimenti religiosi, si affidano a Dio, immaginano la vita nell'aldilà, pensano che l'amore per i propri cari sia destinato a durare oltre la vita fisica. Tanti tengono a chiarire di non aver parlato e di non aver dato ai torturatori la soddisfazione dell'urlo e del pianto. Tutti sentono di contribuire a edificare un'Italia migliore. Si preoccupano di chiarire ai familiari che non hanno fatto nulla di male, e chiedono perdono per aver anteposto la patria a loro. Chi ha figli o nipoti o fratelli piccoli ha l'ossessione che possano studiare, perché lo studio sarà non solo strumento di elevazione sociale ma anche di costruzione di un Paese più giusto. Un po' tutti sono certi della vittoria finale. Molti esprimono, come il capitano Franco Balbis, il desiderio di una riconciliazione nazionale, di una «riunificazione» in nome della democrazia, della libertà, di una morale rigorosa e insieme serena. È arrivato il momento di esaudire la loro preghiera; a patto di riconoscere il debito che tutti noi italiani abbiamo con loro, con le donne e gli uomini che resistettero.

Pietro Benedetti, operaio ebanista, abruzzese di Atessa (Chieti), 41 anni, fucilato dai fascisti il 29 aprile 1944, prende così congedo dai suoi tre ragazzi Filippo, Rosa e Tina:

«Quando voi potrete forse leggere questo doloroso foglio, miei cari e amati figli, forse io non sarò più fra i vivi.

Amatevi l'un l'altro, miei cari, amate vostra madre e fate in modo che il vostro amore compensi la mia mancanza. Amate lo studio e il lavoro. Una vita onesta è il migliore ornamento di chi vive. Dell'amore per l'umanità fate una religione e siate sempre solleciti verso il bisogno e le sofferenze dei vostri simili. Amate la libertà e ricordate che questo bene deve essere pagato con continui sacrifici e qualche volta con la vita. Una vita in schiavitù è meglio non viverla. Amate la madrepatria, ma ricordate che la patria vera è il mondo e, ovunque vi sono vostri simili, quelli sono i vostri fratelli».

E alla moglie scrive, dal carcere romano di Regina Coeli:

«Mia cara Enrichetta,

quando leggerai la presente forse io non sarò più.

Nella folla di care memorie che, come fiume in piena, mi fanno ressa nell'anima, mi torna alla mente una lettera che ti scrivevo venti anni fa, quando eravamo ancora fidanzati. Ti dicevo allora, di fronte a ciò che già cominciava a contrastarci la vita, che la vita è soprattutto lotta e che il suo condimento è il dolore. Forse noi dell'una e dell'altro ne avevamo già troppo, ma non abbastanza. Occorreva la prova suprema, per me l'ultima, ma per te il principio di un'altra serie infinita. E questo pensiero mi fa sentire colpevole.

Ma che fare? Vi sono nel mondo due modi di sentire la vita. Uno come attori, l'altro come spettatori. Io, senza volerlo, mi sono trovato sempre tra gli attori. Sempre fra quelli cioè che conoscono più la parola dovere che quella diritto. Non per niente costruiamo i letti perché ci dormano su gli altri. Tutta la mia educazione, fin da ragazzo, mi portava a farmi comportare così.

E anche ora, di fronte allo scempio della Patria, dei nostri focolari, delle nostre famiglie, io sentivo che era da codardi restare inerti e passivi. Ma forse con ciò calpestavo i miei doveri verso la famiglia? No, perché la causa che avevo sposata altro non era che quella dei nostri figli e delle nostre famiglie. Non sappiamo cosa sarà l'avvenire, che io comunque già sento più bello, più buono del triste presente, di questo terribile oltraggio all'umanità. Ma qualunque esso sia e io dovessi essere inghiottito da questo vortice tremendo, che annienta uomini e cose, di fronte al giudizio dei miei figli preferisco essere il padre che ha risposto all'appello del dovere, anziché il codardo che se ne sottrae.

Se con la mia morte tu e i miei figli avrete perso il mio amore e il mio sostegno, vi resterà un amore e un sostegno più grandi: quello dell'umanità finalmente libera, che accoglierà nella sua grande famiglia gli orfani e le vittime di questa vasta tragedia. Morirei più contento se sapessi che il mio solo sangue bastasse a estinguere la sete della belva. Ma troppa poca cosa io sono.

Dietro di me però lascerò più rimpianto di amici che deprecazione di nemici. E se qualcuno, come ci sarà, avrà fatto il mio danno, fatto sanguinare il tuo povero cuore e quello dei miei figli e di tutti i miei cari, perdonatelo, come io lo perdono.

Ti bacio e ti abbraccio per l'eternità.

Il tuo

Pietro».

Spoon River su Facebook

Anche stavolta, come per *La guerra dei nostri nonni*, ho chiesto via Facebook storie e testimonianze dei mesi terribili tra il 1943 e il 1945, non solo sulla lotta di liberazione ma pure sulle varie forme di Resistenza, anche minime e quotidiane, al nazifascismo. Anche stavolta ne ho ricevute alcune straordinarie, altre più normali, talora anche critiche, ma in molti mi hanno chiesto la stessa cosa: parli di mio padre, di mia madre, di mio nonno, di mia nonna, non perché fosse un eroe, ma perché era una brava persona; amava l'Italia, credeva nell'Italia, non si riconoscerebbe nell'Italia di oggi. Sono voci preziose, che restituiscono l'atmosfera di quel tempo. Ringrazio chi ne ha fatto dono a me e ai lettori.

Tutti alzammo la mano

Dal diario di mio padre. 18 settembre 1943. Un ufficiale tedesco parlò all'interprete, il quale si rivolse a noi dicendo: «Il capitano tedesco chiede se già sapete che il Duce è stato liberato». Nessuno rispose. Il capitano salì sul tavolo con l'interprete, parlò ancora con quest'ultimo, il quale ci disse: «Il capitano chiede ancora se siete a conoscenza che, dopo la liberazione del Duce, una nuova Italia sta per risorgere». Nessuno rispose. Indispettito, il capitano sussurrò qualcosa all'interprete, che con il megafono gridò: «Chi di voi è fascista alzi la mano!». Nessuno alzò la mano. Allora il capitano, ormai disilluso, fece chiedere: «Chi non è fascista alzi la mano!». Eravamo tanti, duemila o più. Davanti a noi si apriva la strada della prigionia e si delineava un futuro pieno di sofferenza e di dolore: miniere, fabbriche, altiforni... E tutti alzammo la mano.

Graziella Morra

Cambiavamo i cartelli stradali dei tedeschi

C'era già stato l'8 settembre e i tedeschi impazzavano per Roma. Avevo poco più di tredici anni, abitavo a Montesacro, quartiere allora di periferia. I tedeschi non si fidavano dei romani e per girare senza chiedere informazioni, che ritenevano inattendibili, avevano sistemato ovunque grossi cartelli indicanti le più varie direzioni. Proprio in piazza Menenio Agrippa, dove la Nomentana fa un gomito, ce n'erano parecchi. Io, con mia sorella e una altrettanto giovane amica ci «divertivamo», con l'aria più tranquilla e indifferente possibile, a spostare i cartelli, cambiando quindi le indicazioni. La cosa creava imbarazzo soprattutto alle motociclette e noi ci sentivamo importanti. Non credo in questo caso si possa parlare di Resistenza, ma a me, che ormai sono molto anziana, fa piacere ricordare l'episodio. E c'è un'altra cosa di quel periodo che mi torna alla memoria. Stavano arrivando gli americani e i tedeschi avevano minato il ponte Tazio che, sull'Aniene, porta in città. Si disse che l'ingegnere che aveva costruito il ponte anni prima e che viveva a Montesacro fosse andato incontro agli americani per avvertirli, visto che lui poteva sapere dove erano state posizionate le mine. Il ponte venne rapidamente sminato, ma una carica purtroppo esplose, uccidendo un ragazzo, molto giovane, americano. E allora avvenne una cosa bellissima, il giovane fu deposto sopra una jeep, accanto al buco creato dall'esplosione e tutta la popolazione di Montesacro, spontaneamente, lo ricoprì di fiori. Ancora al ricordo mi emoziono.

Mara Felicori

Mimma non aveva più il seno

L'11 dicembre 1944, alle quattro della notte, le squadre fasciste vanno a prelevare Francesca Del Rio, nome di battaglia Mimma, tanto brutalmente che la trascinano via svestita, in ciabatte. Li comanda un certo Luigi Arduini, un vero ragazzo di Salò, diciannove anni, ma aguzzino torturatore. Anziché trattenerla alle carceri di Reggio, viene mandata a Ciano d'Enza, dove ci sono i tedeschi con il loro centro antiguerriglia.

Racconta Mimma: «Indossavano delle tute insanguinate. Avevano dei bastoni, dei manici di scopa che ci infilavano da tutte le parti. Io non aprivo gli occhi, non guardavo, ma non ho mai parlato, non ho mai parlato». Se avesse parlato tutti noi della sua zona saremmo stati arrestati e le case bruciate.

Mimma era in stato di gravidanza abbastanza avanzato e il 10 gennaio '45 riesce ad andare in bagno, dove c'è un piccolo finestrino. Passa dalla strettoia, sotto c'è la neve. Si aggrappa alla grondaia, le mani spellate sanguinano, deve scavalcare una rete e via nella neve, scalza, svestita. Giunge a Grassano, dove l'aiutano dei contadini. Drammatico il parto, travaglio lunghissimo. Il bimbo non ce l'ha fatta.

Racconta ancora: «Fui sottoposta a torture, ma di queste non voglio parlare. Ho impiegato tutta la vita a cercare di dimenticare. Soffro troppo ancora a questi ricordi». Non le ha raccontate nemmeno al marito. Confessa di averne parlato soltanto da poco a un medico, un professore, perché aveva un tumore al seno. «Lui si è messo seduto davanti a me e ha detto: "Mi racconti; siamo soli io e lei e io sono il dottore, devo sapere". Perché ha visto che non avevo il capezzolo, insomma, era tutto tagliuzzato. Il dottore alla fine si è messo a piangere».

Ha allattato tre figli con un seno solo. Ha sofferto tantissimo per i piedi congelati, chiedeva di tagliarglieli tanto era forte il dolore, invece ha sopportato venti operazioni. Dice: «Ho ancora i miei piedi, ma mi sembra sempre di portare scarpe di ferro». Mimma è morta nel 2010.

Teresa Vergalli

Sulle spalle di mio padre sotto le bombe

Nel settembre 1943 avevo sei anni. Da alcuni mesi mi trovavo ricoverato agli Ospedali Riuniti di Salerno per un delicato intervento alla gamba. La guerra imperversava e ogni giorno le notizie di uno sbarco alleato nel Golfo di Salerno si facevano più insistenti.

Preoccupati dal precipitare degli eventi, i miei genitori, partendo da Campagna (35 chilometri a sud di Salerno), raggiunsero l'ospedale dove ero ricoverato, decisi a riportarmi a casa prima che scoppiasse il finimondo. Così, in un clima di fuggi fuggi generale, in breve tempo mi ritrovai fuori, portato in braccio da mio padre perché la mia gamba non era ancora guarita. Non si trovavano mezzi di trasporto e le linee ferroviarie erano distrutte. Le strade erano solcate solo da colonne di blindati tedeschi che arretravano velocemente verso l'interno in attesa di far scattare l'«operazione uragano» prevista da Kesselring per contrastare lo sbarco della quinta armata. Avevano già cominciato a ululare le sirene quando, sotto un sole cocente, percorrevamo la strada per Pontecagnano nascondendoci a ogni passaggio dei blindati tedeschi. Mio padre, che mi portava sulle spalle da alcune ore, esausto, chiese di fare una breve sosta. Ci sedemmo su un binario superstite e mangiammo una frittata con le cipolle che mia madre aveva pensato bene di portare. Non facemmo in tempo a finire che si scatenò l'inferno (che poi proseguì per tutto il giorno successivo, giorno dello sbarco): aerei americani volteggiando sulle nostre teste andavano a scaricare il loro carico di bombe sulle postazioni tedesche che rispondevano colpo su colpo con la contraerea. Una valanga di fuoco, proveniente dal mare, si abbatté su tutta la costa.

Terrorizzati riprendemmo a correre tra la strada e i binari in direzione sud. A un tratto sulla via deserta comparve un calesse. A un cenno del conducente salimmo e riuscimmo ad allontanarci dal pericolo e a raggiungere Eboli. Fummo fortunati perché riuscimmo a prendere la corriera che portava a Campagna e prima di sera eravamo a casa. Era l'8 settembre 1943.

Gelsomino Di Chiara

Come mia madre salvò la mia sorellina

Una notte di novembre del 1943, al suono della sirena, mia madre rassettò ogni cosa, spense le luci, chiuse la porta di casa e corse con sole due bambine, Elisa e Maria, verso il rifugio. Quando arrivò si accorse che aveva dimenticato l'altra sorellina, Jolanda, di pochi mesi, nella culletta. Ormai con le porte sbarrate per impedire passaggi di luce – il rifugio non poteva essere più aperto anche per non mettere a rischio l'incolumità degli altri rifugiati – mia madre lasciò le due bambine al sicuro, passò da una piccola finestra e con il rombo degli aerei sul capo, al buio e con tanta paura, attraversò il paese, tornò a casa, prese l'altra bimba che dormiva beatamente e ritornò al rifugio, contenta di avere riunita la propria famiglia anche nel pericolo. Quel gesto di coraggio le valse l'applauso di tutti i presenti nel rifugio e la paura di quella notte di bombardamenti fu per tutti meno grande.

Michele Vinci

Lezioni al mercato per il bambino ebreo

Sono nato da un matrimonio misto, non battezzato e non circonciso, col patto fra coniugi che avrei scelto io la religione da osservare. Nell'autunno 1938 venni ammesso al terzo anno di ginnasio inferiore al Parini, per poi essere «congedato» nella tarda primavera 1939. Ricordo mio padre e mia madre sul marciapiede di via Goito, di fronte al Parini, che conferivano con il mio amatissimo professore Ernesto Squinobal, che li ascoltava addolorato e mormorava: «Mi falciano il fiore della classe». E a mio padre che gli chiedeva come fare perché io potessi affrontare gli esami, ormai prossimi, rispondeva che ci avrebbe pensato lui: «Come se ci incontrassimo per strada, di ritorno dal mercato, e invece di parlare del prezzo della verdura e della frutta, parleremo di italiano, di latino, di storia e geografia». Per sua volontà inoltre, i banchi degli espulsi – di Carlo Maino, anche lui figlio di un matrimonio misto, di Brock, cittadino cecoslovacco, e mio – non poterono essere occupati da nessuno sino alla fine dell'anno. E poiché io ero il più bravo in italiano, Squinobal, che aveva abitudine di dar lettura ogni settimana dello svolgimento migliore del tema assegnato, così continuò a fare, premettendo: «Anche questa volta il tema migliore è stato quello di Finzi, ne do lettura». E di fronte a lui sedeva il nipote del fanatico giornalista fascista Appelius, fanatico fascista anche il nipote.

Maino e Brock non ci sono più, come non ci sono più Edoardo Ceva ed Eugenio Garimberti, miei fraterni compagni. A testimoniare resto solo io, ma posso assicurare che racconto il vero.

Bruno Finzi

Le donne andavano a veder fucilare i fascisti

Nel 1945 avevo otto anni. Mi ricordo un amico che mi disse: «Mio papà fa il *sbianchino* però anche il partigiano, e ci è andato addosso ai fascisti con la moto». Alla Borletti avevano issato le bandiere rosse. Chiesi perché non quelle italiane e mi zittirono con un calcio. A «las cinco de la tarde» le donne del popolo si vestivano di rosso e andavano alla Borletti a vedere fucilare, tutti i giorni, i fascisti. Davanti alla mia scuola, in piazza Sicilia, i partigiani hanno messo al muro un ingegnere, che ha chiesto di fumare l'ultima sigaretta. In piazza Po è arrivato un fascista in divisa, che ha fatto resistenza. I partigiani gli hanno sparato e mandato un bambino a prendergli le scarpe. I partigiani hanno portato anche il pane con un camion: grande delusione perché era fatto con la meliga, il granoturco.

Giancarlo Buzio

Mio zio Primo Levi

I Formiggini abitavano a Bologna e il padre di mio cognato Franco produceva lambrusco. Le leggi razziali rendono difficile la loro vita, ma hanno dei mezzi. Un giorno alcuni soldati italiani reduci dalla campagna di Russia offrono al padre di Franco degli argenti che provengono dall'est Europa, ed egli scopre che sono oggetti ebraici, e decide che comunque staranno meglio in una casa ebraica che fusi o dispersi. Quindi li seppellisce in giardino, prima di fuggire.

All'arrivo dei tedeschi, quando i Formiggini erano già sfollati da Bologna e avevano sistemato presso dei contadini amici la nonna molto anziana sotto falso nome, iniziarono il loro viaggio in treno verso la Svizzera. Erano papà, mamma e Franco di pochi anni. Lasciarono la casa di notte e presero il treno, ma nel viaggio vennero segnalati varie volte a causa della fasciatura al dito infetto della mamma. Si fermarono in un albergo la notte prima di varcare clandestinamente la frontiera con la Svizzera e, poche ore dopo, i tedeschi entrarono in albergo per catturarli.

Quando vennero emanate le leggi razziali molti non li avevano più salutati, come per esempio i compagni del liceo classico di mia mamma a Torino, che attraversavano la strada pur di non incontrarla. Altri tuttavia dimostrarono di essere uomini: mio padre venne obbligato a passeggiare per via Italia a Biella a braccetto con un amico, perché l'amico voleva dimostrare ai biellesi che nulla era cambiato.

I racconti dei miei genitori parlavano di fame e non si trattava di campi di sterminio: mio padre in Svizzera mangiava le bucce di patate che trovava, mia mamma invece sopravviveva con una «schiscetta» di ravioli vegetali in brodo e la sua merenda erano i frutti del carrubo che di solito si danno agli asini. Non dimentico poi mio zio Primo Levi, che assaggiava tutte le cortecce o erbe quando si andava a passeggiare nei boschi molti anni dopo...

Anna Treves Cohen

Papà tornò a casa per ultimo

A settembre del '45 mio papà Carlo Asola, *Italian Cooperator* addetto all'approvvigionamento di materiale sanitario, tornò alla sua casa di Alba. Nessuno lo aspettava. La mamma, Pierina, indicando il mobilio ridotto all'essenziale, raccontò che per riscaldarsi avevano sacrificato quattro sedie del Settecento e l'armadio camolato della camera-granaio di Neive.

Carlo domandò dei fratelli: «Partigiani, sono stati» rispose mamma. «Persino Renzo, staffetta a quattordici anni. Su quella salita Renzo, con il suo faccino d'angelo, portava dispacci e merci fra Alba e Neive. Un giorno gli toccò caricare un morto su un carretto. Nascose il cadavere sotto uno strato di fieno; dall'altra parte del carro dispose del letame per confondere il fiuto dei cani. Pochi metri dopo vide un contadino sul lato opposto della strada che gli indicava la parte posteriore del carro. La piccola staffetta guardò. Da sotto il fieno, spuntavano i piedi del morto, su fin sopra la caviglia; Renzo, vincendo la ripugnanza, lo risospinse sotto il cumulo di fieno.»

Carlo pensò a come la guerra avesse frantumato la famiglia spargendola fra Africa, Francia, Alba e le colline circostanti, mentre il papà lavorava fuori Italia e la mamma e il fratellino minore tiravano avanti in Alba con una botteguccia di generi alimentari. «E Cornelio?» domandò pensando al suo amico, figlio del maestro, che sapeva arruolato nei carabinieri. «Cornelio è stato in Istria, a Parenzo, dove è stato catturato dai tedeschi l'8 settembre, e spedito dritto a Mauthausen. Ma poi, quando tornò per miracolo dal campo di concentramento» disse Pierina «Cornelio passò prima da casa nostra.»

Avevano tutti fatto ritorno. Anche il suo amico, prima di lui.

Teresio Asola

Ennio, in divisa a 14 anni contro i nazisti

Il trenino del dopolavoro è per i bambini buoni. Per Ennio, no. Al figlio di Panfilo – reo di aver aderito a uno sciopero – niente diploma di primo classificato e premio in denaro nella gara ciclistica. Non è opportuno che i bravi ragazzi del regime giochino col figlio del socialista.

Dopo l'8 settembre, la campagna è invasa da migliaia di fuggiaschi usciti dal campo di concentramento di Fonte d'Amore; Ennio ne raccoglie tre e li porta a casa. Panfilo si mette in contatto con le organizzazioni patriottiche locali e li aiuta a mettersi in salvo.

Nei vicoli del Borghetto si sentono le cantilene dei bambini che piagnucolano: «Ho fame». La sentinella del forno tedesco è metodica: fa sempre lo stesso numero di passi; il tempo per rubare una pagnotta, mentre è di spalle, dovrebbe bastare. Ennio ci prova, ma un passante fa la spia e la fuga viene accompagnata da colpi di fucile. La pagnotta sarà divisa con le sorelline affamate. Sorpreso, un giorno, con un sacchetto di carbone, viene accompagnato al comando, schiaffeggiato e abbandonato tumefatto e sanguinante prima di essere liberato.

Panfilo si infortuna lavorando, peggiora e abbandona la madre terra. Ennio, ancora coi calzoni corti, si scopre capofamiglia. Si industria come può. Non s'intende di politica, ma non ha digerito i risultati dell'armistizio. Cresciuto nel culto delle armi, dell'Italia imperiale e del re soldato, vede i giganti della sua fantasia dissolversi come neve al sole. L'Italia è allo sbando e in mano ai nemici.

L'inverno 1943-44 passa nell'attesa degli Alleati. Finalmente, a giugno i tedeschi si ritirano e arriva un gruppo di personaggi armati e vestiti alla meno peggio. Non sono i tanto attesi liberatori, ma le avanguardie della Banda Maiella che, per rifiuto a prestare giuramento al re, opera nell'organico dell'ottava armata britannica. A Sulmona la banda viene sciolta, ricostituita e aggregata alle truppe del 2° corpo polacco. Dopo la liberazione d'Abruzzo, si sposta nelle Marche. Ennio fugge da casa con un amico e si presenta a Recanati per essere arruolato. Non ha l'età, ma mentendo e contando sulla sua prestanza fisica riesce a farsi accettare quale diciassettenne. Raggiunto dalla madre per essere ricondotto a casa, si rifiuta categoricamente. Ancora oggi si commuove, al ricordo di quell'incontro.

Dopo un addestramento sommario, la prima notte di guardia è la notte del pianto, ma decide di «essere uomo». Se può essere considerato adulto per venire schiaffeggiato dai tedeschi, deve essere adulto per combatterli. In seguito, viene scoperta la sua vera età e viene adibito a servizi lontani dalla linea del fuoco. Accompagnerà la brigata (già «Banda») fino al suo scioglimento. Si arruola nell'Arma dei Carabinieri, ma deve nascondere il suo passato partigiano: i «banditi della Libertà» non sono particolarmente amati fra i «regolari».

Verrà poi il momento di emigrare, il ritorno e il lavoro da cuoco. Oggi, ripensando a quegli anni, ha qualche momento di amarezza. Forse non era questa l'Italia che sognava, ma sostiene che se dovesse tornare indietro, rifarebbe tutto quello che ha fatto, per amore della libertà.

Mario Di Salvo

Così papà salvò i prigionieri e il disertore

Il 9 dicembre 1943 due prigionieri inglesi sopravvissuti al bombardamento dell'Aquila raggiunsero Tarignano, frazione del comune di Barete. Mio padre, Adelmo Cervelli, portò loro da mangiare e la sera furono sistemati in una casa disabitata, vicina alla nostra. Uno si chiamava Daniele, ex poliziotto inglese, l'altro Federico, ex pastore neozelandese. Per ragioni di sicurezza mio padre li trasferì in un'ex colombaia a poche centinaia di metri dal paese a ridosso di monte San Lorenzo, con ampia vista sulla valle dell'Aterno. Poi Daniele suggerì a mio padre di realizzare un rifugio sotterraneo vicino al paese. Lo scavarono nei pressi di un fosso naturale molto profondo e con una fitta vegetazione. Concordarono che in caso di pericolo mio padre avrebbe chiamato a voce alta tre volte «Lina», nome di mia sorella.

Dopo un po' di tempo, con un passaparola veloce, fu annunciato l'arrivo dei tedeschi. Mio padre mandò il segnale concordato e i due inglesi abbandonarono il rifugio. I tedeschi, sicuramente informati da qualche fascista locale, individuarono sì il nascondiglio, ma lo trovarono vuoto. Mio padre decise di trasferirci in un casale in alta montagna di proprietà di un pastore nostro parente. Le donne e i bambini furono sistemati in un pagliaio e gli uomini si arrangiarono. I due inglesi furono portati in una grotta naturale non molto lontano dal casale.

Nemmeno in quel rifugio trovammo pace: comparvero due soldati tedeschi armati di mitra e uno dei due fece capire che avevano fame. Santina, figlia del pastore, subito tirò il collo a due galline. Iniziarono a mangiare con i mitra sulle ginocchia. Ivo, fratello di Santina, minacciò di uccidere i due tedeschi mentre mangiavano. Mio padre rammentò a Ivo che per ogni tedesco morto avrebbero ucciso dieci italiani. Poi un giorno comparve un soldato tedesco che avanzava lentamente con le braccia alzate e disarmato. Mio padre rassicurò tutti: è un disertore. Fu subito sfamato e accompagnato dai due inglesi nella grotta. Finalmente arrivò la buona notizia: i tedeschi non ci sono più, si sono ritirati. Tornammo a Tarignano e con noi anche i tre prigionieri. Il giorno successivo mio padre portò al comando alleato, con sede a L'Aquila, i due inglesi e il tedesco. Tornò stanco, affamato e mortificato: «Non mi hanno nemmeno detto grazie».

Arnaldo Cervelli

Noi profughi dall'Istria spruzzati con il Ddt

Mio padre era brigadiere della Guardia di Finanza, ed era stato inviato ancora giovanissimo a Isola d'Istria, al confine con la Jugoslavia di Tito, per sorvegliare i confini d'Italia. Non combatteva il nazifascismo, non era comunista, svolgeva il proprio lavoro per mantenere la propria famiglia. Spesso accadeva che amici dei miei genitori, civili o militari, scomparissero all'improvviso; qualche tempo dopo si veniva a sapere che erano stati uccisi e gettati nelle foibe, incatenati l'un l'altro. Lascio immaginare la paura, anzi il terrore, con cui mia madre visse in quel periodo. La voglia di espansione del dittatore Tito, che voleva annettersi gran parte dell'Italia (tra cui Trieste) divenne a un certo punto pulizia etnica sanguinaria, favorita dall'odio contro gli italiani. A ciò contribuirono purtroppo i partigiani, un po' perché accomunati alla persecuzione contro i fascisti, un po' perché Togliatti non poteva deludere il compagno

Tito; il risultato fu che l'Italia, con il trattato di Parigi del 1947, cedette molti territori alla Jugoslavia e che migliaia di italiani furono uccisi e gettati nelle foibe. L'esodo istriano fu dolorosissimo, con 350 mila italiani costretti a lasciare le loro case, tra cui i miei familiari, che fortunatamente almeno salvarono la pelle: a fine gennaio furono costretti ad abbandonare tutto, fatti salire a Fiume su un carro bestiame e portati a Bologna, dopo un viaggio di giorni in condizioni indicibili, mia madre con mia sorella di un anno in braccio. A Bologna furono fatti denudare e spruzzati con il Ddt per la disinfestazione, quindi, nel caos generale, gli fu detto di recarsi al comando più vicino al luogo di nascita: mio padre era di Randazzo, in provincia di Catania.

La storia di quella gente, profuga istriana, anche dopo la fine della guerra e nei decenni successivi, è la storia di italiani considerati di serie B; eppure mio padre era lì solo per servire la sua patria.

Nicola Garagozzo

Agape portava le medicine ai ribelli

La tarda primavera del 1944 aveva colorato le torbiere del Sebino di ninfee, ma la ragazza che pedala svelta non si sofferma sullo spettacolo bello e fugace. Porta un carico di medicinali. A Iseo troverà mani fidate che si occuperanno della sua consegna fra i monti ventosi della Valcamonica. È destinato ai «Ribelli per amore», come amano definirsi i partigiani delle Fiamme verdi, formazione a prevalente orientamento cattolico, molto attiva in provincia di Brescia. La sua figurina minuta e ricciuta è conosciuta tra gli abitanti di Iseo che trepidano per i suoi frequenti trasporti: volantini, generi alimentari, uomini in fuga verso la montagna per la lotta contro i nazifascisti.

Agape Nulli viene catturata nell'agosto di quell'anno, imprigionata a Canton Mombello. Trascorre nove mesi tra fame, orrori, interrogatori atroci, vede e soccorre le sue compagne martoriate e tumefatte dalle sevizie degli aguzzini. Subisce le domande fredde e insinuanti di Erich Priebke, già macchiato dall'eccidio delle Fosse Ardeatine. In quel contesto, dove pare abbandonata ogni traccia di pensiero, trova conforto e stimolo nello scambio di idee con prigioniere politiche, pur se molto distanti dai suoi ideali. Sono confronti preziosi per rafforzare la sua scelta liberale e le rimarrà sempre impresso il rispetto e l'ammirazione per le sue compagne di prigionia.

Brunella Guatta

Ai garibaldini sfuggì un colpo...

È fine febbraio 1944 ed Egle ha portato le pecore a pascolare. Dalla collina vede un gruppo di uomini sbucare dal bosco di castagni e avviarsi allo sterrato che conduce a Lunetta, una frazione di Mombarcaro, sulle Langhe.

Egle decide di radunare le pecore e di correre a casa, dove mamma, con Franca in braccio, è seduta vicino alla stufa. In un angolo, Italo, Maria, Nello e Romano sembrano in castigo. La tavola non è apparecchiata, ma tutto attorno siedono uomini. Al posto del pane, sul tavolo luccicano fucili. Nella camera, intanto, regna un silenzio impressionante. L'uomo più anziano è seduto a capotavola e dice: «Signora, noi dobbiamo rimanere qua! Noi per combattere abbiamo bisogno d'aiuto. Questa casa è grande ed è in una posizione ottimale per le nostre esigenze. Casa sua, signora, sarà la sede della squadra comando della sedicesima brigata Garibaldi».

La guerra è arrivata in casa, ed è piombata addosso alla mamma coinvolgendola in modo inaccettabile. La vita dei suoi figli, da quel momento, sarebbe cambiata. L'indomani arrivarono i partigiani; erano tanti, le bocche da sfamare numerose e le risorse scarseggiavano. Nonostante questo, Pia riusciva ad accontentare tutti. Per fortuna la farina di grano non le mancava. Ci faceva pane, tagliatelle, maccheroni, ravioli. Impastava tutti i giorni e ne consumava un sacco a settimana.

A casa di Pia c'era anche una ragazza, una ragazza bella come il sole. Aveva diciotto anni e si chiamava Efisia. Abitava a Lunetta, sul Poggio, in una casa vicina e, da quando Pia aveva dato alla luce il suo settimo figlio, rimaneva tutto il giorno con lei. L'aiutava a sbrigare i lavori di casa, accudiva i suoi figli e li amava come fossero fratelli suoi. Egle adorava Efisia, l'ammirava, parlava volentieri con lei e le confidava le sue paure, le speranze e i sogni.

Un pomeriggio Egle è nel cortile con i suoi fratelli, all'improvviso arriva uno sparo. Non si è mai capito perché. I partigiani dissero che uno di loro era scivolato e gli era partito un colpo. La mamma si precipita a casa di Efisia: una chiazza rossa si allarga sul legno del pavimento. Parte dal suo ventre, le avvolge le gambe e poi corre a nascondersi nell'ombra del tavolo.

Pia si china. Prende il suo viso tra le mani e la chiama. Urla il suo nome e vorrebbe udire la sua voce. Efisia non parla. Ha gli occhi aperti, sbarrati, impauriti, avvolti da lacrime e da un velo di tristezza. Pia la sfiora con una carezza e intanto si alza e corre via. Vola per la via di Lunetta e bussa a ogni porta. Batte forte e alle mamme che si affacciano dice solo poche parole. «Correte, hanno sparato a Efisia! Venite subito, venite!»

In pochi minuti Efisia è sul camioncino che la porterà in ospedale. Pia la segue sino alla porta che si spalanca lasciando intravedere una camera che in un attimo la inghiottisce e poi si richiude. Rimane lì sino a quando si riapre: sino a quando un dottore le dice che Efisia è morta.

Piangendo e con tanta rabbia in cuore Pia segue il dottore, raggiunge Efisia senza vita... distesa su un gelido marmo dell'ospedale di Alba.

Franca Benedusi

Guerino Ciardullo morì gridando «Viva i partigiani»

Il 6 giugno '44 a Busca, a quindici chilometri da Cuneo, un giovane partigiano veniva trucidato dai nazifascisti, dopo aver patito barbare sevizie dai suoi aguzzini. Il suo nome era Guerino Ciardullo e aveva solo ventidue anni.

Quel martedì con lui c'era Piero D'Antonio, compagno di battaglia e di sventura. Piero ebbe la fortuna di morire sul colpo, falciato da una raffica di mitra delle Brigate nere in azione di rastrellamento. Guerino fu invece catturato ed ebbe inizio la sua passione. Legato mani e piedi fu trascinato sul selciato dietro un camion come un macabro trofeo: questa la fine riservata ai disertori che rifiutavano l'arruolamento nei ranghi dei fascisti.

Nelle parole di una bambina, testimone oculare di quella atrocità, il racconto degli ultimi istanti della sua vita: «Fu fatto scendere. I soldati prepararono i fucili. Fu allora che urlai: "Mio Dio, lo uccidono". La mia voce giunse fino a lui. Volse il capo per vedere chi aveva gridato. Buttò indietro un ciuffo di capelli neri che gli scendeva sulla fronte e s'incamminò verso il muro... Un attimo dopo ci giungeva l'eco dei colpi che spense la sua giovane voce coraggiosa che gridava: "Viva i partigiani"».

Antonio Scarcello

Lo appesero all'ippocastano

Abitavamo a San Vito al Tagliamento, in una grande casa friulana fatta di sassi di fiume. In tempo di guerra la sera si mangiavano solo fagioli bucati dai parassiti, *muset* (cotechino) irrancidito e vino che sapeva di aceto. Nel *fogolar* (camino aperto sui quattro lati) cuoceva sempre la polenta sopra un fuoco di *busiis*, i trucioli di legno che mia zia si faceva dare, non senza difficoltà, dal falegname della borgata. Oppure per far fuoco si raccoglievano gli arbusti spinosi nei fossi. Si viveva sempre in allerta con il fagotto sotto il braccio per scappare dalle incursioni di Pippo, l'aereo da ricognizione che lanciava bombe incendiarie lungo la ferrovia per tagliare la strada ai tedeschi in fuga. Una notte bruciò la stalla della zia Giovanna e un'altra notte uno spezzone cadde sopra una casa vicino al passaggio a livello e rimase interrato nel pavimento della cucina. Il mattino i proprietari fecero appena in tempo a mettere la bimba nella culla che l'ordigno scoppiò e morirono tutti e due: la piccola la trovarono viva sotto il materasso che le aveva fatto da scudo. Siccome Pippo arrivava sempre di notte e sempre più spesso, decidemmo di sfollare e all'imbrunire partivamo verso il Boscat, una località a pochi chilometri dal borgo Fabbria. Dormivamo in cinque in un letto matrimoniale. Gli altri sparsi nelle stanze della casa colonica.

Era intorno a Natale del '44. Sentimmo il rombo del motore di un aereo e il crepitio della contraerea. Uscimmo a guardare e oltre la casa di fronte vedemmo un caccia alleato venire verso di noi e poi invertire di colpo la rotta: era stato colpito. Corremmo verso Fontanis (una borgata di San Vito) dove pensavamo fosse caduto e in un campo c'erano i rottami dell'aereo e, appesi agli alberi, brandelli di carne del pilota. Alcune donne si affrettarono a strappare i pezzi di stoffa del paracadute rimasti intatti per farne vestiti e camicette. Dopo questo tragico episodio noi donne della borgata ci riunimmo a casa della zia Emilia, una nostra vicina, e intorno al tavolo recitammo il rosario e le litanie alla Madonna per invocare la fine della guerra.

Un giorno vennero da noi alcuni tedeschi in ritirata, che occuparono senza tanti complimenti la cameretta al primo piano e noi quattro ci rifugiammo a dormire in quella più grande: erano però cordiali e alla mano. Nonostante fossimo tutte giovani e sole, senza uomini, nessuno osò toccarci. Uno dei nostri ospiti si chiamava Giorgio e veniva dall'Assia, un altro lo chiamavamo il Cjarniel (il carnico) perché era grande e grosso e aveva un faccione rubicondo e sempre sorridente, il terzo era un tipo molto riservato e scostante. Giorgio, che masticava un po' d'italiano, ci confidava sottovoce: «Noi tedeschi perderemo la guerra e ci manderanno tutti in Siberia». Se ne andarono da casa nostra la notte in cui impiccarono sull'ippocastano a ridosso dell'orto di Ivo (un vicino) un tale che mi pare fosse di Castions. Gli avevano appeso un cartello con su scritto «Partigiano trovato con le armi». In realtà era un poveraccio che aveva raccolto rottami di ferro lungo la ferrovia per rivenderli.

Il mattino dopo passò una colonna di soldati, cantavano una canzoncina in tedesco che mi pareva dicesse, se ben ricordo, «Veronica, Marì...» e li fecero passare davanti a quel povero morto appeso all'albero. Molti anni dopo, a Lignano, durante una vacanza, sentii il suono di una fisarmonica e vidi alcuni turisti tedeschi camminare lungo la spiaggia e... cosa suonavano e cantavano? Proprio la canzone dei soldati incolonnati davanti a casa mia... «Veronica, Marì». Provai un brivido lungo la schiena come se fossero passati solo pochi minuti da quel giorno della primavera '45.

Maria Irene Cimmino

I marocchini ci misero con i prigionieri tedeschi

Dal diario di prigionia di Gianni Ostinelli, mio padre.

Bregenz-Lochau, 10 Maggio 1945
La guerra è finita! Ancora più intenso si fa il desiderio di ritornare quanto prima in seno alle nostre famiglie. L'impazienza diventa una malattia. Anche gli altri Italiani di Lochau se ne vanno. Bisogna che ci decidiamo noi pure. Trovare un carretto per i bagagli e poi si parte...

In cammino, lunedì 14 Maggio 1945
Ci incamminiamo prima delle 7 da Lochau... Un ultimo addio a questa sponda del lago di Costanza, dove pure lasciamo buone amicizie e conoscenze, che ci hanno confortato nella schiavitù del lavoro... Verso le 18 siamo a Feldkirch. Si dorme in un fienile.

Langen-Arlberg-S. Anton, 17 Maggio 1945
Si sale piano piano. E avanti e dietro a noi ci sono altri Italiani che fanno la stessa nostra via. Poco prima delle 15 siamo a S. Anton. Qui veniamo fermati. Al prossimo villaggio non ci sono più le truppe francesi, ma quelle americane. Queste non lasciano entrare nessuno. Sembra ci sia un treno in partenza per rimpatriati italiani. Troppo bello per essere vero!

Capitiamo alla fine in un esteso prato, dove ci sono già 150 Italiani che sono giunti nei giorni precedenti, anch'essi dopo lungo peregrinare, e sono stati bloccati lì. Bisogna dormire lì, sotto le stelle. Domani si partirà in treno. Ma intanto ci sono attorno a noi sentinelle francesi armate, e questo non è molto simpatico. Se andasse tutto liscio, domani potremmo già salutare l'Italia, al passo di Resia. Il treno dove ci porterà?

18 Maggio 1945
Si parte. Ma il treno ci riporta di nuovo verso il Vorarlberg, la regione che ieri avevamo lasciato!

Il treno si arresta a Feldkirch... Ecco arrivare un plotone di sentinelle marocchine armate.

24 Maggio 1945

La si fa tutta a piedi, sempre con i disonoranti angeli custodi, commiserati dalla folla, che ci crede veramente prigionieri (e, ahimè, forse non si sbaglia!). Si entra in Lindau. Là si alza una sbarra con sentinella francese: ci appare una folla di prigionieri tedeschi! Ogni illusione cade; l'umiliazione e la demoralizzazione mi schiantano. La speranza del rimpatrio vien meno all'improvviso, completamente. Addio bei giorni di attesa! Siamo considerati alla stessa stregua dei prigionieri tedeschi! Tutti gli entusiasmi della liberazione vanno in fumo. Ho una gran voglia di piangere.

Raffaella Garlandi

Così mio padre salvò il tedesco e gli ebrei

Un giovane soldato di leva tedesco cade in un'imboscata tesa dai partigiani molto attivi in Alta Valle Camonica. Senza alcuna esitazione, con schietto spirito di vendetta, decidono di appenderlo a un chiodo e farlo fuori. Qualcuno corre a chiamare mio padre Martino panettiere: uomo retto e autorevole. Prende per la collottola il macellaio del paese e si fa consegnare il soldato ferito gravemente a una gamba. Lo porta in casa. I miei genitori non parlano tedesco, il soldato non parla l'italiano. Lo ricoverano in una stanza a pianterreno e lì lo rinchiudono, ma lo medicano, lo nutrono e lo assistono per molti giorni.

Un giorno scatta l'allarme: i tedeschi stanno arrivando con l'intenzione di dar fuoco al paese per rappresaglia. Mio padre e mia madre, incinta del suo quarto figlio, prendono del cibo, i bambini, i nonni e, dopo aver chiuso a chiave la casa con l'ignaro soldato all'interno, si rifugiano risalendo la montagna fino alle baite di Campovecchio. Per qualche ragione il paese non viene dato alle fiamme, i fuggitivi ritornano a casa e il soldato quando è in grado di camminare viene lasciato libero.

Nella stessa casa negli anni precedenti Martino aveva ospitato brevemente anche tre ragazzi ebrei che da Corteno avrebbero poi raggiunto la vicina Svizzera attraverso i sentieri dei boschi usati dai contrabbandieri.

In effetti mio padre fu processato e condannato a morte perché il comandante SS aveva dedotto dal consumo abnorme di sale per panificazione, che egli ne producesse anche per i partigiani, ed era vero.

Venne prelevato alla sera nella *stua* davanti a suoi tre bimbi e alla moglie. Dopo qualche mese però la sentenza venne sospesa.

Sandra Chiodi

Mamma pregò e la casa fu risparmiata

Ida ed Emilio erano contadini, gente semplice, gran lavoratori. Vivevano in un piccolo paese fra le colline del Monferrato, in una cascina con due figlie appena adolescenti.

Una mattina del 1944, in autunno, arrivarono i tedeschi, in treno. Dalla stazione raggiunsero la nostra casa, dove erano anche alloggiate molte persone che avevano abbandonato Torino per evitare i bombardamenti. Radunarono tutti sull'aia, poi uno di loro, probabilmente un ufficiale, in italiano, disse che era in atto una perlustrazione alla ricerca di partigiani. Molte volte i miei familiari avevano ospitato e aiutato uomini di queste formazioni che avevano scelto di combattere contro nazisti e fascisti, ma quel giorno, non trovando nessuno, solo una frase, che gettò tutti nello sgomento: «Oggi questa casa sarà bruciata». Anche se terrorizzata, Ida si mise a radunare e a portare lontano dall'abitazione gli indumenti di tutta la famiglia, i pochi oggetti di valore; lo stesso fecero gli ospiti, con quel poco che avevano con sé. Ancora una volta fu Ida a prendere l'iniziativa con l'ultimo, estremo tentativo di non vedere distrutta la dignità sua e della sua famiglia; era credente, di fede profonda, si mise a pregare, implorando tutti di fare altrettanto. Nel tardo pomeriggio di quello stesso giorno, si sentì sferragliare il convoglio ferroviario sulle rotaie, mentre eseguiva le manovre di inversione, e si vide innalzarsi il fumo della locomotiva a vapore che riprendeva la strada del ritorno.

Edi Pavese

Papà graziato dai cacciatori di ebrei

Russi, in provincia di Ravenna, è poco distante dalla linea gotica. Mio padre bancario finito il lavoro prende la strada di casa. Nella piazza centrale nota un insolito movimento. Gli si avvicinano due militari che lo spingono in un gruppo formato da conoscenti già in preda all'angoscia. La lingua tedesca è ostica, ma qualcuno, mio padre compreso, conserva reminiscenze scolastiche sufficienti per scoprire l'arcano. Una famiglia di ebrei gestisce un negozio di abbigliamento nella stessa piazza. Dati i tempi, ha pensato bene di sfollare in località ignota, lasciando il negozio sprangato. L'ufficiale chiede con veemenza notizie ma nessuno parla, anche perché nessuno sa. I minuti passano al rallentatore e le minacce rigano di brividi le schiene, però il perdurare del silenzio finisce per aprire uno spiraglio. Il capo ordina di mettere in riga il gruppo per trasferirlo non si sa dove. Mio padre cammina fra quelli di coda e chiude la fila un militare con il mitra a tracolla. Passando davanti alle case, il più intraprendente nota un portone aperto, scatta felino, sbatte la porta e assicura il catenaccio. Chi ha visto dà un'occhiata al militare di retroguardia temendone la furia. Questi invece fa un sorriso e dice sì con la testa. A ogni varco che il destino ha tenuto aperto, il gruppo si alleggerisce. Mio padre è fra i graziati e con il cuore in gola attende il buio per non sfidare la buona sorte. All'indomani si saprà che durante la notte sono stati tutti liberati. Anche l'odio ha le sue crepe.

Mauro Bassani

I cani lupo non trovarono Mimma nella neve

I Quarti abitavano in una bella villa ai piedi di Bergamo Alta. Il padre e la madre, Pietro e Maria Taino, i fratelli Bruno e Cornelia, detta Mimma, erano antifascisti della prima ora. In pochi mesi la casa Quarti diventa il centro attorno a cui ruota l'attività clandestina antifascista.

Pietro e Maria, più di una volta, vengono arrestati e portati a Sant'Agata, il famigerato carcere cittadino. Di lei perfino i piantoni hanno soggezione. Mimma, ventenne, iscritta a Medicina, ha incarichi di collegamento tra i comandi Gl e la Special Force, il servizio informazioni militare, e opera per l'espatrio dei prigionieri. Diventa un corriere lungo la frontiera della Svizzera e racconterà: «Nel novembre '44 tutti erano stati arrestati e molti li fucilavano sul posto». Lei rimane una notte intera in una buca sommersa dalla neve, sentendo i latrati dei cani lupo tedeschi sopra la testa. Ne esce viva.

Mimma è una donna di grande intelligenza e determinazione. Il ritorno alla normalità l'amareggia. «Eravamo delusi, avevamo arrischiato tutto per fare dell'Italia qualcosa di nobile, di bello e niente di tutto ciò si era avverato. Niente.»

A 16 anni Bruno fa il corriere fra gli antifascisti di varie città del Nord e incontra i futuri fondatori di Giustizia e Libertà. A guerra finita, a 27 anni, diventa il primo questore di Bergamo. E nel maggio rassegna le dimissioni. Dirà, al termine del congresso del Partito d'azione nel '46: «Non ho la stoffa dell'uomo politico; fino a ora ho fatto il mio dovere, ora devo fare il medico». Ada Rossi, moglie di Ernesto e prima ispiratrice politica di Bruno, annota che «quello che lui fece dal settembre '43 al '45... fu una vita eroica, spavalda, quasi leggendaria». Organizza evasioni, colpi di mano, sequestri. Ada lo rivede alla fine di aprile: «Lo trovai cambiato, non era più un ragazzo, era un uomo che aveva dato e sofferto». La sorella Mimma spiega che Bruno «era un essere assoluto, esclusivo. Ha voluto dare un calcio a tutto ciò e ha voluto lasciare».

Laura Montenero

Ilse, l'attrice tedesca che salvò dieci ostaggi

Bologna, 1931. Lei è tedesca, ha 17 anni, si chiama Ilse Schöelzel ed è la prima ballerina del Balletto dell'Opera di Dresda. Lui è Vittorio Manfrino, di anni ne ha 31, arriva da Torino, è un attore, capocomico della compagnia che porta il suo nome. Entrambi sono in tournée e tra i due nasce l'amore. Si sposano. Hanno un figlio, che però muore dopo 3 mesi, e una figlia, Giovanna. Nel 1940 l'Italia entra in guerra; la compagnia viene sciolta. Vittorio, Ilse e la piccola sfollano in Val Susa.

Lui non rinuncia a recitare e segue le truppe al fronte proponendo spettacoli teatrali. Ilse rimane con la figlia nella casetta accogliente del Cresto. Dopo l'8 settembre, lavora a Torino, presso il comando tedesco dove fa l'interprete e la segretaria.

Ilse sceglie da che parte stare (e non è certo quella degli invasori), protegge e salva molte persone, si adopera per aiutare la popolazione. Affronta situazioni pericolose. Come quella volta che sale sulle montagne di Condove, per accompagnare il cugino del marito, Giovanni, chiamato a curare un partigiano. Al ritorno incrociano una pattuglia di tedeschi in perlustrazione. Inscenano un picnic. I soldati ci cascano. Un'altra volta, a casa sua, riesce a nascondere dei partigiani.

I tedeschi continuano a percepire Ilse come una di loro, non sono mai sfiorati dal sospetto che lei collabori con i partigiani. L'avessero saputo, l'avrebbero certo fucilata. Nel maggio 1944 con il parroco don Bonaudo tenta di intervenire per salvare 17 partigiani. Ma il tentativo non va a buon fine e i 17 giovani vengono fucilati. Il suo intervento, invece, è determinante nell'autunno '44. Due giovani uccidono un portalettere tedesco. I tedeschi intimano di consegnare dieci ostaggi e minacciano di mettere a ferro e fuoco il paese. Ilse media tra le parti e la questione si risolve senza spargimento di sangue. Sono le cinque del pomeriggio del 29 aprile 1945. La guerra è finita.

Bruno Andolfatto

Come lo zio pittore ingannò il carceriere

Ero un bambino di 10 anni e seguivo con attenzione e ansia l'attività di mio zio, Michele Multedo. Lui era un pittore, aveva un grande studio a Roma in Passeggiata di Ripetta. Non ricordo da quando, forse nel 1943, lo zio cominciò a operare nella Resistenza romana al fianco del colonnello Montezemolo. Lo zio trasmetteva ordini, riuscendo a comunicare con una radio nascosta sotto il pavimento di legno del suo studio, o portandoli a mano, e si incontrava con altri patrioti per concordare le iniziative da prendere. Una sera erano riuniti in un appartamento di via Tacchini Montezemolo, il generale Armellini, lo zio ed altri. Terminata la riunione, non uscirono tutti insieme. Montezemolo e alcuni altri scesero per primi in strada e vennero catturati dalle SS. Lo zio e Armellini, che si erano trattenuti nell'appartamento, riuscirono a salvarsi.

Qualche giorno dopo, però, lo zio fu preso dai fascisti, portato a Regina Coeli e poi consegnato alle SS. Lo zio parlava tedesco e cominciò a parlare con l'SS di guardia, dicendogli che era un pittore e che, se lo avesse voluto, gli avrebbe fatto un disegno. Cominciò così a disegnare usando i biglietti compromettenti che aveva nascosti addosso, e di volta in volta li gettava via spiegando che il disegno era venuto male. Riuscì quindi a liberarsi di ogni prova di colpevolezza.

Lo portarono comunque a via Tasso, dove restò prigioniero per 45 giorni. Lui disse che soffriva di cuore e che, se lo avessero torturato, sarebbe morto. Chiamarono il dottore del carcere e non lo trovarono. Chiamarono allora un altro dottore il quale, sentendo lo zio parlare in tedesco, pensò inizialmente che fosse tedesco. Poi capì e confermò la diagnosi. Lo zio fu interrogato molte volte, anche duramente, ma mai torturato come succedeva di continuo ad altri prigionieri. Nei suoi orecchi rimasero a lungo le loro urla strazianti. In pratica non riuscirono mai a trovare una prova certa contro di lui. Mia madre, sua sorella, riuscì, dopo vari tentativi, a contattare l'amante di Kappler e, tramite questa, a farlo rilasciare 3 o 4 giorni prima dell'eccidio delle Fosse Ardeatine dove furono uccisi Montezemolo e altri 334 come rappresaglia dell'attentato di Via Rasella.

Giunti gli americani a Roma, allo zio fu consegnata direttamente dal generale Clark una medaglia d'argento al valor militare.

Gian Maria Villa Multedo

E mia nonna di Salò gettò le bombe nel lago

Ai tempi della Repubblica di Salò mia nonna Giuditta aveva 32 anni, non era ancora sposata e viveva proprio a Salò. Non aveva nulla a che fare con la Resistenza, viveva in casa con la mamma e non si può dire che fosse un cuore impavido. Verso la fine della Repubblica rastrellamenti e perquisizioni erano continui, soprattutto da parte dei tedeschi. Un giorno un vicino le si presentò in casa con due bombe a mano dicendo: «Tienile tu che a me le trovano di sicuro. E se le trovano mi fucilano». Non so cosa la spinse, fatto sta che accettò di aiutarlo. La situazione però si faceva sempre più pericolosa e il timore di venire scoperta la portò a disfarsene. Come? Nel modo più semplice: le mise in un sacchettino, attraversò in pieno giorno tutta Salò sfilando impettita sotto gli occhi dei tedeschi e dei fascisti e, giunta su un pontile dall'altra parte del paese, le gettò nel lago. Con questo gesto, per me coraggiosissimo e anche un po' incosciente, si attirò l'eterna gratitudine del vicino e di tutta la sua famiglia anche negli anni che seguirono.

Stefania Casella

I «rimpatriati» finivano nei forni crematori

L'8 settembre mio padre era in Albania. L'intera sezione rifiutò di continuare a battersi con i tedeschi e fu deportata. Dopo non so quanti giorni senza bere e senza mangiare papà venne portato a Berlino, esattamente al Lager-Kr.-Aeg-Köpenicker Chaussee 22, dove resistette, con grande forza e coraggio, fino all'entrata a Berlino delle truppe sovietiche.

Questo lager sarebbe dovuto essere un «campo di lavoro» ma mio padre raccontava che era più un inferno dantesco. Ogni mattina all'appello qualcuno non rispondeva, perché non aveva superato la notte. Ogni quindici giorni circa una sommaria visita medica con relativa pesatura stabiliva se il prigioniero poteva continuare a lavorare o essere «rimpatriato», come gli dicevano. Molti poveretti, credendo davvero a questa bugia del rimpatrio, per accelerare il deperimento, rifiutavano quella poca brodaglia di rape che gli passavano. Illudendosi, senza sospettare che sarebbero finiti nei forni crematori. Mio padre, pur non credendo a questa bugia arrivò a pesare 45 chili pur essendo alto un metro e ottanta.

Poi si cominciò a vedere una certa inquietudine da parte tedesca e incominciarono vari spostamenti in altri campi. In uno di questi spostamenti, mio padre e altri sette militari riuscirono a fuggire e a nascondersi in una specie di bunker. Vi rimasero per circa tre giorni, poi sentendo un trambusto all'ingresso si fecero coraggio e uscirono. Con grande sorpresa trovarono i militari russi, che per quello che potevano li soccorsero e li lasciarono liberi di rovistare in giro per cercare qualcosa da mangiare e qualcosa da indossare.

I tedeschi erano ormai in ritirata, era l'aprile '45, ma mio padre fu trattenuto dagli Alleati fino a settembre, poi fu rimpatriato e tornò a casa a fine '45.

Amedeo Mataldi

Al ritorno dalla Russia divenne il partigiano Furia

Mio padre Neldo era stato fante nella divisione Ravenna nei radiotelegrafisti. Spedito negli avamposti nella campagna di Russia, una volta arrivato sulle rive del Don, ha dovuto affrontare tutta la ritirata a piedi per più di tremila chilometri. Quasi tutte le sere della nostra infanzia, mia e dei miei fratelli, ci raccontava della sua ritirata compiuta per i primi 700-800 chilometri prima in compagnia, poi in assoluta solitudine. Raccontava di come fossero state generose e ospitali le donne russe che li accoglievano nelle loro case sfamandoli, raccontava di come adagiandosi sfinito a terra si addormentasse con l'impressione che le proprie gambe continuassero a muoversi come in un cammino perpetuo. Oppure quando durante la notte i topi gli mordicchiavano i piedi proprio sotto le unghie, così delicatamente da far sì che se ne accorgesse solo al risveglio. Fui colpito molto dal fatto che camminassero senza scarpe, ai piedi avevano strane imbottiture formate da paglia avvolta in pezzi di sacchi di juta legati sopra le caviglie. Ci raccontava del vento gelido che alzava la neve e che toglieva la visuale, dei rumori dei colpi dei carri armati. Ci raccontava di battaglie e di come lui cercasse di evitare le zone di conflitto, o come tentasse di aggrapparsi ad autocarri di tedeschi dai quali veniva quasi sempre respinto con colpi sulle mani sferrati col calcio del fucile. Mio padre era sempre molto nervoso e soffriva spesso di forti emicranie, allora facevo fatica a capirne il motivo. Proprio poco tempo fa, leggendo *Unbroken*, ho capito quanto possa segnare psicologicamente, e per sempre, un'esperienza come quella della ritirata che costringeva per sopravvivere a prove estenuanti.

Arrivato a casa partì per unirsi ai partigiani della zona di Salsomaggiore Terme. Il soprannome che gli fu assegnato era Furia. Dei racconti di quel periodo mi rimase impresso quando in inverno dovendosi trasferire a valle furono investiti da una grande nevicata. Era notte. Camminarono per 4-5 ore dentro il torrente Stirone immersi nell'acqua. Finita la guerra Furia dovette ricoverarsi in sanatorio a Ceresole Reale per curarsi dalla tubercolosi che aveva contratto.

Era una persona molto precisa e onestissima, tanto che, riscuotendo la stima dei suoi compagni, gli fu affidata la responsabilità di custodire un grande magazzino di viveri che rifornivano le brigate partigiane della vallata. Alcuni commercianti arrivarono a offrirgli un milione di lire per tutto il magazzino, a quel tempo una cifra immensa. Rifiutò. Quando la guerra finì trovarono il magazzino saccheggiato. Lui fu assunto alle terme e diventò capo dell'ufficio cassa.

Giampaolo Chittolini

Mio padre rifiutò di portare i treni nei lager

1944. Io avevo 10 anni. Mio padre era macchinista delle ferrovie dello Stato. Il suo compito era quello di portare vagoni merce con ebrei e antifascisti ai campi di concentramento. Purtroppo per lui e per i poveretti, non poteva che condurre il vagone fino al campo, poiché era costantemente sotto tiro. Ogni minimo sgarro gli sarebbe costato la vita. E lui ci soffriva. Soffriva nel vedere queste persone picchiate a sangue, randellate, che urlavano e si disperavano. Finché mio padre non ha detto basta. Decise di ribellarsi, di organizzare uno sciopero con gli altri macchinisti. Come si sa, purtroppo, al tempo del fascismo erano vietati gli scioperi. Questo fatto, questa aria che si era creata tra i macchinisti, e che i fascisti percepivano, mise un po' di sospetti e la polizia lo venne a cercare. Me lo ricordo come se fosse ieri: due grandi omoni, vestiti di nero, passarono per il cortile dove io e mio fratello stavamo giocando a palla. La curiosità dei bambini ci spinse a vedere cosa stava accadendo: i due omoni bussarono alla porta di casa mia. Aprì mia madre. Attonita, di fronte alle loro domande, non sapeva cosa dire, non sapeva cosa fare, tranne che balbettare che mio padre non c'era. I due uomini perquisirono la casa da cima a fondo con rabbia, ma ciò che diceva mia madre era la verità. Quelli alla fine se ne andarono dicendole di riferire a mio padre che doveva presentarsi in via Fabio Filzi, dove ora c'è la Finanza, a qualunque ora. Se fosse andato, certamente l'avrebbero fucilato. Con la paura addosso mia madre riferì, come ordinato, a mio padre il tutto. Egli intese subito. Sparì nel nulla e anche noi fummo costretti a nasconderci dalle suore. Mia madre viveva nel terrore. Io e mio fratello smettemmo di andare a scuola. Dopo la liberazione potemmo ritornare casa e finalmente riabbracciare il nostro eroe-papà.

Purtroppo mia madre, anche se tutto alla fine era andato per il meglio, un po' per le privazioni, un po' per lo spavento, restò per anni e anni in manicomio.

Bisio Fontana

Il mio compagno Bonfantini e la x Mas

Da giovanissima sono stata per 15 anni la compagna di Corrado Bonfantini, uno dei capi della Resistenza socialista. Già durante il fascismo Corrado era stato in carcere, dove i compagni gli portavano i libri per preparare gli esami di medicina, poi al confino a Ponza, alle Tremiti e a Vasto, dove si occupava dell'istruzione dei carcerati e dei carcerieri e curava gli abitanti; fatto che gli fu rimproverato dai compagni comunisti, perché curava anche i fascisti. La sua attività di resistente è nota, se ne parla nei libri. Voglio però ricordare un fatto assai discusso di cui Corrado fu fra i protagonisti.

Circa sei mesi prima della caduta del fascismo, Bonfantini fu contattato, tramite il libertario Germinale Concordia (detto Michele e «Piccolo Lenin»), dal filosofo Edmondo Cione per creare un Raggruppamento nazionale repubblicano socialista, a cui avevano aderito anche Pulvio Zocchi, Concetto Pettinato, Gabriele Vigorelli e altri. Cione aveva avuto un assenso di massima dallo stesso Mussolini. Il progetto era di creare un organismo o uno pseudo-governo, per il passaggio diretto dal fascismo a una repubblica di stampo socialista. Tant'è che Mussolini aveva già dato ordine di inviare alle più importanti fabbriche milanesi un documento da lui firmato che prevedeva la socializzazione delle industrie, col coinvolgimento degli stessi operai, fatto che aveva messo in allarme molti gerarchi. Forse, sotto la pressione dell'imminente caduta del fascismo, egli tentava un recupero delle sue origini socialiste per legittimare in qualche modo la propria continuità; o forse voleva attribuirsi un merito per avere salva la pelle dopo il crollo del regime. So per certo che Bonfantini si servì di questa proposta, dei contatti col questore Bettini e col capo della polizia Montagna, per avere importanti informazioni, richieste di scarcerazione di detenuti politici, infiltrazioni nella Guardia nazionale repubblicana e nella x Mas tramite il generale Luna; tutti rapporti che gli permisero nei giorni precedenti la Liberazione di occupare Radio Milano (da cui poi parlò ai milanesi, informando che i tedeschi stavano scappando), la caserma della Guardia di Finanza, d'accordo col suo comandante Malgeri, e altri punti nevralgici della città. Quando vide che non poteva ricavare altro da questa delicata attività di mediazione, Bonfantini si sganciò prudenzialmente dal gruppo, al quale nel frattempo avevano aderito altre persone, fra cui il giornalista Carlo Silvestri che riprese a frequentare Mussolini, amico di gioventù. Silvestri, forte di questi rapporti, creò la Croce Rossa Socialista, a cui moltissimi devono la vita. Nel frattempo Pertini, Basso e Lombardi avevano sconfessato la mediazione e avevano ordinato a Bonfantini di non aderire al progetto, ma lui non obbediva agli ordini e agiva d'istinto seguendo una propria linea. Sta di fatto che molti comunisti, socialisti, democristiani, che erano caduti prigionieri, devono la propria salvezza a questa sua azione. Nella primavera 1944 ebbe un ruolo anche nell'arresto di Koch e della sua banda, che torturava antifascisti ed ebrei con grande efferatezza. Tramite un accordo col questore Bettini, alcuni uomini della x Mas (fra cui gli infiltrati Armando Rossi Racagni e lo stesso Concordia) irruppero nella villa, arrestando Koch e i suoi complici e liberarono molti prigionieri, fra cui ricordo il dottor Tom Heger, l'avvocato Della Giusta, Mino Micheli, Rino Meazza e altri. Uno di questi liberati mi confermò la presenza di Osvaldo Valenti e della Ferida, attori vicini al regime, come frequentatori di «Villa Triste», spesso presenti agli «interrogatori» dei prigionieri.

Marilena Dossena

I tedeschi presero mamma per le braccia...

La mia famiglia materna abita da sempre in un paesino della Lunigiana vicino ad Aulla. La guerra è stata dura con quella terra già povera di suo. In un sabato di marzo del '44 mia madre, che aveva 17 anni, attraversava il ponte della ferrovia per portare ai suoi fratelli Nauro e Gino la biancheria pulita della settimana, che le era stata affidata come sempre da sua madre Anita. I due fratelli erano in montagna con i partigiani e l'appuntamento era stabilito alla fine del paese, da dove si sale sugli Appennini. Mentre mia madre camminava a passo lesto, ha avvertito delle presenze e si è trovata con due soldati che le afferravano le braccia e parlando in tedesco chiedevano che cosa portasse e perché. Mia madre non sapeva la loro lingua ma i gesti e il tono della voce erano più che eloquenti. A questo punto della storia mia madre di solito ha un tremore nella voce e dice in dialetto «Mi sono sentita morire». Attimi durati secoli. I partigiani nascosti sul ponte della ferrovia, che avevano visto tutto, hanno cominciato a sparare verso il fiume e i due tedeschi sono corsi verso il posto della sparatoria. Questa distrazione ha salvato la vita di mia madre.

Rita Bonelli

Mio nonno alpino morto sotto le torture

Mio nonno si chiamava Giovanni ed era colonnello degli Alpini. Alla fine del 1943 entrò nella Resistenza veronese. Nell'autunno 1944 ci furono durissimi rastrellamenti e molti esponenti della resistenza furono catturati dalle truppe nazifasciste, e tra loro anche mio nonno. Venne rinchiuso nelle carceri del Teatro romano e qui, nell'ottobre 1944, fu sottoposto a violenti interrogatori. Ma lui non parlò mai. Dopo un interrogatorio lo si sentì dire con voce debole: «Mi dispiace per mia moglie e per i miei sei figlioli, ma piuttosto che parlare sono disposto a morire».

Seguirono altri interrogatori con torture. Era ridotto in condizioni pietose fino a che, sotto la furia brutale dei suoi torturatori, resi ciechi non si sa bene quanto dall'odio di parte e quanto dall'istinto di criminali, la sera del 6 ottobre 1944, mio nonno morì.

Il dolore sofferto nel silenzio era nella sua etica. La fede e l'amore per gli altri, che erano consapevoli della sua saldezza morale, furono le ragioni che lo indussero a sopportare l'angoscia del dolore fisico, oltre i limiti della morte. Dalle sue labbra non era uscito un solo nome, una sola indicazione.

Resisi conto del delitto commesso, i suoi assassini, preoccupati delle reazioni che avrebbe suscitato la notizia della soppressione di un ufficiale degli alpini molto conosciuto, pensarono di farne perdere le tracce e anche il ricordo. La sera dell'8 ottobre '44, dal ponte di Pescantina, la salma di mio nonno, avvolta in un telo da tenda, veniva lanciata nei gorghi dell'Adige.

Ora una lapide sul muro delle ex carceri in Piazza dei Martiri ne ricorda il sacrificio, insieme a una via e a una scuola media di Verona. Il 25 aprile 1951 il presidente del Consiglio Alcide de Gasperi conferì a mio nonno la medaglia d'oro, «alla memoria», appuntandola sul petto di mio papà.

Gianluca Fincato

Papà sopravvisse al lager e finì nelle foibe

Mio padre, Rodolfo Luches, è nato cento anni fa, il 26 febbraio 1915, in un paese dell'Istria, passato drammaticamente in un secolo dall'Austria, all'Italia, alla Jugoslavia e soggetto, per ora, alla Croazia. Classe sfortunata quella del 1915. Mio padre si fece 36 mesi di leva in marina. Congedato, riuscì appena appena a sposarsi e a «impostarmi», e fu richiamato il 10 giugno 1940, primo giorno di guerra. Di nuovo in marina, partecipò allo sbarco in Corsica. L'8 settembre si trovava per fortuna nella base militare di Tolone. Raccontava di aver visto con sorpresa venir verso di loro i soldati tedeschi con i mitra spianati: «Ma che vogliono questi?». Furono imprigionati senza sapere il perché. Ho scritto «per fortuna» perché la maggior parte dei paesani che, sbandati, ritornarono a casa morirono di morte violenta o con i tedeschi o con i partigiani.

Nella casa del nonno, dove vivevamo io e mia madre, avevamo soldati tedeschi che dormivano al primo piano e partigiani titini che di notte venivano a prendere cibo in cucina. Anni terribili, dal '43 al '45. Da lì fu portato in un lager vicino a Stoccarda. Sopravvisse dichiarandosi cuoco (in realtà aveva anche un po' di vocazione) e cucinando brodaglia di rape e patate – dalla fine del '44 solo di rape – per centinaia di internati. Raccontava delle zuffe in cucina per riuscire a leccare le pentole. Lavoravano anche fuori dal campo e diceva che frequentemente la gente del posto gettava pane ai prigionieri. Questo fino alla fine del '44. Dopo non c'era pane neanche per i tedeschi. Nel campo a più riprese passarono delegati della Repubblica di Salò, invitandoli a aderire per difendere le loro spose dalle violenze dei marocchini. Lui resistette a quei richiami, come la maggior parte dei compagni, che dal fascismo si sentivano sfruttati e traditi.

Nel maggio '45 il campo fu «liberato» da truppe francesi. Russi e italiani furono messi in uno stanzone e picchiati tutti la notte. I russi perché comunisti, i «cochons d'Italiens» perché avevano invaso la Francia nel '40. Mio padre ci rimise due denti e la spaccatura di un labbro. Ma questo fu mai raccontato da qualcuno? Taciuto come si tacque per le foibe. Poi passarono gli americani, che fecero involontariamente altri morti lanciando scatole di *corned beef*, deleteri per chi per anni era sopravvissuto di sola brodaglia. Da Stoccarda a fine maggio mio padre si diresse con altri commilitoni a piedi verso l'Italia. Al Brennero fu raccolto ai primi di ottobre 1945 da un camion di preti e portato a Udine. Ricordo ancora la gioia di mia madre quando ricevette la lettera da Udine e si mise in viaggio per andare a prenderlo. Cosa non facile, con le ferrovie bombardate e i trasporti precari. Ricordo come fosse ora quando, molti giorni dopo, arrivarono al paese (Valdarsa, ora Susnjevica): era la prima volta che vedevo mio padre e avevo cinque anni compiuti. Dopo tanto travaglio rimase a casa del nonno per tre sole notti. Era stato soldato italiano e tanto bastava e avanzava nel '45 per finire in una foiba. Scapparono, lui e la mamma a Trieste, dove c'erano gli anglo-americani. Io rimasi con i nonni fino al luglio '47. Fui portato anch'io a Trieste prima che calasse la cortina di ferro e per molti anni non potei tornare a trovare i nonni.

Armando Luches

Mio padre non reggeva l'odore dei crauti

Dal libretto della Gioventù Italiana del Littorio di mio padre Giovanni abbiamo potuto percorrere le tappe della sua gioventù come avanguardista moschettiere. Arruolato nel novembre 1940 nel 79° reggimento di fanteria, fu mandato alla frontiera italo-jugoslava per poi partecipare fino al primo giugno 1941 alla guerra nei Balcani. Poco dopo fu spedito in Russia nella famosa campagna e fortunatamente scampò al massacro e fece ritorno in Italia il 12 dicembre 1942. Quando ero piccola, mio padre mi raccontava delle grandi distese bianche di neve con qualche isba sperduta, dove la gente era ancora più povera dei nostri soldati, i quali spesso davano a loro da mangiare. Tornato dalla Russia fu spedito nella primavera del 1943, col 113° Fanteria, nello scacchiere del Mediterraneo per la difesa costiera, dopodiché lo troviamo arruolato fra i carabinieri a piedi ausiliario nelle legione di Bolzano, dove resterà fino al famoso 8 settembre 1943. Di quei giorni mio padre mi disse che gli fu chiesto di arruolarsi nella Repubblica di Salò, ma lui non volle farlo perché pensava che Mussolini ne avesse combinate troppe e avesse portato alla rovina l'Italia e lui non ne voleva più sentir parlare. Per questo fu spedito in uno dei campi di concentramento di Amburgo, da dove tornò nell'estate 1945.

Come tutti i deportati nei campi, anche mio padre ha iniziato a parlare della prigionia nell'ultimo periodo della sua vita, raccontandoci qualche particolare in più. Di notte gli Alleati bombardavano e di giorno i prigionieri spalavano macerie. Quando andava bene mangiavano crauti crudi appena tolti dalle scatole (per tutta la vita non ha potuto sopportarne neanche l'odore). E poi il viaggio di ritorno lungo il Reno con i castelli e i paesaggi. Eppure non odiava i tedeschi e a noi fratelli non ha mai trasmesso una cattiva parola; li temeva, questo sì. Infatti quando cadde il muro di Berlino e poco dopo Kohl riunificò la Germania, mio padre era convinto che non fosse una buona cosa perché la Germania sicuramente non avrebbe fatto una nuova guerra ma sarebbe diventata un colosso economico potente tanto da spaventare le altre nazioni. Non si era sbagliato di molto.

Maria Teresa Turri

La signora Guazzaloca e il fascista

Lui fu più veloce. Strappò la bottiglia dalle mani del commesso e con voce tonante, affinché le persone in fila ad attendere la loro porzione di olio razionato lo sentissero, scandì: «Questa la prendo io!» (la bottiglia in questione era quella che toccava a mia mamma Adelaide). L'uomo in camicia nera aggiunse, rivolto alla mamma: «Mi segua!» e si avviò verso l'uscita del negozio seguito dalla donna. Appena fuori, senza dire una parola, capovolse la bottiglia e versò tutto l'olio in terra. Poi con un sogghigno esclamò: «Buon appetito a lei e alla sua famiglia». Si girò per andarsene ma non poteva immaginare la reazione della mamma, che aveva tutt'altro che un «buon carattere»: «Lei crede di essere potente ma è solo un vigliacco. E adesso mi può picchiare, se vuole». Il fascista, sorpreso dalla reazione della donna, disse solo: «Vada vada, per oggi basta così».

Questo fatto – ripetuto per anni – mi è rimasto stampato per sempre nella mente e nel cuore.

Post scriptum: mamma Adelaide era incinta del sottoscritto.

Giorgio Guazzaloca

Il mio papà alpino a Mauthausen

Franco Busetto, ingegnere classe 1921, partito volontario con il grado di sottotenente degli alpini della divisione Julia, partecipò alla guerra in Jugoslavia. Una esperienza dura che gli permise di aprire gli occhi e cogliere la vera essenza totalitaria ed espansionistica del fascismo. Rientrato a Padova, dopo l'8 settembre attraverso il rettore Concetto Marchesi entrò nella Resistenza con le brigate Garibaldi, con funzioni di ufficiale di collegamento delle formazioni costituitesi nelle Tre Venezie. Compito principale, avvalendosi di un radiotelegrafista, trasmettere messaggi cifrati sugli aviolanci da parte alleata di materiale bellico per i partigiani. Un'attività cospirativa che richiedeva continui spostamenti per sfuggire al controllo tedesco.

Arrestato a Padova dalle SS e dalla polizia fascista a fine luglio 1944, pur sottoposto a tortura, non parlò. Iniziò così la dolorosa esperienza che lo portò prima al campo di concentramento di Bolzano, poi al lager di Mauthausen dove, all'arrivo, gli fu consegnato un piccolo triangolo rosso di internato politico con il numero 113922 KLM. Vi rimase fino al 5 maggio 1945.

A Mauthausen il problema centrale era quello di non cedere all'annientamento della personalità. Il campo era tagliato fuori dal mondo esterno e apparentemente ai prigionieri mancavano le condizioni per creare una rete clandestina strutturata di resistenti. Eppure anche a Mauthausen vi fu un'organizzazione di resistenza, innanzitutto nel tentativo di sopravvivere. L'attività principale consisteva nello sviluppare la solidarietà internazionale, nel mantenere i contatti tra compagni delle varie nazionalità e anche nel fornire aiuti, nei limiti del possibile, a chi stava peggio degli altri.

Sergio Busetto

Il nonno aveva l'«Avanti!» nella valigetta

Nonno Enzo era di mestiere tipografo. Durante l'occupazione tedesca, si adoperò a Milano alla redazione clandestina dell'«Avanti!», giornale del Partito socialista e quindi ovviamente fuorilegge e inviso ai nazifascisti: ogni operatore all'interno della piccola stamperia nascosta faceva anche da fattorino.

Ciascuno usciva portando con sé un certo di numero di copie, nascoste nelle proprie valigette (chi le aveva), o nelle tasche dei pastrani, o ancora mimetizzate tra le povere scorte alimentari che si riuscivano faticosamente a rastrellare di giorno in giorno. In un secondo momento si cercava poi di diffonderle dove possibile: casa, posto di lavoro, chiesa.

Una sera mio nonno, chiusa un'edizione del giornale, si incamminò verso casa, recando una valigetta con diverse copie fresche di stampa; i miei nonni abitavano in via Cicognara, zona Porta Vittoria, ai tempi semiperiferica. A un certo punto si imbatté in una pattuglia tedesca: era ormai passata l'ora del coprifuoco. Diffondere un giornale come l'«Avanti» poteva portare alla fucilazione sul posto: mio nonno ci raccontò che, in quel momento, si sentì perduto, e mentre gli veniva intimato l'Alt! pensò immediatamente ai suoi figlioli, di 9 e 4 anni. Era convinto che non li avrebbe mai più rivisti.

Quando il capitano della pattuglia gli chiese cosa contenesse la sua valigetta, mio nonno rispose che si trattava di cibo da portare a casa: il capitano tedesco, che era evidentemente un buon diavolo, lo guardò fisso negli occhi, e comprese subito che era una pietosa bugia. Dopo qualche attimo di drammatico silenzio, anziché ordinargli di aprire la borsa, si limitò a rimproverarlo aspramente per non essere ancora rincasato nonostante il coprifuoco, e gli intimò di spicciarsi a tornare a casa dai suoi figli.

Nonostante fossero nemici in guerra, si capirono e forse stimarono come uomini, e si strinsero la mano prima che ognuno dei due riprendesse la propria strada. Tornando a casa dai suoi cari, pensò ai versi scritti da Ungaretti durante la Grande Guerra: «Non sono mai stato tanto attaccato alla vita».

Mio nonno continuò a svolgere la propria opera sino alla fine del conflitto, e non incappò in altre situazioni di così grande pericolo diretto, né rivide mai più quel tedesco. Non fu per questo un eroe, ma uno dei mille e mille piccoli uomini silenziosi e coraggiosi che diedero il loro piccolo contributo alla Resistenza, e agli ideali che la ispirarono.

Davide Sola

Anche noi ausiliari festeggiammo la liberazione

Sono nato nel 1925; nel settembre 1943 frequentavo a Roma l'istituto tecnico commerciale Duca degli Abruzzi. Eravamo già sotto l'occupazione e nelle scuole i presidi avevano ricevuto disposizioni dai tedeschi affinché gli studenti della classe 1925, i diciottenni, venissero chiamati a fare il servizio militare con circa due anni di anticipo. Queste disposizioni comportavano l'arruolamento nell'esercito e quindi l'inevitabile invio nei campi di addestramento allestiti in Germania.

Il pensiero di dover finire in Germania mise in subbuglio me e la mia famiglia, ma per fortuna, alla fine del novembre 1943, tramite una mia zia venni a sapere che era possibile arruolarsi nella cosiddetta Polizia ausiliaria istituita per pattugliare la città durante le ore del coprifuoco, dalle 21 alle 7 del mattino. Questo servizio era affidato alla Guardia di Finanza e alla Pai (Polizia Africa Italiana).

Fui arruolato il primo novembre 1943. La data che voglio ricordare è il 23 marzo 1944, un giorno rimasto ormai nella storia, quello dell'attentato di via Rasella, cui successe la strage delle Fosse Ardeatine. La notte del 24 marzo ci fu ordinato di andare a pattugliare la via teatro dell'attentato. È rimasto indelebile nella mia memoria il ricordo dei muri di alcuni palazzi bucherellati dai colpi di mitra tedeschi, sparati all'impazzata la notte precedente, e la presenza di un brandello umano appiccicato ancora sul muro di una casa.

Ma un altro ricordo è vivo nella mia memoria, la manifestazione di gioia della sera del 22 gennaio 1944, quando venimmo a conoscenza dello sbarco di reparti della quinta armata americana comandata dal generale Clark sulla spiaggia di Anzio. Il tenente Mittica (mi pare che questo fosse il suo nome), ci comunicò la notizia: era raggiante in viso!

Francesco Piazza

Non fu una scelta politica

Noi, piccoloborghesi impiegati commercianti, sino al luglio 1943 non sapevamo niente di politica. Io poi, balilla alpino, ero un fascista convinto, tutto «libro e moschetto».

Nei vari racconti su quel periodo spesso si parla di ideologia e scelta politica su quale parte stare: niente di più falso! Pochissimi lavoratori o intellettuali erano già politicizzati, la scelta partigiana o fascista è stata determinata da motivi contingenti. Chi era stato al fronte con i tedeschi li odiava, nei paesi non si potevano tradire i compagni di leva e, per chi l'aveva, l'esperienza militare con l'8 settembre aveva deluso. Però arruolarsi nei reparti fascisti voleva dire essere vestiti, aver da mangiare, essere pagati e avere un grado superiore al precedente. Arruolarsi nei partigiani invece voleva dire incertezza totale ma scegliere di non essere più pecore.

Poi venne l'odio, tutte le mattine al cimitero venivano consegnate delle bare senza nome con il divieto assoluto di aprirle. Era il frutto notturno delle caserme delle varie brigate fasciste e tutti i giorni in piazza Castello c'era il «presente» al camerata defunto. Malgrado tutto c'erano comportamenti diversi: i partigiani non hanno mai colpito i familiari dei fascisti mentre questi lo facevano ricattando i familiari dei partigiani.

Finalmente venne il 25 aprile 1945 e nel giro di cinque giorni tutto terminò. In fondo anche i giorni della vendetta furono pochi, ma quanti furgoni elettrici della raccolta rifiuti pieni di cadaveri scaricati in Po dal ponte Isabella! Il mio momento più bello fu quando incollando delle bandierine tricolori alle colonne di via Roma mi accorsi che la gente le staccava per farsi una coccarda all'occhiello.

Ho visto e conosciuto della gente eccezionale sia di qua che di là, come Cordero di Montezemolo «Campana», impiccato a Giaveno dopo che per una notte gli ex colleghi ufficiali cercarono di graziarlo offrendogli un grado nell'esercito fascista da lui rifiutato. Tutta gente dimenticata!

Luigi Ghiringhelli

Come nonno Pierino divenne Mario

«È arrivata una lettera all'indirizzo sbagliato» dissi trionfante e trafelata dopo aver fatto di corsa le scale. «No, è per tuo nonno Mario» rispose mia nonna. «Ma c'è scritto Pierino Biancheri, non Mario Biancheri» continuai. «Il suo nome è Pierino però tutti lo chiamano Mario.» La mia mente di bambino di sei anni che aveva imparato a leggere da poco non riusciva a capire del tutto a cosa si dovesse questo sdoppiamento della personalità di mio nonno. Decisi di chiederlo direttamente a lui, così come gli avevo chiesto perché non facesse riparare i buchi sulla facciata della casa. «Quelli sono i buchi dovuti all'esplosione di una bomba qui davanti, non vanno riparati, vanno lasciati per ricordare.» Più avanti scoprii che quella bomba era esplosa il penultimo giorno di guerra, ultimo bombardamento sopra Camporosso, entroterra ligure. Quel 24 aprile morì la madre di mio nonno, a pochi metri da casa sua, occupata dai tedeschi.

Mio nonno Mario mi disse che «su nella vigna» ci si chiamava con nomi diversi e che lui era Mario, non Pierino. Forse voleva rimanere Mario, non Pierino che perse la madre davanti ai suoi occhi, non Pierino che perse metà dei suoi compagni mentre affondava il sottomarino in cui dovette combattere. Forse voleva rimanere il Mario che si era afferrato alla vita e portato prima a Milano e poi mandato «al paese della Gruber, la giornalista» si era ritrovato in un non ben specificato «campo di lavoro». Mario decise di aspettare il momento giusto, osservò il percorso della sentinella, non fece parola a nessuno delle sue intenzioni e prese il coraggio a due mani e si nascose nella latrina, aspettò che la sentinella fosse abbastanza lontana e con il cuore in gola strisciò fuori dalla fogna.

«Come un topo?» urlavamo ignari del significato del racconto. «No, come un uomo» rispondeva lui.

Paola Pezzini

Nonna Giacinta e il delatore con il fez

Nel quartiere San Lorenzo di Roma, mia nonna Giacinta Meneghini, anno di nascita 1888, anno di morte 1949, abitava con suo marito Luigi e le due figlie Vincenza (mia madre) e Mariella, in via dello Scalo San Lorenzo 47. Nacquero lì, mia madre nel 1919, e continuò a vivere lì insieme a mio padre Carlo fino agli anni Cinquanta. Non cambiò mai pelle il quartiere, la cambiarono, semmai, alcune donne e uomini che lo abitavano. E questo avvenne proprio durante gli anni del fascismo.

Tra le storie che mia madre ci raccontava c'è quella di un bombardamento del quartiere, avvenuto esattamente il 19 luglio 1943. Un lunedì mai dimenticato.

Quella mattina alle ore 11.03, allo sgancio delle prime bombe e all'assordante rumore delle sirene, tutti scapparono nel palazzo di fronte, per raggiungere le cantine adibite a ricovero. Non proprio tutti, mia nonna di sicuro no, o almeno non subito. Urlò al marito e alle figlie «Andate, andate, vi raggiungo subito». Prese una capiente borsa sempre pronta ormai da tempo, già riempita delle poche cose di valore, una piccola trousse con gli ori di casa, un libretto postale dove confluiva ogni tanto qualche risparmio, le fedi di nozze dei nonni e dei miei genitori e le due foto del suo matrimonio. Chiuse poi a chiave la porta di casa e via, si precipitò – ma neppure tanto – giù al rifugio. «Non voglio dargliela vinta a quelli che ci bombardano, così come non voglio dargliela vinta a questi che ci governano» diceva.

Ecco quindi che una mattina, con quella stessa borsa, uscì di casa per andare al mercato rionale a fare un po' di spesa. Giunta al mercato cominciò a girare per i banchi, fermandosi a parlare con le altre donne e cercando di comprare un po' di frutta e verdura dal miglior offerente. Tornò a casa, ma nel giro di qualche ora vennero a bussare alla porta due agenti del commissariato di pubblica sicurezza di San Lorenzo e la portarono via. Era stata denunciata da un abitante del palazzo in cui viveva: Palitto, si chiamava. Lui e la nonna si conoscevano da più di quindici anni, abitavano nella stessa scala, e lui l'aveva denunciata, aveva dimenticato di essere un uomo, un conoscente, un amico e aveva scelto di far parte di quelle persone che sanno «da che parte gira il vento». Mia nonna era diversa. Le sue figlie non furono mai «figlie della lupa», «piccole italiane», «giovani italiane» e non perdonò mai a mio nonno di aver preso in quegli anni la tessera del Partito fascista per poter continuare a lavorare presso il ministero delle Ferrovie; come non consegnò mai la sua fede nuziale al regime. «L'ho impegnata per dar da mangiare alle mie figlie» diceva «e non per dar da mangiare alla vostra guerra.» Quel giorno fu rilasciata e il mattino successivo attese Palitto all'ingresso del portone del palazzo. Lui scese, con la sua divisa completa di fez e stivali neri. Lei lo affrontò: «Dimme Palì, sei tu che m'hai denunciata? Tiè». E gli sputò sul viso. Poi aggiunse: «E adesso vamme a denuncià! Di' che ho sputato in faccia a un fascista!».

Non successe nulla. Nessuno si presentò alla sua porta.

Paola Tulli

Dal lager polacco a piedi

Sisto Rizzato, classe 1915, alpino, guardia di frontiera sul confine jugoslavo, ritornò a casa nel 1940, ma vi rimase soltanto qualche mese perché, con lo spirare dei venti della Seconda guerra mondiale, fu destinato a Dipaco (Gorizia), il cui comando si trovava a Lungatico, nei pressi di Lubiana. Vi rimase fino all'armistizio, quando fu fatto prigioniero dagli ex alleati tedeschi. Caricato su vagoni bestiame con altre migliaia di connazionali, viaggiò per otto giorni e nove notti in condizioni inumane, finché il convoglio si fermò a Linz, in Austria. Da lì, a piedi, furono condotti a Mauthausen, un campo di sterminio fra dolcissime verdi colline. In questo lager, rimasto tristemente famoso soprattutto per la Shoah ebraica, Sisto restò una quarantina di giorni, durante i quali ogni mattina veniva suonata l'adunata e fatto l'appello che durava anche delle ore. Quando si vedeva sorgere l'alba non si era certi di vedere anche il tramonto. Fu poi trasferito in Polonia e, data la sua notevole corporatura, assegnato ai lavori forzati quali il carico e scarico di sabbia, ghiaia e carbone.

Finalmente nel campo polacco di Stargard arrivarono i liberatori russi, dopo otto intensi giorni di bombardamento durante il quale migliaia di persone, militari nazisti e anche molti civili rimasero sepolti sotto cumuli di macerie. Cessate le incursioni aeree e occupato il campo di prigionia, un ufficiale russo, saputo che Sisto e soci erano di Venezia, diede loro la libertà.

Liberi! Erano liberi, ma dove si può andare, senza cibo, senza un tetto, senza un veicolo, senza una meta? Per pura sopravvivenza, si misero a vagabondare e a rubare per la campagna, ossia qualche patata di cui mangiavano anche la scorza. L'obiettivo era raggiungere a piedi l'Italia. La via più sicura era puntare verso la Svizzera, pur essendo la più lunga. Uno dei suoi compagni era un accanito fumatore e soffriva di crisi d'astinenza. Era arrivato a essiccare lo sterco di cavallo per confezionarsi le sigarette. Attraversarono tutta la Germania da est a ovest, camminando solo di notte per evitare le ronde poliziesche. Ai primi di aprile giunsero sulle rive del lago di Costanza dove si trovava il fronte angloamericano, e di lì non si passava. Si diressero perciò verso il confine austriaco raggiungendo in pochi giorni il Passo Resia, che attraversarono a mezzanotte, toccando dopo mesi di cammino il suolo della patria.

Passato il confine, si sdraiarono su una riva erbosa, respirando l'aria familiare, ma i loro cari si trovavano ancora assai lontano. Transitarono per Glorenza, Spondigna, Lasa, Silandro attraverso la Val Venosta raggiungendo quindi Merano. A Laces una donna li fermò e, saputo che provenivano dalla Germania, li ospitò in casa rifocillandoli con una fumante polenta. Per Sisto e compagni fu il primo pasto caldo dopo tanto tempo, ma lo stomaco si ribellava perché non era più abituato a una normale digestione.

Da Merano raggiunsero Bolzano e poi Trento, scendendo quindi la Valsugana fino a Bassano, avvalendosi ogni tanto, per brevi percorsi, di mezzi di fortuna. A Treviso giunse per Sisto il momento di separarsi dagli amici non senza commozione. L'ultimo tratto lo fece con un compaesano di Padernello su un calesse tirato da un'asina. A casa nessuno, neppure la madre, lo riconobbe. Quel giovanotto di un metro e ottanta, nel fiore della gioventù, pesava 38 chili.

Mariano Berti

Papà partigiano, lo zio a Salò

Otello e Remo Bertolani erano due fratelli: uno suonava il sassofono, l'altro cantava arie d'opera. Uno faceva il casaro, l'altro il fornaio. Partiti in guerra, avevano lasciato la campagna mantovana e una numerosa schiera di zii di provata fede comunista, il primo per la Jugoslavia, il secondo per la Grecia. I loro destini furono diversi: forse per scelta, forse per necessità. Otello, mandato a Fiume come carabiniere di complemento, seppe ricavarsi tra le pieghe della ferocia una storia d'amore con Saa Antolović, mia madre, una giovane che lavorava come commessa in una farmacia e consegnava medicinali alle staffette partigiane slave. Dopo l'8 settembre, raggiunta una formazione partigiana sui Monti Lessini, Otello fece arrivare in Italia mia madre che allora aveva diciannove anni. La storia di mio padre ha accompagnato la mia infanzia e ha compensato in parte il suo non esserci più. Di lui ho sentito racconti abbastanza precisi da quello che fu il suo compagno fraterno, Renato Sandri, nome di battaglia «Nadia», specie sui pericoli corsi, come una notte passata nascosto tra le lenzuola sporche di sangue e di escrementi di un ospedale, la fame, il freddo, la paura. E ne ho ammirato il coraggio.

Di mio zio invece ho scoperto solo in tarda età le vicende che ne hanno determinato la morte. Prigioniero in un lager, Remo aveva aderito alla Repubblica di Salò e dal Piemonte, dove si trovava nella divisione Littorio, inviava a casa lettere preoccupate in cui scriveva: «Il mio pensiero è per mio fratello...» come se in quel periodo fosse possibile per alcuni essere più al sicuro di altri.

Il 25 aprile Otello, che si nascondeva a Mantova dopo la dispersione della Pasubio, uscito allo scoperto viene ferito da un reparto tedesco in ritirata. Morirà per le conseguenze di queste ferite nel 1950. Io avevo tre anni.

Il 30 aprile, Remo, indossata la tuta blu in dotazione dei carristi, viene scoperto e imprigionato in uno stabilimento tra Grugliasco e Collegno. Il giorno prima i tedeschi, in ritirata, avevano compiuto una strage. E strage, quasi linciaggio, fu anche quella che si abbatté sui prigionieri.

Io ho tentato di immaginarmi quegli eventi, quelle esistenze, ho tentato di raccontarle. Ho tentato, perché in casa non se ne parlava, ci si limitava a piangere. Ho tentato. Ma il reale svolgimento dei fatti atroci che ho scoperto in seguito ha reso anemica ogni possibile narrazione.

Dice Eliot che aprile è il più crudele dei mesi. Così anche per me. Perché è in aprile che hanno incontrato la morte mio padre e mio zio. Mai conosciuti. Mai invecchiati.

Nadia Bertolani

Con le armi nella casa della ragazza malata

Racconta un partigiano: «Una notte raggiungemmo un paese attraverso una stradina assai buia. Avevamo sempre i tedeschi alle spalle e dovevamo muoverci in continuazione. Chiedevamo ospitalità per una notte, avevamo bisogno di dormire per qualche ora. In quattro bussammo a una casa molto decorosa.

"Chi è?" sentimmo.

"Partigiani" rispondemmo.

La porta si aprì e comparve una signora sulla cinquantina, dall'aria molto fine.

"Entrate" disse con voce gentile.

"Vorremmo mangiare qualcosa e dormire in qualsiasi posto, per favore."

Scorgemmo in fondo alla camera un letto e sotto le coperte spuntava il bel viso di una giovane ragazza bionda. La salutammo e lei rispose con un sorriso.

La madre disse: "In questa casa non c'è granché. Siamo noi due sole, mio marito è morto e mia figlia è malata di nefrite, poveretta. Speriamo bene".

La ragazza sorrise di nuovo e noi ci sentimmo molto imbarazzati.

La luce fioca, i colori spenti, lo sguardo triste e rassegnato della madre e il destino della ragazza inducevano una struggente malinconia. Non eravamo più abituati a sentimenti così delicati e rimanemmo immobili senza parole. Ci vergognammo di aver introdotto delle armi in quella camera triste e poetica.

La signora ci preparò delle uova fritte. Ma mangiammo senza appetito e in silenzio.

In seguito ho pensato a quella notte: alla bella ragazza e al suo male, alla madre che sarebbe rimasta con i suoi ricordi».

Graziella Panconi Cairo

Trilussa scrisse una poesia per l'ufficiale nascosto in casa

Nel 1943 avevo undici anni; mia nonna e i miei genitori decisero di ospitare a Roma tre ufficiali italiani che non avevano aderito alla Repubblica di Salò e che pertanto erano nel libro nero dei fascisti e dei nazisti. Di due ho vaghe reminiscenze, ma del terzo ho un ricordo vivissimo. Amico di mio padre già prima della guerra, un fiammifero alto più di un metro e novanta, ufficiale dell'esercito decorato con quattro medaglie d'argento al valore militare, che i suoi compaesani di San Miniato avevano soprannominato per le sue gesta Belfagor. Il suo nome era Gino Capponi. Era ricercato da tutti, dagli inglesi perché era scappato dal campo di concentramento alleato di Padula, dai fascisti e dai nazisti che lo avrebbero certamente fucilato come traditore. Malgrado ciò e malgrado gli avvertimenti di mio padre, usciva spesso dal rifugio. In una delle sue passeggiate andò a trovare, vicino a piazza del Popolo, un suo grande amico, il poeta Trilussa, il quale, ascoltata la sua storia, ha fabbricato «là per là» una poesia a lui riferita dal titolo *Lo stronzo*. Detta poesia, ancora inedita, mi fu regalata dal Capponi quando finalmente poté tornare a San Miniato. Io l'ho conservata, come un oracolo, per oltre settant'anni.

Giancarlo Sbarigia

Il tedesco in salotto e il partigiano in soffitta

D'inverno fece talmente freddo che una notte gelò il latte nella nostra unica camera.

Eravamo arrivati a San Pietro (frazione di Borgotaro, nel Parmense) nella tarda primavera 1944. Ci giungemmo a piedi, con le masserizie caricate sui muli e ci trovammo catapultati in una piccolissima comunità che poco era cambiata dal medioevo. Niente energia elettrica, niente acqua corrente, gabinetto in cortile, niente riscaldamento salvo un camino nella cucina della casa dove vivemmo in coabitazione con l'Albina, la padrona di casa, e con un'altra famiglia di sfollati. A volte i tedeschi rastrellavano la zona. Ricordo che era tardo inverno. Fummo avvisati che sarebbero arrivati e tutti gli uomini scapparono, salvo un partigiano ferito che fu messo nel sottotetto, cui si accedeva da una botola non facile da scoprire. Quel giorno i tedeschi non arrivarono ma vennero invece il giorno dopo quando, nonostante l'allarme ricevuto, gli uomini non partigiani non si erano mossi da casa. I partigiani erano tutti rimasti nei boschi per prudenza, tranne quello nascosto nella nostra soffitta.

Una prima pattuglia di tedeschi arrivò e portò via un paio di uomini. Una seconda pattuglia venne con qualche altro civile catturato. Visto che pioveva, si ripararono tutti sotto l'archivolto che dava sull'aia e il capopattuglia, che aveva una divisa un po' diversa dagli altri, salì in casa e si distese su un divano per riposarsi un po', ma prima pose un pezzo di carta sotto gli stivali per non sporcarlo. Fui mandato da mamma a sfoderare le mie migliori moine per intenerire il tedesco. Mamma mi disse che se perquisiva la casa e trovava il partigiano in soffitta, sarebbero stati guai grossi per tutti. Ci riuscii: mi diede una fetta di pane di segala con burro e marmellata (era almeno un anno che non mangiavo marmellata!), mi mostrò la fotografia della sua famiglia nella quale c'era un bambino circa della mia età e in un italiano stentato disse che era stanco della guerra e che avrebbe voluto rivedere casa. Mamma gli augurò in cuor suo che il desiderio si avverasse.

Gianni Dinale

La mia famiglia di resistenti

Mia madre, Regina Dalla Vecchia, gestiva il negozio di automobili di piazza Barberini. In quel periodo passavano le retate di tedeschi per vessare i commercianti ebrei di via del Tritone e lei più volte li nascose in negozio. Nascose un ebreo anche a casa. Nominata Cavaliere della Repubblica.

Mio padre, Giovanni Gozzer, durante l'occupazione tedesca del Trentino era docente di lettere e responsabile, nonché fondatore, delle scuole di vallata. Pertanto poteva girare con pass tedesco e tenere i contatti con le diverse formazioni partigiane. Due volte venne arrestato, una volta scappò e una venne liberato dai suoi ex alunni. Nominato presidente del Cln trentino e primo provveditore delle scuole di Trento dopo la liberazione.

Mio zio, Vittorio Gozzer, fece la resistenza a sud di Roma e fece da contatto con gli americani quando sbarcarono ad Anzio. Entrò nei corpi speciali Usa e fu il primo (italiano con divisa americana) a entrare a Porta Maggiore a Roma.

Altro zio: Giuseppe Gozzer, lavorava alla Resistenza con il fratello. Venne arrestato e internato a Regina Coeli e poi dalla Gestapo portato a via Tasso. Nonostante le torture non riferì della sua attività, e usando l'identità fittizia di Franco Ruggeri, venne rilasciato. Diresse la resistenza partigiana in Friuli. Poco prima del fattaccio di Porzûs venne portato al campo di concentramento di Flossenbürg e fucilato. Medaglia d'oro al valor militare.

Forse furono vittime di giochi di potere molto al di sopra di loro, che solo oggi si iniziano a capire, ma credevano fermamente nei valori della libertà e della solidarietà.

Giuseppe Gozzer

Sotto il telo bianco c'era mio zio

Siamo a Genova nel 1941, quando mio nonno muore («l'acqua gli era arrivata al cuore!» diagnosticò il medico), lasciando la nonna giovane vedova con la figlia Aurelia (ma a tutti nota come Miranda) adolescente di dodici anni e il figlio Sergio, un bel ragazzo sedicenne. Nell'estate 1944 mia nonna facendo le pulizie con stupore scopre un fucile nascosto sotto il letto del figlio. Furibonda, a colpo sicuro va a bussare alla porta della persona che sapeva essere il delegato partigiano della zona, il cui nome di battesimo, Elmo, era già avvisaglia di sciagure; è così che quindi apprende sconsolata della militanza armata tra le brigate partigiane comuniste del giovane figlio, nome di battaglia Franco, scelto perché era il nome di un amico di qualche anno più giovane ma già sentimentalmente legato alla sorella Miranda. Ma una mamma si comporta come tale sempre e comunque, per cui si prodiga verso il conoscente, affinché per lo meno deleghi l'imberbe figlio a qualche mansione secondaria, ricevendone assicurazione, che – non vi è ragione di dubitare – sarà stata mantenuta a prescindere dalla funesta conclusione di questa storia.

Il 25 aprile il partigiano Franco con altri compagni sta scendendo verso il centro cittadino da una delle valli, non si è mai saputo se per compiere una specifica missione oppure per gustarsi il trionfo come tanti. Resta il fatto che quando il bagliore del giorno era da poco apparso, giunto proprio in fondo alla strada, vicino a un ponticello una raffica di mitra ne stroncò crudelmente la giovane vita, a meno di due chilometri da casa. Non si è mai saputo chi siano stati gli autori di questo esecrabile gesto, ma non è finita qui. Tra i tanti cittadini in festa c'era Miranda, la sorella di Franco; è così che tra una risata e una chiacchiera con le amiche scorgono un uomo che traina un carretto di legno a pianale privo di sponde e coperto da un lenzuolo bianco: si avvicina e si ferma per chiedere chi fossero gli sventurati che stava trasportando, ma il buon uomo dice che sa soltanto che sono i corpi di ragazzi del rione. Miranda alza il telo e vede il fratello crivellato di colpi. Tocca a lei dare la notizia alla madre. Troverà consolazione nell'amore di Franco, quello vero, il giovane da cui Sergio aveva preso il nome da partigiano. Il loro amore durerà sessant'anni. Mia sorella e io ne siamo il frutto.

Armando Casamassima

Neppure la tubercolosi piegò mio padre

Avevo 11 anni quando mio padre è morto. Morto per i postumi della malattia, contratta durante l'internamento nel lager.

Era il 26 settembre 1941 e mio padre, che aveva 24 anni, fu richiamato alle armi e inviato in Albania. Dopo l'armistizio venne catturato a Durazzo. Deportati su carri bestiame, stipati peggio di animali, rinchiusi in vagoni ferroviari, dopo tre giorni senza cibo e pochissima acqua, senza servizi igienici, mio padre e gli altri catturati raggiunsero il campo di concentramento Stammlager XII F – ARBKD 2039. Gli misero al collo un cartello con il numero 02584 per annientare la sua identità. Non ci riuscirono. Due mesi dopo la cattura, il Comitato internazionale della Croce Rossa a Ginevra comunicò alla sua famiglia che Giovanni Grillo era prigioniero in Germania senza specificare la località d'internamento. Solo nel 1944 arrivò la sua prima lettera ai familiari. Per lui contava solamente tranquillizzare la sua famiglia.

Nel lager mio padre doveva lavorare 18 ore al giorno, sette giorni su sette come bestia da soma; per sfamarsi era costretto a recuperare le briciole di patate rimaste attaccate alle bucce e poi divorare le bucce stesse. Fu messo nella condizione di frugare nelle immondizie come cane randagio e di raccogliere dai mastelli del rancio anche i minimi avanzi melmosi della sbobba. La sottile casacca carceraria non lo proteggeva dal freddo; dormire significava coricarsi su luridi paglericci invasi da cimici e pidocchi.

Subdolamente la tubercolosi cominciò a minare i suoi polmoni.

In quel lager mio padre, isolato dal mondo, non assistito dalla convenzione di Ginevra, fu degradato a internato militare italiano, IMI, acronimo che privava l'uomo di qualsiasi dignità. Ma non rinunciò mai a sentirsi libero. Per questo non è stato un eroe. Eroi sono coloro che fanno qualcosa che non sarebbero tenuti a fare. Aveva giurato fedeltà alla sua Patria e la mantenne, sia pur pagando un prezzo altissimo.

Dopo la liberazione nel '45, fu curato in vari ospedali d'Italia. Fece ritorno a Melissa solamente nel 1954, permanentemente inabile al lavoro, con i segni indelebili della tubercolosi che lo aveva aggredito nel lager.

Michelina Grillo

Don Girolamo non denunciò i persecutori

Questa è la storia di una parrocchia di Padova, il "Torresino", ubicata in centro città, a pochi passi dal Prato della Valle e soprattutto del suo parroco Girolamo Tessarolo (ormai morto da molti anni). Don Girolamo aveva organizzato con alcuni parrocchiani una sorta di comitato di resistenza con sede nella canonica della chiesa, la cui attività consisteva nel dare assistenza a chi, perseguitato dai nazifascisti, ne avesse bisogno. Non effettuarono attentati o violenze di altro tipo.

Don Girolamo era il responsabile di questo piccolo gruppo. Scoperto grazie a una delazione anonima, fu catturato, imprigionato e torturato dalla banda fascista che terrorizzava Padova in quel periodo.

Rimase rinchiuso per molti giorni in una gabbia senza cibo e senza la possibilità di uscirne per nessun motivo. Fu rilasciato perché convinse i suoi torturatori di essere stato arrestato per sbaglio. Pochi parrocchiani hanno saputo di questa storia perché monsignor Tessarolo è sempre stato persona riservata e poco propensa a raccontare le sue disavventure. A guerra finita non ha voluto denunciare i suoi persecutori.

Giampaolo Miste

Papà nella baracca scriveva che la vita è bella

«Fui preso prigioniero sul Monte Corno con Cesare Battisti; ero sergente maggiore e dovetti assistere a Trento alla sua impiccagione; si ruppe il *sogato* (corda in dialetto veneto) ma lo impiccarono nuovamente.» Questo in sintesi era il racconto che ripeteva sempre mio nonno Giuseppe (classe 1890) e io da ragazzo gli dicevo: «Nonno, lo so, me l'hai già detto»; a volte ero supportato anche da mio padre Giovanni (classe 1920) che era l'opposto del nonno perché lui non parlava mai della sua «prigionia» in Germania. Solo nel 1995 vinsi la sua ritrosia e mi fece leggere gli appunti scritti durante il lavoro coatto dal maggio 1944 nella Portland-Cement Fabrich nel Land di Hannover.

Dopo l'8 settembre il Reich era alla ricerca di manodopera da inviare in Germania; il volontariato non dava frutti e allora si procedette alle liste di precettazione. La Marzotto di Valdagno aveva sovradimensionato i reparti per evitare che i giovani inattivi fossero inviati al lavoro coatto; nello stesso tempo la ditta vendeva forniture militari e civili ai tedeschi e quindi collaborò alla selezione di una ottantina di dipendenti dai 17 ai 45 anni, metà destinati a Vorwohle e gli altri a Brux in Cecoslovacchia. All'inizio mio padre si rifugiò per alcuni giorni con altri nel bosco, ma poi, di fronte alle minacce di ritorsione sulle famiglie e sollecitati anche dal clero locale, si presentarono tutti, prima per le visite sanitarie e in seguito per il viaggio in treno di tre giorni verso la Bassa Sassonia, a Vorwohle. E qui comincia il calvario: orari di lavoro di dodici ore (a volte con ulteriori turni) per estrarre il materiale da caricare sui carrelli su rotaie, avviati in seguito ai forni per la cottura del cemento. Tutto avviene in una nuvolaglia bianca, con gli uomini che diventano bianchi come fantasmi. Gli italiani sono comandati dai colleghi operai tedeschi mentre i prigionieri polacchi fanno la spia o inventano frottole perché gli italiani siano maltrattati dal lagerführer. Non si mangia quasi nulla; chi è scoperto a rubare una patata viene punito con legnate e un giorno senza cibo. Quando gli italiani passano per la strada, non è raro che i ragazzi li prendano a sassate; non possono reagire perché nei paraggi ci sono gli adulti che li hanno aizzati.

La baracca in cui vivono ventidue uomini misura metri 6 per 8; lo spazio serve per 22 letti a castello, 2 tavoli, 3 sedie, 3 panche, 10 mobiletti e una stufa. In questo spazio c'è chi dorme, uno cucina e rosicchia qualcosa, un altro fa pulizia, chi grida, chi canta, chi impreca, insomma avviene di tutto. Dormono su materassi di paglia vecchia, con coperte sudicie e quindi con abbondanza di mosche, pulci e cimici. In aprile arrivano gli americani ma la partenza avviene in agosto, peraltro anche con il timore che il treno sia diretto in Russia. Arrivano a casa dopo dodici giorni con fermate interminabili su binari morti e una quarantena di tre giorni al Brennero. Nelle prime notti a casa, Giovanni non riesce a dormire nel letto perché troppo morbido e si corica sul pavimento con una coperta per cuscino. Al rientro a Valdagno sono accolti con indifferenza, quasi fossero stati dei collaboratori dei tedeschi.

Ho letto e riletto il "diario" che mio padre tenne in quel periodo di lavoro coatto; vi sono due fattori che risaltano da queste pagine: la fame e la fede; la fiducia quasi manzoniana nella Provvidenza spesso citata, gli insegnamenti ricevuti in casa dai genitori e in parrocchia dai sacerdoti. Giovanni un giorno scrive che in una settimana ha accumulato 116 ore di lavoro e commenta: "Che bella cifra! Così è la vita... e si può anche cantare che la vita è bella, basta saperla vivere". Il riferimento non era ovviamente al film di Benigni, ma alla canzone degli anni 30-40 "Vivere", che diceva "Perché la vita è bella e voglio viverla sempre più"; una strofa che mio padre canticchiò ogni tanto per tutta la vita.

Antonio Cracco

Come mia madre salvò il nonno dai fascisti

«O Ragazza dalle guance di pesca,
o ragazza dalle guance d'aurora,
io spero che a narrarti riesca
la mia vita all'età che tu hai ora.»

Mi vengono in mente i versi scritti da Italo Calvino per Sergio Liberovici. Non canto gli eroi, l'arme e gli amori: solo le vite imperfette di quelli che mi hanno preceduto. Questa è la storia della mia famiglia. Mio nonno Alcide Malagugini insegnava al liceo classico Manzoni di Milano; perse il posto perché non era fascista. Suo figlio Alberto ha fatto politica nel Partito comunista. Di sua sorella Annita, detta Titta, mia madre, nessuno parla mai.

Un giorno di bombardamenti, nella famigerata estate '44, i fascisti tornano a casa Malagugini, in corso Italia. Vogliono Alcide, e subito. Apre la porta Titta, giovane, di bell'aspetto, con un gran sorriso. Alcide non è in casa, non c'è nessuno da arrestare. I fascisti se ne vanno, frustrati. Bisogna andare a stanarlo nella sua seconda residenza, tra le montagne della Valle d'Aosta. Annita deve andare da suo padre o lo arresteranno, e magari lo ammazzeranno. Allora, senza pensarci due volte, infila la porta e parte. Il suo viaggio la condurrà attraverso un Nord Italia lacerato dalle bombe, dove i trasporti non funzionano e ognuno fa per sé.

Titta prende un treno. Dove i binari si interrompono prosegue a piedi. Passa una pattuglia, i fascisti sono forse giovani e allegri. Titta prende fiato, poi con il suo sorriso chiede un passaggio alla camionetta. I fascisti probabilmente hanno ridacchiato, si sono dati di gomito e l'hanno caricata, lei, la sua gonna e la sua camicetta. A un certo punto la nonna fa un cenno: è la sua fermata. Ringrazia. È passata un'intera giornata, ma finalmente arriva da suo padre. Alcide deve scappare.

Non so se fosse notte o giorno. Alcide si incammina attraverso le montagne fino a raggiungere una casa di amici, ai quali un fervente animo cattolico e lo spirito di solidarietà impongono ospitalità. Ma è Titta il vero motivo della sua salvezza. È stato tutto merito di Titta, la giovane donna coraggiosa.

«E vorrei che quei nostri pensieri,
quelle nostre speranze d'allora,
rivivessero in quel che tu speri
o ragazza color dell'aurora.»

Marta Alberti

Ringraziamenti

Il libro nasce da un'idea di Ferruccio de Bortoli, che mi ha suggerito di scrivere per il settantesimo anniversario della liberazione le storie e le notizie che andavo raccogliendo fin dal 2010, quando uscì *Viva l'Italia!*.

Ringrazio tutti coloro che mi hanno aiutato a trovare altro materiale, e in particolare Marco Agnoletti, Livia Aymonino, Filippo Andreatta, Mario Avagliano, Francesca Bazoli, Maria Silvia Caffari, Maria Corbi, Miriam Dalla Via, Tullio Del Sette, Carlo Degano, Sergio Favretto, Davide Fusco e tutto il personale dell'archivio storico dei carabinieri, Elisabetta Masso, Noris Morano, Orazio Pavignani, Vittorio Perin, Mauro Pigozzo, Anna Scattigno, Giuseppenicola Tota, Giovanni Viafora.

Alfio Caruso, autore di libri che senza tentazioni nostalgiche hanno restituito la dignità ai combattenti italiani della Seconda guerra mondiale, mi ha aiutato a ricostruire la storia di Cefalonia e dei militari che si batterono al fianco degli Alleati.

Un ringraziamento particolare è dovuto a Lorenzo Castellani, l'amico di una vita, che mi ha trasmesso la passione per la Resistenza, e mi ha sostenuto sia negli anni di ricerca del materiale, sia in questi mesi di febbrile lavoro.

Bibliografia

AA.VV., *Il ricordo: Giovanni Nervo*, in «La difesa del popolo», 31 marzo 2013.

AA.VV., *Mario Todesco e gli allievi caduti per la Resistenza*, in «Quaderni del Tito Livio», 1, Padova 2006.

Aga Rossi, Elena e Giusti, Maria Teresa, *Una guerra a parte. I militari italiani nei Balcani, 1940-1945*, il Mulino, Bologna 2011.

Artom, Emanuele, *Diari di un partigiano ebreo (gennaio 1940 – febbraio 1944)*, Bollati Boringhieri, Torino 2008.

Associazione Reduci LI Btg Bersaglieri Montelungo 1943 (a cura di), *L'inizio del secondo risorgimento d'Italia. Diari e racconti di guerra degli A.U.C. del LI Battaglione Bersaglieri. Da Bari a Montelungo 1943 a Bologna 1945*.

Atioli, Ivano (a cura di), *Così noi e Popsky liberammo Sant'Apollinare*, in «Patria indipendente», 30 ottobre 2005.

Avagliano, Mario (a cura di), *Generazione ribelle*, Einaudi, Torino 2006.

Avagliano, Mario, *Il partigiano Montezemolo. Storia del capo della resistenza militare nell'Italia occupata*, Dalai, Milano 2012.

Avagliano, Mario e Palmieri, Marco (a cura di), *Voci dal lager. Diari e lettere di deportati politici italiani: 1943-1945*, Einaudi, Torino 2012.

Battaglia, Roberto, *Storia della Resistenza italiana: 8 settembre 1943 – 25 aprile 1945*, Einaudi, Torino 1953.

Beltrami Gadola, Giuliana, *Le donne nella Resistenza in Lombardia*, in *Donna lombarda, 1860-1945*, a cura di Ada Gigli Marchetti e Nanda Torcellan, Franco Angeli, Milano 1992.

Bisiach, Gianni, *Pertini racconta. Gli anni 1915-1945*, Mondadori, Milano 1983.

Bobbio, Norberto, *Carissima Ada, nessuno riusciva a dirti no*, in «La Stampa», 8 marzo 2012.

Bocca, Giorgio, *Storia dell'Italia partigiana*, Feltrinelli, Milano 2012 (prima ed. Laterza, Bari 1966).
Bolaffi, Giulio, *Partigiani in Val di Susa – I nove diari di Aldo Laghi*, a cura di Chiara Colombini, Franco Angeli, Milano 2014.
Bolaffi Benuzzi, Stella, *La balma delle streghe*, Giuntina, Firenze 2013.
Bolaffi Benuzzi, Stella (a cura di), *Un padre partigiano ribelle. I Diari di Aldo Laghi, comandante della Stellina, 1944-45 e i ricordi paralleli della figlia*, Melli, Susa 2010.
Calvino, Italo, *Il sentiero dei nidi di ragno*, Einaudi, Torino 1947.
Caracciolo, Alberto, *Teresio Olivelli*, La Scuola, Brescia 1975.
Caruso, Alfio, *Italiani dovete morire*, Longanesi, Milano 2000.
Caruso, Alfio, *In cerca di una patria*, Longanesi, Milano 2005.
Casavola, Annamaria, *7 ottobre 1943. La deportazione dei carabinieri romani nei Lager nazisti*, Studium, Roma 2008.
Chessa, Pasquale, *Guerra civile 1943-1945-1948. Una storia fotografica*, Mondadori, Milano 2005.
Chiodi, Pietro, *Banditi*, Einaudi, Torino 1975.
Chiovini, Nino, *Classe III^a B. Cleonice Tomassetti vita e morte*, Comitato Resistenza nel Verbano, Verbania 1981 (ed. ampliata Tararà, Verbania 2010).
Corbi, Gianni, *L'avventurosa nascita della Repubblica*, Rizzoli, Milano 1989.
Enriotti, Bruno, *Le nostre storie. Due famiglie ebree nell'inferno del nazismo*, in «Triangolo rosso», marzo 2003.
Favretto, Sergio, *La Resistenza nel Valenzano. L'eccidio della Banda Lenti*, Comune di Valenza, Valenza 2012.
Fenoglio, Beppe, *I ventitre giorni della città di Alba*, Einaudi, Torino 1952.
Fenoglio, Beppe, *La malora*, Einaudi, Torino 1954.
Fenoglio, Beppe, *Primavera di bellezza*, Garzanti, Milano 1959.
Fenoglio, Beppe, *Il partigiano Johnny*, Einaudi, Torino 1968.
Ferrari, Bartolomeo (don Berto), *Sulla montagna con i partigiani*, Sagep, Genova 1985.
Ferri, Enrico, *Il sorriso dei ribelli. Don Elio Monari e la rete modenese di soccorso a ebrei e soldati alleati*, Giuntina, Firenze 2003.
Giorgi, Renato, *Marzabotto parla*, Edizioni Avanti, Roma 1955.
Gios, Pierantonio, *Storie parallele altopianesi*, Tipografia moderna, Asiago 2004.
Gobetti, Ada, *Diario partigiano*, Einaudi, Torino 1996.
Gramellini, Massimo, *Questo è un uomo*, in «La Stampa», 5 marzo 2015.
Guareschi, Giovanni, *Diario clandestino 1943-1945*, Rizzoli, Milano 1952.
Joppi, Angelo, *Non ho parlato. Storia di un carabiniere torturato dai nazisti*, Minerva, Argelato 2014 (prima ed. Roma 1945).

Levi Cavaglione, Pino, *Guerriglia nei castelli romani*, Einaudi, Torino 1945.
Levis Sullam, Simon, *I carnefici italiani. Scene dal genocidio degli ebrei 1943-1945*, Feltrinelli, Milano 2015.
Liguori, Emilio, *Quando la morte non ti vuole*, Alberti libraio, Intra Verbania 1982.
Lisi, Antonio, *Don Pietro Pappagallo – Un eroe, un santo*, Libreria moderna, Rieti 1995.
Loparco, Grazia, *Gli ebrei negli istituti religiosi a Roma (1943-1944) dall'arrivo alla partenza*, Vita e Pensiero, Milano 2004.
Luzzatto, Sergio, *La crisi dell'antifascismo*, Einaudi, Torino 2004.
Luzzatto, Sergio, *Sangue d'Italia. Interventi sulla storia del Novecento*, manifestolibri, Roma 2008.
Luzzatto, Sergio, *«Partigia». Una storia della Resistenza*, Mondadori, Milano 2013.
Maistrello, Federico, *«Carmen». Una donna nella Resistenza*, Istresco, Treviso 2006 (dal libro è stato tratto un monologo teatrale prodotto dalla Fondazione Benetton di Treviso e interpretato da Diana Höbel).
Malvezzi, Pietro e Pirelli, Giovanni (a cura di), *Lettere di condannati a morte della Resistenza italiana*, Einaudi, Torino 2005 (prima ed. 1952).
Moscatelli, Cino e Secchia, Pietro, *Il Monte Rosa è sceso a Milano. La resistenza nel Biellese, nella Valsesia e nella Valdossola*, Einaudi, Torino 1958.
Munzi, Ulderico, *Gesù in camicia nera, Gesù partigiano*, Sperling & Kupfer, Milano 2005.
Negri Scaglione, Piero, *Questioni private. Vita incompiuta di Beppe Fenoglio*, Einaudi, Torino 2006.
Novaria, Guido e Paviolo, Giampiero, *A un passo dalla libertà*, Priuli & Verlucca, Ivrea 2002.
Oliva, Gianni, *Primavera 1945*, Giunti, Firenze 2011.
Pansa, Giampaolo, *Il sangue dei vinti. Quello che accadde in Italia dopo il 25 aprile*, Sperling & Kupfer, Milano 2003.
Pansa, Giampaolo, *Bella ciao. Controstoria della Resistenza*, Rizzoli, Milano 2014.
Pansa, Giampaolo, *La destra siamo noi. Una controstoria italiana da Scelba a Salvini*, Rizzoli, Milano 2015.
Paoletti, Paolo, *Il capitano Renzo Apollonio, l'eroe di Cefalonia*, Fratelli Frilli Editori, Genova 2006.
Pavone, Claudio, *Una guerra civile. Saggio storico sulla moralità nella Resistenza*, Bollati Boringhieri, Torino 2006.
Pellizzari, Mario, *Le memorie di Alimiro*, Enrico Editori, Ivrea 1979.
Picciotto Fargion, Liliana, *Il libro della memoria. Gli ebrei deportati dall'Italia (1943-1945)*, Mursia, Milano 1991.

Pigozzo, Mauro, *13 aprile 1945. Spineda in fiamme. La memoria sessanta anni dopo*, Istresco, Treviso 2005.
Pintor, Giaime, *Il sangue d'Europa*, Einaudi, Torino 1975.
Ricci, Raimondo, *Processo alle stragi naziste? Il caso ligure. I fascicoli occultati e le illegittime archiviazioni*, in «Storia e memoria», 2, 1998.
Rigoni Stern, Mario, Prefazione a *Soldati italiani dopo il settembre 1943*, FIAP, Roma 1988.
Ripa di Meana, Fulvia, *Roma clandestina*, O.E.T. edizioni Polilibraria, Roma 1944.
Scattigno, Anna, *Dalle carte d'archivio all'impegno nella Resistenza. Anna Maria Enriques Agnoletti* in *La scuola di archivistica, paleografia e diplomatica «Anna Maria Enriques Agnoletti»*, a cura di Rosalia Manno Tolu e Francesco Martelli, Polistampa, Firenze 2005.
Secchia, Pietro, *Aldo dice: 26 x 1. Cronistoria del 25 aprile 1945*, Feltrinelli, Milano 1973.
Sereni, Clara, *Il gioco dei regni*, Giunti, Firenze 1993.
Venegoni, Dario, *Il «caso» del partigiano e carabiniere Angelo Joppi*, in «Patria indipendente», 23 luglio 2006.
Zargani, Aldo, *Per violino solo. La mia infanzia nell'aldiqua (1938-1945)*, il Mulino, Bologna 2010.

Indice

Finito di stampare nel mese di aprile 2015
presso il Nuovo Istituto Italiano d'Arti Grafiche – Bergamo (BG)

Printed in Italy